LE CÉLÈBRE
CATALOGUE
WALKER & DAWN

Davide Morosinotto

LE CÉLÈBRE CATALOGUE WALKER & DAWN

Traduit de l'italien par Marc Lesage

l'école des loisirs
11, rue de Sèvres, Paris 6e

Titre de l'édition originale :
« Il rinomato catalogo Walker & Dawn » de Davide Morosinotto

Loi n° 49.956 du 16 juillet 1949 sur les publications
destinées à la jeunesse : février 2018
Dépôt légal : novembre 2019
Imprimé en France par Clerc
à Saint-Amand-Montrond 18200

ISBN 978-2-211-23368-2

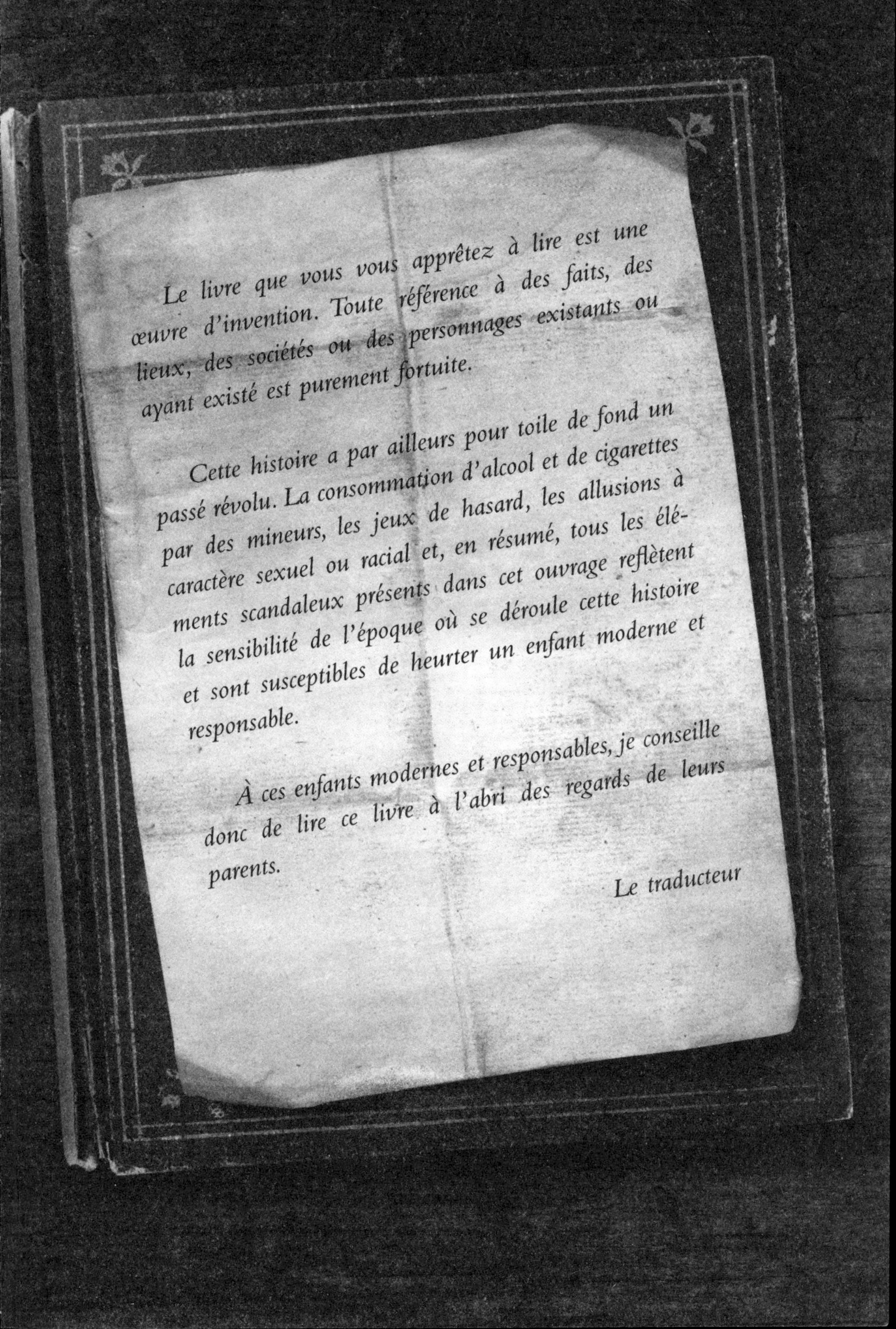

Le livre que vous vous apprêtez à lire est une œuvre d'invention. Toute référence à des faits, des lieux, des sociétés ou des personnages existants ou ayant existé est purement fortuite.

Cette histoire a par ailleurs pour toile de fond un passé révolu. La consommation d'alcool et de cigarettes par des mineurs, les jeux de hasard, les allusions à caractère sexuel ou racial et, en résumé, tous les éléments scandaleux présents dans cet ouvrage reflètent la sensibilité de l'époque où se déroule cette histoire et sont susceptibles de heurter un enfant moderne et responsable.

À ces enfants modernes et responsables, je conseille donc de lire ce livre à l'abri des regards de leurs parents.

Le traducteur

PREMIÈRE PARTIE

LE BAYOU

No. 6R8964 Bucktail Bass Flies. The wings are made from the hair of a buck's tail, the bodies are pure silk, ribbed with tinsel and are tied on Nos. 2-0, 1-0, 1 and 2 hollow point sproat hooks, made in the following styles: Buck, fawn, doe, king buck, or queen doe. State size hooks wanted. Each......**12c**

No. 6R8965 Bucktail Trout Flies. Made the same as the **Bucktail Bass Fly,** but smaller, tied to Nos. 4, 6 and 8 Trout hooks. **One of the best luring flies** on the market for trout and other small gamy fish. Give size hooks wanted in ordering. Price, each..**9c**

If by mail, postage extra, 2 cents.

SIZES OF SPOON BAITS.

NOTE 2. The spoons of spoon baits come in various lengths, and the following is a list showing the length of the spoon on baits from No. 1 to 8. They may vary a trifle either way, for no two manufacturers make them exactly alike.

Nos.	1	2	3	4	4½	4¾	5	6	7	8
Length, in.,	1	1⅛	1¼	1⅜	1⅝	1⅞	2⅛	2⅜	2½	2⅝

Artificial Spoon Baits for Bass.

We have selected the best and most used baits, all of which we can recommend.

No. 6R8966 Is a fluted trolling spoon, which should please the most fastidious fisherman. This bait has three spoons, brass, nickeled and copp which are interchangeable. You can take off spoon and put on another in a few seconds. Th one of the best baits on the market. Made in Nos. 3, 4, 5, 6 and 7; sizes are same as other s baits. See Note 2 for sizes. Price of bait, two extra spoons, in any size (mention size you fer)..

If by mail, postage extra, 2 cents.

American Spinner Bait.

No. 6R8967 Best Pla Spoon, one-half ha mered, best material a rapid spinner, for b pickerel, etc. Nos. 2, 3 5 and 6. See Note 2 for sizes.
Our special price, each.... 1

If by mail, postage extra, 2 cents.

Fluted Spoon Bait for Bass.

No. 6R8968 Fluted Trolling Spoon, full nickel plate, inside painted red, same shape spoon as Skinner's and same size hook, treble hook and fly; a first class spoon bait.

Nos........	1	2	3	4	4½	4¾	5	6	7	8
Size, inches.	1	1⅛	1¼	1⅜	1⅝	1⅞	2⅛	2⅜	2½	2⅝

Nos. 1, 2, 3, 4, 4½, 4¾, price, each **10c**
Nos. 5, 6, 7 and 8, price, each....................**12c**

If by mail, postage extra, 2 cents.

Skinner's Spoon Bait for Bass.

No. 6R8969 The Genuine Skinner Spoon. All have hollow point hooks. Don't be fooled by imitations.

Nos...........	1	2	3	4	4½	4¾	5	6	7	8
Size, inches.	1	1⅛	1¼	1⅜	1⅝	1⅞	2⅛	2⅜	2½	2⅝

Nos. 1, 2, 3, 4, 4½, 4¾, for Black Bass, Trout, etc. Each..**16c**
Nos. 5 and 6, for Pickerel, Pike, Lake Trout, etc. Each...**21c**
Nos. 7 and 8, for Muskallonge. Each..............**25c**

State size wanted. If by mail, postage extra, 2c

Lightning Ball Bait.

No. 6R8972 Ball Bait, good nickel plated spoons, feathered treble hook. No. 1, smallest for small bass; largest ones for pickerel, pike and muskallonge. Nos. 1, 2, 3, 4, 5 and 6. Mention size wanted. For sizes see Note 2. Price, each........**15c**

If by mail, postage extra, 2 cents.

No. 6R8973 Tinned Pickerel Bait, with swivel, an extra fine bait. Size 1 to 7. Mention size wanted. For sizes see Note 2. Each..........................**9c**

If by mail, postage extra, 2 cents.

The Maloney Weedless Bass Hook.

No. 6R8975 This is the latest and most practical weedless hook on the market. It is so made that it is weighted so when casting for bass, the frog is always right side up. They are made in sizes 2-0, 3-0, 4-0 and 5-0. See page 349 for sizes and state size wanted. Price, each.....................**10c**

If by mail, postage extra, 1 cent.

Skinner's Casting Spoon.

No. 6R8977 The Skinner Casting Spoon is very popular, being among the best **killing bass bait** on the market. It makes an **excellent trout catcher** when baited with a small worm. Comes in two sizes.
No. 1 With 1-inch spoon. Price, each..............12c
No. 2 With 1¼-inch spoon. Price, each

If by mail, postag

LEURRE DE POISSON-FANTÔME

REDOUTABLE !

Réf. 6M9008 – En forme de poisson, en soie imperméabilisée. Disponible dans différentes tailles et dans les coloris bleu foncé, argent et marron. Indiquer la dimension souhaitée au moment de la commande.

Dimensions : 2, 3, 4, 4½ pouces

Prix : 25, 28, 32, 40 cents

...Tarpon Spoon.

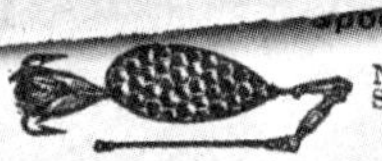

No. 6R8979 Same as No. 6R8978, but hammered. Sizes in length are same.
2⅝-inch spoon... ....19c
3¼-inch spoon.......24c

The Payson's Weed Guard Hook.

No. 6R8980

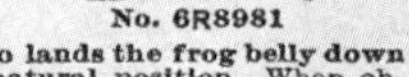

No. 6R8981

The Payson's Weed Guard Hook will not foul in the thickest weeds. In addition to the merits of this device as a weed guard it is a sinker in the right place and helps the bait caster. **It also lands the frog belly down and a minnow in its natural position.** When obstructions are reached the guard closes over the point of the hook, dropping again when the obstruction is passed. Comes in three sizes, fitted with best Carlisle hook, and two extra hooks. For sizes see cut of hooks on page 349.

No. 6R8980 2-0, 4-0 or 7-0. Price, each.....**20c**
No. 6R8981 The New Reversible, 2-0 or 4-0. Price, each (mention size of hook wanted)......**22c**

If by mail, postage extra, 2 cents.

1

LEURRE DE POISSON-FANTÔME

Tout a commencé avec le meurtre de Mister Darsley.

Encore que non. En y réfléchissant bien, tout a commencé quelques semaines plus tôt, l'après-midi où on a fini de construire le canoë.

C'était vraiment un beau canoë. On avait passé des mois à chercher le bon arbre, jusqu'à ce qu'on trouve un grand cyprès robuste qui poussait dans l'eau. On l'avait abattu à coups de hache. Enfin, c'est surtout moi qui m'y étais collé ; Julie aussi, un peu ; Eddie, lui, s'était plaint qu'une fille ne devrait pas couper des arbres, et Min nous avait regardés sans rien dire. Mais ce n'est pas comme si Min avait l'habitude de dire quoi que ce soit, pour être honnête.

Une fois le cyprès coupé, on avait creusé le tronc pour nous fabriquer quatre sièges confortables et raboté la coque pour ensuite le poncer avec du sable, d'un bout à l'autre, en frottant jusqu'à ce que nos mains saignent.

S'il nous avait fallu des mois pour finir le travail, c'était aussi parce qu'on avait décidé de laisser le canoë au Refuge, et le Refuge était plutôt loin de la maison ; je ne pouvais y aller qu'au coucher du soleil, ou quand maman me donnait la permission. Autant dire presque jamais.

Cet après-midi-là, pour ne rien vous cacher, j'avais décidé de m'éclipser. J'avais raconté à maman que je devais aller à la ferme des Fabron pour les aider à réparer leur grange ; au lieu de ça, je m'étais précipité au Refuge.

C'était une cabane qu'on avait construite l'été précédent, moi et les autres de la bande. Elle était pile au bord du bayou, le grand marais, entièrement cachée par un labyrinthe de lianes pendantes et des essaims de moustiques gros comme des hirondelles.

Le Refuge n'était pas extraordinaire, il avait un toit tordu et un sol en terre battue, mais personne ne connaissait son existence à part nous. Et ça, c'était un vrai bonheur. Petit à petit, on l'avait meublé avec un tas de choses utiles. On pouvait y arriver en bateau ou bien en franchissant le Pont Branlant et une zone de sables mouvants très dangereux où des dizaines de personnes étaient mortes, à ce qu'on disait.

C'est aussi pour ça que j'aimais cet endroit. Aller là-bas était chaque fois une aventure (sans compter qu'on connaissait un passage secret sur la terre ferme, caché dans le marécage).

Bref, je suis arrivé à la cabane peu après l'heure du déjeuner et j'ai retrouvé Julie et Min qui travaillaient déjà sur le canoë. Ensemble, ils fignolaient les derniers détails.

Julie et Min étaient frère et sœur, mais quelqu'un qui ne les connaissait pas n'aurait jamais pu le deviner.

Julie avait mon âge et elle était très belle. Je ne dis pas que j'étais amoureux ou quelque chose dans ce goût-là, mais ça n'aurait surpris personne ; d'ailleurs, les gens du coin l'appelaient *Jolie Julie**. Joju. Elle avait des cheveux roux et des taches de son, des yeux noirs et des dents écartées qui lui faisaient une drôle de fente sur le devant.

Min, lui, avait la peau couleur chocolat et les cheveux très frisés. Il était petit, à cause de son jeune âge, certes, mais aussi parce qu'il était maigre comme un coucou. C'est pour ça que tout le monde l'appelait Min, comme Minuscule.

Julie était blanche, Min était noir, et ils étaient quand même frère et sœur, ce qui faisait de la mère de Joju une propre à rien et une catin, à en croire mon frère Chuck. D'après lui, c'est pour ça que Min était né à moitié idiot.

Moi, je savais que c'était des sornettes : Min était très intelligent, et pas qu'un peu. Il préférait ne pas parler, c'est tout. Il regardait, il écoutait, et il n'ouvrait jamais la bouche. Il avait peut-être compris que ce sont les imbéciles qui parlent à tort et à travers.

* Les mots ou expressions en italique suivis d'un astérisque sont en français dans le texte original. *(Note du traducteur.)*

Et pour tout dire, mon frère Chuck n'arrivait jamais à se taire plus d'une seconde.

Min était assis sur une vieille souche et Julie travaillait sur la coque du canoë avec un couteau. Elle finissait de graver son nom, *L'EFFRAYANT*.

Je ne les ai même pas salués. Sans faire de bruit, je suis entré dans le Refuge, qui puait l'humidité et la boue moisie. Joju avait laissé par terre son sac en chanvre ; en fouillant à l'intérieur, j'ai trouvé du tabac haché. De quoi bourrer une bonne pipe.

De retour dehors, je me suis assis devant le Refuge, ma bouffarde à la main, avec un sourire béat. C'est là que Min s'est aperçu de ma présence (il est intelligent, je l'ai dit) et m'a pointé du doigt.

Julie a cessé de travailler pour essuyer son front couvert de sueur avec un bout de sa jupe, dévoilant un instant deux jambes pâles qui m'ont remué à l'intérieur.

– P'tit Trois ! a-t-elle crié. Qui t'a donné la permission de prendre mon tabac ?

P'tit Trois, c'est moi. J'ai ricané comme un démon des croisements avant de me lever d'un bond.

– Allons, allons, je n'ai même pas allumé ma pipe. Laisse-moi le couteau, plutôt, ou on sera encore là demain matin.

Mais est-ce que Joju était prête à me le laisser ? Plutôt mourir ! Finalement, même après avoir insisté un peu, je n'ai eu qu'à faire une croix dessus et à me mettre à raboter la rame.

Entre-temps, Eddie était arrivé. Eddie Criquet, Eddie Zyeuxbigleux, mon meilleur ami. Il avait un an de plus que moi, il était beau, grand et maigrichon, lui aussi (je le battais toujours à la lutte, d'ailleurs). Il avait les cheveux blonds, de la même couleur filasse que la canne à sucre, et une paire de vieilles lunettes dont les branches étaient maintenues avec de la ficelle. Dans le bayou, personne ne portait de lunettes à part Eddie parce que son père était docteur et il avait fait exprès le trajet jusqu'à La Nouvelle-Orléans pour les lui acheter.

– Je ne me sens pas très bien, a-t-il lâché en s'asseyant sur le tronc d'arbre à côté de Min. Je crois que j'ai de la fièvre.

Eddie avait toujours de la fièvre. Il allait mal en permanence ; quand il délirait, il prétendait qu'il entendait les voix du marais et qu'il pouvait comprendre le langage secret des animaux, mais on se doutait bien que c'était des fanfaronnades, rien de plus.

L'ennui, c'est qu'il n'y avait pas moyen de le faire travailler les fois où il se disait fiévreux ; avec Julie, nous nous sommes donc regardés les yeux dans les yeux et nous avons fini le canoë tout seuls. Ça nous a pris quelques heures, mais avant le coucher du soleil, il était fin prêt. C'était une pure merveille, un bateau tiré au cordeau, capable de battre en vitesse les vaisseaux qui traversaient l'océan, à tous les coups.

Puisque c'est moi qui l'avais construit, c'était bien sûr à moi de le mettre à l'eau, mais Joju ne l'entendait pas de cette oreille, Eddie non plus ; Min, lui, était déjà monté à bord pour on ne sait quelle raison et il n'avait pas la moindre intention de descendre.

Finalement, on a décidé d'étrenner le canoë tous ensemble et on l'a fait glisser dans l'eau. Il flottait bien, et même plus haut que prévu. On a sauté dedans, les uns après les autres, je me suis mis debout et j'ai commencé à donner de lents coups de rame, en esquivant les îlots de cette partie du bayou et les troncs engloutis qui pointaient comme des doigts hors de l'eau stagnante.

C'était une journée aussi chaude que dans un four, et humide, avec un soleil qui restait emprisonné entre les feuilles et colorait le marais d'ombres brisées.

J'ai ramé jusqu'à ce que le Refuge disparaisse quelque part derrière nous, puis j'ai fatigué et je me suis assis pour fumer cette pipe que je n'avais pas encore eu le temps d'allumer.

– Passe-la-moi, a dit Joju. Après tout, c'est mon tabac.

– Moi, je ne fume pas parce que j'ai de la fièvre, a dit Eddie.

Tandis que Joju allumait la pipe, j'ai préparé les cannes à pêche avec mon fameux leurre de poisson-fantôme. Je l'avais fabriqué moi-même, mais il était encore plus beau que celui du Catalogue.

– Attention ! s'est écrié Eddie. Cette zone du bayou est dangereuse, j'entends de drôles de murmures dans l'eau.

– Ce n'est pas vrai, a rétorqué Joju.

– Si, si. Des susurrements, des chuchotements et des

sifflements. D'après moi, ce sont des mocassins, et il y en a des *centaines*.

Les mocassins d'eau sont des serpents très dangereux. Une morsure, et on risque d'y passer. Mais je n'étais pas sûr qu'il y en avait des centaines, comme le disait Eddie, et puis mon leurre de poisson-fantôme ne risquait pas d'attirer des serpents.

Alors qu'un poisson-chat, oui, et même un bien beau et bien gros, avec un peu de chance.

J'ai donc lancé ma canne et attendu, confortablement installé, en discutant de tout et de rien avec les autres.

Eddie nous a appris que Mme Boucher avait eu des contractions pendant la nuit et qu'elle avait donné naissance à une petite fille. Seulement, elle était née avec six doigts à la main gauche, et c'était un signe de mauvais sort !

Je n'ai jamais vu quelqu'un croire autant à ces bêtises qu'Eddie Criquet.

Joju, pour sa part, a dit qu'elle avait presque capturé une tortue géante qui avait failli lui arracher un pied d'un coup de dents. Si une autre fille avait raconté une chose pareille, j'aurais pensé que c'était des bobards, mais je connaissais Joju, et si elle le disait, c'est que c'était vrai.

Au même moment, ma canne a remué brusquement et risqué de tomber du canoë ; je l'ai rattrapée juste à temps.

– J'ai une touche ! Pour tirer aussi fort, ce doit être un vrai monstre !

Eddie s'est levé pour me donner un coup de main, mais je lui ai ordonné de ne pas bouger, ce n'était pas le moment de faire chavirer le canoë et de nous envoyer tous à la baille. Après tout, il y avait peut-être vraiment des mocassins.

Les jambes écartées, j'ai serré fermement ma canne et tiré vers moi, prêt pour un long combat. C'était un poisson-chat énorme, aucun doute là-dessus. Le plus grand poisson-chat jamais vu de ce côté du bayou.

Mais je me trompais. Le leurre a refait surface au premier coup sec : il n'y avait rien au bout de l'hameçon en dehors d'une boîte en fer-blanc trouée et maculée de boue.

– Pouah ! C'est une conserve de soupe de tomate, jette-moi ça, a dit Eddie.

– Ne sois pas bête, a répondu Julie. Cette conserve peut nous être utile, on n'a qu'à en faire une lanterne pour le Refuge.

– Comme ça, on viendra même la nuit, j'ai proposé.

– Mais la nuit, il y a les feux follets, a gémi Eddie.

– Ce n'est pas vrai, a dit Joju.

– Bien sûr que si, a insisté Eddie. Ils circulent dans le marais comme des flammes bleutées sur l'eau.

Ces deux-là étaient bien partis pour se disputer, mais Min a mugi quelque chose, tendu les doigts et a été le premier à attraper la boîte.

Qui a tinté.

– Allez, fais-moi voir ça.

J'ai pris la boîte des mains du petit et renversé son contenu dans le fond du canoë.

Il en est sorti une belle quantité d'eau et de boue. Et puis trois pièces. Des pièces d'un dollar, qui brillaient dans les rayons du soleil comme des petits feux de cheminée.

– Trois dollars ! a murmuré Eddie en se penchant pour les attraper.

Je lui ai donné un coup de poing dans l'épaule qui a manqué de l'envoyer par-dessus bord.

Et je l'ai prévenu :

– Halte-là ! C'est moi qui ai pêché ces pièces, elles sont à moi.

– Mais c'est ma canne à pêche.

– Oui, mais la ligne est à moi.

– Et le canoë est à nous tous, est intervenue Julie. D'ailleurs, sans Min et sans moi, vous auriez déjà jeté la boîte et les pièces à l'heure qu'il est.

On s'est arrêtés pour les regarder, elles brillaient tellement qu'on en avait mal aux yeux.

Eddie a dit :

– On pourrait en prendre une chacun.

– Mais il n'y a que trois pièces, et on est quatre, ai-je rétorqué. Même si Joju et Min sont frère et sœur, dans le fond.

– Avec un dollar, on peut faire un bel achat, a observé Julie. Mais trois dollars d'un coup, c'est un vrai trésor. D'après moi, il faut qu'on décide ensemble comment les dépenser.

– Je parie que pour trois dollars M. Travert nous vendra la moitié de sa boutique, a murmuré Eddie. J'ai envie de me gaver de caramels mous à m'en faire éclater.

Moi, j'avais une meilleure idée :

– À la place, on n'a qu'à aller chez M. Fabron et acheter un porcelet. On le gardera ici, au Refuge, et on lui apportera quelques restes à manger tous les jours. Dès qu'il sera grand, on le revendra. Avec les sous, on achètera trois ou quatre petits cochons, on mettra en place un élevage, et dans cinq ans on sera riches.

– Cinq ans, c'est très long ! Et si le cochon tombe malade et meurt ?

– Je m'y connais en animaux, ai-je protesté. C'est pour ça que je vais toujours aider les Fabron quand ils en ont besoin…

– Mais ça ne veut pas dire que…

Pendant qu'on discutait, Julie s'était contentée d'observer les pièces, sans un mot. Tout à coup, elle a eu un sourire, les a ramassées et les a serrées toutes les trois dans sa main.

– J'ai une meilleure idée !

J'ai demandé :

– Quoi ?

Elle a répondu :

– Le Catalogue. On pourrait acheter quelque chose dans le Catalogue.

Our big ACME FOREST RESERVOIR WOOD BURNING COOK STOVE,

REDUCED TO $15.67.

HAVING PATTERNS and molding flasks to make the Acme Forest stoves in very large quantities, we find ourselves somewhat overstocked, and to dispose of the overstock at once, we are offering this big wood burning cook stove, either with or without reservoir, at about 3 cents per pound, only $15.67 for the big reservoir stove, a price heretofore unknown.

From the illustration, engraved by our artist from a photograph, you can get some idea of the appearance of this handsome, extra large, heavy wood burning cook stove. We furnish it either with reservoir, as illustrated, or without, as desired, at the following prices:

No. 96R1146 Price, No. 8, with reservoir......$15.67
No. 96R1150 Price, No. 8, without reservoir.. 11.76

These big stoves are made for wood exclusively. They will take wood 27 inches long. The Acme Forest is made from special patterns; has an extra large fire box, very large oven, giving you an extra heavy, handsome, durable stove.

OUR ACME FOREST has a very large oven, large fire

$ 5.75

POÊLE DE CUISINE À BOIS

Réf. 22O002 – Poêle de cuisine, à bois uniquement, charbon à proscrire. Fabrication de haute qualité. Sans réservoir à combustible, sans conduit d'échappement. Plateau pour le ramassage des cendres inclus.

Dimensions du fourneau : 16 x 14 x 10,5 pouces

Prix : $ 5.75

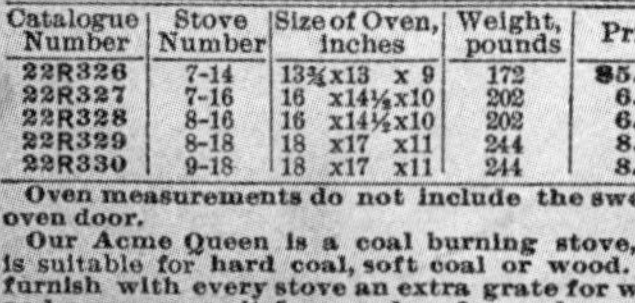

FOR COAL OR WOOD.

Prices are cash with the order, delivered on the cars at our foundry in Central Ohio, and do not include any pipe or cooking utensils. See pages 580 to 593.

Catalogue Number	Stove Number	Size of Oven, inches	Weight, pounds	Price
22R326	7-14	13¾x13 x 9	172	$5.55
22R327	7-16	16 x14½x10	202	6.85
22R328	8-16	16 x14½x10	202	6.90
22R329	8-18	18 x17 x11	244	8.20
22R330	9-18	18 x17 x11	244	8.25

Oven measurements do not include the swell of oven door.

Our Acme Queen is a coal burning stove, but is suitable for hard coal, soft coal or wood. We furnish with every stove an extra grate for wood, and you can use it for wood or for coal.

It has very large flues, cut tops, heavy cut centers supported by post, heavy covers, heavy linings with very heavy sectional fire back, large bailed ash pan, slide hearth plate, outside oven shelf, pouch feed, oven door kicker, nickel plated panel on oven door, nickel plated name plate on front door, nickel plated door knobs and tin lined oven door.

When ashes are removed from under oven they are scraped into the hearth, avoiding all possibility of spilling the ashes on the floor when cleaning stove.

Each stove is furnished with a lifter, shaker and scraper for removing the ashes from under the oven.

If you do not burn coal at all make your selection from the Acme Leader, Catalogue Nos. 22R209 to 22R213. DIMENSIONS.

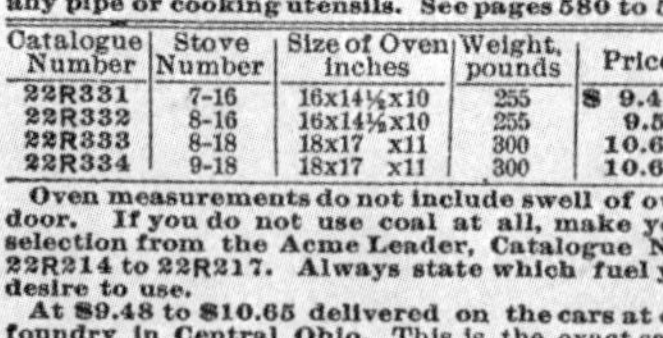

FOR COAL OR WOOD.

Prices are cash with the order, delivered on the cars at our Central Ohio foundry, and do not include any pipe or cooking utensils. See pages 580 to 593

Catalogue Number	Stove Number	Size of Oven inches	Weight, pounds	Price
22R331	7-16	16x14½x10	255	$ 9.48
22R332	8-16	16x14½x10	255	9.53
22R333	8-18	18x17 x11	300	10.60
22R334	9-18	18x17 x11	300	10.65

Oven measurements do not include swell of oven door. If you do not use coal at all, make your selection from the Acme Leader, Catalogue Nos. 22R214 to 22R217. Always state which fuel you desire to use.

At $9.48 to $10.65 delivered on the cars at our foundry in Central Ohio. This is the exact same stove as the **Acme Queen** previously illustrated under No. 22R326, at **$5.55 to $8.25**, with the addition of the large porcelain lined reservoir as shown in illustration. **DIMENSIONS.**

Stove No.	Size of Lids	Top, including Reservoir	Height	Pipe Collar	Fire Box
7-16	No. 7	22x40	26½	6	16½
8-16	No. 8	22x40	26½	6	16½
8-18	No. 8	24x44	28½	7	18
9-18	No. 9	24x44	28½	7	18

2

POÊLE DE CUISINE À BOIS

Le Catalogue, tout le monde le sait, c'était le CÉLÈBRE CATALOGUE DES BONNES AFFAIRES DE MISTER WALKER & MISS DAWN. LES PRIX LES PLUS BAS ! – DÉPENSEZ BIEN VOTRE ARGENT ! – REMBOURSEMENT GARANTI !

D'après la publicité, c'était le deuxième livre le plus lu en Amérique après la Bible. À mon avis, c'était même le premier, notamment parce que peu de gens de ma région savaient lire. Au moins, le Catalogue avait des images.

Oui, des images. Deux mille pages remplies d'objets en tout genre ; chacun avait droit à un beau dessin détaillé, c'était comme avoir le véritable article sous les yeux.

Le Catalogue proposait des boutons, des tisanes, des marteaux et des outils agricoles. Des landaus. Des selles pour chevaux. Des bijoux et des montres, des chapeaux et des vêtements, des chaussures pour dame. Des fusils. Des cannes à pêche. Des médicaments. Des gants de boxe. Des kits de construction pour se fabriquer une maison.

Il suffisait de penser à un objet, n'importe lequel, et on pouvait être certain qu'il figurait dans le Catalogue, bien à sa place, avec son beau dessin à l'encre, deux lignes de description et le prix, évidemment.

M. Fabron disait que, des années en arrière, le Catalogue permettait même d'acheter des esclaves africains. C'était sûrement une blague : M. Fabron n'avait pas son pareil pour raconter des bobards, et puis je n'aurais sûrement pas aimé être en mesure d'acheter Min dans un Catalogue. Ou peut-être que si : je l'aurais aussitôt acheté pour l'offrir à Julie. Comme ça, ils auraient été à nouveau réunis.

Quoi qu'il en soit, avec les autres de la bande, on trouvait que le Catalogue était la chose la plus extraordinaire qui puisse exister. Il était livré dans toutes les maisons du bayou, plus ou moins en début d'année ; quand il arrivait, c'était une vraie fête, peut-être encore plus qu'à Noël.

Le soir, après dîner, maman s'asseyait sur le fauteuil à bascule, le Catalogue sur les genoux, et son doigt parcourait les dessins, un par un. Dès qu'elle trouvait quelque chose d'intéressant, elle me demandait :

– P'tit Trois, c'est écrit quoi, là ?

Alors je lui lisais la description, et puis elle me demandait :

– P'tit Trois, combien ça coûte ?

Alors je lui lisais le prix.

À ce moment-là, elle souriait, sans rien dire, mais son doigt recommençait à glisser sur la page, comme si elle avait tout oublié.

Une fois, juste une seule fois, son doigt s'était arrêté à un endroit précis et n'avait plus bougé.

C'était arrivé deux ans plus tôt, quand notre vieux poêle s'était fendu et avait recouvert le plancher d'une cascade de braises ardentes qui avaient bien failli mettre le feu à toute la maison.

Comme on ne pouvait plus s'en servir, on était restés dans le froid quelque temps. À la longue, c'était devenu trop dur, et P'tit Cinq, le plus jeune de mes frères, avait attrapé une fièvre carabinée, une vraie, qui aurait pu le tuer, pas comme les fièvres imaginaires d'Eddie. Finalement, maman avait décidé d'acheter un poêle neuf ; soir après soir, elle m'avait fait lire et relire la page du Catalogue où se trouvaient les différents modèles, en me demandant de lui répéter les prix et les caractéristiques. Elle hochait la tête, mais dès le lendemain, elle recommençait.

Au bout du compte, le poêle le plus économique coûtait cinq dollars soixante-quinze. Avec les frais d'expédition et tout le reste, cela revenait à plus de sept dollars au total. Maman était donc allée au village avec Nina, notre jument ; à son retour, Nina n'était plus là. En revanche, on avait l'argent pour le poêle.

Ça m'avait fait de la peine car Nina était une bonne jument. À partir de là, c'était moi et P'tit Deux qui avions dû nous briser le dos pour tirer la charrette à sa place, mais tant pis.

L'hiver, il valait mieux avoir un poêle.

J'ai perdu le fil de mon histoire, me semble-t-il. Tout ce que je voulais dire, c'est que l'idée de Joju était vraiment géniale. S'il fallait trouver la façon de dépenser nos trois dollars, la solution était forcément dans le Catalogue.

Aucun doute là-dessus.

J'ai donc fait demi-tour et ramé à toute vitesse jusqu'au Refuge. J'ai tiré au sec le canoë, puis Julie et Eddie m'ont aidé à le recouvrir avec des branches d'arbre pour que personne ne puisse le trouver et, qui sait, avoir l'envie de partir avec.

On a ensuite creusé un trou dans le sol du Refuge afin d'y cacher les trois dollars et on l'a rebouché pour que personne ne le repère. Finalement, on est rentrés chez nous : moi devant, pour ouvrir le chemin au milieu des sables mouvants, puis Min, puis Joju qui le tenait par la main et, derrière, Eddie, qui fermait la marche.

J'ai salué les autres au croisement, peu après le Pont Branlant, comme toujours.

Ed habitait au village, où son père avait aussi un cabinet de docteur, alors que Joju et Min vivaient dans une cahute face à la plantation des Mc Coy. En toute honnêteté, je pense qu'ils auraient mieux fait de s'installer dans notre Refuge. C'était tellement moche là où ils habitaient !

Pour ma part, je suis rentré chez moi.

À la maison, on était cinq : maman, Chuck (c'était mon plus grand frère), puis P'tit Deux, puis moi et, finalement, P'tit Cinq.

Papa est mort quand j'étais petit et je ne m'en souviens pas très bien.

P'tit Quatre, lui, était né un an après moi. Il était mort quand j'étais encore au berceau, ce qui fait que je ne m'en souviens pas du tout. Mais ma mère avait toujours insisté pour qu'on ne lui vole pas son nom. Du coup, mon frère qui était arrivé après s'était appelé P'tit Cinq.

Il n'y avait que des garçons, à part maman, elle nous appelait « sa petite armée ». Moi, ça m'allait bien, mais ça m'agaçait qu'il faille aussi se coltiner Chuck ; il ne faisait jamais que parler à tort et à travers ou donner des chiquenaudes à tout-va.

En arrivant à la ferme, j'ai vu P'tit Cinq qui jouait dans la boue et P'tit Deux qui donnait à manger aux animaux. Il m'a appelé pour que je vienne l'aider.

Comme je n'en avais pas envie, mais alors pas du tout, il a insisté :

– Fais-moi confiance, tu ne vas pas le regretter.

Je me suis approché pour mieux comprendre et on a porté le seau des cochons tous les deux.

– Je ne vais pas regretter quoi ?

P'tit Deux n'a pas répondu mais m'a fait un de ces sourires de traviole qui lui allaient si bien.

– Tu es allé où, aujourd'hui ?

– Chez les Fabron. Je leur ai filé un coup de main, pour leur grange.

– Ah bon, a-t-il dit. Tu dois être fatigué, alors.

– Pas mal.

– Je te crois.

P'tit Deux avait quinze ans, il était maintenant de la même taille que Chuck, mais, à la différence de Chuck, c'était quelqu'un de bien, lui, on le voyait tout de suite à ses yeux, et puis il ne savait pas raconter de mensonges, même pas des petits !

J'ai aussitôt demandé :

– Hé, il est arrivé quelque chose ou quoi ?

Pour toute réponse, P'tit Deux a versé le seau de bouillie dans l'enclos avec un soupir, et on a passé un moment à regarder les cochons se donner des coups de dents et d'épaule pour atteindre la mangeoire en premier. Pire que si on y avait mis du poulet rôti !

– Va voir maman, a encore soupiré P'tit Deux. Ça fait un petit bout de temps qu'elle t'attend.

Les fois où mon frère disait ce genre de choses, il n'y avait pas moyen de lui tirer les vers du nez. Autant demander à un poisson-chat de faire des cabrioles.

Je l'ai donc laissé à ses cochons pour bondir jusque sous l'auvent de la maison. Tant que j'y étais, j'ai pensé à essuyer mes pieds sales sur le paillasson devant la porte.

J'ai trouvé ma mère dans la cuisine, en train de touiller la marmite de poisson au *court-bouillon**. Mon plat préféré.

Dans la cuisine, il faisait une chaleur à crever. Les murs étaient recouverts d'une épaisse patine de gras et d'humidité. Une nuée de mouches se bagarrait au-dessus de la table en bois, pire que les cochons tout à l'heure.

En me voyant entrer, maman a levé la tête et soufflé

sur une mèche de cheveux qui lui tombait sur le front. Elle était tout de noir vêtue, comme toujours depuis la mort de papa, et ses manches relevées dévoilaient des muscles capables de gagner au bras de fer, même contre M. Dubois qui était le plus costaud du coin.

– Tiens, te voilà, toi.

– Désolé d'être rentré si tard, mais ça nous a pris plus de temps que prévu…

– Et comment va Michel ?

Michel était le plus jeune fils des Fabron, il avait mon âge.

J'ai répondu :

– Très bien ! On a passé des heures sur le toit, je ne te raconte pas la chaleur…

Ma mère m'a regardé. Un long moment.

Et c'est à cet instant précis que je me suis rendu compte que ça sentait le roussi.

– Ah oui ? Ça me fait plaisir que Michel ait pu grimper en haut de la grange aujourd'hui. Je ne pensais pas qu'il se remettrait sur pied si rapidement…

Bien. J'avais maintenant la certitude absolue qu'il s'était passé quelque chose.

– Figure-toi que vers trois heures M. Fabron est passé nous voir, a continué maman. Michel s'est cassé une jambe en tombant d'un ponton, son père m'a demandé la calèche pour l'accompagner en ville, chez le docteur Brown.

Le papa d'Eddie.

– Et tu sais le plus étonnant ? C'est que la grange des

Fabron n'avait absolument pas besoin d'être réparée... et qu'en arrivant au village, parce que je les ai accompagnés, évidemment, on a croisé le docteur Brown qui courait dans tous les sens. Il cherchait son fils, Edward. C'est là qu'il m'a demandé si, par hasard, vous n'aviez pas encore filé dans le bayou pour perdre votre temps à inventer des jeux dangereux...

J'ai poussé un soupir si profond que ça m'a fait frissonner jusqu'à la pointe des pieds.

– Excuse-moi, maman.

Elle était plus sombre que sa robe.

– Tu veux bien me dire ce que tu as fait de ta journée, au lieu d'aller chez les Fabron ?

– Je suis parti me balader avec Eddie. On est allés pêcher.

Et c'était presque la vérité vraie.

– Alors où sont-ils, ces fameux poissons ? Au moins, je pourrais les mettre dans la soupe.

Hélas, je n'avais même pas un petit poisson riquiqui sur moi. Après l'histoire des trois dollars, on était aussitôt revenus au Refuge, sans rien attraper du tout.

Maman a secoué la tête :

– P'tit Trois, tu n'es plus un enfant...

Je connaissais la suite de cette tirade et, à vrai dire, je n'avais pas envie de l'entendre, car, chaque fois que maman faisait cette tête d'enterrement, cela me serrait le cœur.

J'ai passé un bon moment les yeux baissés, à l'écouter parler. Finalement, elle m'a dit que j'avais intérêt à monter me coucher sans dîner (forcément, allez savoir combien de poissons j'avais mangés avec Eddie) et encore plus intérêt à filer droit, dorénavant.

J'avais tellement faim que j'aurais englouti toute la soupe et même récuré la marmite avec du pain s'il y avait eu du rab. Malgré tout, je suis parti en soupirant, sans un mot de plus. Au fond, j'aurais quand même pu songer à attraper deux petits poissons pour la maison.

Ma chambre était à l'étage, elle était petite et j'y dormais avec mes frères, à part Chuck. Comme c'était le plus grand, il avait une pièce pour lui.

Vu qu'on avait l'habitude d'être à trois dans la pièce et qu'il y avait juste assez d'espace pour dormir, je n'avais pas souvent l'occasion de rester un peu seul, sans personne dans les pattes.

J'ai donc fermé la porte et même attaché la poignée avec de la ficelle, puis j'ai soulevé le matelas et j'en ai sorti mon coffre à secrets, une boîte en bois que j'avais fabriquée moi-même, l'été précédent.

À l'intérieur, il y avait toutes les affaires que je préférais ou que je voulais sauver des griffes de P'tit Cinq ou de Chuck, comme une pointe de flèche d'Indien que j'avais trouvée dans le bayou, une patte d'écureuil, une plume de pygargue ou encore un morceau de bois sculpté.

J'ai farfouillé là-dedans un moment, mais rien à faire : je continuais de repenser aux trois dollars et à tous les trucs qu'on pouvait s'offrir avec.

Brusquement, j'ai entendu qu'en bas maman sonnait la cloche pour que mes frères rentrent dîner. La voix de Chuck dominait les autres, il a demandé où j'étais avant de râler que je n'étais qu'un flemmard et un bon à rien.

Mais je me fichais bien de ce que pensait Chuck.

Sans perdre de temps, j'ai retiré la ficelle de la porte que j'ai ouverte tout doucement, pour ne pas la faire grincer, puis je me suis glissé dehors jusqu'à la chambre de maman. Elle dormait encore dans le grand lit, comme quand papa était là.

Sur la table de chevet, il y avait son bonnet de nuit, un petit bout de chandelle et le Catalogue.

Le dessin de la couverture représentait une mappemonde avec un train qui filait dessus à toute vapeur. Notre exemplaire était très froissé car on y jetait un œil chaque soir, surtout maman.

Je m'en suis emparé à la vitesse de l'éclair et je l'ai rapporté dans ma chambre pour le feuilleter allongé sur mon lit, page par page.

Il y avait des cuillères en argent qui auraient fait très plaisir à maman et des objets qui avaient servi à quelque chose même si je ne savais pas à quoi, comme ce « rhéostat électrique ».

Il y avait des pianos à cinquante dollars et des violons à deux dollars.

Et puis des stylos, des encriers et d'autres affaires d'école (que je n'aurais jamais eu l'idée d'acheter). Une bicyclette à huit dollars (que j'aurais volontiers achetée, par contre).

Une interminable ribambelle de couteaux à cran d'arrêt, plus beaux les uns que les autres. Des fauteuils de barbier comme ceux de M. Flinch, là-bas, au village. Des lanternes. Des vilebrequins. Des cols de chemise.

Et puis…

L'espace d'un instant, mon cœur s'est arrêté, je le jure. Parce que j'avais exactement trouvé ce que je cherchais. L'objet parfait. Et il coûtait un peu moins que les trois dollars qu'on avait à dépenser.

Our $1.67 Double Action Revolver.

No. 6R1197 Forehand & Wadsworth safety hammer, double action revolver, full nickel plated, rubber stock, rifled barrel, rebounding lock, safe, reliable and accurate, 32-caliber, 2½-inch octagon barrel, 6-shot, using cartridge No. 6R2377. Weight, 15 ounces. Our price......$1.67

No. 6R1198 38-caliber, 2½-inch octagon barrel, 5-shot, using cartridge No. 6R2388. Weight, 15 ounces. Our price..$1.67

If by mail, postage extra, 20 cents.

These goods are genuine, and new from the factory. Beware of imitations and shop worn goods, which are sold for new goods by some firms. We handle nothing but first class goods.

The Forehand Perfection Automatic 5-Shot Revolver for $3.10.

32-Caliber only.

Forehand Perfection Automatic, small frame, rebounding lock, positive stop on cylinder, and hammer blocked, same as in other Forehand Automatics. Accidental discharge impossible. Using cartridge No. 6R2377. Weighs but 13 ounces. A fine pocket revolver. Full length, 7¼ inches.

No. 6R1205 32-caliber, 3-inch, nickel plated $3.10

No. 6R1207 32-caliber, 3-inch, blue steel frame and barrel. Price..................................$3.50

If by mail, postage extra, 17 cents.

Our $3.10 Forehand Automatic.

32 and 38-Caliber.

Forehand Automatic 5-inch Barrel Revolver, $3.60.

32 and 38-caliber.

Taking same cartridges as the Smith & Wesson Double Action Revolvers.

Forehand Automatic. Same as No. 6R1219 but with 5-inch barrel. These are made with the same care, skill and accuracy as the other Forehand revolvers.

No. 6R1225	32-caliber, nickel plated, 5-inch	$3.60
No. 6R1227	32-caliber, blued, 5-inch.......	4.00
No. 6R1226	38-caliber, nickel plated, 5-inch	3.60
No. 6R1228	38-caliber, blued, 5-inch.......	4.00

If by mail, postage extra, 27 cents.

Our $3.60 Forehand Hammerless.

SMALL FRAME.

32 and 38-Caliber.

TAKES CARTRIDGES No. 6R2377 AND No. 6R2388.

We offer you at $3.60 a hammerless revolver which has never been retailed at less than $6.00. No other house will meet our price. Make a comparison and decide for yourself. This is the celebrated Forehand & Wadsworth new style hammerless revolver, made by Forehand Arms Co. No better revolver made. Automatic shell extractor, double action, self cocking, rebounding lock, absolutely safe catch to lock hammer, made of best material, beautifully finished throughout, accurate and reliable. All center fire, nicely nickel plated ...ughout, uses Smith & Wesson center fire car- ...liber, 5-shot; 38-caliber, 5-shot; ...and No. 6R2388. ...Our price.$3.60

REVOLVER DE POLICE

$1.95

Réf. 61R510 – Revolver de police à double action et chargement automatique. Calibre 38, canon rayé, arme sûre et fiable. Toutes les parties sont démontables.

Compatible avec les munitions sous la *Réf. 92R510*.

Canon : 3¼ pouces.
Poids : 18 onces environ.
Prix : $ 1.95.

do... times happens that we re... from every part of the United ... single item, which exhausts the sto... temporarily. It also sometimes happens that one of our factories is destroyed by fire. Sometimes it happens that one of our factories fails in business, has labor strikes, can't make goods as fast as we can sell them, etc., and while we try as far as possible to deal with reliable factories, we cannot guarantee to furnish goods under these conditions, but we always do the best we can for our customers. If you can give us a second choice when we are out of an article it will avoid delay in shipping your order.

...GHT.

...freight, as it is ... express.

...der a gun or rifle, and you include enough needed goods from our big catalogue to make a shipment of 50 to 100 pounds, the entire shipment will be very near as cheap by freight as the gun alone would cost by express. When shipping 50 to 100 pounds or more by freight it makes the freight charges cost practically next to nothing on each item.

3

REVOLVER DE POLICE

La nuit, le bayou était un lieu fantomatique. Les arbres devenaient plus grands, comme des ombres qui disparaissaient jusqu'au ciel, et les lianes s'agitaient dans le vent à la façon d'une gigantesque toile d'araignée. L'eau et la boue se confondaient, ce n'était plus qu'une étendue aussi brillante que du verre et aussi dangereuse qu'un piège à loup. Il y avait des bruits étranges, des cris d'animaux et des murmures de cauchemar, une odeur de pourriture et une haleine de prédateurs.

Je savais bien que c'était des bêtises. Les monstres, ça n'existait pas, et les fantômes non plus. Il n'y avait qu'un idiot comme Eddie pour croire à ce genre de choses. Cela dit, le bayou était vraiment un spectacle impressionnant la nuit, et ceux qui pensaient le contraire étaient encore plus bêtes que ceux qui croyaient aux fantômes, à mon avis.

Après m'être faufilé hors de la maison quand tout le monde dormait, j'avais ouvert la fenêtre pour descendre le long de la façade. P'tit Cinq s'était réveillé juste au moment où j'enjambais le rebord de la fenêtre, mais il n'avait rien dit car, dans le cas contraire, je l'aurais salement cogné. P'tit Deux, lui, ne se serait même pas réveillé si on avait tiré des coups de fusil.

J'ai fendu l'obscurité en courant. Dans une main, je serrais une lanterne éteinte et, dans l'autre, le Catalogue. Cela faisait deux jours que je le feuilletais sans arrêt, encore et encore, j'avais presque l'impression de le connaître par cœur. Mais je revenais toujours à l'objet sur lequel mes yeux étaient tombés, le premier soir, lorsque maman s'était tellement mise en colère à cause de l'histoire des Fabron et qu'elle m'avait enfermé dans ma chambre comme un bagnard.

Dans l'après-midi, Eddie avait réussi à se libérer et était passé à la ferme, il m'avait laissé un billet avec un mot, un seul, écrit à l'encre bleue.

MINUIT.

Le bayou commençait après le croisement ; à partir de là, il fallait avancer au milieu d'herbes hautes jusqu'au torse, des mares invisibles et des arbres qui cachaient la lune.

Un nigaud aurait allumé la lanterne, ce qui aurait été le meilleur moyen de s'attirer des ennuis : avec la lumière, on n'arrivait plus à faire la différence entre la terre ferme et les sables mouvants, c'était un coup à finir à la baille, à se faire engloutir par le marais, et là, adieu. En plus, la lueur attirait les animaux, et si les feux follets, ça n'existait pas, les serpents, oui, aucun doute là-dessus.

Sans m'en apercevoir, je m'étais mis à siffler, mais le son est mort dans ma gorge au bout de deux pas : j'avais beau avoir une vue aussi perçante qu'un lynx, il ne fallait tout de même pas prendre le bayou à la légère une fois la nuit tombée.

Soudain, j'ai cru entendre un bruit, une espèce de cri étouffé, et un voile blanc s'est agité entre les arbres avec un bruissement sinistre.

Mes pieds se sont subitement transformés en racines et je suis resté cloué au sol. Le voile apparaissait et disparaissait. Quand j'ai compris qu'il s'approchait, mes pieds se sont décidés à faire leur devoir et je me suis mis à courir comme un dératé vers le Pont Branlant, avec la lanterne qui brinquebalait d'un côté et le Catalogue qui agitait ses deux mille pages à droite, à gauche.

Un fantôme, un fantôme, un fantôme. Mon cœur tambourinait dans ma poitrine. J'avais fait trois grandes enjambées et je me trouvais désormais sur le pont quand cette créature immonde m'a sauté dessus et m'a fait rouler par terre. Alors j'ai donné un coup de poing à l'aveuglette et la créature a crié :

– Aïe !

Elle avait exactement la même voix qu'Eddie.

Et puis le drap a glissé. C'était bien lui, avec ses lunettes de travers sur le nez. J'étais tellement en colère que je lui ai envoyé un coup de poing dans le ventre et un coup de pied, ça lui apprendrait à faire des blagues idiotes !

Il a d'abord essayé de répondre en me griffant comme une fille, avant de s'apercevoir que je risquais de l'amocher, alors il a pris ce ton pleurnichard qu'il avait toujours quand quelqu'un le frappait.

– Je ne voulais pas te faire peur, P'tit Trois.

– Des clous ! Tu voulais que j'aie une attaque *cradiaque*.

– C'est pas vrai. J'entrais en contact avec le marais, et l'esprit du marais m'a ordonné de chasser les intrus...

– C'est des bêtises et je ne suis pas un intrus.

– Ben non, a admis Eddie, je sais bien. Mais l'esprit du marais, il n'est pas au courant, tu ne crois pas ?

Il avait peut-être raison, mais peut-être pas, et puis ça m'agaçait d'être tombé dans ce piège comme un imbécile. Cela dit, je pouvais toujours me venger en faisant la même blague à Joju. Alors on s'est cachés derrière un arbre. L'ennui, c'est qu'on a passé un moment sans les entendre venir, ni elle, ni Min. Du coup on en a eu assez et on a franchi le pont, puis les sables mouvants qui menaient au Refuge. Un peu de lumière filtrait sous la porte en bois.

Joju était déjà arrivée.

Min dormait roulé en boule dans un coin, comme un ourson. Julie était assise sur une caisse défoncée, une bougie devant elle et la tête entre les mains.

À peine entré, je me suis aperçu que quelque chose n'allait pas.

Primo, parce qu'au lieu de nous saluer elle s'est contentée de nous lancer un long coup d'œil en silence. Deuzio, parce qu'elle avait un bleu sombre au niveau du cou, de la taille d'une sangsue du bayou.

Et ce n'était pas le genre de bleus qu'on se fait en tombant d'un arbre ou en loupant une marche d'escalier.

Cela faisait maintenant un bon bout de temps que je connaissais Joju, je l'aimais beaucoup et je savais qu'il valait mieux la laisser tranquille les fois où elle avait ce genre de traces. Le problème, c'est qu'Eddie n'a jamais compris grand-chose. Il a remis ses lunettes d'aplomb sur son nez et s'est exclamé :

– Hé, Julie, qu'est-ce qui t'est arrivé ?

C'était vraiment la chose à ne pas dire. J'ai cru que Joju allait se lever et bondir pour lui faire passer un sale quart d'heure. Mais non, elle a tourné la tête et simplement répondu :

– Rien.

– Comment ça, rien ? Tu tires la tronche et on dirait que quelqu'un t'a…

Là, il s'est arrêté.

Mon ami Eddie est peut-être un peu simplet, de temps à autre, mais au fond, c'est quelqu'un de bien et il ne ferait jamais de mal à personne.

Je me suis raclé la gorge en sortant le Catalogue de sous ma chemise. Il avait été maculé de boue pendant que je me bagarrais avec Eddie au Pont Branlant. Mais c'était le cadet de mes soucis.

– Venez voir, regardez ce que j'ai trouvé…

Avec Eddie, on s'est assis autour de la bougie de Joju.

Un court instant, j'ai levé les yeux vers mon amie et ses yeux noirs, froids comme des cailloux.

J'ignorais si c'était la mère de Julie qui lui avait fait ces bleus ou quelqu'un d'autre, peut-être un des hommes qui passaient parfois par leur maisonnette à la lisière de la plantation. Quoi qu'il en soit, il valait mieux ne pas poser de questions et la boucler. Parce qu'il y a des coups qu'on voit et d'autres qu'on ne voit pas. Et d'habitude, ce sont précisément ceux-là qui font le plus mal.

J'ai donc ouvert le Catalogue pile au bon endroit, mais en couvrant la page de ma main pour que les autres ne puissent pas voir tout de suite ce que j'avais trouvé. Et puis j'ai dit :

– Je sais comment dépenser nos trois dollars.

– Comment ? a demandé Eddie qui attrapait ma main pour l'écarter de là où elle était.

Mais avais-je envie de me faire voler ma surprise comme ça, comme un benêt ? Non. Alors j'ai annoncé fièrement :

– On va s'acheter un revolver de police !

Et j'ai fini par leur montrer la réclame.

Revolver de police à double action et chargement automatique. Calibre 38, canon rayé, arme sûre et fiable. Toutes les parties sont démontables.

Le pistolet coûtait moins de deux dollars, il resterait de l'argent pour les balles et les frais d'expédition… Et pourquoi pas quelques cents pour des caramels mous à la boutique de M. Travert.

En attendant, je me voyais déjà en train de me balader dans le village, le pistolet glissé dans ma ceinture, comme un vrai shérif. Le dimanche, j'attendrais que ce bellâtre de Donnie Le Beau sorte de l'église avec son chapeau tout neuf et PAN !, je l'enverrais valser d'un seul coup. Ses amis se mettraient à rire et Becky, qui n'avait d'yeux que pour lui, n'aurait d'yeux que pour moi, et...

– Qu'est-ce qu'on va faire d'un revolver ? a demandé Ed.

– Hein ? Comment ça ?

Même Eddie Criquet ne pouvait pas poser une question aussi bête.

– Je veux dire, tu n'as pas déjà un fusil chez toi ? Et puis ça tire plus loin...

– Fais un peu marcher ta tête ! me suis-je exclamé d'un ton légèrement agacé. Tu vois qui c'est, Billy the Kid ? Jesse James ? Butch Cassidy ?

Derrière les verres de ses lunettes, les yeux de mon ami étaient gros comme des œufs.

– Ce sont... des criminels ? a-t-il bafouillé.

– Non. Pas juste des criminels. Les plus grands criminels de l'Ouest ! Et est-ce que les criminels, ils ont des fusils ? Bien sûr que non ! Ils ont des revolvers.

Eddie s'est gratté une oreille en réfléchissant intensément.

– Je ne sais pas s'ils ont des revolvers, mais pour être honnête, si je dois toucher une cible, ce serait plus pratique avec un fusil. Une fois, Joe l'Indien a même tué un ours comme ça. Avec un revolver, il n'y serait pas arrivé.

– Évidemment qu'il n'y serait pas arrivé ! C'est là que je veux en venir : les fusils, c'est fait pour la chasse. Si les criminels ont des pistolets, c'est parce que c'est plus héroïque. Du coup, si on a un pistolet, on pourrait être des héros, nous aussi.

– Mais je ne veux pas devenir un criminel, moi ! a-t-il marmonné.

– C'est pour ça qu'on va acheter un pistolet *de police* ! C'est ce que dit la réclame, non ?

Comme Eddie commençait à se laisser convaincre, je l'ai travaillé au corps en lui expliquant que ceux du village nous demanderaient de devenir shérifs. Peut-être nous donneraient-ils une étoile pour qu'on l'épingle à notre chemise. Tout le monde nous regarderait avec respect, on vivrait des tas d'aventures et on se couvrirait de gloire, comme dans les histoires des revues à un penny qu'on avait trouvées au milieu des papelards du papa d'Ed.

– Ça marche. Je saurais quoi faire, avec un revolver.

Ça, c'était Joju. Elle qui était restée muette avait subitement levé la tête et parlé dans un murmure.

Au même moment, Min a bâillé depuis sa couchette. Ça sonnait comme un oui. La question était réglée.

Enfin, réglée, façon de dire : si on voulait le revolver du Catalogue, il nous restait un tas de choses à faire.

On ne pouvait évidemment pas se rendre chez M. Quenau, le postier, et lui confier la lettre avec notre commande. Il risquait fort d'aller cafarder chez nos parents et ce serait un drame.

Pire encore : M. Quenau pouvait se rendre compte que l'enveloppe contenait l'argent des frais d'expédition, l'ouvrir et empocher les sous pour sa pomme.

Bref, il fallait réfléchir posément car on n'aurait pas de seconde chance. Et c'est ainsi qu'on a passé le reste de la nuit à écarter des idées, et encore des idées, jusqu'à ce qu'on élabore un plan digne de ce nom.

De nous tous, Eddie était celui qui lisait et qui écrivait le mieux. Puisqu'il ne manquait ni de papier ni d'encre chez lui, il s'est chargé de préparer la lettre en indiquant bien toutes les références, pour le pistolet comme pour les balles.

Joju, elle, a glissé dans sa poche le premier de nos trois dollars et s'est rendue à la droguerie du village afin d'acheter un timbre. C'était la seule d'entre nous qui pouvait se rendre où elle voulait sans qu'on la regarde de travers, sans doute parce qu'elle était *toujours* regardée de travers. Et puis personne ne s'étonnerait de la voir avec un dollar entier dans la main : de temps en temps, les amis de sa mère lui donnaient quelques pièces et elle faisait les courses pour sa mère, pour Min, pour tout le monde.

Le fait est qu'il en fallait trois, des timbres. Et ils étaient sacrément beaux. Le premier représentait un bateau à vapeur et les deux autres, un train roulant sur ses rails dans un nuage de vapeur. On s'est même demandé une minute s'il ne valait pas mieux laisser tomber le pistolet et dépenser nos dollars en timbres.

Quand tout a été prêt, j'ai dû remplir ma mission, la plus difficile, comme toujours. J'ai pris la lettre, l'enveloppe, les timbres, un demi-dollar pour les frais d'expédition et je me suis préparé pour la phase du « dépôt ».

M. Quenau amenait le courrier aux fermes de la zone une fois par semaine : il partait du village tôt le matin avec sa carriole et faisait tout doucement sa tournée. Il remettait les courriers et récupérait ceux à expédier au bureau de poste de La Nouvelle-Orléans.

Vers l'heure du déjeuner, M. Quenau s'arrêtait manger dans l'une des maisons le long de la route, généralement chez les Fabron ou à la plantation de coton des La Fontaine. Le soir, une fois de retour au village, il allait au bar boire un petit coup. Avec un peu de chance, il se dispenserait de contrôler une par une les lettres à expédier, surtout après deux tournées de whisky : il se contentait peut-être de les prendre et de les remettre à la diligence pour La Nouvelle-Orléans.

Tout un tas de choses pouvaient mal tourner, mais si on voulait le revolver, on n'avait pas tellement le choix. Le jour propice, je me suis éclipsé de la maison sans me faire remarquer, j'ai couru comme un dératé jusqu'au village et grimpé dans un cyprès confortable et élancé qui poussait au bord de la route. J'ai alors vu M. Quenau prendre à gauche au carrefour. C'était le signe qu'il faisait le grand tour, ce jour-là : il passerait chez les La Fontaine, c'était sûr et certain. J'ai donc pris cette direction pour l'attendre aux abords de la plantation.

En réalité, j'espérais qu'il déjeunerait chez les Fabron : j'étais comme chez moi là-bas, les chiens me connaissaient et cela m'aurait vraiment facilité la tâche, mais je comptais y arriver quand même.

Je me suis faufilé entre les cases des Noirs de la plantation, j'ai discuté avec les femmes et, tant qu'à faire, je me suis fait offrir une tranche de melon. Quand Quenau est arrivé et qu'il est entré dans la cuisine pour manger, j'ai sauté dans sa carriole et caché notre lettre dans le sac du courrier, au milieu des autres enveloppes.

Mission accomplie. Ou du moins, il fallait l'espérer. Je suis rentré à la maison où maman m'a fait une scène parce que j'avais subitement disparu. Ce soir-là, au Refuge, j'ai informé mes amis que tout s'était bien passé et qu'il ne restait plus qu'à attendre.

Du coup, ma foi, on a attendu.

No. 35R2670 Sears, Roebuck & Co.'s Ship Carpenters' Adze, with spur head. Warranted.
Width of cut, inches..... 4¼ 4½
Price, each..$1.12 $1.15

No. 35R2671 Sears, Roebuck & Co.'s Ship Carpenters' Adze, with lip and spur head. Warranted.
Width of cut, inches...... 4¼ 4½
Price, each..$1.33 $1.35

No. 35R2670 No. 35R2671

No. 35R2674 Selected Quality Carpenters' Adze Handle, 34 inches long. Price, each.......17c

OUR NEW LINE OF WARRANTED AXES.

OUR LINE OF AXES this season is selected from the most popular patterns of the oldest and best known axe makers in the world. They are warranted against defects in material or workmanship. All have taper eye, which is larger on the outside. This binds the handle and prevents its getting loose. The cheapest axe we sell is made from just as good material as is used in our best axe, and it is made and tempered with the same care. The difference in our price represents the difference in cost of labor in making. While our Red Ridge will give satisfaction, our Hubbard's Hollow Ground Lippincott Brand will chop easier and is well worth every cent of the additional cost. Our prices represent the cost to manufacture, with only our one small percentage of profit added. **Lumbermen who use large quantities of axes are asked to compare our prices with the prices which they have been paying. While we make no discounts for quantity, and sell one axe just as low as a dozen, our price will be found lower than commonly asked when sold in dozen lots. We also give you the exact weights you want.** You can have a dozen all one weight if desired; you don't have to take them as packed assorted by the manufacturers.
REMEMBER. Every axe we sell is warranted.

Red Ridge, Michigan P

No. 35R2
igan patte
handsome
with polis
facture a f
quality cr
Each axe is
hand, is har
fully inspec
manufactu
in this axe
leave the t
possible re
this valuabl
than the ord
weight, whic
anced. Weig
and 5 pounds. Price........44c

Red Ridge, Michigan Pattern Double Bit Axe.

No. 35R2678 Red Ridge, Michigan Pattern Double Bit Axe. Is made in like manner and finish as above. Weight, 3½, 3¾, 4, 4½ and 5 pounds.
Price, each.................66c

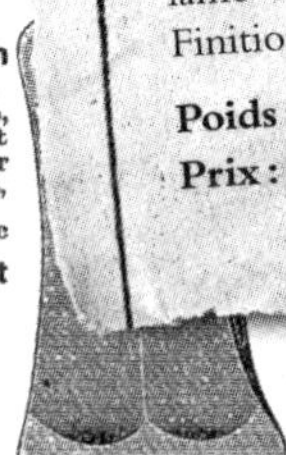

Red Ridge, Single Bit Handled, Michigan Pattern Axe.

No. 35R2679 Red Ridge, Single Bit Handled, Michigan Pattern Axe. Same as described above, with a good hickory handle, correctly put in. Weight, not including handle, 3½, 4 and 4½ pounds. Price....56c

Hurd's Razor Blade Single Bit Dayton Pattern Axe.

No. 35R2682 Hand made, natural gas temper finish. This axe has been on the market and been recognized as one of the highest quality axes as far as quality and workmanship goes for many years. It is made with a taper eye, which prevents it getting loose on the handle. Each axe is hand tempered and closely examined before leaving the factory. Weights, 3, 3½, 3¾, 4, 4½ and 5 pounds.
No. 35R2682 Price, each..57c

Hurd's Razor Blade.

No. 35R2683 Hurd's Razor Blade Double Bit Wisconsin Pattern Axe; same hand made natural gas temper finish as single bit described previously. Weights, 3½, 3¾, 4, 4½, 5 and 5½ pounds.
No. 35R2683 Price, each.................... ....78c

The Jamestown Axe, Western Crown Pattern.

No. 35R2686 Full polished and etched with blue phantom bevel. It has been in the market a number of years and the verdict of the choppers is that it is correctly made. Each axe is hand hammered and tempered by hand. It is so made that it enters and leaves the wood freely and will not become stubbed after grinding. Weight, 3, 3½, 3¾, 4, 4½ and 5 pounds.
Price, each.................54c

No. 35R2687 Jamestown Axe, double bit, Michigan pattern, quality and finish sa

HACHE MISSOURI

Particulièrement tranchante !

Réf. 12O981 – Hache au profil amélioré, couper du bois n'a jamais été aussi facile.
Équipée d'un coin pour que la lame ne glisse pas du manche.
Finitions en rouge.

Poids : 3, 3½, 3¾, 4, 4¼ livres

Prix : 70 cents chacune

from best cast steel, handsomely finished in red with blue bevels. They are made with the same care and go through the same inspection as our men's axes. Weight, including handle, which is about 28 inches in length, is about 3¼ pounds.
Price, each........ .....42c

Hurd's Hunters' Hatchet.

No. 35R2693 Ideal black finish, made by the same skilled workmen who make our regular Hurd's axes. The handle is about 14 inches long. It is a convenient tool for household use as it takes the place of either axe, hatchet or hammer. It weighs only about 1¼ pounds with handle. Price,......36c

4
HACHE MISSOURI

C'est plus ou moins à cette période qu'a eu lieu l'assassinat de Mister Darsley.

Robert F. Darsley était un détenu, autrement dit un criminel qui s'était fait pincer par la police, ce qui explique pourquoi il avait fini en prison. Et comme il avait des choses graves à se reprocher, les juges l'avaient condamné à perpétuité, c'est-à-dire la prison à vie.

Le fait est qu'une nuit il a réussi à s'échapper de l'endroit où il était enfermé depuis quelques années.

C'était un coup de maître, il faut croire : il a trouvé je ne sais où un clou bien long et l'a planté dans le cou d'un gardien.

Pendant que celui-ci s'écroulait par terre, Darsley lui a volé ses clés et s'est faufilé jusqu'à la cour de la prison. Là, il s'est glissé sous une plaque d'égout et a disparu dans les entrailles de Chicago comme une souris.

Les flics ont aussitôt donné l'alerte et se sont lancés sur

ses traces. Au bout de quelques heures, ils l'ont retrouvé dans une ruelle, mort et refroidi. Quelqu'un l'avait tué.

À l'époque, on n'avait évidemment pas entendu parler de lui, mes amis et moi. On ne savait même rien de Chicago et du reste. Mais en un sens, c'est cette nuit-là que tout a commencé.

Si Mister Darsley était resté sagement dans sa cellule, il ne nous serait certainement rien arrivé et j'aurais profité de l'été sur le canoë que je venais de construire, point final. Au lieu de quoi, il s'est évadé avant d'être assassiné de trois balles au niveau du cœur, ce qui a déclenché tout le reste. Comme disait toujours le révérend Thompson à nos cours de Bible, le dimanche, on ne peut pas changer le passé. C'est pour ça qu'il faut bien réfléchir à ce qu'on fait : une fois que le vase s'est brisé, on ne peut plus recoller les morceaux.

Pendant ce temps-là, avec Eddie, Joju et Min, on se contentait d'attendre. Il fallait un petit moment avant que notre commande arrive jusqu'aux bureaux de Walker & Dawn, la société qui publie le Catalogue. Mais on ne se doutait pas que ce serait si long.

La première semaine, lorsque M. Quenau a recommencé sa tournée du courrier, on a hésité à le suivre pendant tout son parcours, maison par maison, Julie et moi. Mais en voyant que le facteur n'empruntait pas le sentier qui conduisait à ma ferme, on a eu le cœur en miettes, sous le coup de la déception.

La semaine suivante, ça a été pire encore. Maman m'avait collé sur les bras une mission impossible : aider P'tit Deux et Chuck à construire un nouvel enclos pour les oies. Comme j'étais le plus petit, mes frères faisaient tous les trucs amusants : ils coupaient le bois et ils sciaient les planches tandis que moi, je devais courir de tous les côtés pour leur passer la hache, les clous ou le marteau. Avant l'heure du déjeuner, M. Quenau a débarqué dans notre ferme sans crier gare, en disant qu'on avait du courrier. J'ai couru récupérer le paquet avant que quelqu'un s'en aperçoive mais maman avait déjà bondi hors de la cuisine. C'était fichu.

Seulement, ce n'était pas le colis du Catalogue mais juste une lettre de tante Anne, qui vivait à Baton Rouge. Résultat, c'est aussi moi qui ai dû la lire à ma mère et passer tout l'après-midi à écrire une réponse interminable et ennuyeuse au possible.

La troisième semaine, on a voulu croire que ce serait la bonne. Hélas, M. Quenau n'a pas pointé le bout de son nez. La quatrième, non plus. La cinquième, il a apporté une autre lettre de tante Anne.

Un après-midi, j'ai confié à Eddie et Joju :

– Cette vieille baderne nous a roulés, je parie.

On était au bord du bayou en train de pêcher, les pieds dans l'eau pour nous protéger de la chaleur, car cela faisait des années qu'on n'avait pas vu un printemps pareil.

Min était tout près de nous et jouait avec des cailloux colorés. Quand il avait formé toute une pile, il en retirait un, délicatement, et le posait à côté par terre. Puis il en posait deux. Puis trois. Puis cinq. Puis huit. Et finalement les autres, d'un coup. Il les regardait d'un air perplexe, poussait un de ces mugissements dont il avait le secret, et rassemblait tous les cailloux avant de recommencer, toujours dans le même ordre.

– Il est incroyable, ton frère, a commenté Eddie. On dirait presque qu'il sait compter.

– C'est peut-être vrai, a admis Joju. C'est difficile de deviner ce que Min sait faire parce qu'il ne parle pas beaucoup.

Brusquement, j'ai donné un coup de pied dans l'eau du marais et soulevé une cascade de gouttes brillantes.

– Moi, je dis qu'il ne sait pas parler. Et puis vous m'écoutez quand je parle ? Ce vieux gâteux de Quenau nous a roulés. Je suis sûr qu'il a repéré la lettre que j'avais glissée dans son sac et qu'il a empoché le demi-dollar sans même envoyer le courrier à La Nouvelle-Orléans.

– Mais non ! a bougonné Eddie en mettant un brin d'herbe dans sa bouche comme si c'était un cigare. C'est illégal, je crois. Je veux dire, les facteurs sont obligés d'expédier le courrier. S'ils ne le font pas, ils risquent même d'être arrêtés. Les Postes gardent notre grande nation unie. C'est mon père qui le dit.

– En plus, notre lettre n'est pas une lettre normale, non ? a renchéri Joju. C'est vrai, on ne l'a même pas remise à M. Quenau, on l'a simplement glissée dans le tas. Peut-être qu'il avait le droit de l'ouvrir et de garder les sous.

Elle n'avait pas tort, mais cela ne m'a pas empêché de grommeler :

– Peu importe. Demain, je compte bien lui tendre un guet-apens. Je vais l'attendre juste à la sortie du village, lui sauter dessus, l'attraper par la chemise et l'obliger à me donner le pistolet, et plus vite que ça.

– Ouiiii, bien sûr, a dit Eddie.

– Pourquoi *bien sûr* ?

– Parce que Quenau est vieux mais il est quand même plus fort que nous. À mon avis, il te passera un sacré savon. Et quand tu rentreras chez toi, ta mère va sûrement t'en passer un autre.

J'ai réfléchi à la question. Effectivement, je n'avais aucune envie que ma mère me donne des coups de ceinturon ou, pire, que mon frère Chuck s'en charge à sa place.

– Alors on n'a qu'à lui tendre un guet-apens ensemble. Joju arrêtera la charrette et moi, je sauterai d'un arbre pour prendre les rênes. Toi, Eddie, tu n'auras qu'à lui mettre un sac sur la tête pour qu'il ne voie pas qui nous sommes…

– Mais si je lui mets un sac sur la tête, il me verra forcément !

C'était du Eddie tout craché. Toujours à se défiler au meilleur moment.

Tout à coup, Julie s'est relevée d'un bond.

– Min, viens ici tout de suite ! Et vous, sortez de l'eau !

En me concentrant sur le dédale d'ombre et de lumière du bayou, je me suis aperçu que la surface de l'eau se brisait en deux à un jet de pierre de l'endroit où on était. Elle dessinait une longue silhouette sur le marais. C'est là qu'ont surgi deux yeux doucement arrondis, un nez et un long museau.

Un alligator.

Avec Eddie et Joju, nous nous sommes écartés en attrapant Min par la main. Les alligators sont de gentilles bêtes, la plupart du temps. Ils mangent des souris et des serpents, sans s'occuper des affaires des autres, sauf quand ils sont affamés. Celui face à nous avait tout l'air d'être une belle femelle bien robuste et c'était la pleine saison de la ponte. Or il vaut mieux éviter de chercher des noises à une femelle alligator qui protège ses œufs. Et si je vous le dis, vous pouvez me croire.

– Son nid est dans les parages, vous pensez ? a chuchoté Julie.

– J'en suis sûr et certain ! s'est exclamé Eddie. J'avais l'impression d'entendre des voix, tout à l'heure. Les œufs essayaient de me parler, je suis certain qu'ils me conseillaient de faire attention.

J'ai failli lui coller un coup de poing dans le bras, ce n'était pas le moment de se mettre à raconter des bêtises.

J'ai suggéré :

– Moi, je crois qu'on devrait la suivre et voir où elle va. Si le nid est près du Refuge, il faut qu'on le sache pour ne pas passer dans le secteur.

Oh, on aurait tout aussi bien pu approcher en catimini et profiter de l'absence de l'alligator pour lui voler un œuf.

On n'aurait eu qu'à le couver nous-mêmes. Le petit serait né, on lui aurait donné à manger, il aurait pensé que c'était nous, ses parents, et il nous aurait aimés de tout son cœur, comme les poulets des Spalding que notre copain Louis avait gardés lorsque les œufs avaient éclos ; à partir de là, les poussins l'avaient suivi partout.

Le fait est qu'on s'est mis en marche. Peu après, on a vu la bête sortir du marais et se frayer un chemin au milieu des buissons, près de la zone des sables mouvants. J'ai avancé de quelques pas mais j'ai entendu un bruissement et une espèce de raclement de gorge. Il valait mieux que je reste à l'écart si je ne voulais pas me faire mâchonner une jambe, ou pire.

– C'est bon, on laisse tomber l'alligator. Alors, demain, pour le guet-apens avec M. Quenau... Vous êtes partants ?

Ils étaient partants. Mais tout bien réfléchi, on a jugé qu'attaquer directement M. Quenau n'était pas une bonne idée. Je devais trouver une excuse pour bloquer la carriole plus ou moins à la hauteur du croisement de Saint Just ; Joju et Eddie profiteraient de la diversion pour monter dedans et se cacher. Le moment venu, ils attraperaient le facteur par-derrière en lui plantant un manche à balai entre les omoplates (ça pouvait très bien passer pour le canon d'un fusil). Là, ils lui demanderaient où était passée notre lettre.

Comme ça, Quenau ne nous soupçonnerait même pas, il penserait à un brigand de passage.

Aussitôt dit, aussitôt fait. Ce matin-là, j'ai avalé un petit déjeuner copieux, je suis vite sorti pour changer l'eau des bêtes et j'ai pris la tangente à la première occasion.

J'ai couru jusqu'au village quasiment sans m'arrêter. En arrivant au croisement, j'ai vu un ruban rouge accroché à une branche, c'était le signe que Joju et Eddie étaient arrivés et qu'ils étaient cachés dans les parages.

J'ai attendu un moment avant d'entendre le bruit d'une charrette un peu plus loin. Je me suis alors laissé tomber par terre en me tenant la jambe à deux mains et j'ai poussé des mugissements étouffés. De vrais cris de douleur !

Au fur et à mesure que la charrette approchait, je me suis mis à crier de plus en plus fort, comme si on m'avait égorgé ; les pierres du sentier se plantaient dans mon dos en me faisant un mal de chien, et j'ai même fini par pleurer pour de vrai. De quoi rendre la scène réaliste au possible !

– Qu'est-ce qui t'arrive, gamin ? a demandé M. Quenau en tirant sur les rênes de son vieux canasson.

Je l'ai regardé avec de grosses larmes dans les yeux : je n'en savais rien, j'étais tombé et j'avais dû me casser une jambe.

Comme le facteur n'était pas un mauvais diable, il est descendu jeter un œil. Au bout d'un moment, il a gratté son front ridé sous son chapeau et lancé :

– Mais dis voir, tu ne serais pas P'tit Trois, le fils de Mme Chevalier, par hasard ?

C'était bien moi.

– Alors attends, je vais t'aider à monter dans ma charrette. Je me rendais justement chez ta mère, je dois lui remettre un paquet.

– Un paquet ? j'ai demandé.

Tant pis pour ma fausse douleur à la jambe.

– Quel genre de paquet ?

– Ça vient du Catalogue de Mister Walker, a répondu Quenau. Il est arrivé ce matin par la diligence, mais pour le retirer, il faut verser deux dollars et dix cents.

J'ai eu comme des étincelles dans les yeux… Sauf qu'à ce moment-là je n'avais pas l'argent sur moi !

Hélas, c'est le moment qu'a choisi cette andouille d'Eddie pour sauter à l'avant de la charrette en compagnie de Joju. Je ne m'étais même pas rendu compte qu'ils avaient grimpé à bord.

– Qu'est-ce vous faites là, vous ? a demandé le postier en braillant comme un possédé.

– On a atterri dans la charrette par erreur, on a glissé de l'arbre, a dit Joju.

– Et puis on a pile deux dollars et dix cents, a renchéri Eddie en sortant nos pièces de sa poche. Comme ça, vous pouvez donner le paquet à P'tit Trois et vous éviter de faire un détour par la ferme.

– Elle est bonne, celle-là ! Et comment se fait-il que tu aies deux dollars dans ta poche, Eddie Brown ? Tu les as volés à quelqu'un ?

Ed a rougi mais Joju s'est empressée d'intervenir, comme elle seule savait le faire :

– C'est le docteur Brown qui nous les a donnés pour qu'on achète un sac de riz et un sac de sucre au village, en lui ramenant la monnaie, évidemment... Mais si Ed prête l'argent à P'tit Trois, Mme Chevalier le remboursera à la ferme, hein, P'tit Trois ?

Je me suis hâté de confirmer que c'était la vérité. Qu'on se rendait justement chez moi quand je suis tombé, que ma mère avait déjà les deux dollars et dix cents sous la main et qu'Ed était très gentil de me les prêter car ça dispenserait M. Quenau de faire un long détour sous cette chaleur.

Cette fois, le vieil homme ne comprenait plus rien. Ce soleil écrasant le faisait tellement transpirer que sa chemise était toute tachée de sueur.

– Au fait, tu n'avais pas la jambe cassée, tout à l'heure ?

– Je vais mieux, on dirait, me suis-je exclamé. La douleur a presque disparu.

Et pour montrer que c'était vrai, j'ai sautillé sur place.

Il a fallu quelques instants supplémentaires pour le convaincre, mais, pour tout dire, M. Quenau lui-même n'avait guère envie de venir jusqu'à la ferme : cela aurait énormément rallongé son circuit et il avait une foule de choses à livrer ce jour-là. Du coup, après nous avoir recommandé plusieurs fois de ne pas faire de bêtises, il a fini par empocher l'argent et m'a demandé de signer un morceau de papier avant de prendre aussitôt le chemin de la plantation des La Fontaine.

Je n'avais jamais vu quelque chose d'aussi beau que le

colis du Catalogue, c'était une petite boîte entièrement recouverte de papier bis. Dessus, il y avait plein de timbres colorés et une grande étiquette qui représentait la fameuse mappemonde traversée par la voie ferrée, avec l'inscription : LES PRIX LES PLUS BAS ! – DÉPENSEZ BIEN VOTRE ARGENT ! – REMBOURSEMENT GARANTI !

Il était un peu plus léger que prévu. Eddie a tout de suite essayé de le secouer pour sentir ce qu'il y avait à l'intérieur, mais je l'en ai empêché.

– Tu ne veux pas qu'un coup parte par accident, quand même ? Il y a un revolver, là-dedans, n'oublie pas !

– Il n'est sûrement pas chargé !

– Avec les revolvers, on ne sait jamais, lui ai-je fait remarquer.

On a couru jusqu'au Refuge, même si Julie a d'abord insisté pour passer chez elle prendre Min. Pendant qu'on l'attendait, avec Eddie, on a allumé toutes les bougies qu'il y avait dans la cabane, et peu importe s'il faisait grand jour. C'était un moment solennel et on avait besoin d'un peu d'ambiance.

– Et voilà ! a dit Julie en apparaissant sur le pas de la porte avec Min. Qui ouvre le colis, maintenant ?

Moi, forcément. Après tout, il y avait le nom de maman sur le papier. Mais Eddie a protesté qu'on avait mis le nom de ma mère parce que j'étais le seul qui n'habitait pas au village (et aussi parce que la mère de Joju ne recevait jamais de courrier). Finalement, on s'est un peu disputés et on a décidé d'ouvrir le paquet ensemble.

Sauf que ce n'est pas facile d'ouvrir un paquet à trois, loin de là, et puis le papier était si beau que ça nous faisait de la peine de le déchirer. Alors on a essayé de dénouer la ficelle et de tout déballer sans rien abîmer.

À l'intérieur, il y avait une petite boîte en carton encore plus belle que le paquet. Cette fois, je sentais la sueur dégouliner jusque sur mes yeux. J'ai murmuré :

– Préparez-vous, les amis, voilà notre revolver.

Et j'ai ouvert le couvercle.

Seulement, il n'y avait aucun revolver dans la boîte.

Mais une montre.

Une vieille montre à gousset.

COIN SILVER AMERICAN WATCHES

$6.55 TO $37.13

FOR A HEAVY, STRONG, SUBSTANTIAL WATCH CASE to thoroughly protect the watch movement there is nothing superior to a **coin silver watch case properly constructed.** These requirements the watches listed on this page thoroughly fulfill, and which we sell at a price other dealers are forced to pay for them.

The Cases are Fitted with an extra double thick crystal, beveled edge, giving the watch that double strength which makes an open face watch so popular in the minds of the general public.

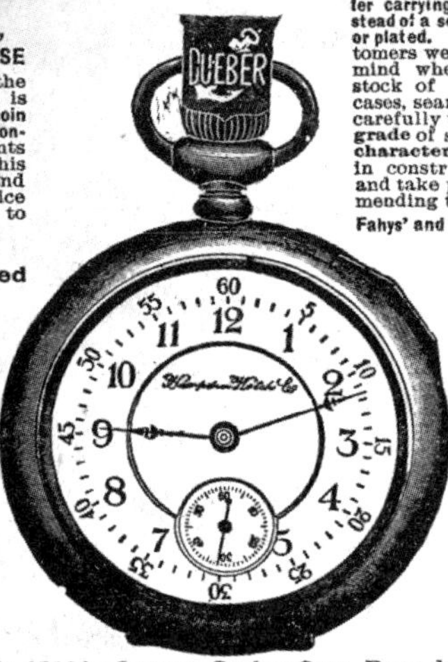

A large number of persons prefer carrying a silver watch instead of a solid gold, gold filled or plated. That class of customers we keep closely in mind when purchasing our stock of solid coin silver cases, searching the market carefully to secure the **finest grade** of silver, the **highest character of workmanship** in construction and finish; and take pleasure in recommending the celebrated **Fahys' and Dueber Watch Cases.**

NO CHARGES FOR REPAIRS ON WATCHES OR CLOCKS WILL BE ALLOWED UNLESS OUR WRITTEN CONSENT IS FIRST SECURED IN ADVANCE.

No. 4R120 3-ounce **Fahys' Open Face,** dust proof, screw back and bezel coin silver case.
No. 4R122 4-ounce **Case,** same as above.
At 30 cents more than prices quoted we can supply any of the above beautifully hand engraved.

No. 4R124 3-ounce **Dueber Open Face,** dust proof, gold jointed case.
No. 4R126 4-ounce **Case,** sam...
At 30 cents more than ...
any of the ...

This shows the SEARS, ROEBUCK & CO.'S SPECIAL 17 JEWELED MOVEMENT GREATEST VALUE EVER OFFERED.

$7.55 TO $37.60

...OVEMENT AT ... $8.75

CHRONOMÈTRE DE CHEMIN DE FER AMERICAN COMPANY

Précis ! Parfait !

Réf. 99S171 – Montre à gousset modèle chemin de fer, de marque American Company, avec chronomètre. Boîtier en argent. Mécanisme à ressort garanti indestructible, avec remontoir sur la partie supérieure.

Dimensions : 1,8 ...

Poids :

$7.55 TO $37.60

The Edgemere Movement Has 12 Fine Ruby Jewels.

THIS IS OUR NEW GENTS' REGULAR 18-SIZE MOVEMENT. SEARS, ROEBUCK & CO'S. SPECIAL.

Made expressly for us. It is full 15 jeweled, handsomely damaskeened, patent regulator and escapement, safety pinion.

5.

CHRONOMÈTRE DE CHEMIN DE FER AMERICAN COMPANY

J'ai attrapé le paquet et l'ai secoué dans tous les sens. Une boîte de munitions est tombée par terre, et des balles en cuivre de la taille d'un petit doigt se sont éparpillées sur le sol du Refuge avec un tintement sinistre.

Pour le reste, il n'y avait rien dans la boîte.

Rien que cette vieille montre à gousset.

Eddie l'a soulevée avec deux doigts. Elle ne payait vraiment pas de mine, avec son boîtier en argent opaque et tout éraflé. Le cadran n'avait pas de nombres mais une série de tiges toutes droites et de X. En bas, il y avait un autre cadran, plus petit, qui servait peut-être à compter les secondes. En haut, à l'endroit où on pouvait accrocher la chaînette, il y avait aussi la molette pour remonter le mécanisme.

– Wouah ! s'est-il écrié. Vous avez vu cette inscription ? C'est une montre de l'American Company ! Ce sont les meilleures du monde, elles sont utilisées par les chefs de gare, c'est mon père qui me l'a dit, il en a une, lui aussi…

– Tu parles d'une merveille, ai-je bougonné. Il n'y a même pas de chiffres…

– Mais si, il y a les chiffres ! a répondu Eddie en reniflant. Simplement ce sont des chiffres romains. Tu vois ? Un, deux, trois, ça, c'est un quatre, le V, c'est un cinq…

Julie a toussoté :

– Excusez-moi, les garçons, mais à mon avis, le problème, ce ne sont pas les chiffres. Le problème, c'est que ce truc n'est certainement pas une arme à feu…

Joju avait raison, il n'y avait pas à dire.

Où était passé notre revolver ? Les balles étaient là, après tout.

– Il y a certainement eu une erreur au moment de l'expédition.

– Sans rire ? a rétorqué Joju. Moi qui pensais que le revolver s'était transformé en montre comme par magie…

Il y avait des jours où ça m'énervait de la voir jouer les mademoiselle-je-sais-tout.

– Ce que je voulais dire… eh bien, c'est ça, voilà. Le revolver n'est pas devenu une montre tout seul. Par conséquent, ils nous ont sûrement envoyé le mauvais paquet. Vous voyez la boîte des munitions ? Le couvercle en carton est tout déchiré, et ce n'est pas à cause de moi. Ils nous ont donné un article en mauvais état et une montre au lieu du revolver.

J'ai ensuite attrapé l'emballage du colis postal que j'ai soigneusement déplié par terre.

– Vous savez lire, vous aussi, non? *Remboursement garanti*. Ça veut dire qu'on peut tout leur renvoyer et qu'ils nous rendront l'argent.

Joju a ricané et j'ai compris qu'elle allait lancer une autre de ses fameuses répliques:

– Si je ne m'abuse, on n'a même plus un cent parce qu'on a entièrement dépensé nos trois dollars. Alors comment veux-tu qu'on leur envoie une autre lettre pour demander à être remboursés?

– On va bien finir par y arriver…

Pendant tout ce temps, Eddie et Min étaient restés là à regarder la montre la bouche grande ouverte, comme deux andouilles.

Alors j'ai marmonné:

– Ed. Arrête de faire cette tête et aide-nous un peu…

– Hé, vous n'avez pas entendu ce que je vous ai dit ou quoi? C'est une montre de l'American Company!

J'ai haussé les épaules. Moi, je la trouvais tout abîmée, et même vieillotte.

– Je parie qu'elle vaut au moins vingt dollars, a-t-il poursuivi. Elle coûte sûrement plus cher qu'un revolver! C'est une chance qu'ils nous l'aient envoyée. On pourrait la revendre et récolter un tas de sous!

C'était une perspective intéressante. Pour la première fois, j'ai regardé ce machin inutile d'un œil différent.

– Tu es sérieux?

– Bien sûr que oui. Tiens, je vais essayer de la remonter…

Mon ami a attrapé la molette et l'a tournée. Sauf qu'au lieu d'un beau bruit mécanique on a entendu un *CRAC*, comme le cri d'une cigale moribonde, et l'aiguille des heures a sauté sur le sept.

Un autre tour, un autre *CRAC*, et l'aiguille a sauté sur le neuf après avoir fait un tour de cadran complet. Celle des minutes n'a même pas bougé, le petit cadran des secondes non plus.

– Ce n'est pas normal… a marmonné Ed avant de tourner la molette, encore et encore.

Mais rien à faire. L'aiguille était comme folle et il n'y avait pas moyen de la faire avancer dans le bon sens. De toute évidence, le mécanisme était détraqué.

Ils nous avaient envoyé une montre cassée.

– Bon. Manifestement, il ne nous reste plus qu'à mettre un peu d'argent de côté et à demander qu'on nous rembourse.

– Et si on vendait les balles ? a suggéré Eddie.

– Et à qui veux-tu qu'on les vende, gros malin ? ai-je pesté. Si les gens nous voient avec des balles de revolver, on se fera aussitôt repérer et on sera fichus.

– On pourrait peut-être ouvrir l'œil et chercher d'autres pièces par-ci, par-là. Au fond, on n'a besoin que de quelques cents, a dit Joju. Et puis, Eddie, tes parents ne te donnent pas une pièce, le dimanche, si tu décroches une bonne note aux cours du révérend ?

– N'y pensez même pas ! a-t-il protesté. Ces pièces, elles sont à moi, j'achète des biscuits au chocolat avec. En plus, c'est toujours vous qui les mangez...

Joju m'a attrapé par l'épaule avant que je puisse faire sa fête à ce sale égoïste.

– Je suis sûre qu'on va y arriver, d'une manière ou d'une autre, a-t-elle souri. En attendant, c'est nous qui allons garder la montre. On dirait qu'elle plaît beaucoup à Min.

Je me suis tourné. Le petit faisait tourner la molette de l'oignon (c'est un drôle de nom mais c'est aussi comme ça qu'on appelle une montre à gousset). Chaque fois que le mécanisme se déclenchait, il ricanait tout seul. Je ne l'avais plus vu aussi joyeux depuis des lustres.

J'ai poussé un soupir. Bon, d'accord, Min pouvait garder la montre un moment, s'il y tenait. Mais il valait mieux qu'il ne s'y attache pas trop : en deux temps, trois mouvements, on allait trouver l'argent nécessaire, demander le « remboursement garanti » que promettait la publicité, et cette montre repartirait là d'où elle était venue.

J'avais raison, ô combien. Seulement, je ne le savais pas encore à ce moment-là.

Quoi qu'il en soit, personne n'aurait pu prévoir l'incroyable coup du sort qui s'apprêtait à nous tomber dessus comme un orage d'été.

En rentrant à la maison cet après-midi-là, je suis tombé sur mon frère Chuck, son ceinturon à la main, P'tit Deux qui secouait la tête et maman avec le visage rougi, comme si elle avait pleuré.

Il s'était sûrement passé quelque chose, mais quoi ? Très vite, mon frère P'tit Deux m'a collé une baffe la main grande ouverte (il ne me frappait jamais, à part quelques claques de temps en temps, mais pas beaucoup), puis il a dit :

– M. Quenau nous a tout raconté. Qu'est-ce que c'est que cette histoire de paquet et ces deux dollars que tu t'es fait prêter ?

Voilà ce qui était arrivé : ce bon à rien de facteur avait été pris par une espèce de cas de conscience. Il savait qu'on n'avait pas beaucoup d'argent à la maison. Deux dollars, c'était une jolie somme. Et puis tout ce manège avec Ed qui me les avait prêtés sans discuter, et cætera, il avait trouvé ça louche. Bref, il était passé voir maman pour vérifier si tout allait bien. Hélas, elle lui avait assuré qu'elle n'avait rien commandé dans le Catalogue de Mister Walker et, surtout, qu'elle n'avait pas de quoi payer une somme pareille.

– Il vaut mieux que tu nous expliques tout, P'tit Trois, a dit Chuck avec un petit sourire méchant. Autrement, je te promets que tu ne pourras pas t'asseoir pendant une semaine.

Ils étaient en rogne après moi pour tout un tas de raisons absurdes. Et pour cause : Quenau avait raconté qu'Eddie et moi on était avec cette vermine de Julie, et tout le monde savait que c'était une mauvaise fréquentation. En plus, on avait visiblement acheté Dieu sait quoi dans le Catalogue sans demander la permission, et avec de l'argent qui sortait de nulle part : il y avait forcément un mauvais coup là-dessous.

Maintenant, pensez ce que vous voulez, mais je ne suis pas un lâche, parole de P'tit Trois. Je me suis muré dans un silence héroïque et plein de dignité devant toutes ces questions. Et quand Chuck a fait marcher son ceinturon, j'ai pleuré, mais juste un peu.

Finalement, maman, à bout de nerfs, m'a attrapé par un bras et m'a traîné jusqu'au village. La maison du docteur Brown se trouvait en plein dans l'artère principale, à côté de la droguerie de M. Travert, c'était l'une des plus belles du secteur, avec ses deux étages et sa façade fraîchement repeinte. À l'intérieur, c'était une véritable farandole de miroirs, de lustres et de bibliothèques, il y avait même une domestique qui aidait Mme Brown à préparer les repas.

Maman était un peu intimidée par tous ces objets luxueux mais a quand même demandé à parler au docteur Brown. Voyant que j'étais là, moi aussi, le docteur a fait appeler Eddie, qui a tout de suite fondu en larmes. Cette fois, pourtant, je n'avais aucune raison de lui en vouloir : ça avait déjà été ma fête et il savait que ce serait la sienne dans peu de temps.

Le fait est que, avec Eddie, son père, maman et mon frère Chuck, nous nous sommes enfermés dans le cabinet du docteur Brown. A alors commencé un véritable interrogatoire, pire qu'au poste de police. Entre deux questions, c'était le moment des sermons : on nous avait déjà dit qu'il ne fallait pas fréquenter Julie, que traîner avec elle pouvait entacher le nom respectable de nos deux familles, que l'argent est le fruit du travail et que, si on l'avait volé, on avait trahi les dix commandements de la Bible, et cætera, et cætera.

Au bout de deux heures, toute cette histoire nous a fatigués, Eddie et moi. J'ai fini par m'énerver et demander qu'on nous laisse tranquilles. De toute façon, ces sous, on ne les avait pas volés, on les avait trouvés.

– Ça par exemple ! a répliqué le docteur Brown. Et où, par curiosité ?

– Dans le bayou, monsieur. On était en train de pêcher et on a remonté une boîte de conserve, il y avait trois dollars cachés à l'intérieur.

Eddie m'a regardé de travers car il avait peur que je parle du canoë et du Refuge. Les adultes auraient forcément voulu y aller et on n'aurait plus jamais eu le droit d'y retourner. Mais je n'étais pas idiot, ça non.

Le problème, c'est que je n'avais pas prévu que ces trois dollars mettraient en colère maman et le docteur Brown : ça voulait dire qu'on avait de l'argent et qu'au lieu de le partager avec nos familles on l'avait dépensé bêtement.

– Tu sais à quel point ça nous serait utile, trois dollars, en ce moment, a dit maman.

– Je m'attendais à mieux de votre part, jeunes gens, a ajouté le docteur Brown.

Ils nous ont ensuite demandé ce qu'on avait commandé dans ce Catalogue pour gaspiller nos dollars. Avec Eddie, nous nous sommes à nouveau regardés et j'ai compris qu'on était vraiment dans de beaux draps.

Si je parlais du revolver, ce serait l'enfer et les coups recommenceraient à pleuvoir. Et si je parlais de la montre, ils voudraient la garder pour eux et on n'aurait qu'à faire une croix sur notre remboursement.

Alors j'ai quitté ma chaise et murmuré :

– On avait commandé un livre avec des images mais on l'a laissé échapper sur le pont du Bayou Breton et il a fini dans l'eau.

Ce n'était pas extraordinaire, comme excuse, j'en conviens, mais c'était une excuse quand même. Eddie s'est empressé d'ajouter quelques détails, moi aussi, et on a continué sur notre lancée un petit moment.

Finalement, on a enduré un autre lot de sermons interminables : c'était la première fois qu'on se montrait aussi décevants, on pouvait être sûrs qu'on ne se reverrait jamais et qu'on allait passer au moins les dix années à venir enfermés chez nous en guise de punition.

Là-dessus, maman et Chuck m'ont poussé dehors après avoir fait mille excuses au docteur Brown et mille salamalecs pendant qu'Eddie pleurait déjà comme une fontaine. On est rentrés à la maison et mon frère m'a encore passé un savon à grands coups de ceinturon, des fois que j'aurais oublié celui de tout à l'heure – ce qui n'était pas le cas, loin de là.

Et pour finir, tant qu'à faire, ils m'ont envoyé au lit sans dîner.

Ce n'est pas drôle de rester à la maison en hiver quand l'humidité traverse les murs et vous pénètre jusqu'à la moelle des os. Le marais se remplit de brumes grises et d'ombres qui se déplacent on ne sait trop où.

Mais c'est pire, bien pire, d'être prisonnier quand l'été frappe à la porte. Notre chambre était orientée vers l'est et le soleil tapait dessus dès le matin. À neuf heures, c'était déjà une véritable étuve.

Mes frères avaient ordre de ne me parler sous aucun prétexte. À peine réveillés, ils se dépêchaient de sortir en silence. P'tit Cinq me jetait un œil inquiet et P'tit Deux secouait la tête.

J'avais pour mission d'enlever les moustiquaires de tous les lits, de les suspendre par la fenêtre, de m'occuper des draps et des taies d'oreiller mais aussi de vérifier si P'tit Cinq n'avait pas fait pipi au lit.

À ce moment-là seulement, maman m'apportait mon petit déjeuner, un verre de lait et une pomme, elle disait : « J'espère que ça te servira de leçon, P'tit Trois » et s'en allait.

J'ouvrais alors les carreaux pour me mettre à la fenêtre et regarder les champs, les arbres et la silhouette sombre du bayou, tout là-bas, avec cette chaleur qui montait du sol en faisant trembler l'air. Ça aurait été formidable d'être libre, d'aller chasser des lapins ou pêcher puis de retourner au Refuge passer les heures les plus chaudes de la journée et, qui sait, fumer une pipe avec Eddie et Julie, en parlant de tout et de rien, comme toujours.

Parfois, je finissais par penser que trouver ces pièces dans cette boîte m'avait vraiment porté la poisse, car il avait suffi que je mette la main dessus pour que les catastrophes s'enchaînent.

À l'heure du déjeuner, maman m'envoyait aider P'tit Deux et Chuck à s'occuper de la ferme. Ces deux-là ne me lâchaient pas des yeux un seul instant et me donnaient des ordres, comme à un petit soldat. Le soir, je rentrais à la maison lessivé mais on me faisait manger seul. Je devais ensuite remonter à l'étage, replacer les moustiquaires sur les lits, m'allonger sur mon lit et extinction des feux.

Cette vie infernale a duré quelques jours encore. Jusqu'à ce qu'un soir, au coucher du soleil, Joju vienne me rendre visite.

CIGAR CASES.

No. 18R5...
C...
in...
to...
If...

N...
Fi...
Ci...
pla...
stro...
fra...
pol...
very...
case,...
offer at a special price.
If by mail, postage extra...

Our 76 Cent Cigar ...

If by mail, postage ...

ÉTUI À CIGARES EN MÉTAL ET EN CUIR

$1.65

Réf. 711439 – Splendide étui à cigares en cuir véritable avec finitions en métal. Produit de très haute qualité vendu en boutique à plus de $3 dans toute l'Amérique.

Prix : $1.65

Splen...
pour...
30 ci...
En le...
recou...
Équi...
l'hu...
En o...
avec...
Se t...

Our Finest Leather Cig... Case for $1.64.

No. 18R5730 Genuine Ca... skin Leather Cigar Case, ve... highly polished, with rivet... steel frame and lock. A ve... high grade, and our best cigar case, usually retailed in the regular cigar stores at from $2.50 to $3.00. Price, each..........**$1.64**
If by mail, postage extra, 6 cents.

Genuine Seal Grain Cowhide Leather Cigar Case.

No. 18R5731 Leather lined, stitched and well made throughout, with handsome sterling silver name plate mounting. The most convenient and durable cigar case made. Price, each....**$1.00**
If by mail, postage extra, 5 cents.

Smokers' Stand, 98 Cents.

No. 18R5733 Smokers' Stand, hardwood base, ebony finish, resting on three ball feet, clover shape, holds brass polished cups for cigars, matches and removable tray for ashes, cigar cutter. A suitable present for a gentleman. Size, 7¼x8½x3¾ inches.
Price, each............**98c**
Shipping weight, 2 pounds.

Nickeled Match Safe.

No. 18R5735 Nickeled Match Safe, smooth surface with stamped design, opens with a good spring.
Price, each..........................**4c**
If by mail, postage extra, 2 cents.

Plain Nickel Finished Match Safe

No. 18R5737 A Plain Nickel Finished Metal Match Safe, splendid value at the price. Price, each.......................**9c**
If by mail, postage extra, 2 cents.

Our $4.19 Meerschaum Pipe.

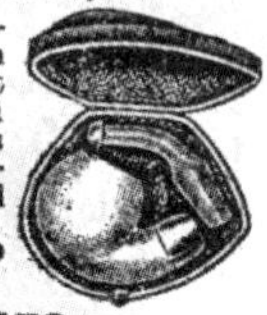

...o. 18R5615 A Genuine Meer...aum, well shaped bowl, with ...ed genuine amber shove bit ...piece. The part of the bowl ... amber mouthpiece sets in is ...ted with fine gold band. In... chamois covered plush lined ... case.
...e, each.....................**$4.19**
...mail, postage extra, 4 cents.

SMOKERS' SUNDRIES.

...R5617 Carved Brier Cigar Holder, ...n mouthpiece. Price, each..........**13c**
...R5619 Brier Cigar Holder, horn ...ece. Price, each........................**9c**
Shipping weight, 3 ounces.

...wisted Rubber Cigar Holder.

No. 18R5621 Twisted Rubber Cigar Holder, something new, to give a nice cool smoke.
Price, each..................**7c**
Shipping weight, 3 ounces.

...olid Amber Cigar Holder.

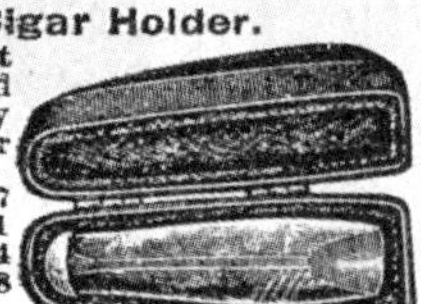

...5623 Finest ...chamois covered ...ned case, a very ... Come in four ...s:
...h, each..**$0.97**
..., each.. **1.11**
..., each.. **1.34**
..., each.. **1.58**
...ostage extra, ...nts.

...eerschaum Cigar Holders.

No. 18R5625 Genuine Meerschaum Cigar Holder, with amber mouthpiece. Comes in leather case.
Price, each.....................**38c**
If by mail, postage extra, 3 cents.

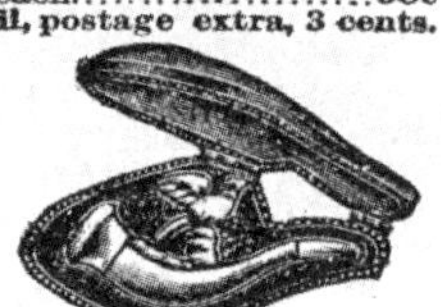

No. 18R5627 Genuine Meerschaum Cigar Holder, fancy carved, with real amber bit, each in leather case. Order by number.
Price, each...........**57c**
If by mail, postage extra, 3 cents.

No. 18R5629 Genuine Meerschaum Cigar Holder, similar to above, but finer, with fine amber mouthpiece. The meerschaum has carved designs such as horse, dog, deer, etc., inlaid in fine leather case, satin and plush lined. Length, 3¼ inches.
Price, each...**89c**
If by mail, postage extra, 3 cents.

No. 18R5631 Genuine Meerschaum Cigar Holder, elegantly carved designs similar to above, but much finer goods, real amber mouthpiece. Total length of holder, 3¾ inches. In finest plush lined case.
Our special price, each.......... ....**$1.62**
If by mail, postage extra, 3 cents.

French Brier Cigar Holder.

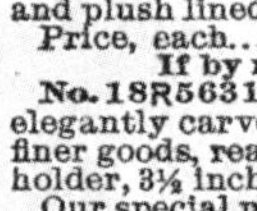

No. 18R5633 French Brier Cigar Holder, with 1¼-inch genuine amber mouthpiece, ornamented with handsome design, gold trimmings. Total length of holder, 2⅛ inches. This is an extremely rich and handsome holder. Price, each..............................**$2.65**
If by mail, postage extra, 3 cents.

Rubber Mouthpieces.

No. 18R5635 2-inch straight rubber mouthpiece. Price, each...**2c**
No. 18R5637 2½-inch curved rubber mouthpiece. Price, each...**4c**
No. 18R5639 2-inch square rubber mouthpiece. Price, each...**4c**
No. 18R5641 2½-inch rubber mouthpiece, with nickel ferrule. Price, each.........................**9c**
If by mail, postage extra, 2 cents.

6

ÉTUI À CIGARES EN MÉTAL ET EN CUIR

Je nettoyais le poulailler, ce qui est, grosso modo, la corvée la plus horrible qu'on puisse donner dans une ferme. Si quelqu'un vous dit que ce n'est pas vrai, que c'est probablement pire de s'occuper des cochons ou je ne sais quoi, cela signifie qu'il ne s'est jamais retrouvé plongé au milieu des fientes de poulet, car il n'y a rien de plus dégoûtant.

Bref, j'étais là, avec mon balai et mon seau d'eau à la main. Tout autour de moi, les poules caquetaient et me regardaient d'un air outré, comme de vraies princesses, quand, en me retournant subitement, je me suis aperçu que des cheveux roux dépassaient de la porte. Et puis il y a eu le sourire de Joju, avec cette petite fente au milieu.

J'étais content comme tout de la revoir car j'avais passé des jours et des jours à me demander ce qui lui était arrivé. Mais au lieu de sourire, je suis devenu blanc comme un linge.

– Qu'est-ce que tu fais là ? Si tu te fais pincer, je vais passer un mauvais quart d'heure.

– Oh ! a-t-elle râlé en entrant dans le poulailler. Tu parles vraiment comme Eddie.

Eddie. Cela faisait des jours que je ne l'avais pas vu, lui non plus. La dernière fois, il pleurait comme si on avait tué quelqu'un de sa famille.

– Tu es allée le voir ? Comment va-t-il ?

– Plus ou moins comme toi, a répondu Joju en jetant un œil à travers ce nuage de plumes. Pour arriver jusqu'à sa chambre, j'ai été obligée de grimper sur l'auvent. Quand il m'a vue, il a eu tellement peur qu'il s'est mis à hurler, j'ai failli me faire repérer.

Ce pauvre Eddie, ce cher Eddie. Je n'aurais jamais cru que son visage de binoclard me manquerait autant.

– Il t'a déjà tout raconté, alors ? Tu es au courant pour la punition, et cætera ?

Oui, Joju était au courant. Et même si elle n'avait pas autant d'ennuis que nous (sa maman avait mieux à faire que de trouver une façon de les punir, elle et Min), elle avait préféré se faire oublier un moment.

– Mais il fallait absolument que je vienne m'a-t-elle confié. Car il y a urgence, en un sens. Un type est arrivé au village. Il y a quelques heures, par la route de La Nouvelle-Orléans.

– Un type ? Quel genre de type ?

– Un étranger élégant, avec des bottes à éperons et une redingote qu'on dirait sortie de la vitrine d'un magasin. Il est arrivé sur le plus beau cheval que j'ai jamais vu, tout noir. Il a une valisette en cuir avec une inscription dessus.

Joju semblait tellement agitée qu'elle butait sur chaque mot. De mon côté, j'ai commencé à perdre patience. Après tout, Chuck pouvait débarquer dans le poulailler d'un instant à l'autre et je n'avais aucune envie de récolter un coup de ceinturon.

– Alors ? ai-je insisté. C'est quoi, cette inscription ?

– Walker & Dawn. Tu comprends ? Ce type travaille pour le Catalogue. Qu'est-ce qu'il vient faire ici ?

– Aucune idée...

– Moi, je sais. Il est là pour nous.

J'ai secoué la tête. Tout cela me paraissait absurde, complètement absurde.

– Oh que non, a dit Joju. À peine arrivé, ce type a filé tout droit chez M. Quenau et s'est enfermé dans son petit bureau. Au bout d'un moment, je les ai vus sortir et M. Quenau a indiqué la route qui mène à ta ferme. Il a ajouté : « Il est trop tard, maintenant, mais je vous accompagnerai demain matin. » Le type a essayé d'insister, il a dit que c'était pressé, qu'il faisait encore jour et qu'il pouvait s'y rendre seul, mais Quenau lui a conseillé de faire attention : il ne serait pas le premier à se perdre dans le bayou. Ensuite, l'étranger est passé chez M. Bouffer prendre une chambre pour la nuit.

– Et après ?

Joju a secoué la tête :

– Rien. Je suis restée là, aux aguets. Une demi-heure plus tard, j'ai vu l'étranger sortir de l'hôtel, sauter sur son cheval et partir tout droit par ici... Là-dessus, j'ai couru chez Eddie, je l'ai convaincu de me suivre et de prendre le poney. On est montés tous les deux dessus et nous voilà. On avait peur d'arriver trop tard, mais on a pris le raccourci à travers la forêt, ça nous a permis d'arriver à temps, on dirait.

– Attends... Tu veux dire qu'Ed est là aussi ?

– Oui, caché dans les fourrés. Il est resté faire le guet, mais si tu veux mon avis, c'est parce qu'il a peur... Dès qu'il verra l'homme à cheval, il nous préviendra en imitant le cri du coucou.

J'ai levé les yeux au plafond. Vous parlez d'une histoire de fous ! Si ça n'avait pas été Joju qui me l'avait racontée, je n'y aurais pas cru.

Seulement, elle semblait vraiment inquiète. Tout à coup, le silence a été brisé par une plainte sinistre, à mi-chemin entre une quinte de toux et un hurlement d'animal blessé.

Eddie n'avait jamais très bien su imiter le coucou.

J'ai pris Joju par la main et nous sommes tous les deux sortis du poulailler sans demander notre reste.

Le cheval venait à peine de sortir du virage et se dirigeait vers la ferme d'un pas lent.

Sur la selle, il y avait l'homme dont m'avait parlé Julie : il portait une redingote qui pendait le long de son corps, un grand chapeau avec un galon brillant et des bottes. Il regardait autour de lui avec l'air de quelqu'un qui ne connaît pas bien la route et a peur de s'être égaré. Et pourtant, dans moins de deux minutes, il allait atterrir en plein dans la cour principale de la ferme.

Ce serait la fin des haricots pour moi, car maman ou Chuck iraient lui parler. Si ce type travaillait vraiment pour Walker & Dawn, cela risquait de tourner au vinaigre, quelle que soit la raison de sa visite.

– Va chercher Ed, ai-je soufflé à Joju. Ensuite, rejoignez-moi et laissez-moi faire.

Elle a disparu dans les fourrés aussi vite qu'un écureuil et j'ai jeté un rapide coup d'œil alentour : Chuck était rentré s'occuper d'on ne sait quoi et P'tit Deux était de l'autre côté de la cour. La voie était libre.

D'un air faussement détaché, j'ai emprunté le sentier et marché à la rencontre du jeune cavalier.

Dès qu'il m'a vu, celui-ci a esquissé le sourire le plus éclatant qu'on puisse imaginer, un vrai sourire de jeune homme comme il faut, puis il a effleuré son chapeau comme si j'étais un adulte, moi aussi.

– Bien le bonjour, m'a-t-il salué. Je cherche la ferme des Chevalier. Tu sais si elle se trouve dans les parages ? Je ne connais pas la région et ça m'ennuierait d'avoir pris le mauvais chemin au carrefour.

En plus d'une voix forte de prédicateur, il avait un air sympathique et désorienté.

On sentait qu'il n'était pas du coin car il m'avait parlé en anglais et pas dans notre français du bayou. Je lui ai donc répondu dans la même langue :

– La ferme est juste ici, Mister, derrière les arbres.

Moi, c'est Peter Chevalier, mais tout le monde m'appelle P'tit Trois.

– P'tit Trois, hein ? C'est un nom français, mais bon, vous parlez tous cette langue, ici… Dis-moi un peu, petit gars, ta mère est à la maison ? Je dois parler affaires.

Comme c'était là que je voulais en venir, j'ai pris mon plus bel air innocent et dit :

– Quel genre d'affaires ? Simple curiosité, bien sûr…

L'étranger était du genre dégourdi. Devant ma question, il a sauté de sa selle avec un geste d'acrobate, remis son chapeau d'aplomb et déclaré :

– Je suis un agent de la société Walker & Dawn, de Chicago. Tu en as peut-être entendu parler, c'est celle du…

– Du *Célèbre Catalogue des Bonnes Affaires de Mister Walker & Miss Dawn*, ai-je aussitôt répondu.

Puis j'ai réfléchi une seconde avant d'ajouter :

– Mes amis et moi, nous avons justement acheté quelque chose, il y a plusieurs semaines…

Je me suis retourné, Eddie et Joju étaient sortis de leur cachette au milieu des taillis et approchaient d'un air curieux, en tenant le poney d'Ed par la bride.

Le jeune homme les a vus et il est parti dans un grand éclat de rire :

– Ah oui ? Vous avez acheté quelque chose dans le Catalogue ? Ce n'était pas Mme Chevalier que je devais chercher, mais vous, on dirait bien. Venez, écartons-nous de la route, inutile que quelqu'un nous voie… Pas vrai ?

C'était vraiment un petit futé. Il nous a fait un clin d'œil avec tant de drôlerie qu'Ed s'est esclaffé.

Nous nous sommes installés à l'ombre des premiers arbres, non loin de la route, et le type a sorti de la poche de sa redingote un bel étui où il a pris un *cigarillo* fin et hors de prix, ça se sentait.

Il a porté le cigarillo à sa bouche et a deviné quelque chose dans mon regard :

– Tu en veux un, petit gars ? Parbleu, on dirait que tu es assez grand pour fumer... Et il faut un cigare quand on cause affaires.

L'étranger me l'a allumé avec un beau briquet en métal et j'ai tiré sur le meilleur cigare de ma vie. C'était si fort qu'on en avait les larmes aux yeux.

– Bien, a-t-il dit en tendant la main vers Ed. Comme je m'apprêtais à le dire tout à l'heure, je m'appelle Jack et je suis un agent de la société Walker & Dawn.

Ed lui a serré la main puis m'a envoyé un coup de coude : il voulait fumer, lui aussi. Au second coup de coude, j'ai dû lui passer le cigarillo.

Pendant ce temps, Jack avait attrapé la main de Julie pour l'embrasser comme on fait chez les riches, mais mon amie était vraiment une sauvage car, au lieu d'avoir l'air flattée, elle semblait presque un peu dégoûtée. Heureusement, Jack était quelqu'un de bien et il a fait mine de ne pas s'en apercevoir.

La seconde d'après, il reprenait :

– Voyez-vous, j'ai fait un petit bout de chemin pour

venir jusqu'ici, mais la société Walker & Dawn est très particulière. Chez nous, la satisfaction du client passe avant tout le reste. Comme dit notre slogan : « Les prix les plus bas ! Dépensez bien votre argent ! Remboursement garanti ! »

Il a longuement tiré sur son cigare, fait un large sourire et poursuivi :

– Manifestement, notre service des expéditions a semé une belle pagaille et c'est à moi d'y remédier. Voilà des jours que je parcours la Louisiane pour voir toutes les familles de notre registre qui ont récemment effectué des commandes. Un vrai calvaire.

En réalité, le petit sourire sur son visage indiquait qu'il n'était pas si mécontent d'arpenter la Louisiane, tout seul avec son cheval et ses cigares. Ce qui me l'a rendu encore plus sympathique.

– Laissez-moi deviner. Quelqu'un était censé recevoir un article mais, à la place, il a reçu autre chose par erreur, c'est bien ça ?

Jack a cessé de sourire et s'est penché vers moi :

– Pourquoi ? Ce n'est quand même pas à vous que c'est arrivé, si ?

Je me suis tourné vers mes amis sans cacher ma joie. Ed gloussait (j'en ai d'ailleurs profité pour récupérer le cigare) tandis que Joju avait une expression bizarre que je n'ai pas su déchiffrer.

– Peut-être, ai-je murmuré en jouant les mystérieux.

Jack est parti dans un grand éclat de rire :

– Ça par exemple, c'est un sacré coup de chance. Non

seulement je tombe au bon endroit, mais je parle même aux bonnes personnes ! Cela dit, je trouvais étrange qu'une dame commande un revolver de police... Allons, allons, ne prenez pas cet air surpris, j'ai vu l'adresse et je sais tout sur toutes les commandes provenant de la région. Vous aviez demandé un revolver et des munitions, exact ?

– Exact, ai-je confirmé. Seulement, il y avait autre chose dans le paquet.

– Et quoi donc ?

J'allais répondre mais Joju m'a attrapé par l'épaule, ce qui m'a coupé dans mon élan.

Jack a affiché son sourire le plus éclatant :

– Écoutez, je vais vous expliquer les règles du jeu. J'ai besoin que vous me disiez quel était ce fameux objet... Pour m'assurer que vous ne me racontez pas d'histoires, vous comprenez. Moi, je vous fais confiance, et puis d'ailleurs, comment pouviez-vous savoir ce qui m'amène ici ? Malgré tout, c'est mon travail, je me dois de vérifier.

Il m'a adressé un nouveau clin d'œil.

– Et si, comme je le pense, vous êtes les personnes que je cherche, je vais vous demander de me restituer l'objet. En échange, je vous donnerai une belle récompense. Un cadeau pour nous faire pardonner cette erreur, le dérangement et tout le reste.

Il avait un sourire si large que j'ai eu peur de voir ses dents se craqueler et se briser en mille morceaux.

– Tenez-vous bien, les enfants. Car je parle de cinquante dollars ! Rien que pour vous !

Faucet Can.

No. 23R6907 The Faucet Can. The most desirable faucet can made. Corrugated galvanized iron; brass faucet, nickel plated.
3 gallons. Weight, 2¼ lbs. Each..**49c**
5 gallons. Weight, 3¾ lbs. Each..**54c**

The Swinging Can.

No. 23R6910 Galvanized iron, corrugated, with spring valve spout. It is absolutely the most convenient can made, all the objectionable features in pump and faucet cans are overcome. The frame work is cut from **heavy steel** and is **separable from the can** when taken to the store. **Warranted to be satisfactory.** To fill the lamp, swing the can in position and **push the button.** Only one size, 5 gallons. Weight, 4¾ pounds. Price, each.................. ....**78c**

Pump Can.

No. 23R6912 Galvanized iron, corrugated, with tin top. Supplied with steady steam pumps which are removable from the can, will give satisfaction in every way. Only one size made. 5 gals. Weight, 4 pounds. Price ...

LANTERNE TUBULAIRE EN NICKEL ET CUIVRE

Réf. 31N559 – De taille réduite, idéale pour un usage en extérieur et pour être accrochée à la selle d'un cheval. Imperméable au vent. Aucun brûleur inclus, mèche de 3/8 de pouce, 1 hublot.

Poids : 1 livre

Prix : 95 cents

as it
No.
Pri
No.
Pri
No.
Pric

No. ... H. Seaml... Steel Oilers are cheap, durable and elegant. They are heavily electro copper plated on the inside to prevent rust and to prevent the oil from becoming gritty. On the outside they perfectly resemble solid burnished copper. The 9-inch nozzles are bent, all others are straight. Have clock steel spring bottoms.

Diameter of bottom....	2¾	3⅜	3⅜	3⅜	3¾	4⅛	4⅛
Length of nozzle, inches	2⅛	3	5	9	3	3	9
Weight, each, ounces...	2	3	4	5	6	7	8
Price, each.............	13c	16c	17c	19c	22c	27c	30c

Zinc Oilers.

No. 23R6955 Zinc Oilers, spring bottom.

Size...............	0	1	2	4	5
Weight, ounces...	1	2	2½	3	4
Price, each........	5c	6c	8c	10c	13c

No. 0 is small, 2 inches across bottom and holds about ⅛ pint. No. 5 is 4¾ inches across bottom and holds about 1 pint. The others are graduated between. The weights vary from 4 to 7 ounces.

Automatic Oilers.

No. 23R6958 Automatic Zinc Oilers. This oiler cannot be tipped over like the ordinary zinc oiler. When accidentally overthrown it will immediately resume an upright position because of the rounding shape of sides and very heavy bottom; consequently no oil can be accidentally spilled from this oiler.

No....................	1	2	3
Holds, ounces......	3	4	6
Weight, ounces......	5	6	7
Price, each..........	22c	25c	28c

TUBULAR LANTERNS.

We illustrate all the latest designs and our Lanterns have the latest improvements. We show a larger variety to select from. They are safe and reliable. While our prices are lower than formerly, we still maintain our superior quality.

In selecting a lantern you should aim to secure the safest and best. Remember there are some makes of cheap lanterns that cause much annoyance as well as damage. The difference in price between our lanterns, the very best, and inferior makes is but a few cents.

Dietz Square Lift, or Star Tubular Lantern.

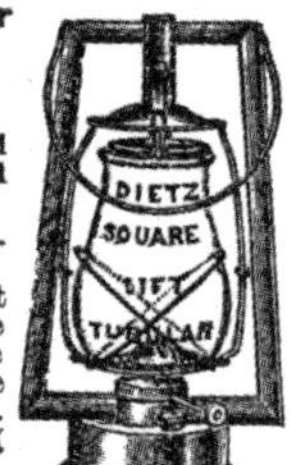

For Kerosene.

Our 47c Lantern has no equal for the money. Over 8,000 sold last year.

No. 23R7000 This is the old reliable Square Lift Lantern.
We have sold it for years, and it gives universal satisfaction. One of our most popular lanterns. The globe is raised by the thumb piece on top. No. 1 burner, ⅝-inch wick. No. 0 glo... Weight, about. 1¾ **47c**

Dietz Side Lift or Victor Tubular Lantern.

For Kerosene.

No. 23R7002 This is the most popular lantern on the market today.
The crank at the side raises and lowers the globe and locks the burner in place when down. A late improvement on this lantern consists of a bend on the guard wire over which the crank moves, thus perfectly locking the globe frame and burner down. No. 1 burner, ⅝-inch wick. No. 0 globe. Weight, about 1¾ pounds.
Price, each..... . ...**47c**

...rystal Tubular Lantern.

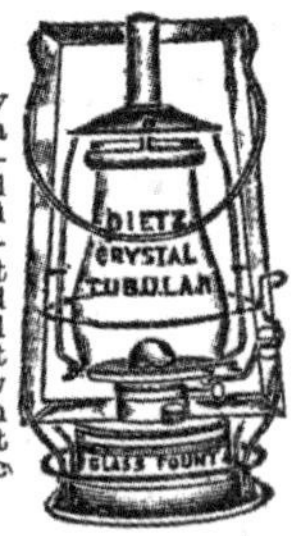

No. 23R7005 This is a strongly guarded tubular lantern with a glass fount instead of tin. This enables the user to see how much oil is in the fount, **and the fount will never leak.** Fitted with our improved side lift. While the fount on this lantern is strongly guarded and is not liable to breakage, still in case of accidentally breaking it can easily be removed and a new one put in. No. 1 burner, ⅝-inch wick, No. 0 globe. Weight, about 2½ pounds. Price, each.........**68c**

Dietz U. S. Brass and Nickel Plated Tubular Lantern.

No. 23R7007 This is the smallest tubular lantern we make. Made of brass, very handsome. For use around the house and for ladies' use it cannot be excelled. No. 0 burner, ⅝-inch wick, U. S. globe, Weight, 1¼ pounds.
Price, each... ....**63c**
No. 23R7008 Same as above, **nickel plated.** Price, each.....**95c**

Dietz No. 1B Side Lift Tubular Lantern.

For Kerosene.

No. 23R7012 This Lantern has the No. 2 burner, 1-inch wick, and should fill a want where a large amount of light is needed in a hand lantern. **The oil pot** holds 1¼ pints of oil, and the lantern will burn nineteen hours without refilling.

7

LANTERNE TUBULAIRE EN NICKEL ET CUIVRE

J'ai failli rester cloué sur place. J'ai secoué la tête comme un chien qui s'ébroue après un bain. Jack, lui, a encore ricané :

– Vous pouvez me croire, j'ai bien dit cinquante dollars !

Tout près de moi, Ed s'était mis à trembler. Même Julie avait les yeux écarquillés. Qu'est-ce qu'on pouvait faire avec une somme pareille ? Je n'en avais pas la moindre idée.

– Eh bien ! me suis-je exclamé. Ça, c'est un cadeau.

– N'est-ce pas ? a dit Jack. Chez Walker & Dawn, nous faisons tout pour nos clients, la preuve. Et pour rafler vos cinquante dollars, vous devez simplement me rendre le contenu du colis.

– Seulement… On n'a pas la montre avec nous. Il faut… qu'on aille la chercher.

– Ha ha ! Donc vous avez trouvé une montre. Bonne réponse. Et à quoi ressemble-t-elle ?

Cette fois, c'est Eddie qui a répondu :

– C'est une montre à gousset de l'American Company, un modèle de chef de gare, avec un boîtier en argent… Et elle ne marche pas.

Jack a claqué des doigts sans cacher sa satisfaction.

– Ça correspond ! Ça correspond en plein à ma description. Alors, où l'avez-vous mise ? Quand pouvez-vous me la remettre ? Ne le prenez pas mal, mais j'ai hâte de régler cette affaire et de m'en retourner à La Nouvelle-Orléans.

Je comptais lui demander de nous accompagner chez Joju mais elle s'est approchée et m'a chuchoté à l'oreille :

– Je ne veux pas qu'il voie là où j'habite.

Alors elle m'a aussitôt coupé :

– Cette nuit, Jack. Retrouvons-nous sur la route au sud du village, on te rapportera la montre. Mais n'oubliez pas les cinquante dollars !

Celui-ci a ôté son chapeau en s'inclinant :

– Je ne les oublierai pas. C'est un plaisir de faire affaire avec vous, les enfants. Nous nous voyons cette nuit.

Je ne vous raconte pas la java que nous avons faite dès que Jack a disparu au bout du sentier. J'ai pris dans mes bras Joju, qui a pris dans ses bras Eddie, qui m'a pris dans ses bras. On était tellement contents qu'on a même failli prendre le poney dans nos bras.

J'ai dit :

– Vous imaginez ? Cinquante dollars ! Même divisé par trois, ça fait toujours…

– Divisé par quatre, m'a interrompu Joju. N'oublie pas Min.

– Sauf que Min n'était pas là… et puis il est trop petit…

– Min était avec nous quand on a trouvé les trois dollars, et n'oubliez pas que c'est lui qui a la montre. Il y tient beaucoup, d'ailleurs. Depuis qu'il l'a vue, il ne l'a pas lâchée un seul instant.

– Pour cinquante dollars, je suis sûr qu'il se fera une raison, ai-je répondu.

Car je commençais à bouillir.

– De toute manière, ce n'est pas juste : avec Eddie, on n'aura que douze dollars cinquante chacun, alors que Min et toi, vous êtes frère et sœur, vous aurez le double et…

On s'est regardés et on a éclaté de rire. Douze dollars et cinquante cents chacun ! Qui avait déjà eu autant d'argent entre les mains ? Et dire qu'on se mettait à jouer les avares !

– Min aura sa part, le fait que ce soit ton frère n'a aucune importance, ai-je décrété. Mais tu devras le convaincre de nous donner la montre, Joju. Pendant ce temps, Ed et moi, on va se rendre au Refuge et on vous attendra là-bas.

– Au Refuge ? a marmonné mon ami. Mais c'est bientôt l'heure du dîner…

– Réfléchis. Tes parents ont dû s'apercevoir que tu as pris le poney, pas vrai ? Et que tu es parti malgré ta punition. Si tu pointes le bout de ton nez, ils t'enfermeront dans le placard à balais pendant une semaine, minimum. Quant à moi, je n'ai pas envie, mais alors, pas envie du tout de m'en prendre une parce que le poulailler n'est pas encore nettoyé. Je n'en peux plus de travailler ! Par conséquent, on va se rendre au Refuge, toi et moi, et attendre Joju. Ce soir, on rentrera chez nous avec nos douze dollars cinquante et on sera accueillis en héros !

Je voyais déjà la scène dans ma tête. Maman tomberait à genoux, me demanderait pardon et dirait à Chuck de me laisser sa chambre pour toujours.

C'est ainsi que j'ai convaincu Eddie de prêter son poney à Joju car elle avait beaucoup plus de chemin à faire. Puis nous nous sommes éloignés au milieu des arbres en sifflotant, mon ami et moi.

Au même moment, depuis la ferme, Chuck a crié :

– P'tit Trois, tu es passé où ? Si je t'attrape, je t'arrache la peau à coups de fouet.

Mais oui, mais oui. Attends que j'arrive à la maison aussi riche qu'un milord.

Il faisait presque nuit à notre arrivée au Refuge. Les moustiques volaient au-dessus du marais avec autant de hargne qu'un escadron de cavalerie. Comme on commençait à avoir faim, Ed et moi, on a décidé de pêcher quelque chose au lieu de nous terrer dans la cabane.

On est restés un instant sur la rive du bayou, adossés à notre canoë tiré au sec, mais on était trop agités. On n'arrêtait pas de parler et de faire du bruit, sans compter que les moustiques ne nous laissaient pas un instant de répit. Bref, on n'a rien pêché du tout.

Le soir est tombé, puis la nuit. À un moment donné, des bruits de sabots ont résonné : Julie, Min et le poney.

Min avait les yeux mouillés de larmes ; Joju m'a expliqué qu'il n'avait pas cessé de pleurer depuis qu'elle lui avait dit qu'il fallait rendre la montre.

Je me suis agenouillé devant Min pour lui promettre qu'avec l'argent de Jack on achèterait une jolie montre cassée. L'ennui, c'est qu'il ne voulait rien entendre, il continuait de pleurer à gros bouillons en serrant l'oignon détraqué comme si sa vie entière en dépendait.

– Un problème à la fois, ai-je finalement décidé. Allons déjà au croisement à la sortie du village, l'heure du rendez-vous approche.

Nous nous sommes mis en chemin, Ed ouvrant la marche pour guider le poney à travers les sables mouvants. Pendant ce temps, avec Joju, on a parlé doucement à Min.

Le petit continuait de faire tourner la molette de cet engin infernal, avec ce *cric cric cric* incessant qui me rendait chèvre.

À cette heure-là, la route qui menait au village était sombre et désolée. Jack n'était pas encore arrivé.

– Je n'aime pas ça, a marmonné Ed. Cet endroit me donne la chair de poule…

– C'est parce que tu es un trouillard, ai-je ricané. Qu'est-ce qui pourrait bien nous arriver ? Il n'y a personne, ici !

– C'est faux, il pourrait y avoir des gens. Je ne sais pas, des bandits… Les bandits attendent toujours aux croisements.

Ce n'était absolument pas mon avis, mais Joju m'a attrapé par un bras pour me dire :

– Peut-être qu'Ed a raison.

– Comment ça ?

– Il vaut sans doute mieux qu'on se cache au milieu de ces arbres et qu'on attende, Min et moi. Quand Jack arrivera et sortira les cinquante dollars, vous nous ferez signe et on lui donnera la montre.

À ce dernier mot, Min a poussé un mugissement inquiet.

Et j'ai simplement dit :

– Bah.

L'idée m'amusait, c'était un peu comme les messes basses et les complots de ces romans d'aventures qu'Eddie nous lisait de temps en temps. Seulement, pourquoi toutes ces précautions ?

– C'est ton ami, ce Jack ! s'est exclamée Joju. Je ne sais pas… Vous n'avez pas l'impression qu'il souriait… un peu trop ? Et ce qu'il a fait pour être gentil avec nous, le cigare, le baisemain et tout le reste ?

– Ben, c'est un vendeur, a observé Ed. Ça fait partie de son métier.

– Oui, mais ça me rassurerait de rester cachée. Autant éviter de prendre des risques, pas vrai ?

Elle a attrapé Min par la main et ils ont aussitôt disparu dans le noir, au milieu de la végétation.

Joju m'avait rendu nerveux. Peut-être qu'elle avait raison, peut-être que Jack n'avait pas vraiment l'intention de nous donner ces cinquante dollars.

Moi, je l'avais trouvé sympathique, dynamique. Mais avec un peu de chance, c'était de l'esbroufe pour nous faire tomber dans son piège, comme l'année précédente, quand avait débarqué ce type qui vendait une potion pour faire repousser les cheveux. Au bout du compte, tout le monde au village s'était aperçu que ses flacons ne contenaient que de l'eau sale.

– Lorsque Jack arrivera, laisse-moi parler, ai-je murmuré. Une discussion difficile nous attend.

Eddie n'a rien dit. Au même moment, j'ai vu une lanterne ondoyer, tout là-bas, telle une luciole éméchée, puis j'ai entendu le bruit d'un cheval et, soudain, Jack avançait tranquillement le long du sentier, avec sa redingote grise et son chapeau sur la tête, malgré la nuit noire.

J'ai remarqué qu'il avait chargé deux grosses sacoches en cuir sur sa selle, signe qu'il ne pensait pas dormir au village : il voulait s'en aller sans tarder.

– Tout juste, m'a-t-il confirmé en descendant de sa monture. Je pars pour La Nouvelle-Orléans cette nuit et je m'arrêterai quelque part en chemin pour dormir. La lune est belle, j'ai ma lanterne… Et je suis très pressé.

Quand le jeune homme l'a braquée dans ma direction, Ed a failli basculer en arrière.

– Alors, vous l'avez apportée ?

– La montre cassée ? Oui, comme convenu.

– Et où est-elle ?

Était-ce simplement le fruit de mon imagination ou quelque chose dans ce goût-là ? Toujours est-il que le ton de Jack ne m'a pas plu. Il n'était plus aussi amusant.

J'ai bafouillé :

– Je vais vous la montrer. En attendant, vous avez les cinquante dollars ?

– Je les ai, je les ai. Ne vous inquiétez pas. Bon, cette montre, tu la sors, oui ou non ?

Il était trop pressé, trop impatient. Il l'a lui-même compris car il a toussoté, remis d'aplomb son chapeau et déclaré :

– Je dois m'assurer que c'est le bon article… Tu m'as dit que c'est une montre cassée, hein ? Sauf qu'elle n'est pas censée être cassée…

Il mentait.

Peut-être avais-je été aussi benêt que mon ami Ed quand il est dans la lune, mais je savais reconnaître quelqu'un qui me racontait des bobards.

– D'abord les cinquante dollars, ai-je tonné d'une voix faussement assurée. Ensuite la montre.

Je n'aurais jamais cru que Jack soit si rapide. En un clin d'œil, je me suis retrouvé empoigné par le col de ma chemise et arraché du sol, avec la lanterne qui brinquebalait contre mon torse.

– Ça suffit, gamin, a-t-il grogné. Donne-moi immédiatement cette montre !

Eddie a crié, et moi aussi, de toutes mes forces :

– Julie ! SAUVE-TOI !

– La gamine ! Où est-elle ?

Jack a regardé autour de lui et j'ai profité de cet instant d'inattention pour lui donner un coup de pied pile dans ses bijoux de famille.

Il s'est plié en deux, les deux mains collées sur son bas-ventre, et je me suis libéré. À peine revenu par terre, je me suis mis à courir comme un dératé.

Ed a crié quelque chose, mais je n'ai rien compris : j'ai simplement plongé au milieu des arbres, dans la direction où avait disparu Joju. Eddie peinait derrière moi et j'ai entendu Jack qui nous suivait, en grognant et en boitant. Ce qui ne l'a pas empêché de courir de plus en plus vite.

Il avait laissé son cheval derrière lui (tout comme nous avions oublié notre poney) mais faisait de grandes enjambées de plus en plus assurées. La douleur s'atténuait sans doute. Sa lanterne dessinait des halos de lumière parmi les feuilles et les broussailles.

Je ne pensais plus à rien, je ne sentais plus que l'air qui me déchirait les poumons et les mauvaises herbes du marais qui me fouettaient partout.

J'ai rejoint Joju. Elle faisait de son mieux, mais Min était mort de peur et trébuchait tous les deux pas, le poing toujours refermé autour de sa montre.

Sans ralentir une seconde, je me suis baissé et j'ai attrapé Min au vol en le serrant contre moi. Ce qui revenait plus ou moins à se lester d'un sac rempli de cailloux.

J'ai quand même essayé de courir mais j'allais si lentement qu'Ed m'a dépassé. Min était pendu à mon cou et m'empêchait de respirer.

Je me suis arrêté car c'était la seule solution. J'ai fait passer Min sur mon dos, à califourchon, puis j'ai repris ma course.

Jack était tout près, je l'ai entendu crier :

– Arrête ou je tire !

Avait-il vraiment un pistolet ? Il n'aurait pas été difficile d'en avoir le cœur net, mais je n'y tenais pas, loin de là.

Pendant ce temps, Julie et Ed avaient déjà franchi le Pont Branlant et couraient au milieu des sables mouvants. Enfin, il me semble. Avec cette maudite lanterne qui remuait dans tous les sens je n'y voyais que couic.

Vous ai-je déjà dit qu'il est dangereux de se promener dans le bayou avec une lanterne ? Je crois bien que oui.

J'ai sauté sur le Pont Branlant qui, dans les faits, n'était qu'une espèce de passerelle instable jetée au-dessus du fleuve. À marée haute, on avait les pieds noyés jusqu'aux chevilles et les planches étaient toutes recouvertes d'une gadoue aussi glissante que du savon.

En ralentissant, j'ai entendu Jack crier :

– Attends que je t'attrape, sale morveux !

J'ai fait un pas en avant et sauté de l'autre côté pour atterrir en plein dans la boue, ce qui a fait tomber Min. Le petit s'est mis à geindre.

Jack a poussé un cri victorieux, presque un cri d'animal, et s'est engagé à toute vitesse sur le Pont Branlant.

Je me suis dit que j'avais intérêt à me relever, à attraper Min et puis j'ai perdu le fil.

J'ai repris ma course mais j'étais vraiment à bout de souffle, la lumière me troublait et je traversais les sables mouvants à l'aveuglette, comme un cheval fou.

Tout à coup, un juron a retenti dans le marais. Jack. Cette fois, c'était un cri de désespoir. J'ai entendu d'autres bruits derrière moi, quelque chose pataugeait et se faisait aspirer. Encore que, difficile à dire, avec cette trouille qui me paralysait.

Je n'ai même pas songé à m'arrêter pour regarder ce qui se passait : si ça se trouve, c'était encore une ruse de Jack pour m'attraper.

Alors j'ai baissé la tête, foncé au milieu des arbres, fait un crochet pour me débarrasser de cette fichue lanterne et disparu dans le marais en courant, avec Min sur le dos.

Sans lumière, cette fois.

Sans danger, cette fois.

OVERCOAT

Mackintosh, Greene & Co.'s Dark Frieze Overcoat

No. 45R242 Th... from dark Oxf... especially desira... cloth... splen... as ... The ... qualit... good q... and is... through... order fo... lieve tha... to send u... best valu... get in cl... than can be...

Price for o...

Mackinto... Co.'s Ox... $5...

No. 45R24... is made up i... goods as the a... It is made of d... ounce frieze, jus... ster as will co... price elsewhere ... nish sizes only from... inches breast measu... one length, 50 inches.

Price for ulster........

All Wool Blue ... Beaver Overco... $5.00.

No. 45R246 This o... **is made of all wool blu... beaver,** heavy weight ... goods that will wear and ... satisfaction to the one who ... it, made up as shown by ... illustration, extra well made, trimmed in a first class manner, s... breasted style only. We are offering the coat at our one s... margin of profit plan price We purchase all piece goods for re... made clothing for much less than it is actually worth; thus we ... enabled to give our customers the value we claim.

Price for overcoat ....$5.0...

All Wool Blue Black Beaver Ulster, $6.00.

No. 45R248 **This ulster is made from the same materia... as the above overcoat.** It is a dark blue black all wool beaver goods that will give you satisfaction **The price is very low and you may imagine that a good ulster cannot be had for the price we name,** but you can take our word that this coat is an exceptional value and a splendid garment for this money. We guarantee it to be the best coat ever offered for the price, and upon examination, if it is not found satisfactory, your money will be refunded. We take all chances on style, size or quality of goods.

Price for ulster..$6.00

WE ADVOCATE ORDERING READY MADE CLOTHING FROM OUR CATALOGUE.

It is just as satisfactory, we take the same special care to fill your order exact. You will be always sure of getting garments that will fit and please you. If you desire samples, however, FOR 5 CENTS IN POSTAGE STAMPS we will mail you our cloth sample book of

Mens' Ready to Wear Clothing.

Why we can save you 50 cents to $1.00 more on every overcoat by asking 5 cents for SAMPLE BOOK No. 56R, is explained on page 1129.

$7,25

REDINGOTE POUR HOMME

Réf. 42O004 – Redingote pour homme en faille, avec doublure. Les finitions soignées font d'elle la tenue idéale pour les plus élégantes occasions. Boutons en or, deux poches extérieures et une poche intérieure, revers du col en satin.

Disponible en noir, gris ou bleu.

Indiquer la taille au moment de la commande.

Prix : $ 7.25

...dy Made Overcoat, $6.00.

...is made from a dark navy blue ... well made and trimmed, sewed ... a coat as you cannot get from ... our price. Made up as shown ... en from photographs, and will ... the coat will look. Send us ... at this coat will fit you, will ... returned to us at our expense

.........................$6.00

...lster, $7.00.

...e up of the same mate- ...y weight cloth, especially ... would like very much to ... know that you will be ... it to your friends and ... ders. Please remem- ... that the coat we send ... This coat is made ... figure; made in sizes

............$7.00

...NT FROM US ... hat you cannot ... you get from ... with ours in ... ady made suit, ... your future ... NCED.

m... c... c... w... ou... bo... ...xtra heavy sle... We would like to have your order, as we know we can give you perfect satisfaction, and retain your future patronage in the clothing line. This garment is made up as shown by ulster style 12, fashion figure, and in sizes from 34 to 42 inches breast measure.

Price for ulster style.........$8.00

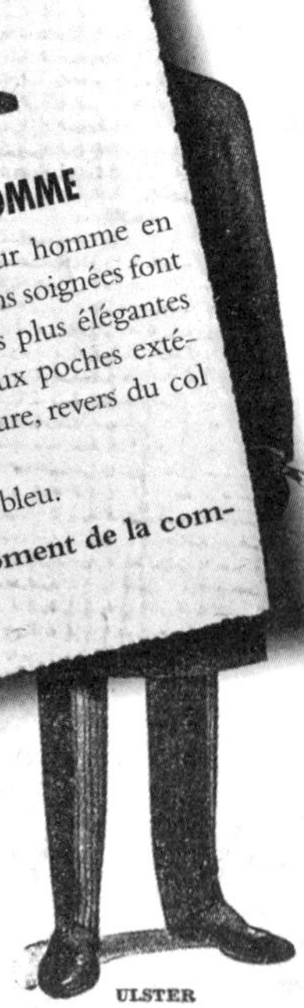

ULSTER

8

REDINGOTE POUR HOMME

– Qui est là ? Qui va là ?

– Qui veux-tu que ce soit, andouille ? Laisse-moi entrer.

La porte du Refuge s'est ouverte en grand et deux mains m'ont attiré à l'intérieur.

– Où est Jack ?

Ça, c'était Ed.

– Min va bien ?

Ça, c'était Joju.

La cabane était plongée dans le noir le plus total, on entendait des battements de cœur et des respirations haletantes.

J'ai reposé Min par terre et senti le petit se blottir dans les bras de sa sœur.

Si ce n'était pas un truc de fille, je les aurais serrés dans mes bras, moi aussi.

– Alors ? a chuchoté Ed. Jack t'a suivi ? Il vient ici ?

– J'en sais rien.

– Comment ça, t'en sais rien ?

– Non, j'en sais rien. Avec cette lanterne, je n'y voyais rien. Et puis tout à coup, j'ai entendu un cri, des bruits, et je me suis sauvé.

– Et Jack, qu'est-ce qui lui est arrivé ? a demandé Joju.

– Aucune idée.

– Tu ne t'es pas arrêté pour vérifier ?

– Parce que vous auriez voulu que je m'arrête ? Je ne suis pas idiot. En plus, j'avais Min sur le dos, c'est déjà bien que je sois arrivé ici.

– Hum, a fait Eddie. Tu dis que tu as entendu des bruits. Des bruits comment ?

– Ça pataugeait, ça glougloutait et ça jurait autant comme autant.

Silence.

En y réfléchissant bien, j'ai compris ce que voulaient dire tous ces bruits. Les sables mouvants. Jack avait fini dedans, à tous les coups. Normal, il n'était pas du coin. Pour trouver la terre ferme au milieu de ces feuilles et de ces herbes, il fallait se fier à son instinct et à son expérience.

– Mince, a murmuré Joju. Qu'est-ce qu'on fait, maintenant ?

Je n'en savais rien, j'avais la tête embrumée comme si quelqu'un m'avait plongé dans la boue du marais, moi aussi.

Une fois, M. Dubois, qui était chasseur, avait vu un ours adulte tomber dans les sables mouvants et finir aspiré. Il ne restait que la pointe des oreilles qui ressortaient. Cela dit, M. Dubois racontait tout un tas de sornettes et, la plupart du temps, ces sables mouvants n'étaient pas plus profonds qu'un bras, guère plus. Je le sais car j'avais déjà fait l'essai avec un bâton.

Sans compter que Jack était un malin doublé d'une fripouille.

– À mon avis, il ne va pas tarder à arriver. Il va se libérer et débarquer ici. Il sera énervé comme un pou.

– Et au moins aussi sale, a ricané Ed.

Il s'est vite mordu la lèvre car ce n'était pas le moment de faire de l'esprit.

Tout doucement, mes yeux se sont habitués à l'obscurité. Je me suis glissé jusqu'au sac en chanvre où nous rangions toutes nos affaires et j'en ai sorti mon canif de poche.

C'était un petit machin de quelques centimètres, avec une lame abîmée, mais c'était quand même un couteau et ça m'a aidé à me sentir mieux.

– Allez, du nerf. Aidez-moi à barricader la porte.

Eddie s'est faufilé près de moi pour attraper une planche que nous avons placée contre l'entrée, de travers.

Notre Refuge était une jolie cabane, je dois dire, mais elle n'était pas spécialement solide, oh non. Un homme comme Jack avait les moyens d'abattre les murs d'un coup d'épaule. Mais on pouvait le ralentir un peu.

– Et maintenant, on fait quoi ? a demandé Ed.

– On attend ! j'ai dit.

– J'ai peur, a gémi Ed.

– Taisons-nous, ça vaudra mieux, a dit Joju.

On est donc restés muets, mais pour être honnête, j'avais peur moi aussi, et le temps paraissait incroyablement long.

Finalement, j'ai soufflé :

– Joju, tu avais sans doute raison. Jack n'avait pas l'intention de nous donner ces cinquante dollars.

– Mouais. Mais j'aurais préféré me tromper.

Eddie a enlevé ses lunettes et les a essuyées contre sa chemise.

– Cette montre doit quand même avoir de la valeur. Sinon, pourquoi Jack l'aurait-il voulue à ce point ?

Je n'avais pas vu les choses de cette façon, mais mon ami avait raison, effectivement. Si Jack avait failli nous tirer dessus pour avoir cette montre, c'était qu'elle avait quelque chose de spécial.

Pour l'heure, j'en avais ma claque de rester là dans le noir, avec cette trouille qui me serrait la gorge. Il fallait à tout prix que je bouge ou ma tête allait exploser.

– Bon. Jack devrait déjà être ici à l'heure qu'il est... et ce n'est pas le cas. Peut-être qu'il a rebroussé chemin ou qu'il s'est perdu dans le marais. Je vais jeter un œil. Avec un peu de chance, on est enfermés pour rien alors qu'on pourrait décamper sans problèmes.

– Si tu pars en exploration, je viens avec toi, a aussitôt lancé Joju.

– Vous n'allez pas nous laisser ici, quand même ? a protesté Ed. Avec Min, on vient aussi.

– S'il faut courir, ai-je pesté, Min va nous ralentir.

– Hé, pas question que je reste ici tout seul, a conclu Eddie.

Et il ne comptait pas changer d'avis.

Nous sommes donc sortis tous les quatre, en file indienne. Le bayou brillait d'une étrange lumière, presque argentée.

Mon canif à la main, je marchais en veillant à ne pas faire de bruit. Tout à coup, j'ai vu quelque chose miroiter dans les arbres. Certainement la lanterne de Jack. Comme je suis resté cloué à l'endroit où j'étais, la tête d'Eddie a heurté mon dos.

– Chhhh, ai-je dit en m'accroupissant comme un chat.

J'ai observé un instant les environs avant d'ajouter :

– Ne bougez pas.

De fait, le point lumineux était immobile. Jack avait-il laissé sa lanterne par terre et compris qu'il valait mieux traverser le bayou dans le noir ? Ou était-il quelque part dans les parages en train de nous observer, prêt à nous prendre par surprise ?

Je me suis mordu la lèvre en songeant que Min était là avec nous et qu'il avait encore la montre. Eddie aurait sûrement mieux fait de rester au Refuge, cette tête dure !

– J'y vais, ai-je murmuré. Mais vous m'attendez ici.

– Oublie ça, a dit Joju. On vient tous. Mais sans faire de bruit.

On a marché en silence au milieu des arbres. Puisque ce n'était pas notre chemin habituel, je m'arrêtais tous les deux pas pour tester le marécage et m'assurer que les sables mouvants ne risquaient pas de m'engloutir.

Finalement, j'ai pu voir ce qui s'était passé.

Jack était allongé, la tête plongée dans la boue, les jambes enfoncées dans les sables mouvants jusqu'à la ceinture. Son bras gauche était raide et tordu. Et le droit n'était plus là. Quelqu'un l'avait coupé net et l'avait emporté.

– Oh, mon Dieu !

– Il est mort ?

J'ai dit :

– Bien sûr qu'il est mort. On lui a arraché un bras, l'épaule et peut-être même le cœur !

– C'est vraiment sûr ? a demandé Joju.

– Il a perdu pas mal de sang, a constaté Ed. Ça doit faire au moins une heure qu'il est là. Mort et refroidi. Le pauvre, il était presque arrivé à ressortir.

– Tu oublies qu'il allait nous tuer.

– Oui, mais…

Joju était aussi pâle que si elle avait frotté son visage avec de la cendre.

– Qui a fait ça, d'après vous ?

J'ai suggéré :

– Un monstre ?

– Moi, je pense que c'est la femelle alligator, a tranché Eddie. On est tout près de son nid. En essayant de se libérer du sable, Jack a dû l'énerver, elle a jailli de sa tanière et *TCHAC* !

– Alors écartez-vous. Elle est peut-être encore dans le coin.

Je me suis mordu la lèvre car je tremblais tellement fort que je n'arrivais pas à me contrôler. Je me suis glissé hors de ma cachette et, prudemment, je suis venu à la hauteur de Jack, juste assez près pour le toucher.

Avant de mourir, il avait retiré sa belle redingote grise et s'était à moitié couché dessus : peut-être avait-il essayé de se servir de son manteau pour se sortir du marais. Cela peut sembler absurde si vous n'avez jamais vu de vrais sables mouvants, mais en réalité, ça marche, car le tissu adhère à la boue en formant une espèce de plateforme plus ou moins solide qui permet de se tirer d'affaire.

Alors que je m'étais arrêté, le temps de trouver une idée, quelque chose a bougé dans les taillis et j'ai cru voir l'œil brillant d'un alligator, de la même couleur que la boue. Aussitôt, j'ai crié :

– Hé, les amis ! Attention ! La bestiole est encore là.

J'ai reculé d'un pas, par sécurité, puis j'ai jeté un œil alentour à la recherche d'un caillou ou d'un bâton et je me suis mis à sautiller sur place en disant :

– Sœur alligator, merci de nous avoir sauvés de cet homme qui voulait nous tuer… même si tu aurais mieux fait de le laisser en vie. Quoi qu'il en soit, merci. Et maintenant, le chaman du bayou te somme de t'en aller d'ici ! Et plus vite que ça !

Cette alligator comprenait-elle le langage des humains ? Pas sûr. Elle était peut-être aussi folle que mon ami Eddie.

Mais, si ça se trouve, ce charivari l'avait effrayée alors qu'elle souhaitait retrouver ses œufs, tout bêtement.

Le fait est que les broussailles ont grondé une dernière fois, il y a eu un bruissement, et plus rien. Plus une feuille n'a bougé.

J'ai regardé Eddie, puis Julie, et nous nous sommes tous retournés vers le mort. Min a enfoui son visage dans la jupe de sa sœur.

Un cadavre. Qu'est-ce que je devais faire, franchement ?

– Et maintenant ?

– Maintenant, on le fouille, a soupiré Julie. On regarde dans ses poches s'il n'a pas quelque chose qui nous aide à y voir plus clair. Oui, je me doute que Jack n'avait pas l'intention de nous donner ces cinquante dollars… Mais il est venu jusqu'ici, il nous a poursuivis et tout. À mon avis, c'est Ed qui a raison : cette montre cassée vaut un joli pactole.

Je n'avais jamais vu une fille dont la tête travaillait autant que celle de Joju. Cela étant, parler de toucher un mort était une chose, mais le toucher pour de vrai en était une autre.

– Qui s'y colle ?

Quand Ed a attrapé Min par la main, j'ai compris que c'était à moi de jouer, comme d'habitude. Je me suis donc approché en repérant bien où commençaient les sables mouvants. Je me suis allongé sur la dernière portion de terre ferme, en m'étirant de tout mon long, et j'ai attrapé la redingote. Les doigts de Jack la serraient, on aurait dit qu'il ne voulait pas la lâcher, mais avec un coup sec, le manteau a glissé.

La redingote pesait son poids. En la fouillant bien à la lumière de la lanterne, j'ai tout de suite compris pourquoi : il y avait un revolver dans la poche droite. Un vrai, avec un canon de la longueur d'une paume et six balles dans le barillet. Il avait l'air encore plus menaçant que celui qu'on avait commandé dans le Catalogue, sans doute parce qu'il était maculé de sang. Jack avait peut-être essayé de l'attraper avant que l'alligator ne lui arrache un bras.

J'ai glissé l'arme dans la ceinture de mon pantalon. En regardant dans l'autre poche du manteau, j'ai trouvé un portefeuille en cuir et une enveloppe bien rebondie.

La redingote à la main, j'ai rampé dans l'autre sens jusqu'à mes amis. En ce qui me concernait, ma mission était terminée, impossible de fouiller les poches du pantalon de Jack. Primo, parce que je risquais de finir dans les sables mouvants, moi aussi. Deuzio, parce que je ne l'aurais pas fait pour tout l'or de la Californie.

– Tu me fais voir le revolver ? a aussitôt demandé Eddie.

J'ai hoché la tête.

– Après, peut-être.

Mais je n'en avais aucunement l'intention, cela va sans dire.

Our $1.12 Opera Shopping Bag.

No. 18R2703 Opera Shopping Bag. Made of black moire silk, round extension frame with filigree top, fancy gilt tops. Silk cord handles. We recommend this number. Size, 8¾x9 inches.
Price, each,............$1.12
If by mail, postage extra, 7 cents.

Quaker Purse.

No. 18R2705 Genuine Pigskin. 2 pockets. Size, 2¼x2½ inches. Its peculiar shape and formation admit of handling the coin without danger of losing its contents. Price, each ...39c
If by mail, postage extra, 3 cents.

SPECIAL VALUES IN MEN'S POCKETBOOKS AND CARD CASES.

All the novelties as well as staples in this line. Note our prices carefully. A pocketbook or card case makes an acceptable present.

Men's Coin Purse and Bill Fold.

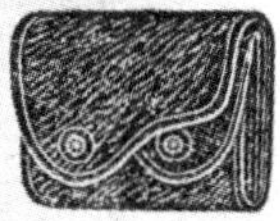

No. 18R2707 Coin Purse and Bill Fold. A handy book for gents, with a compartment for silver and bills; made of best New Zealand calf. Size, closed, 3x3½ inches.
Price, each......................46c
If by mail, postage extra, 3 cents.

Portefeuille pour homme en cuir d'agneau très soyeux, avec deux poches pour les billets. **Dimensions : 3 x 8 pouces**

No. 18R2709 Bill Fold. ...rain

PORTEFEUILLE DE GENTLEMAN

Réf. 18R276 – Portefeuille pliable en cuir de veau d'excellente qualité, avec finitions en cuir clair. Coutures contrastées. Présente deux poches porte-monnaie et deux compartiments pour les billets.

Dimensions : 3¾ x 8 pouces

Prix : 55 cents

No. 18R271... Case of Seal Leather in black only. Size, 2½x4½ inches. Inside finished in smooth calf and seal, one ticket and two regular pockets, one with flap and tuck strap; also place for stamps. Price, each, 47c
If by mail, postage extra, each, 4 cents.

English Calfskin Pocketbook.

No. 18R2721 Highly polished finish and faced with kid; four regular and three small pockets. Bill fold, with flap and tuck strap. Size, 2¾x4¾ inches.
Price, each............52c
If by mail, postage extra, each, 3 cents.

Seal Leather Strap Pocketbook.

No. 18R2723 Four regular pockets, bill fold, with flap and tuck strap, leather faced. Regular $1.00 pocketbook. Size, 2¾x4¾ inches.
Price, each...... ......69c
If by mail, postage extra, each, 3 cents.

Grain Leather Pocketbook.

No. 18R2725 Five large pockets and three small inner pockets. A pliable and serviceable purse. Size, 2¾x4 inches. Price, each........44c
If by mail, postage extra, each, 3 cents.

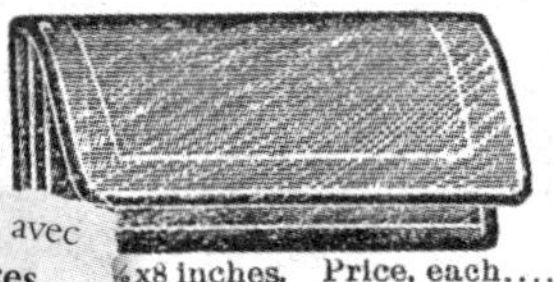

No. 18R2729 Fine Morocco Grain Leather Billbook. Four large full size pockets, also card and ticket pocket; kid faced and canvas lined. ...¾x8 inches. Price, each....... ....36c
...f by mail, postage extra, each, 5 cents.

...18R2731 ... Morocco ...n Leather ...ook. Size, ...¾ in. Three ... and two ...pockets, kid ...l and finely ...hed. An ex...ent book for ...ying letters ... papers. ...ach........50c
...by mail, postage extra, each, 5 cents.

No. 18R2733 Gentlemen's Billbook. Made of fine quality, smooth calf, yellow finish leather. Stitched throughout. Has two regular pockets and two bill folds, one side of which is secured by flap and tuck. Size, 3¾x8 inches. One of the most durable and best books made.
Price, each....55c
If by mail, postage extra, each, 6 cents.

9

PORTEFEUILLE DE GENTLEMAN

Nous sommes revenus au Refuge, une fois de plus. Cette fois, la nuit était bien avancée. Il devait être deux ou trois heures, au moins.

À vrai dire, j'aurais aimé regagner le croisement à la sortie du marais pour récupérer le poney d'Eddie et, éventuellement, contrôler le contenu des grandes sacoches en cuir accrochées à la selle de Jack. Mais, de toute évidence, ce n'était même pas la peine d'y songer. Maman avait certainement dû se faire du souci en voyant que je ne rentrais pas. Les parents d'Eddie aussi. Peut-être que le village tout entier était sens dessus dessous et avait décidé de partir à notre recherche, et cætera.

De retour à la cabane, on a pris une vieille caisse en bois qu'on a retournée pour faire une table. Dessus, on a tout mis : la montre cassée, le portefeuille et l'enveloppe.

– Commençons par le portefeuille, a déclaré Joju.

Alors que tout le monde la regardait attentivement, elle a pris le rectangle de cuir, qui a craqué en s'ouvrant.

On s'est serrés pour mieux voir, épaule contre épaule, et Eddie s'est exclamé :

– Wouah !

Le portefeuille contenait un paquet de billets de banque, quelques pièces, deux chèques au nom de la société Walker & Dawn, plus une feuille de papier pliée en huit où il était écrit que M. Richard Norton Bolton travaillait en qualité d'agent commercial pour Walker & Dawn et qu'il était, à ce titre, autorisé à traiter des affaires, à conclure des accords pour le compte de la compagnie, et patati et patata.

– Vous pensez que Richard était le vrai prénom de Jack ? a demandé Joju.

– Possible. Ou alors Jack était un criminel qui a volé ce Richard, a suggéré Ed.

De mon côté, j'ai compté les billets de banque en les froissant entre mes doigts. Pour la première fois de ma vie, j'ai compris pourquoi le révérend Thompson me répétait que savoir compter pouvait être utile dans la vie.

Il y avait trente-quatre dollars et quatre-vingts pence. Je les ai recomptés trois fois pour être sûr. Le compte était bon.

Trente-quatre dollars. Quatre-vingts pence.

– Vous vous rendez compte, les amis ? On est riches, on dirait bien !

– Ben tiens, a fait Joju. Dès qu'ils découvriront ce qui est arrivé à Jack, ils nous prendront tout, jusqu'au dernier cent.

J'ai immédiatement réfléchi à une solution (on cache les sous ? on les enterre ?) tandis que Joju sortait un tas de papiers de l'enveloppe.

C'était une liste interminable de noms, d'objets, de références et d'adresses.

Les trois ou quatre premières pages étaient tachées d'encre et chaque ligne avait été rayée d'un trait de plume. Sur la cinquième page, le premier nom qui n'était pas raturé était celui de maman.

CHEVALIER JOANNA, MRS, disait le document. Derrière, il y avait le nom du village et l'adresse de ma ferme, puis REF. 61R510 & REF. 92R510 – REVOLVER ET MUNITIONS – VALEUR $ 2,20. Juste après, on trouvait la date à laquelle nous avions envoyé la commande au Catalogue, pile la bonne, et la date d'expédition également inscrite sur le colis de la montre.

– Mince ! a dit Eddie. Ce Jack, ou Richard, ou peu importe son nom, savait vraiment tout sur nous.

– Forcément, ai-je répondu. C'est un genre de registre des commandes passées au Catalogue, non ? Il nous avait expliqué qu'il faisait le tour de toutes les familles pour comprendre qui avait reçu la montre par erreur.

Joju, qui avait continué de fouiller dans les papiers, en a sorti un différent des autres. Plus qu'une liste, cela ressemblait à une lettre.

Elle l'a tendue à Ed, qui était le plus fort en lecture.

– « À l'attention de tous les agents de commerce Walker & Dawn mentionnés par la présente. »

– La présente quoi ? Qu'est-ce que ça veut dire ?

Eddie et Julie ont haussé les épaules. Visiblement, ils n'en savaient rien, eux non plus.

Ed a poursuivi :

– « Une grave erreur est survenue dans les envois à destination de l'État de Louisiane, secteur de La Nouvelle-Orléans ; de l'État du Texas, secteur de San Antonio ; de l'État de l'Oklahoma, secteur de Buffalo ; de l'État du Kansas, secteur de Kansas City ; de l'État de…

– C'est bon, c'est bon, l'a interrompu Joju. Laisse tomber la liste et continue.

La bougie dessinait des ombres étranges sur ses joues, ça la faisait ressembler à une Indienne.

– « L'erreur concerne un colis envoyé au cours des deux dernières semaines, la date de ce courrier faisant foi. Au colis susmentionné a été ajouté par erreur un objet d'une valeur inestimable. Il s'agit d'une montre à gousset de chemin de fer, de marque American Company, avec chronomètre intégré. La montre est absolument identique au modèle indiqué dans le Catalogue sous la référence 99S171, *confer* l'illustration et les caractéristiques relatives à cet objet. Le boîtier présente des traces d'impact et des éraflures, notamment une en forme de croix dans la partie supérieure gauche. Sur le bord de la montre est indiquée l'année de fabrication, 1881. La montre ne fonctionne pas. »

Je me suis rendu compte que je tremblais.

– Min ! j'ai dit. Donne-moi cette montre.

Le petit a fait non de la tête.

– Min ! a dit Joju. C'est important.

Avec un soupir, il a tendu l'oignon. J'étais tellement agité que j'ai failli le laisser échapper. En le retournant, j'ai aussitôt repéré la croix dont parlait la lettre au milieu de ce labyrinthe d'éraflures et de traces. Elle était profonde, comme si on l'avait gravée avec la pointe d'un clou. Sur le bord, en petits caractères presque invisibles, il y avait l'année.

1881.

– Mince, ce truc est sacrément vieux. Plus de vingt ans…

– Hum, a toussoté Eddie. Si vous me laissiez en placer une, je pourrais continuer… « Récupérer cette montre est de la toute première importance. Il conviendra donc de rendre visite aux familles qui ont passé des commandes dans les zones et aux dates indiquées puis de leur offrir, à titre de dédommagement, un remboursement contre la restitution de l'objet. La négociation dudit remboursement est laissée à la discrétion de l'agent jusqu'à un montant maximal de quatre mille dollars. »

– Merde ! ai-je crié en manquant de tout renverser par terre. Quatre mille dollars ! Non mais vous vous rendez compte ? Vous vous rendez compte ? Cette montre vaut de l'or, et même plus ! Vous comprenez ? Et c'est nous qui l'avons !

Même Joju avait bondi.

– Jack voulait joliment nous rouler dans la farine, avec ses cinquante dollars ! Maintenant…

Eddie a fait mine de ne pas nous entendre et poursuivi sa lecture :

– « Une fois l'objet récupéré, il conviendra d'envoyer, toutes affaires cessantes, un télégramme au siège central de Chicago. L'agent est donc prié de monter dans le premier train et de remettre personnellement l'objet aux bureaux de Walker & Dawn, dans les meilleurs délais et sans regarder à la dépense. Il est interdit de faire appel aux services postaux, au pony express ou de laisser l'objet sans surveillance, à quelque moment que ce soit. Celui-ci devra formellement être remis en mains propres. »

Le temps de prendre une grande inspiration, Eddie a fini :

– On passe ensuite à une liste de tous les agents répartis dans les différents secteurs. Pas très intéressant, j'ai l'impression… Et puis la lettre se termine comme ça : « M. Richard Norton Bolton a la charge des recherches pour l'État de Louisiane. Bonne chance. »

Cet ultime message a résonné en moi comme un coup de cloche.

Nous nous sommes tous regardés.

– Et maintenant ?

À mon avis, la question ne se posait même pas.

Et maintenant, il ne nous restait plus qu'à partir pour Chicago.

À peine avais-je eu le temps de lancer l'idée qu'Ed a bondi, heurté la caisse qui nous servait de table, et fait tomber la bougie qui a répandu des gouttes de cire un peu partout.

– Mais tu as perdu la tête, ou quoi ?

– Si tu continues, gare à ton pif.

Il n'a même pas semblé m'entendre, il était vraiment dans tous ses états :

– On a presque dix dollars chacun sous la main, c'est beaucoup d'argent. On n'a qu'à rentrer à la maison et on sera accueillis en héros. C'est ce que tu voulais, non ?

Je n'arrivais pas à le croire. Mon ami Eddie voulait me lâcher !

– Mais qu'est-ce qu'on s'en fiche de ces dix pauvres dollars miteux, Ed ? On parle de devenir riches à millions, là ! C'est la chance dont on a toujours rêvé, pas question de nous défiler, et surtout pas maintenant. C'est en ce moment que tout se joue pour nous !

– Min et moi, on est partants, a murmuré Julie. On peut partir tout de suite, je crois.

Min a pris sa main et Joju lui a fait le plus joli sourire que j'aie jamais vu, comme pour le convaincre de ne pas avoir peur, parce qu'elle s'occuperait de tout.

– Mais c'est très loin, Chicago, P'tit Trois ! a bafouillé Ed. Et nos parents, qu'est-ce qu'ils vont dire ? Il faut au moins les prévenir…

– Personne ne peut rentrer maintenant. Vous imaginez le remue-ménage ? Ils doivent être en train de nous chercher partout. S'ils nous retrouvent, on sera punis pendant un an, voire plus, bien plus. Et si quelqu'un découvre cette histoire de montre, il n'aura qu'à aller à Chicago à notre place et on finira Gros-Jean comme devant.

J'imaginais d'ici Chuck grimper dans un train, se rendre aux entrepôts de Walker & Dawn et peut-être même se retrouver dans le journal. Ça aurait bien été son genre, à celui-là. Et je n'avais pas la moindre intention de le laisser faire.

– Mais ils se feront un sang d'encre ! a objecté Ed en pleurnichant.

– Non, parce qu'on leur enverra un télégramme dès que possible, l'ai-je rassuré. On dira qu'on va bien et qu'on est partis pour une mission importante. Attends qu'on devienne riches comme des princes, je suis sûr que tout le monde nous dira mille fois bravo et merci ! Réfléchissez un peu, cette montre vaut au moins quatre mille dollars. Une fois de retour, chacun pourrait s'acheter sa propre plantation. Et…

– Moi, ça ne m'intéresse pas de revenir ici, a bougonné Joju.

– Alors tu feras le tour du monde comme une grande lady ! Écoutez-moi, il faut partir tout de suite et sans perdre de temps. Rassemblons nos affaires et allons-y. Cette nuit. D'ici deux jours, on sera à La Nouvelle-Orléans, et ensuite…

– Et ensuite ? m'a lancé Ed d'un air de défi.

À vrai dire, je ne savais pas très bien où se trouvait Chicago. C'était loin d'ici, mais à part ça…

– On achètera une carte ! me suis-je écrié. Ce ne sera

pas si difficile. Et puis le télégramme de Jack parlait d'un train et on a de quoi se payer le billet. Pour le moment, on n'a qu'à rejoindre La Nouvelle-Orléans...

– À pied ? a glapi Ed.

– Avec le canoë. Une fois là-bas, on cherchera la gare, on dégotera le premier train pour Chicago ou pour une ville sur le chemin et on grimpera à bord. Il y aura peut-être un ou deux changements à faire, mais on verra ça en temps voulu... Je suis sûr qu'on va y arriver.

– N'oublie pas qu'il y a plusieurs centaines de *miles* entre La Nouvelle-Orléans et Chicago, si ce n'est plus. Je le sais parce que mon papa a un atlas à la maison. Il faudra pratiquement traverser tous les États-Unis pourtant, à t'entendre, il n'y a rien de plus facile...

– Ce ne sera pas facile du tout, Eddie. Ce sera l'histoire la plus folle qui nous sera jamais arrivée. À notre retour, personne ne nous enverra plus au cours de Bible du dimanche, personne ne se moquera plus de Julie et de Min...

Je me suis arrêté. Ce n'était peut-être pas une chose à dire. Mais Joju a souri :

– Oui, rien ne sera plus comme avant. Plus jamais.

À ces mots, j'ai tendu la main, Joju a posé la sienne dessus, et Min aussi. Finalement, Eddie nous a regardés une dernière fois et a dit qu'on était complètement fous. Seulement, il ne pouvait pas rentrer chez lui tout seul. Sans quoi, il aurait passé un sale quart d'heure à notre place et il n'y tenait pas, mais alors, pas du tout.

Du coup, il a fini par tendre la main, lui aussi.

Il ne restait qu'une chose à déterminer, la plus importante : qui serait le chef de l'expédition ?

Je ne voulais pas me proposer car c'était on ne peut plus évident : ça ne pouvait pas être Eddie parce qu'il était trop fragile (et puis il avait des lunettes), ni Joju parce que c'était une fille, et je ne parle même pas de Min. Forcément, c'était le plus petit et, par-dessus le marché, il était noir.

Malgré tout, un vrai chef ne doit pas se mettre en avant, il doit être choisi et acclamé par son peuple.

J'ai donc attendu d'être acclamé en songeant déjà à ce que je dirais avant d'accepter, non, non, je ne suis pas à la hauteur, vous êtes trop gentils, des choses dans ce goût-là, la modestie incarnée, quoi.

Au lieu de ça, Eddie a prétendu que c'était à lui d'être le chef car il était un chaman qui savait parler aux alligators ; Joju, elle, pensait que cette mission lui revenait car elle était la plus dégourdie de la bande, et Min lui-même donnait l'impression d'avoir son mot à dire en agitant la montre.

J'ai laissé échapper un soupir. Avec des sujets pareils, un chef aurait de quoi perdre patience. Après quoi, j'ai envoyé un coup de poing dans le ventre d'Eddie. Un coup qui a failli le faire pleurer mais qui a surtout donné lieu à une bagarre en bonne et due forme. Au bout du compte, tout le monde a compris que ce serait moi le chef, fin de la discussion.

– Voilà mon premier ordre, ai-je alors annoncé. Il faut faire nos bagages et partir tout de suite. Il est déjà très tard et on doit avoir fait du chemin d'ici le lever du soleil. Autrement, on risque de se faire pincer.

Eddie et Min ont donc pris le nécessaire, y compris le portefeuille de Jack, la lettre et même la redingote tachée de sang.

De mon côté, je suis sorti et j'ai nettoyé le canoë du mieux possible avant d'y ranger les cannes à pêche et tout le reste.

Moins d'une heure plus tard, nous sommes tous montés à bord. Depuis le rivage, j'ai poussé le canoë dans l'eau, bondi à la poupe (c'est là qu'on se place pour piloter), attrapé la rame et commencé à pagayer de toutes mes forces vers le cœur du marais.

En moins de temps qu'il n'en faut pour le dire, le Refuge avait disparu derrière nous. Et avec le Refuge, c'était aussi nos maisons, nos familles et tout ce qu'on avait connu jusque-là qui s'éloignait.

DEUXIÈME PARTIE

LE FLEUVE ET LA ROUTE

LE DELTA DU MISSISSIPPI

Le delta du Mississippi s'étend sur 30 000 miles carrés. Chaque année, le fleuve déverse dans la mer 220 millions de tonnes de boue. Au fil des siècles, ces dépôts ont donné vie à un réseau d'îles, de lacs, de marais et de canaux auquel on a donné le nom de bayou.

10

LE DELTA DU MISSISSIPPI

Pendant la nuit, P'tit Trois a ramé et encore ramé, on avait l'impression qu'il ne se fatiguait même pas. Il se tenait debout à la poupe, avec ses cheveux trop longs qui retombaient sur ses épaules nues, la rame en biais, comme une lance. Deux coups à droite, lents et forts, deux coups à gauche.

La pirogue filait, Julie et Min somnolaient ; moi, j'étais à la proue, pelotonné comme un hérisson, mes lunettes de travers sur le nez, les oreilles tendues pour guetter le moindre bruit.

– Qu'est-ce qu'il y a par là-bas, Eddie ? m'a demandé P'tit Trois.

– Un nid de serpents du côté du rivage, mais je ne crois pas qu'ils soient dangereux. En revanche, il y a un brochet d'au moins six pieds de long par là-bas, il vaut mieux qu'on se déplace de l'autre côté du canal pour l'éviter, il doit avoir des dents grosses comme ça.

P'tit Trois a acquiescé et fait virer la pirogue en suivant mes instructions. Il avait confiance.

Et dire qu'il s'était tellement moqué de moi quand j'expliquais que j'entendais les voix des animaux.

– Ce sont des fanfaronnades, Eddie, c'est tout ! me répétait-il de son air sûr de lui, sans l'ombre d'un doute sur son front lisse.

Et moi, je répliquais :

– Eh bien non, c'est vrai. Regarde, deux perruches rouges vont se poser sur cette branche.

Et *tac*, en un clin d'œil, elles apparaissaient dans un bruissement d'ailes et faisaient exactement ce que j'avais annoncé.

Je ne me trompais jamais car j'étais un chaman. Un chaman du bayou.

Le vieux Joe en était un, lui aussi. Il vivait dans les bois juste derrière chez moi. Je l'avais rencontré par hasard, un jour où j'étais parti me promener. Je l'avais vu dans un arbre, perché sur une branche comme un moineau.

Au village, on disait que Joe était un ivrogne qui volait pour se payer à boire, mais personne ne le connaissait vraiment. Le vrai nom du vieux Joe, c'était Malihomma, il était un homme-médecine des Indiens choctaws, il savait parler aux serpents et aux oiseaux.

– C'est une question de regard, mais surtout d'oreille, disait-il. Tu dois t'efforcer d'écouter ce que les hommes sont trop bêtes pour entendre.

J'avais passé des après-midi entiers assis sur le noyer de

chez moi, les yeux clos, à faire comme disait Joe, et tout doucement j'avais commencé à comprendre.

– Qu'est-ce qui se passe, Eddie ? m'a demandé P'tit Trois en m'arrachant à mes pensées. Il y a un bruit qui ne me plaît pas.

– Ce n'est rien. C'est un canal. Il commence derrière ces arbres et il doit être d'assez belle taille, car les poissons se laissent emporter par le courant. Décale-toi vers la rive ou tu devras te fatiguer deux fois plus.

P'tit Trois n'a pas bronché.

Trois coups de rame, la proue du canoë s'est levée en fendant les flots et nous nous sommes rapprochés des îles plongées dans le noir, loin du centre du fleuve.

C'était notre deuxième jour de voyage.

J'avais cent douze Angoisses. Je les avais soigneusement comptées. Une fois, je les avais même écrites dans un cahier en les numérotant, une par une.

Les dix-sept premières étaient mes Angoisses Inavouables, c'est-à-dire qu'elles concernaient des choses qui me faisaient tellement peur que je n'étais même pas capable de les coucher sur le papier.

Venaient ensuite les Angoisses Graves, à savoir : « Mourir », « Tomber malade et mourir », « Attraper froid et tomber malade et mourir », et ainsi de suite.

Après les Graves, il y avait les Moyennes, puis les Normales, puis les Petites, comme « Ne pas savoir ma leçon et me faire punir par le révérend Thompson ».

Celle-là, c'était ma cent douzième Angoisse.

Depuis que j'étais parti, une bonne vingtaine de nouvelles Angoisses s'étaient rajoutées à mes Angoisses habituelles. Par exemple, j'avais déjà « risqué de me noyer » et « risqué de mourir de faim et de soif ». Manque de chance, je n'avais pas mon cahier pour les noter.

Mon cœur battait si vite qu'il menaçait d'exploser. Et puis mes affaires me manquaient. La boussole que m'avait offerte mon père, par exemple, et qui était restée dans le tiroir de mon bureau, chez moi, comme un trésor perdu.

Mais surtout, c'était mes livres qui me manquaient.

Une fois, il y a très longtemps, j'avais dit à Joe l'Indien que les livres étaient une perte de temps, et il m'avait collé une grande claque derrière l'oreille.

– Un homme-médecine connaît de nombreux sortilèges. Moi, je t'apprends ceux des Choctaws mais les livres sont les sortilèges de l'homme blanc.

J'avais alors pris conscience qu'au fond mon père, le docteur Brown, était un homme-médecine, lui aussi, et qu'importe s'il portait toujours une chemise et une cravate, s'il avait une moustache en tire-bouchon et s'il détestait se promener dans le bayou parce qu'il salissait ses chaussures.

Ma mère, elle, n'était jamais allée dans le bayou. Si ça se trouve, elle n'avait pas quitté la chambre depuis mon départ, pâle comme un linge, la peau trempée de sueur. Ma mère n'allait pas bien, elle avait toujours une nouvelle maladie, la moindre frayeur suffisait à la clouer au lit.

Il était donc facile d'imaginer ce qu'elle traversait en ce moment ! Elle risquait peut-être de mourir de chagrin. Et ça, à vrai dire, c'était mon Angoisse n° 2.

Pendant toute la journée de la veille, nous étions restés à l'écart des canaux les plus fréquentés, de peur que quelqu'un nous voie et nous fasse rebrousser chemin.

Les fois où on se retrouvait dans un cul-de-sac, et cela arrivait souvent, on traînait le canoë au milieu de la boue et des roseaux, avec P'tit Trois devant et moi derrière. Julie et Min portaient nos maigres bagages.

J'indiquais le cap en lisant la langue des étoiles et des plantes ou, au contraire, en suivant l'itinéraire des tortues qui nageaient toujours vers la mer en cette saison. Nous, on voyageait vers le nord, sans jamais nous arrêter.

De temps en temps, je jetais un œil furtif à P'tit Trois. Il était beau, une vraie créature de l'eau et des forêts. Est-ce qu'il se demandait ce qui se passait chez lui, parfois ? Si je lui posais la question, il me parlerait certainement de son frère Chuck et d'un télégramme improbable qu'on enverrait de La Nouvelle-Orléans.

Julie et Min ne pensaient pas à leur maison, eux non plus, mais dans leur cas, c'était encore différent. Pour eux, leur maison, c'était un endroit d'où on avait envie de s'enfuir le plus vite possible.

Enfin, il y avait moi, Eddie Zyeuxbigleux, le chaman à lunettes, l'enfant du bayou et des livres.

Dans l'intervalle, notre canoë avait été emporté sur le

grand fleuve, il y avait au moins vingt pas entre les deux berges, et le courant était si fort qu'il nous entraînait dans l'autre sens.

J'ai demandé à P'tit Trois de se rapprocher du rivage, où l'eau était plus calme, et nous avons lentement remonté le courant en nous frayant un chemin au milieu des roseaux bas et des monticules de boue.

Il était dix, onze heures du soir, et il faisait nuit.

– J'ai faim, a dit Julie. Et Min est fatigué de ne pas bouger. On descend quand ?

J'ai répondu :

– Dans pas longtemps. Tu vois cette ombre noire qui flotte au-dessus des arbres ? C'est un hibou cornu et il est en chasse. Ça veut dire que la terre ferme est de ce côté.

Julie m'a lancé un regard en coin, l'air de dire : « Eh bien, Ed, tu nous réserves de sacrées surprises. » Et elle avait raison. Là-bas, dans le bayou, je me sentais plus libre et plus grand que jamais.

Nous avons atteint le rivage, le canoë s'est enfoncé dans la boue et P'tit Trois a été le premier à descendre d'un bond. Avec de l'eau jusqu'aux genoux, il a poussé notre bateau sur la terre ferme.

En débarquant, je ne tenais presque plus sur mes jambes, Julie était toute pâle, et Min avait les yeux clos, sa montre toujours serrée dans le creux de sa main comme une poupée vaudoue.

Durant la journée, on avait pêché des langoustes, des grosses, avec une carapace rouge. P'tit Trois a allumé un feu et on les a fait griller, en les cuisant jusqu'à ce que les bêtes soient recouvertes de rayures noires.

Les langoustes étaient très moelleuses, tendres, avec l'extérieur brûlé et l'intérieur cru, je n'avais rien mangé d'aussi délicieux. On avait l'impression que P'tit Trois voulait les dévorer en entier, avec la carapace, tandis qu'un sourire éclairait le visage de Julie comme une demi-lune.

À la fin du dîner, P'tit Trois a terminé par un rot tonitruant, il a essuyé sa bouche avec sa manche et proclamé :

– Maintenant, ça va mieux.

– Ça irait encore mieux si tu évitais de roter, a rétorqué Julie.

Elle n'avait pas fini sa phrase qu'elle-même a laissé échapper un petit rot, qui n'était pas si petit, d'ailleurs.

Dans la lumière du feu, nous sommes tous partis d'un bruyant éclat de rire. Min riait lui aussi, c'était un beau son mélodieux. Au-dessus de nous, il y avait un ciel sombre et sans étoiles. La nuit était humide et pleine de petits bruits frémissants.

J'ai proposé qu'on dorme un peu :

– Si mes calculs sont exacts, demain, on traversera le Salvador et là, on sera arrivés.

– C'est quoi, ce Salvador ? a demandé Julie.

P'tit Trois se nettoyait les dents avec les pattes toutes fines d'une langouste.

– Ouais, c'est quoi ?

Comme je me souvenais bien des livres de géographie de mon père, j'ai expliqué :

– C'est un lac au sud de La Nouvelle-Orléans. En principe, il est sacrément grand et il marque la fin du bayou. Il nous faudra un moment pour le traverser mais, avant la nuit, on sera en ville.

– Et à ce moment-là, il vaudra mieux penser à un plan ! a fait observer Julie. Je veux dire, on doit aller jusqu'à Chicago. Mais comment ? On ne sait même pas à quelle distance se trouve la ville.

– Si, plus ou moins. Elle est au nord, et elle est très loin.

– Justement, on ne peut quand même pas y aller à pied.

P'tit Trois s'est étiré comme si cette conversation l'ennuyait à mourir.

– On en a déjà parlé, non ? On trouvera un moyen de transport. On a l'argent et on peut vendre le canoë.

– Et le revolver de Jack, ai-je ajouté.

À vrai dire, j'en voulais un peu à P'tit Trois au sujet de ce revolver. Depuis qu'il l'avait trouvé dans la poche de la redingote, il ne m'avait pas laissé le prendre, pas la moindre petite fois !

– Moi, je vous assure qu'on n'a pas à se faire autant de bile, a bâillé mon ami. D'autant que je suis crevé.

En réalité, avant même d'avoir fini sa phrase, il s'était déjà étendu sur le côté pour dormir, les mains jointes comme s'il voulait prier.

– C'est la première fois que je vois une chose pareille, a souri Julie. Il devait être épuisé, vraiment.

Pour ma part, les mots de Julie continuaient de me trotter dans la tête. Elle avait raison, arriver à Chicago ne serait pas évident, et c'était à moi de trouver le chemin. C'était moi le guide, non ? J'étais le plus grand et je connaissais la magie de l'homme blanc comme celle des Indiens.

Seulement, j'avais peur. La voilà, la vérité. P'tit Trois disait toujours que j'étais un trouillard, un gros bébé à sa maman parce que je pleurais pour un rien. Même si je n'y songeais jamais, il avait peut-être raison. Peut-être que j'étais vraiment un lâche. Est-ce que je n'aurais pas mieux fait de renoncer à cette histoire de fous et rentrer à la maison, à l'abri du danger ?

Un garçon avec cent douze Angoisses (cent trente-deux, désormais) n'était pas taillé pour une telle aventure.

– À quoi rime cette mine soucieuse, Eddie ? a demandé Julie.

Elle s'est approchée et a posé la tête contre mon épaule.

Julie avait une odeur agréable, douce, qui rappelait la canne à sucre brûlée. Sa tête était lourde contre mon épaule et ses cheveux longs étaient étalés sur ma chemise.

En essayant de baisser les yeux, je me suis aperçu qu'elle s'était endormie. Min, lui, s'était isolé, comme toujours, et semblait regarder un point loin derrière la cime des arbres.

Qui aurait pu dire ce qu'il avait en tête, en ce moment !

– Il ne reste que toi et moi, pas vrai, Min ? lui ai-je doucement demandé.

Le petit n'a rien dit, mais il s'est levé, s'est dirigé vers moi, s'est allongé par terre et a posé la tête sur mes jambes.

Et voilà. Eux, ils dormaient, pendant qu'Eddie le chaman restait éveillé et parlait avec la nuit.

Le hibou cornu aperçu un peu plus tôt a lancé un appel dans le noir, de longs cris modulés qui ressemblaient aux bougonnements d'un vieux gentleman.

C'est là que j'ai compris ce qu'il essayait de me dire. Il me disait de ne plus m'angoisser.

LA NOUVELLE-ORLÉANS

La ville de La Nouvelle-Orléans, en Louisiane, est traversée par le fleuve Mississippi. Depuis toujours, elle est un carrefour de langues et de peuples : les Français, les Espagnols, les Anglais, les Indiens, les Africains et les « Cajuns », ces lointains descendants d'une lignée de colons installés au Canada. La Nouvelle-Orléans est célèbre pour son carnaval bariolé, le *Mardi Gras*.

11

LA NOUVELLE-ORLÉANS

Nous sommes arrivés à La Nouvelle-Orléans plus ou moins au coucher du soleil.

J'étais le seul du groupe à m'y être déjà rendu, un hiver où papa m'avait emmené chez un docteur qu'on appelait un oculiste et qui m'avait fait porter des lunettes. Elles me plaisent, mes lunettes, car sans elles je ne verrais pas grand-chose. En revanche, je me souviens qu'à cette époque la ville ne m'avait pas plu du tout : ça puait, il y avait partout des maisons et les rues étaient pleines de boue. Il y avait trop de gens. Et de boue. Et d'humidité glaciale. Et de boue.

Maintenant que c'était l'été, il faisait une chaleur étouffante, et je me sentais épuisé. Peut-être que j'avais même un peu de fièvre.

La traversée du lac Salvador avait été plus pénible que prévu, j'avais dû relayer P'tit Trois et ramer des heures en plein soleil, au risque de faire un malaise. Pour ne rien arranger, il avait fallu traîner le canoë hors de l'eau sur une sacrée distance. Résultat : j'avais mal aux bras, au dos, et j'avais des piqûres de moustiques partout.

– Ça suffit, me suis-je exclamé. Il faut qu'on s'arrête et qu'on bivouaque pour la nuit.

– Et pourquoi ? a demandé Julie.

– Parce qu'il fait nuit noire et que nous sommes presque arrivés en ville. On sera comme des coqs en pâte sur ce beau pré.

P'tit Trois et Julie m'ont regardé d'un air bizarre, comme si des moustaches de poisson-chat venaient brusquement de pousser sous mon nez.

Je leur ai demandé :

– Qu'est-ce qu'il y a ? Vous proposez quoi, vous ?

– Nous, on propose de faire un tour en ville, idiot, a pesté Julie. Je ne suis jamais allée à La Nouvelle-Orléans, je veux jeter un œil !

– Ça pourrait être dangereux !

Je n'osais même pas imaginer les choses terribles qui pouvaient nous arriver. Une belle quantité d'Angoisses risquaient de s'ajouter à ma liste.

– Tout ce voyage est dangereux, a fait remarquer P'tit Trois. C'est ça qui est beau, tu ne trouves pas ?

Nous avons laissé le canoë au pied d'une digue, bien dissimulé au milieu des roseaux. Je voulais aussi creuser un trou dans la boue pour y cacher nos affaires les plus précieuses, à savoir la montre, le revolver et les dollars, mais personne n'était d'accord. Et puis il n'y avait pas moyen d'arracher cette satanée montre des mains de Min.

– La Nouvelle-Orléans est une ville remplie de voleurs, tout le monde le sait. Quelqu'un devrait même rester ici et monter la garde.

– Oh, tu n'as qu'à le faire, espèce de rabat-joie ! a dit P'tit Trois. Moi, je vais m'amuser.

– Et moi, je te suis ! a dit Julie en attrapant Min par la main.

Je les ai regardés s'éloigner le long du sentier qui se perdait entre les maisons.

Et puis… eh bien, j'ai décidé que je n'avais pas envie de rester là, sans personne à part une armée de moustiques féroces.

Alors j'ai pris une grande inspiration et je leur ai couru après.

Prenez quatre enfants qui ont toujours vécu au milieu des marais et faites-les débarquer, brusquement, dans les rues d'une grande ville.

Tout était tellement improbable qu'au lieu de La Nouvelle-Orléans j'avais l'impression d'avoir atterri sur la Lune. J'étais tellement perdu, heureux et terrorisé que cela me donnait le vertige.

La ville n'était pas du tout comme dans mon souvenir, c'était un tourbillon de bruits, d'odeurs, d'énergie. Il y avait des gens partout, des Blancs, des Noirs et des Indiens, tout le monde mangeait et buvait, bavardait, marchait et courait, se bagarrait comme des chiffonniers.

Des petites lanternes accrochées partout transformaient

les rues en un firmament d'étoiles tremblantes, il y avait des fiacres, des chevaux et même des *gentlemen* à bicyclette – je n'en avais jamais vu ailleurs que dans les pages du Catalogue !

– Wouah ! ai-je murmuré sans en croire mes yeux. C'est… tout est… tellement…

– Fantastique ! s'est exclamée Julie.

Notre amie a fendu la foule en entraînant Min comme la queue d'un cerf-volant. Avec P'tit Trois, nous l'avons suivie en courant. En chemin, j'ai tourné la tête à droite, à gauche, pour voir tout ce qui m'entourait. Au coin d'une rue, deux ivrognes se battaient avec un couteau, les gens avaient formé un cercle autour d'eux et les encourageaient. Trois filles dansaient pieds nus sous les applaudissements d'un petit groupe de jeunes hommes. Un Noir jouait de l'harmonica.

L'air était chargé d'épices, d'alcool, de viande grillée. Nous sommes tombés nez à nez avec une foule de jeunes tellement serrés les uns contre les autres qu'ils occupaient toute la chaussée. Ils étaient tournés du même côté mais ne semblaient pas faire la queue pour quelque chose. Les garçons tenaient les filles par la main ou les enlaçaient par la taille. Étrange.

C'est là qu'elle a résonné dans mes oreilles. La musique. Un rythme déchaîné et endiablé, le plus merveilleux que j'aie jamais entendu.

Sans y réfléchir à deux fois, nous nous sommes faufilés au milieu des gens en nous glissant entre les jambes des uns et des autres pour arriver au premier rang.

La musique provenait d'un petit orchestre de musiciens noirs. Ils portaient tous des habits blancs très élégants : l'un avait une contrebasse et un autre, une guitare ; il y avait aussi un trombone et deux clarinettes. Enfin, devant eux, un homme soufflait dans une trompette comme une locomotive.

Quel spectacle ! Il sortait de cette trompette toutes les notes possibles et imaginables, la musique était tantôt joyeuse, tantôt poignante. Les autres membres du groupe, eux, se contentaient simplement d'accompagner, en suivant le rythme.

Mais le plus extraordinaire, c'était que cette musique changeait et se transformait en fonction de ce qui se passait alentour. Quand une fille s'est mise à danser en tournant sur elle-même comme une toupie, une suite de notes ont jailli de la trompette pour suivre les mouvements de sa jupe, telle une broderie Deux garçons qui s'étaient poussés sont tombés par terre, ce qui a inspiré au musicien un petit motif amusant qui a fait rire tout le monde.

Ce n'était pas la musique sérieuse et raide que ma mère jouait parfois sur le piano du salon. C'était une musique imprévisible, improvisée. Elle était *vivante*.

À côté de l'orchestre, un vieillard à la barbe sale tenait un tonneau entre ses jambes et plongeait de grandes chopes dedans. Il criait :

– Tord-boyaux à un penny !

Avant que je comprenne ce qui se passait, P'tit Trois s'est planté devant lui et a dit :

– J’en veux un.

– Tu as un penny ?

– Bien sûr.

P’tit Trois a attrapé une pièce dans sa poche et le vieux a rempli une chope d’un liquide transparent à l’odeur atroce, on en avait les larmes aux yeux !

– Qui est-ce qui joue ? lui ai-je demandé.

– Vous n’êtes pas d’ici, pas vrai ? a-t-il souri. Sinon, vous auriez entendu parler de Buddy Bolden, le meilleur clairon de La Nouvelle-Orléans. Quand il joue, la ville entière s’arrête pour l’écouter.

– Wouah ! Et comment s’appelle cette musique ?

Le vieux a haussé les épaules :

– Je ne sais pas, mais qu’est-ce que ça peut te faire ? Pour comprendre la musique, on n’a pas besoin d’un nom, il suffit d’avoir des oreilles.

À ces mots, Julie m’a pris par l’épaule et m’a de nouveau traîné au premier rang pour écouter ce Buddy Bolden. P’tit Trois m’a passé la chope. C’était comme boire du feu liquide.

J’ai toussé à m’en faire éclater les poumons, et puis nous avons commencé à danser, et puis j’ai encore bu. Et puis… je ne sais pas, car je ne me souviens plus du reste.

Je me suis réveillé allongé sur le talus de la digue, la bouche pâteuse.

Le soleil s’était déjà levé depuis un moment et j’avais

mal aux tempes comme si quelqu'un y avait planté un clou. J'ai pivoté sur le côté et vomi toutes mes tripes.

– Regardez qui voilà ! a dit P'tit Trois tandis que son visage, complètement flou, apparaissait devant moi.

J'ai demandé :

– Qu'est-ce qui s'est passé ?

Quelque part à la hauteur de mes pieds, Julie a répondu :

– Il s'est passé que tu as été malade et qu'on a dû te traîner jusqu'ici à bout de bras.

– Je suis encore malade.

– Tâche de te rétablir rapidement, a répliqué P'tit Trois en me passant mes lunettes. Il faut que tu ailles en ville.

– Moi ? Tout seul, tu veux dire ?

– Exactement.

J'ai posé mes lunettes sur mon nez. Les ombres troubles que j'avais face à moi ont laissé place aux visages familiers de mes amis. Puis je me suis assis. J'avais la tête qui tournait, et de la fièvre, à coup sûr.

– Je crois que j'ai de la fièvre.

– Je crois que tu as la gueule de bois, surtout, a ricané Julie. Mais ça ne te dispensera pas d'aller en ville. On n'a pas le choix.

– Pourquoi ?

P'tit Trois a soupiré et Julie m'a fait un clin d'œil :

– Dis voir, tu ne t'es rendu compte de rien, hier soir ? Enfin, en dehors du fait que tu ne tiens pas l'alcool.

– Il ne s'est rien passé d'extraordinaire, j'ai l'impression… On a dansé, et tout le monde nous regardait…

Julie a acquiescé. En observant P'tit Trois, j'ai fini par comprendre. Mon ami était pieds nus, son pantalon court était en piteux état et sa chemise, déjà déchirée à au moins trois endroits différents, partait en lambeaux. Comme si cela ne suffisait pas, il était couvert de boue et d'herbes du marais. Quant à ses cheveux en bataille, ils ressemblaient à un nid d'hirondelle.

Bref, on aurait dit un feu follet tout droit sorti du bayou, alors qu'à La Nouvelle-Orléans les gens étaient tous élégants au possible, avec leurs chaussures brillantes et leurs manières raffinées de citadins.

– Le problème, c'est qu'on est quatre campagnards qui font peine à voir, s'est agacée Julie. On a l'air d'une bande de pouilleux qui ne savent pas comment se tenir en ville. Du coup, on attire l'attention et les soupçons de tout le monde. Si on ne se décide pas à réagir, la police va finir par nous demander nos papiers ou l'identité de nos parents, et, tôt ou tard, ils nous renverront chez nous.

Sa voix tremblait légèrement, comme si cette perspective la terrorisait. Mais il y avait autre chose, une espèce de… honte. Peut-être s'était-elle sentie mal à l'aise la veille, à cause de sa vieille robe sale, alors que les autres filles avaient des tenues resplendissantes.

– Alors qu'est-ce qu'on fait, à votre avis ?

– Tu es le plus grand, Ed, tu sais parler sans faire de fautes, tu as des lunettes… et surtout, tes vêtements sont en meilleur état. Tu vas donc aller en ville recueillir des informations et acheter des vêtements neufs pour tout le monde.

Je n'avais guère le choix, cela faisait un bon moment que je l'avais saisi. Je me suis relevé en essayant de contrôler ma tête qui tournait, la fièvre et tout le reste. J'ai dévalé le talus, atteint le bord du canal, lavé mon visage dans l'eau marécageuse et coiffé mes cheveux humides avec mes doigts.

– J'ai l'air de quoi ? ai-je demandé à Julie.

– Un vrai mannequin ! a-t-elle répondu.

En route pour la ville, je me suis aperçu que marcher me faisait du bien. Après tout, j'avais les poches remplies de sous et la musique de la veille bourdonnait encore dans mes oreilles. Il faisait même un temps splendide. Que demander de plus ?

J'ai fait une halte sur le stand d'un vendeur de rue pour acheter une part de tourte à la langouste en guise de petit déjeuner. Je me suis senti légèrement coupable car les autres n'avaient certainement rien à manger. Mais j'avais une mission à accomplir, il me fallait des forces. Et puis cette tourte était un vrai régal.

J'ai flâné dans les rues jusqu'à ce que je tombe sur un magasin à l'allure raffinée qui pouvait faire l'affaire. Si Julie avait vu juste, le propriétaire risquait d'avoir des doutes en voyant un gamin avec tant d'argent à dépenser, mais j'avais préparé une petite histoire. En l'occurrence que mes parents vivaient au Kansas et que je venais de débarquer à La Nouvelle-Orléans pour rendre visite à mon oncle. C'était lui qui m'avait envoyé acheter des vêtements pendant qu'il faisait d'autres commissions.

Avant même que j'aie fini de parler, le commerçant a éclaté de rire :

– Ah oui ? Tu viens du Kansas, toi ?

J'ai répondu :

– Oui, monsieur. J'ai vu le jour et grandi là-bas.

– Alors comment se fait-il que tu parles français ?

Mince, je n'avais pas songé à ce détail : le français était la langue des Cajuns et du bayou, alors qu'au Kansas tout le monde parlait anglais.

J'ai eu tellement honte que je me suis sauvé du magasin. Le temps de reprendre mon souffle, j'ai tenté d'entrer dans une autre boutique en modifiant légèrement mon histoire. Comme c'était nettement mieux, je me suis rendu dans un troisième endroit. Et j'ai commencé à y prendre goût.

En tout et pour tout, ce matin-là, j'ai acheté : un complet d'été pour moi, en lin clair, digne d'un vrai milord ; une petite robe à fleurs pour Julie ; un gilet à carreaux pour moi ; une chemise ayant déjà servi pour P'tit Trois ; un chapeau pour moi, avec un galon sur le pourtour ; une livrée de domestique de seconde main pour Min ; une paire de chaussettes pour moi ; un corsage en coton pour Julie ; une petite cravate avec une pince pour moi ; une bourse en velours où Min pourrait mettre la montre ; des bottes en vachette pour moi ; des chaussures pour P'tit Trois, vieilles mais encore acceptables ; des chaussures vernies pour moi ; des escarpins rouges pour Julie ; une vieille valise en cuir avec une serrure en cuivre pour ranger toutes nos affaires.

Bavarder avec les commerçants m'a permis de recueillir quelques éléments utiles en prévision de la suite du voyage. Dans une papeterie, j'ai acheté une carte des États-Unis d'Amérique et une autre, plus détaillée, de l'État de Louisiane.

Je n'ai retrouvé mes amis que vers midi. Ils fumaient une cigarette à l'ombre d'un énorme cyprès. Je me suis approché en silence, fier comme un paon de mes habits neufs.

Lorsqu'ils m'ont aperçu, j'ai soulevé mon chapeau d'un geste élégant, ajusté ma cravate et posé par terre la valise en cuir, comme l'aurait fait un voyageur européen tout juste descendu d'un transatlantique.

– Excusez mon retard, me suis-je exclamé d'un ton hautain. J'espère que vous ne vous êtes pas trop ennuyés en mon absence.

– Oh, pas du tout, a dit P'tit Trois en laissant échapper une volute de fumée. J'ai vendu le canoë.

– Vraiment ?

– Pour deux dollars.

Je n'arrivais pas à y croire, mais Julie me l'a aussitôt confirmé :

– C'est un type à moitié fou qui l'a acheté. Il a dit

que c'était une vraie pirogue cajun et qu'il la voulait à tout prix.

– Si on avait su qu'il y avait des gens pareils dans le coin, on aurait passé nos journées à fabriquer des pirogues et on serait venus les vendre ici, a ajouté P'tit Trois.

Je ne savais pas quoi penser. Je n'avais jamais eu besoin d'argent, jusque-là. Joe l'Indien n'en avait pas, et cela ne l'empêchait pas de vivre correctement. Malgré tout, le reste du monde semblait fonctionner autrement, j'en avais eu la preuve au cours de mon expédition dans les boutiques.

– À propos, ai-je murmuré. Pour nos vêtements, j'ai dépensé dix dollars…

P'tit Trois a laissé sa cigarette s'échapper de sa bouche sous le coup de la surprise :

– Tu es devenu fou ou quoi ?

– C'était pour faire des achats utiles.

– Mais c'est presque la moitié de nos économies !

– Plus exactement, c'est environ un quart de notre pécule. Sans compter l'argent qu'on a gagné avec le canoë. Et on pourra toujours vendre le revolver de Jack en cas de besoin.

– Le revolver ? Pas touche.

J'ai pris un instant pour réfléchir. Fallait-il que je lui saute dessus pour lui donner une bonne leçon ? Avec mes vêtements neufs. Pas sûr. Et puis un gentleman comme moi ne pouvait pas se salir les mains avec un sauvage.

– Au lieu de se disputer, on devrait penser aux choses sérieuses, s'est alors exclamée Julie. Ed, tu en sais plus en ce qui concerne la suite du voyage ?

J'ai remis d'aplomb mon chapeau en prenant un air important :

– Bien sûr que oui. C'est pour ça que j'ai fait autant de détours !

Sur ces mots, je me suis assis (non sans avoir déplié un mouchoir par terre afin de ne pas salir mon pantalon) et j'ai montré notre carte flambant neuve.

Min, qui était généralement perdu dans son monde, s'est relevé d'un bond et s'est empressé de venir voir. Il a attrapé le grand morceau de papier, l'a tourné dans tous les sens, puis a posé un doigt pile à l'endroit où il était écrit NEW ORLEANS. La Nouvelle-Orléans.

Là-dessus, il l'a posé plus haut, à l'endroit où on lisait CHICAGO, cette fois. Entre les deux, il y avait l'équivalent d'une main.

– Heeein ? Mais quand est-ce que tu as appris à lire, Min ?

Le petit m'a regardé avec un sourire. Comme d'habitude, il n'a pas ouvert la bouche.

– Julie, c'est toi qui lui as appris ?

– Oh non, mais Min apprend en un rien de temps. Il ne parle peut-être pas beaucoup, mais là-dedans, ça travaille, et pas qu'un peu.

Julie disait toujours que Min était intelligent, mais pour être honnête, il ne faisait pas beaucoup d'efforts pour lui donner raison. Parfois, il ressemblait plus à un animal de la forêt qu'à un enfant.

P'tit Trois, lui, était resté concentré sur la carte, sans sourciller :

– Je ne pensais pas que Chicago était aussi loin. Ça fait une petite trotte.

– Comme tu dis ! a convenu Julie.

Dans les faits, on devait traverser la moitié des États-Unis d'Amérique, du Sud au Nord. Il suffisait de regarder la carte pour comprendre que ce serait un long, un très long voyage.

– Cette ligne rouge en zigzag, c'est celle du chemin de fer, ai-je expliqué en la montrant du doigt. Le train est le moyen le plus rapide pour arriver à destination, aucun doute là-dessus : on grimpera dedans, on voyagera toute la nuit et on arrivera à Memphis. Là-bas, on changera de train et, après une autre journée de voyage, on sera à Chicago.

– Fantastique ! a approuvé P'tit Trois.

– Sauf que tout ne sera pas si simple, je me trompe ? a demandé Julie.

Elle arrivait toujours à lire en moi, d'une façon ou d'une autre.

– J'ai tâché de me renseigner sur le prix des billets, ai-je expliqué. Et ma foi, il faut pas mal d'argent. Vingt-sept dollars pour arriver jusqu'à Chicago. Vingt-sept dollars *par tête.*

P'tit Trois m'a passé la cigarette sans que j'aie à la

demander et j'ai pris une longue bouffée qui m'a brûlé la gorge.

– L'autre possibilité, c'est de prendre un bateau à vapeur et de remonter le Mississippi.

J'ai tapoté la carte avec mon ongle, à l'endroit du grand fleuve qui cheminait vers le nord en dessinant d'innombrables méandres et lacets.

– Le Mississippi suit exactement le parcours que nous devons emprunter, mais avec les virages qu'il fait dans tous les sens, on mettra plus de temps qu'en train.

– Malédiction, je savais que c'était une mauvaise idée de vendre le canoë ! s'est écrié P'tit Trois.

J'ai failli éclater de rire :

– Le fleuve fait mille deux cents miles de long, on n'aurait jamais pu le remonter à la rame, et à contre-courant, en plus. Non, non, il faut qu'on prenne un moyen de transport, même si on a cinq jours de voyage avant d'atteindre Saint-Louis.

J'ai laissé P'tit Trois et Julie repérer la ville sur la carte.

– À partir de là, on devra trouver un moyen de couvrir les trois ou quatre cents miles qui nous sépareront encore de Chicago.

– Hum, a marmonné P'tit Trois. Combien coûtent les billets pour le bateau ?

– Cinq dollars chacun si on voyage sur le pont. Min paiera la moitié car ce sera notre serviteur.

– Mon frère n'est pas un domestique ! a protesté Julie. C'est mon frère, un point, c'est tout !

– Je sais, je sais. On fera semblant, rien de plus, d'accord ? Ça nous permettra d'économiser un peu d'argent.

Julie m'a jeté un œil perplexe :

– Ed, tu sais ce que ça représente, cinq dollars chacun ? a-t-elle insisté. Entre tout ce que tu as dépensé pour ces vêtements et le prix de la traversée, on sera presque à sec en arrivant à Saint-Louis.

J'ai haussé les épaules. Elle avait raison, peut-être avais-je été trop impulsif au moment de mes achats. Mais il était trop tard.

– On s'en sortira bien, d'une façon ou d'une autre, ai-je marmonné.

Julie ne semblait toujours pas me croire et un silence gêné s'est créé entre nous.

Comme je ne savais pas quoi faire, j'ai ouvert la valise et sorti les chaussures rouges que j'avais achetées pour elle. L'espace d'un instant, j'aurais juré que ses yeux étaient devenus humides.

Elle a demandé :

– Elles sont… pour moi ?

J'ai répondu :

– Bien sûr. Je les ai trouvées jolies.

Julie m'a regardé d'un drôle d'air.

– Tu es un garçon plein de surprises, Eddie Brown.

LE MISSISSIPPI

Le Mississippi est le plus long fleuve d'Amérique et le quatrième fleuve le plus long du monde. Il prend sa source au nord des eaux du lac Itasca, dans le Minnesota, et descend jusqu'au golfe du Mexique, légèrement au sud de La Nouvelle-Orléans. Ses eaux baignent une zone d'environ un million et demi de *miles* carrés.

12

LE MISSISSIPPI

Notre décision était désormais prise. La bande de la montre partirait pour La Nouvelle-Orléans en bateau puis suivrait les chemins de l'aventure (pour reprendre l'expression de P'tit Trois).

Nous avons atteint le port de La Nouvelle-Orléans en milieu d'après-midi. Le Mississippi, dont la surface sombre était constellée d'éclats lumineux, coulait, lent et majestueux. Le long du rivage, les bateaux amarrés ressemblaient à des chefs indiens dont la tête était ornée de hauts panaches de fumée.

Je ne savais pas qu'il existait des navires aussi grands : ces embarcations étaient des immeubles flottants de trois étages, remplis de hublots et de fanions colorés. Au-dessus, entre les cheminées jumelles, on voyait pointer la guérite de la cabine de pilotage tandis qu'à la poupe surgissait la grande roue à aubes qui pousserait le bateau sur le fleuve avec toute la force de la vapeur.

Il n'y avait guère de monde au port à cette heure,

seulement quelques marins qui déchargeaient de gros sacs d'une péniche et de petits groupes de passagers massés le long du bastingage d'un bateau en partance.

Ce bateau s'appelait le *Louisiana Story*. Devant la passerelle, un fonctionnaire vendait les billets.

En nous voyant arriver, il a plissé les yeux et craché une grosse boule de salive sur le ponton.

– Qu'est-ce que vous voulez, vous ? a-t-il demandé.

Je me suis avancé car j'étais le plus grand.

– Trois billets pour moi et mes amis. Et un demi-tarif pour Min, enfin, pour notre serviteur.

Pourvu que le commerçant à qui j'avais arraché cette information m'ait dit la vérité !

– Et où est-ce que vous souhaiteriez aller ?

J'ai dit :

– À Saint-Louis.

– Ça fait une trotte.

– C'est vrai.

– Jusqu'à Saint-Louis, le tarif, c'est dix dollars par tête en cabine, cinq sur le pont. Le Noir paie la moitié. Si vous souhaitez manger à bord, c'est vingt-cinq cents par repas. Chacun. Mais ça fait beaucoup d'argent.

Nous n'avions pas songé à faire le plein de provisions, mais au fond, on avait encore quelques économies. J'ai répondu qu'il ne fallait pas s'inquiéter pour nous puis j'ai montré deux billets de dix dollars.

Le nez du bonhomme a failli tomber de son visage mais il s'est aussitôt insurgé :

– Et où est votre accompagnateur ?

– Euh ?... Quel accompagnateur ?

Le fonctionnaire a ricané, content de m'avoir finalement coincé.

– Dès l'instant où vous montez sur cette passerelle, la compagnie fluviale est responsable des passagers, surtout s'il s'agit d'enfants comme vous. Il n'empêche, j'ai besoin qu'un adulte vous accompagne ici et qu'un autre vienne vous récupérer à Saint-Louis, vous ne croyez pas ? Impossible de vous prendre à bord si un adulte ne se porte pas garant pour vous.

– Je... je ne savais pas.

J'ai regardé Julie. Elle semblait aussi inquiète que moi. Mais P'tit Trois est venu à mon secours :

– Mince, mon cousin Eddie n'en savait rien, et on dirait que notre oncle, enfin, son père, n'en savait rien non plus. Je ne sais pas si vous le connaissez, c'est le maire...

– Le maire ? a demandé le fonctionnaire.

– Oui, il est sénateur aussi, a nonchalamment lancé P'tit Trois avec son fameux air de pitre. Il ne savait pas qu'il devait nous accompagner ici...

– Parce qu'il est très occupé, a ajouté Julie, histoire de se rendre utile.

– Il nous a déposés dans ce fiacre, là-bas, vous le voyez ? La voiture élégante qui s'éloigne. Il nous a laissés au port avec notre serviteur pour qu'on n'ait plus qu'à partir. En l'occurrence, pour Saint-Louis, où l'un de ses employés viendra nous chercher.

Le fonctionnaire nous a regardés, il avait cette mine courroucée qu'ont parfois les adultes quand ils se demandent si on les prend pour des imbéciles.

– Et cet oncle maire et sénateur... vous laisse dormir sur le pont ? Vous savez comment les marins les appellent, ceux qui voyagent dehors ? « Les paquets vivants ». Parce qu'ils doivent trouver de la place au milieu des caisses de marchandises et des balles de coton.

– Effectivement, une cabine serait préférable pour notre cousine, a convenu P'tit Trois. Mais peut-être que notre oncle n'était pas au courant...

– Pas au courant ?

Le fonctionnaire a soupiré, puis il a secoué la tête et s'est mis à griffonner quelque chose sur le talon des billets. Il a ramassé notre argent comme s'il lui brûlait la main, nous a remis les précieux rectangles cartonnés et nous a conseillé de monter sans tarder sur la passerelle du navire.

On sentait clairement qu'il serait soulagé de ne plus jamais nous revoir. Et, à vrai dire, je souhaitais sincèrement lui faire ce plaisir.

Le bateau est parti au coucher du soleil. Un véritable spectacle. La cloche en cuivre s'est mise à sonner à toute volée, avec des sonorités de cathédrale, et des marins en uniforme foncé ont retiré la passerelle avant de larguer les amarres.

Le navire tout entier a ensuite vibré sous nos pieds, c'était comme un gigantesque animal endormi qui aurait enfin décidé de se réveiller. Les deux cheminées ont exhalé des nuages de fumée noire.

La roue s'est mise à tourner. D'abord doucement, très doucement, quand le bateau s'est détaché du quai. Et puis plus vite. Et puis encore plus vite, en soulevant de grandes gerbes d'eau.

Aucun animal n'aurait jamais nagé en faisant autant de bruit et de vagues. Ce bateau était un véritable sortilège de l'homme blanc. Mais je me suis senti plus léger en voyant La Nouvelle-Orléans disparaître derrière nous, les hérons flotter à nouveau au-dessus du fleuve, les créatures du bayou évoluer au milieu des arbustes et sur les berges.

– Pfiou ! a dit P'tit Trois tout près de moi. Regarde-moi filer ce bateau, Ed. Tu penses qu'on peut aller voir la cabine du pilote, tout là-haut ?

– Je veux y aller ! s'est aussitôt écriée Julie. Je parie que si je lui pose la question le pilote me laissera voir le gouvernail.

– Ha ha, elle est bien bonne, celle-là !

Une voix venait de ricaner derrière nous.

En nous retournant tous ensemble, nous sommes tombés sur trois gamins pieds nus qui nous regardaient d'un air moqueur.

Ils avaient plus ou moins notre âge et portaient chacun un pantalon en toile ainsi qu'un gilet bleu marine. Pour le reste, ils ne pouvaient pas être plus différents : l'un était aussi costaud et grassouillet qu'un buffle, l'autre, maigrichon et avec deux yeux brillants comme des flambeaux, et le troisième encore plus noir que Min. Il lui manquait toutes ses dents : chaque fois qu'il souriait, il dévoilait deux gencives rose bonbon.

– Pourquoi, « elle est bien bonne » ? a demandé Julie en plantant les poings sur les hanches, la mine menaçante.

– Parce que les femmes n'ont pas le droit de se mettre au gouvernail. Et toi, tu es une femme. Ou plutôt, une fille, a dit l'édenté.

– Et toi, comment tu le sais, que les femmes ne peuvent pas piloter ?

Le gamin a reniflé en se donnant un air important.

– Je le sais parce que nous, on a le droit. On est marins.

– C'est des salades, ça, a répliqué P'tit Trois.

– Pas du tout. Moi, c'est René, lui, c'est Tom, et voilà Mike, a-t-il lancé en pointant un doigt d'abord vers lui, puis vers le gros et le maigre. On est mousses sur le *Louisiana Story*.

– Les mousses, ce ne sont pas des vrais marins, a fait remarquer Julie. Pas vrai, Eddie ?

Pourquoi était-ce à moi qu'elle posait cette question, enfin ?

– Euh, je ne sais pas…

– Et vous, vous êtes qui ? a repris René.

– P'tit Trois, Eddie, Julie et Min.

– *Titroua* ? Min ? Jamais entendu des noms aussi bizarres. Et puis vous êtes fringués comme des milords, sauf que les milords, ils dorment rarement au milieu de la cargaison. Qu'est-ce que vous allez faire à Saint-Louis ?

– On a une mission ! a lâché P'tit Trois d'un ton légèrement outré.

Je lui ai donné un coup de coude dans les côtes. Ce n'était pas une bonne idée de parler de la montre et du reste.

– Ce que veut dire mon ami, c'est que nous avons un… voyage important à faire jusque là-bas, ai-je bafouillé. Voyez-vous, nous sommes… les enfants du gouverneur.

– Ça, c'est un joli bobard, a dit René.

– C'est pas vrai !

– Oh que si, je t'assure. De toute façon, si vous êtes vraiment des gens si importants, c'est tant pis pour vous.

P'tit Trois s'est alors avancé :

– Comment ça, c'est tant pis pour nous ?

– Parce qu'on voulait vous montrer les moteurs du navire, mais j'imagine que vous n'avez pas envie de salir vos beaux vêtements…

En réalité, on s'en fichait pas mal, de ces vêtements. Je crois même que P'tit Trois aurait été prêt à se promener tout nu pour voir les moteurs.

Les trois jeunes mousses nous ont accompagnés jusqu'à la soute à bagages pour que nous y déposions notre valise, puis ils nous ont fait faire le tour du bateau en suivant la ligne étincelante du bastingage en cuivre. Au passage, ils nous ont expliqué tout ce qu'ils connaissaient.

– Le bateau a trois ponts : le pont principal, en bas, où se trouvent la cargaison et les gens comme vous ; puis le pont des chaudières, celui où on se trouve en ce moment. C'est là que sont les cabines – et les chaudières, bien entendu. Enfin, il y a le pont des ouragans au-dessus.

– Pourquoi « le pont des ouragans » ? a demandé P'tit Trois.

– Ça, j'en sais diantre-fichtre rien, a répondu René. Peut-être parce que c'est tout là-haut que j'aimerais me réfugier en cas de tempête à vous saucissonner les boyaux. On risque moins de finir à la baille, vous comprenez ? Quoi qu'il en soit, par là-bas, il y a le couloir central avec la salle à manger et le bar où les adultes se retrouvent le soir pour jouer aux cartes. Là-bas derrière, il y a les officiers, ils se planquent pour que personne ne puisse les voir quand ils boivent un coup pendant leur quart. Et dans cette cabine, là, il y a deux autres personnes de notre âge…

– Qui ça ?

– Deux jumeaux, je crois, parce qu'ils se ressemblent comme les fesses d'un babouin. Sauf que le premier, c'est un garçon, et l'autre, c'est une fille. Ils voyagent avec leur oncle. En revanche, dans cette cabine, juste ici, il y a une gamine qui n'a pas plus de dix ans, elle est avec une veuve revêche comme pas deux. Elle a une haleine qui sent la merde de poisson-chat.

Depuis que nous avions fait leur connaissance, Tom et Mike s'étaient toujours contentés d'acquiescer ou de faire quelques brèves remarques, du type « oui », « non », « peut-être ». René, lui, parlait à toute vitesse dans un français bâtard en postillonnant souvent de sa bouche édentée. Et surtout, il glissait à tout bout de champ dans la conversation une ribambelle d'expressions absurdes et colorées qui me faisaient ricaner et qui remplissaient le regard de P'tit Trois d'une admiration infinie.

Seule Julie restait un peu à l'écart. Elle tenait Min par la main et regardait toujours autour d'elle comme si elle avait peur de quelque chose.

Parfois, les filles sont difficiles à comprendre.

Pour ma part, je dois dire que je me sentais plus tranquille maintenant qu'on avait rencontré des gens et qu'on était sûrs de ne pas être les seuls enfants à bord. On attirerait certainement moins l'attention, et puis c'était une bonne occasion de s'amuser un peu. Car ces trois mousses m'avaient l'air franchement sympathiques.

Une fois de retour sur le pont principal, ils nous ont montré les dépôts de bois et de charbon, côté proue, la fournaise où des marins couverts de sueur alimentaient sans cesse les flammes, sous l'œil attentif d'un officier, et puis les grandes citernes en métal attenantes aux chaudières qui transformaient l'eau en vapeur.

– Et où est la salle des machines ?

– Côté poupe, évidemment, là où se trouve la roue. On y est.

Nous nous étions engagés dans un corridor qui suivait la paroi du bateau, et René a indiqué une porte en bois qui s'ouvrait tout au fond.

– Posez la main dessus ! nous a-t-il invités avec un sourire. Vous sentez ça ? Ces vibrations ! Et ce boucan !

Julie a bâillé, comme si ces histoires de mécanicien ne l'intéressaient pas. P'tit Trois, lui, semblait bouillir d'impatience. Ni une, ni deux, il a attrapé la poignée mais le gros Tom l'a bloqué en lui posant une main sur l'épaule.

– Doucement, a-t-il dit. C'est interdit, ici.

Nous avons acquiescé d'un même mouvement, comme pour l'assurer qu'on avait très bien compris.

René a ouvert la porte et nous nous sommes retrouvés d'un coup dans une pièce où résonnait un vacarme de tous les diables. Il y avait des tuyaux partout et de gros pistons en métal qui montaient et qui redescendaient. Au fond, à la place du mur, on voyait la grande roue à aubes qui tournait, encore et encore, en faisant jaillir des gerbes d'eau dans tous les sens. Cette pièce était un dédale de manivelles et d'étranges cadrans remplis de chiffres et d'inscriptions, qu'un homme à l'air hautain contrôlait avec attention.

D'un geste, les mousses nous ont demandé de les suivre sans un bruit. Nous sommes passés de l'autre côté pour éviter de nous faire repérer et pour admirer les moteurs en toute quiétude.

Au même moment, Min a poussé un cri. En me retournant, j'ai vu que nous n'étions pas les seuls à nous cacher dans la salle des machines. Au milieu des mécanismes et des engrenages se terrait un gamin aux cheveux noirs, avec des vêtements en lambeaux et une drôle de cicatrice en forme de V sur la joue.

– Wouah ! ai-je lancé sans en croire mes yeux.

Tom, Mike et René se sont retournés d'un coup.

– Fichtre-diantre, un passager clandestin ! Vous avez vu, les gars ? On en a chopé un !

– Qu'est-ce que ça veut dire ? a demandé Julie.

– Ça veut dire que ce vaurien-de-rien voulait naviguer à l'œil, mais maintenant, il aura droit à un beau plongeon dans le fleuve. C'est la tradition, dans la marine !

Le gamin à la cicatrice a reculé d'un pas en rampant comme une araignée si bien que son dos a heurté un poteau en métal.

Parole d'honneur, je n'avais jamais vu quelqu'un d'aussi terrorisé.

– Non, non, a-t-il soufflé d'une toute petite voix. S'il vous plaît, ne dites rien. Je peux vous offrir quelque chose.

– Ah oui ? a demandé René. Et quoi donc ?

Le gamin a sorti un sac de voyage plutôt usé.

– Ceux-là, ils n'ont pas le droit de voir, a-t-il dit en nous pointant du doigt.

René a hoché la tête d'un air arrogant et s'est rapproché de lui, aussitôt suivi par Tom et Mike qui nous ont caché la vue.

J'ai quand même entraperçu le passager clandestin sortir de son sac trois ou quatre feuilles toutes chiffonnées.

René les a longuement étudiées.

Puis il a craché par terre en poussant un petit rire.

– Vous savez ce que je pense, les gars ? À mon avis, ce type-là a le droit de rester. Aussi longtemps qu'il voudra !

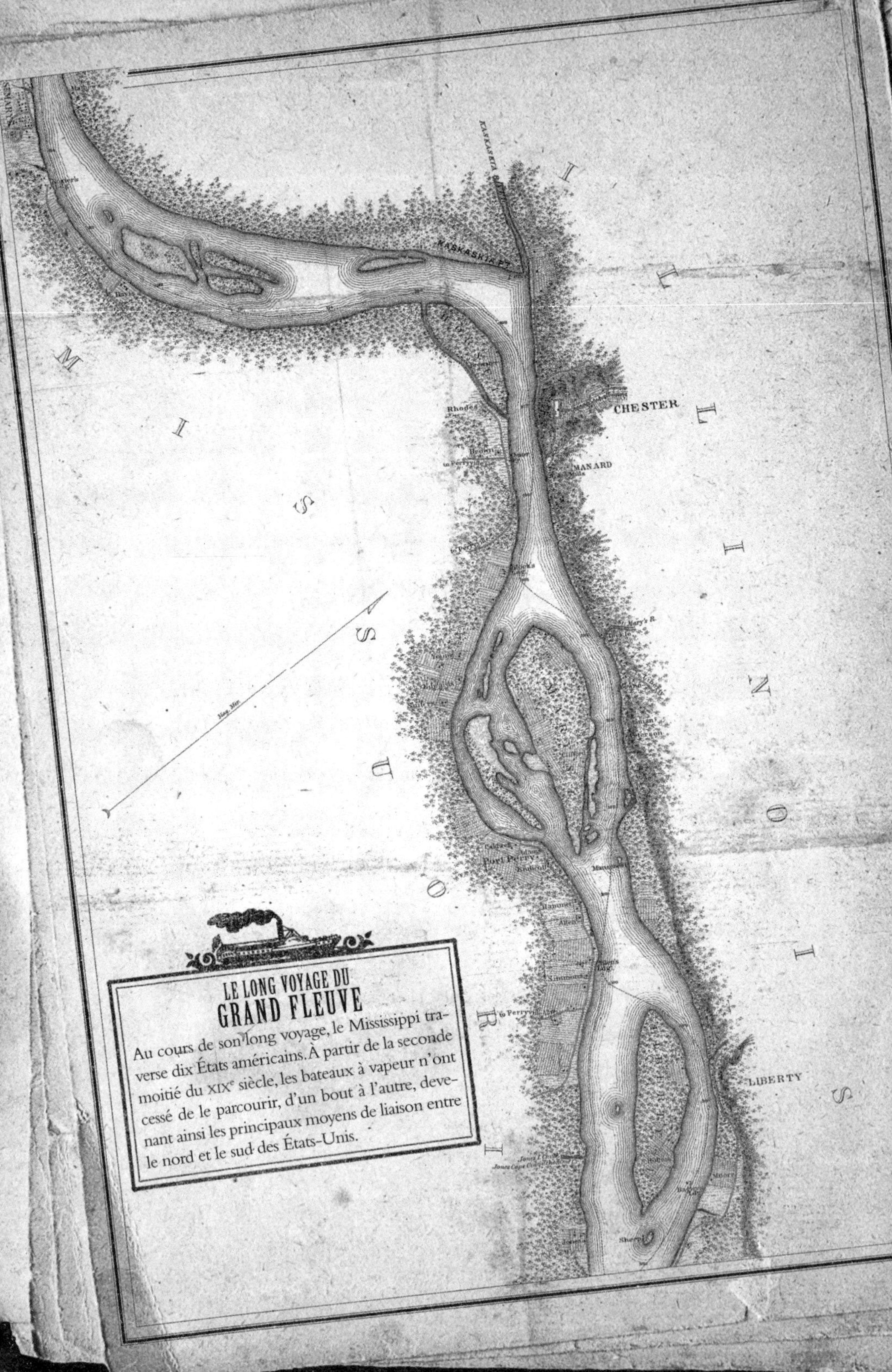

LE LONG VOYAGE DU GRAND FLEUVE

Au cours de son long voyage, le Mississippi traverse dix États américains. À partir de la seconde moitié du XIXe siècle, les bateaux à vapeur n'ont cessé de le parcourir, d'un bout à l'autre, devenant ainsi les principaux moyens de liaison entre le nord et le sud des États-Unis.

13

LE LONG VOYAGE DU GRAND FLEUVE

Les Indiens choctaws appellent le Mississippi *Bulbancha*, ce qui signifie « le lieu où l'on parle plusieurs langues ».

Au fur et à mesure que nous voguions vers le nord, ce nom prenait tout son sens. Les passagers qui sont montés à Baton Rouge parlaient français, comme nous, mais à partir de là, à chaque escale, de plus en plus de passagers parlaient anglais, en employant d'étranges dialectes que j'avais du mal à comprendre.

Le Mississippi était large, imposant, et le *Louisiana Story* remontait le courant, toujours plus près du rivage (si près, même, qu'on risquait de s'échouer), en esquivant avec une sérénité incroyable les méandres, les îles, les bancs de sable et les écueils, les troncs émergés, les poteaux et les rochers, les rapides et les bas-fonds.

Loin, au milieu du grand fleuve, d'autres navires filaient à pleine vapeur dans l'autre sens, tout droit vers La Nouvelle-Orléans, en profitant des courants impétueux qui animaient le cœur du Mississippi.

Régulièrement, un marin de l'équipage se penchait au-dessus du bastingage, lançait dans l'eau un poids attaché à une corde puis le remontait et criait quelque chose. Son anglais de navigateur était si traînant que j'avais du mal à distinguer les mots mais, certaines fois, je comprenais quelque chose : « Mark Twain. »

– Et qu'est-ce que ça veut dire ? m'a demandé P'tit Trois.

– Aucune idée. Peut-être que ce marin aime les romans d'aventures. Il y a quelque temps, j'ai lu le livre d'un écrivain qui s'appelle Mark Twain, justement.

– Quel genre de livre ?

– Oh, c'est un beau livre : ça parle d'un garçon, Huck, qui trouve un trésor et qui devient très riche. L'ennui, c'est qu'une fois qu'il est riche, il doit aller à l'école. Alors il décide de s'enfuir et de s'embarquer avec un de ses amis, un esclave, sur un radeau. Et avec ce radeau, ils descendent le Mississippi…

– Mouais, a bougonné P'tit Trois. C'est crétin.

– Non, c'est l'un des plus beaux romans que…

– Moi, je dis que c'est crétin car c'est le contraire de ce qu'on fait, nous. C'est vrai, quoi, ce Huck a un trésor, mais au lieu d'être content de sa vie, il file vers le sud. Alors que nous, on le cherche, ce trésor, c'est pour ça qu'on remonte le grand fleuve, exactement l'inverse de ce qu'il fait !

Il a réfléchi un instant, puis ajouté :

– En plus, ton Huck ne fait que suivre les flots, il lui

suffit de sauter sur un radeau et de se laisser porter par le fleuve. Sauf que nous, on doit naviguer à contre-courant. Ça nous demande d'être forts, de nous acharner. Plus on avancera, plus ce sera difficile. Parce que c'est enfantin de perdre un trésor, mais en trouver un…

– En trouver un, c'est tout autre chose, ai-je conclu d'un ton pensif.

Personne n'a plus osé dire un mot et nous sommes restés là à observer le fleuve boueux qui écumait sous nos yeux.

En réalité, j'ai découvert plus tard que les marins du bateau n'étaient pas férus de lecture : ils ne faisaient que mesurer la profondeur du fleuve. Quand celui-ci atteignait le deuxième repère sur la sonde, les hommes criaient *mark twain*, ce qui veut dire « marque deux », ou *mark three*, ce qui veut dire « marque trois », et ainsi de suite. Bref, ce n'était qu'une coïncidence.

Néanmoins le Mississippi était vraiment *Bulbancha*, l'endroit aux plusieurs langues, et le navire parlait une langue bien à elle, unique en son genre, que je comprenais petit à petit.

Il y avait les mots qu'échangeaient les machinistes, comme « Stoppez les machines ! Inversez les moteurs ! Allure réduite ! » et j'en passe.

Et puis il y avait les mots des pilotes : le bateau en comptait au moins trois, qui se relayaient. Ils étaient tous les trois pilotes « de contre-courant », ils avaient l'habitude de guider le navire du sud au nord en suivant la berge du fleuve, là où se trouvaient les « eaux mortes » qui permettaient de remonter sans trop d'efforts. Mais il y avait en plus deux pilotes « de courant » qui conduiraient le grand bateau au cours du voyage de retour, juste au centre du fleuve, là où la force des flots était effrayante, là où de grandes gerbes de boue déchiraient le Mississippi.

Les pilotes de courant et de contre-courant parlaient des langues similaires mais différentes, ils connaissaient par cœur les bas-fonds et les lacets du fleuve, ils se lançaient des instructions et des avertissements, ils se racontaient des histoires.

D'après eux, le Mississippi n'était jamais immobile, c'était un énorme animal qui parcourait et qui rongeait les berges, en abattant les digues, en créant des îles. Parfois, le fleuve « prenait un raccourci », c'est-à-dire qu'il sortait de son lit et envahissait un pré ou un petit bois, en se creusant un nouveau chemin sur la terre ferme, quitte à couper un lacet ou une courbe. Et c'est ainsi que des villages qui, jusque-là, se trouvaient au bord du fleuve finissaient à l'intérieur des terres, parfois à une dizaine de miles des flots.

Si nous savions toutes ces choses, P'tit Trois et moi, c'est que René nous les avait expliquées, et c'était bien naturel puisqu'il avait déjà parcouru le Mississippi au moins cent fois d'un bout à l'autre.

J'en doutais un peu, mais je me gardais bien de l'ouvrir car René nous laissait monter jusque dans la cabine du pilote ou descendre dans les cambuses pour chiper quelque chose à manger. Et sans avoir à payer les vingt-cinq cents réglementaires !

À bord du bateau, nous étions libres, libres comme nous ne l'avions jamais été.

À vrai dire, nous aurions théoriquement dû nous trouver sous la responsabilité du capitaine, un gros bonhomme avec une barbe aussi hirsute qu'un buisson de ronces. Le premier soir, il nous avait convoqués dans sa cabine et nous avait fait tout un sermon sur l'importance d'avoir de la jugeote et du plomb dans la tête.

Même s'il avait promis de nous avoir à l'œil, P'tit Trois et moi, nous ne l'avons pratiquement pas revu, ce qui nous permettait de nous balader à notre guise.

Julie, soyons honnête, n'était pas autant à la fête puisqu'elle était une fille, justement. Le capitaine avait donc demandé à une des dames présentes à bord, la veuve Lorence, de l'occuper et, éventuellement, de lui apprendre quelques passages de la Bible.

Apprendre la Bible à Julie, on marchait sur la tête ! Elle qui n'était jamais venue aux cours du dimanche du révérend Thompson !

Le fait est que la veuve Lorence était une petite vieille voûtée, aussi douce et gentille qu'un général de corps d'armée. C'était elle dont l'haleine sentait la merde de poisson-chat, d'après René. Oh, je ne m'étais pas approché pour vérifier, mais j'avais vraiment mal pour Minnie, sa nièce, qui était forcée de voyager avec cette vieille bique jusqu'à Cairo, dans l'Illinois.

Et j'avais aussi mal pour Julie, bien sûr.

J'en avais connu d'autres, des femmes comme la veuve Lorence. Dans notre village, il y en avait trois : Mme Beau, Mme Travert et Mme Flinch.

Une fois, j'avais parlé d'elles à Joe l'Indien, il les avait appelées « le trio des têtes rouges » car elles étaient comme ces vautours qui ont une tête de cette couleur : elles puaient la charogne à des dizaines de miles à la ronde.

C'était elles qui avaient forcé la maman de Julie à quitter le village et à s'installer dans cette cabane à la lisière de la plantation. C'était toujours ce même trio des têtes rouges, planté devant la boutique du droguiste, qui faisait des commentaires à voix basse en secouant la tête d'un air inquiet quand mon amie passait en ville. Ces fois-là, elles ressemblaient vraiment à trois vautours.

Julie supportait ce genre de femmes depuis sa naissance. C'est peut-être pour ça qu'elle n'était jamais dans les parages quand la veuve sortait de sa cabine pour l'appeler d'une voix stridente.

En attendant, deux jours s'étaient écoulés depuis que nous avions quitté La Nouvelle-Orléans, et cinq depuis que nous avions quitté nos familles. Personne n'avait envoyé le moindre télégramme pour les prévenir que oui, on allait bien, et qu'on s'était lancés dans une grande mission.

Parfois, je me demandais tout de même si c'était une si grande mission que ça. Peut-être qu'on s'était trompés sur toute la ligne, peut-être que Jack n'était pas un véritable agent de la société Walker & Dawn, ou peut-être même que cette montre cassée ne valait pas tripette.

Min portait toujours autour du cou la bourse en velours que j'avais achetée à La Nouvelle-Orléans. Chaque fois qu'il avait une minute de libre, il sortait le vieil oignon et le faisait tourner entre ses mains comme si c'était un trésor.

Au moins, ce machin avait de la valeur pour lui.

– On peut savoir ce qu'elle a de spécial ? lui ai-je demandé un soir, sur le pont, alors que P'tit Trois et Julie s'étaient endormis comme deux gros sacs de charbon.

Lui était pelotonné à mes pieds, comme un chiot.

– Sept heures et neuf heures.

J'ai sursauté. Depuis que je connaissais Min, c'était la première fois que je l'entendais parler. Pendant longtemps, j'avais même cru qu'il était muet.

– Pardon ?

– Un quart, quarante-quatre, vingt-sept.

Je me suis relevé d'un bond :

– Min, mais… mais tu parles !

Il m'a souri, en indiquant la montre.

Je n'avais pas la moindre idée de ce qui se jouait sous mes yeux, je le jure. Min avait toujours eu une passion pour les nombres, c'est vrai. Chaque fois qu'il jouait avec quelque chose, des cailloux, par exemple, il les séparait en petits tas pour les compter et les recompter. Était-ce pour cette raison qu'il aimait cette montre ? Parce qu'il y avait des chiffres écrits dessus ? Possible. Enfin, allez savoir ce qui se passait dans la tête de Min.

Notre voyage s'est poursuivi au fil du fleuve qui, à cet endroit, marquait la frontière entre l'État de Louisiane et celui du Mississippi. Les villes défilaient les unes après les autres, forçant le bateau à zigzaguer de la rive droite à la rive gauche pour faire halte dans différents ports. Chaque fois, nous changions d'État au passage : Natchez, État du Mississippi. Vidalia, État de Louisiane. Vicksburg, Mississippi. Tallulah, Louisiane.

Qui aurait cru que le monde puisse être si grand, avec autant de villes, avec autant de gens ?

Le passager clandestin qu'on avait découvert le premier jour se faisait appeler Cheat, il prétendait qu'il avait déjà voyagé partout aux États-Unis, du nord au sud et de l'est à l'ouest. C'était un orphelin qui vivait en commettant quelques vols et en faisant des petits boulots à droite, à gauche.

Il racontait tout ça comme si c'était l'histoire la plus drôle du monde.

Cet après-midi-là, nous nous étions terrés dans la soute à bagages. Par rapport à la salle des machines, c'était un endroit frais et silencieux. Sans compter qu'il n'y avait jamais personne.

Je lui ai demandé :

– Dis voir, comment tu as fait pour convaincre René et les autres de ne pas te jeter dans le fleuve ?

– J'ai mes secrets, a-t-il répondu en mâchonnant un bout de viande séchée avec un bruit pâteux de ruminant.

– Lesquels ? On aurait dit... des dessins, mais je n'ai rien vu.

– Je ne voulais pas vous les montrer parce qu'il y avait cette fille avec vous.

– Julie ?

– Ouais. Elle n'a pas le droit de voir. Mais toi, si tu veux, oui.

Il a eu un sourire espiègle, ouvert son sac de voyage et sorti un paquet de feuilles chiffonnées qu'il m'a passées avec un clin d'œil.

Je m'étais trompé. Ce n'était pas des dessins mais des photographies. Elles représentaient des femmes entièrement déshabillées. Une fille fumait adossée à un mur. Une autre était allongée dans un champ. Une troisième était sur un cheval.

– Pas mal, hein ? a demandé Cheat.

– Euh...

Je n'avais jamais vu quelqu'un tout nu, ni une femme, ni même un homme. Enfin, il y avait bien eu la fois, avec P'tit Trois, où on avait surpris Mme Thompson, la femme du révérend, en train de prendre son bain dans le fleuve. Et je vous garantis que ce n'était pas beau à voir, on avait aussitôt décampé !

D'un ton hésitant, j'ai bafouillé :

– Excuse-moi, mais... René a accepté que tu restes... uniquement pour voir ces photos ?

– Tu n'aurais pas fait la même chose ?

J'ai toussoté sans trop cacher ma gêne et Cheat m'a envoyé un coup de poing dans l'épaule :

– Tu es un vrai perdreau de l'année, Eddie. Un petit minot. Mais attends encore quelques années et tu verras si j'ai pas raison.

Je ne savais pas si c'était vrai, et surtout, je ne savais pas en quoi il était censé avoir raison. Mais ça m'a sacrément soulagé de voir Julie entrer comme une furie dans le dépôt à bagages.

Cheat a caché les photos avec une dextérité de prestidigitateur. En regardant Julie, je me suis rendu compte que j'avais rougi jusqu'à la racine des cheveux. Et une question me taraudait : est-ce qu'elle serait comme ces filles, un jour ?

– Oh, tu es là, a-t-elle dit. Et P'tit Trois ?

– Je ne sais pas, peut-être avec René, ils doivent regarder les machinistes…

– Je vois. Bon, ce n'est pas grave. Viens avec moi, par contre. Seul, a-t-elle précisé en dévisageant Cheat d'un air mauvais.

Le gamin a fait semblant de lui envoyer un baiser, assorti d'un clin d'œil, et elle a étouffé un grognement dégoûté.

J'ai haussé les épaules et je l'ai suivie dehors, où l'air était aussi chaud et poisseux que de la colle. Nous nous sommes installés à l'ombre, contre le bastingage du pont des chaudières.

– Tu es tout rouge, comment ça se fait ? m'a demandé Julie.

J'ai essayé d'inventer une excuse, sans succès, et je suis resté planté là, à l'observer comme un benêt, tandis qu'elle sortait une coupure de journal du décolleté de sa robe.

– Regarde ce que j'ai trouvé, Ed. Quelqu'un a laissé ça sur une table de la salle à manger, tout à l'heure.

– C'est quoi ?

– Une page du *Picayune*. Il date d'il y a deux jours, quand on a quitté La Nouvelle-Orléans.

– Depuis quand tu lis les journaux ?

Elle a haussé les épaules :

– J'ai vu que ça parlait de Chicago, ça m'a intriguée, et puis…

– Et puis ?

– J'ai tout lu, même si ça m'a pris un petit moment. Et ça m'a encore plus intriguée.

Le bout de papier que m'avait passé Julie était tiré de la rubrique des faits divers.

Le titre, sur toute la page, disait :

L'ASSASSIN ASSASSINÉ.
LE MEURTRIER DE MISS DAWN
RETROUVÉ MORT À CHICAGO.

J'ai demandé :

– Qu'est-ce que…

– Lis, a répondu Julie.

J'ai réajusté mes lunettes.

L'article était accompagné de la photographie d'un homme d'un certain âge, avec des cheveux poivre et sel plaqués en arrière avec de la brillantine. Sur le cliché, il portait une chemise blanche et une cravate, on voyait qu'il avait été quelqu'un d'important car il avait un air plein d'aplomb, comme ceux qui respirent en pensant faire une faveur au reste du monde.

Le texte disait :

Chicago. L'enquête sur la mort de Mister Darsley, tué de trois coups de pistolet et retrouvé dans une ruelle il y a quelques semaines, se poursuit. Robert F. Darsley, 52 ans, avait été dans sa jeunesse un célèbre détective privé et l'ami intime de Miss Dawn, la fondatrice du Célèbre Catalogue des Bonnes Affaires aux côtés de Mister Walker.

J'ai regardé Julie qui a simplement tapoté la feuille, sans un mot de plus.

Mister Darsley avait été condamné à la perpétuité pour le meurtre de Miss Dawn, survenu le 31 décembre 1899. Grâce au soutien des meilleurs avocats d'Amérique, Darsley a échappé à la pendaison, même si la sentence a fait couler beaucoup d'encre.

Darsley n'a plus fait parler de lui jusqu'à la nuit où il s'est évadé de la prison après avoir trucidé un gardien de sang-froid. Sa cavale a néanmoins été de courte durée : l'individu a été retrouvé mort quelques heures après, aux abords de la gare de chemin de fer. Ironie du sort, c'est également dans cette zone que se trouvent les entrepôts de la Walker & Dawn Company et l'ancien domicile de la regrettée Miss Dawn.

La suite de l'article donnait un certain nombre de détails saisissants au sujet de Mister Darsley, qualifié de « bête assoiffée de sang » et d'« homme proche de la pègre organisée de la ville ».

– Tu as compris ? a demandé Julie.

Comme la réponse était non, j'ai relu l'article depuis le début, plus calmement.

Puis j'ai relevé la tête et dit :

– Eh bien ?

– Tu ne trouves pas ça bizarre ? Le Catalogue nous envoie par erreur une montre si inestimable que quelqu'un a failli nous faire la peau pour s'en emparer. Et maintenant, on découvre que l'assassin de Miss Dawn s'est échappé de prison quelques jours avant qu'on nous livre cette montre. Et qu'il a d'ailleurs été tué non loin de l'ancien domicile de cette dame, par-dessus le marché !

J'ai replié l'article que j'ai rendu à Julie. Je ne comprenais toujours pas.

– Tu le savais, toi, que Miss Dawn avait été assassinée ? m'a-t-elle demandé. Pendant… la nuit du 31 décembre 1899 ?

J'ai fait oui de la tête. À peu près tout le monde le savait, j'en avais moi-même entendu parler à deux ou trois reprises. Oh, ce n'était que de simples commentaires au sujet de la pauvre Miss Dawn et de son sort tragique, lancés par les amies de ma mère avec une grimace pendant qu'elles prenaient le thé au salon. Rien de plus.

– D'après moi, il y a un lien entre la mort de ce Darsley et la montre, a dit Julie. Forcément. Et il faut qu'on le découvre.

Sans attendre ma réponse, mon amie s'est éloignée d'un pas, puis s'est retournée et m'a gratifié d'un sourire en coin de chat sauvage :

– Une dernière chose. Faites attention, P'tit Trois et toi. Ces trois types, là, les mousses. Et ce Cheat. Leurs têtes ne me reviennent pas.

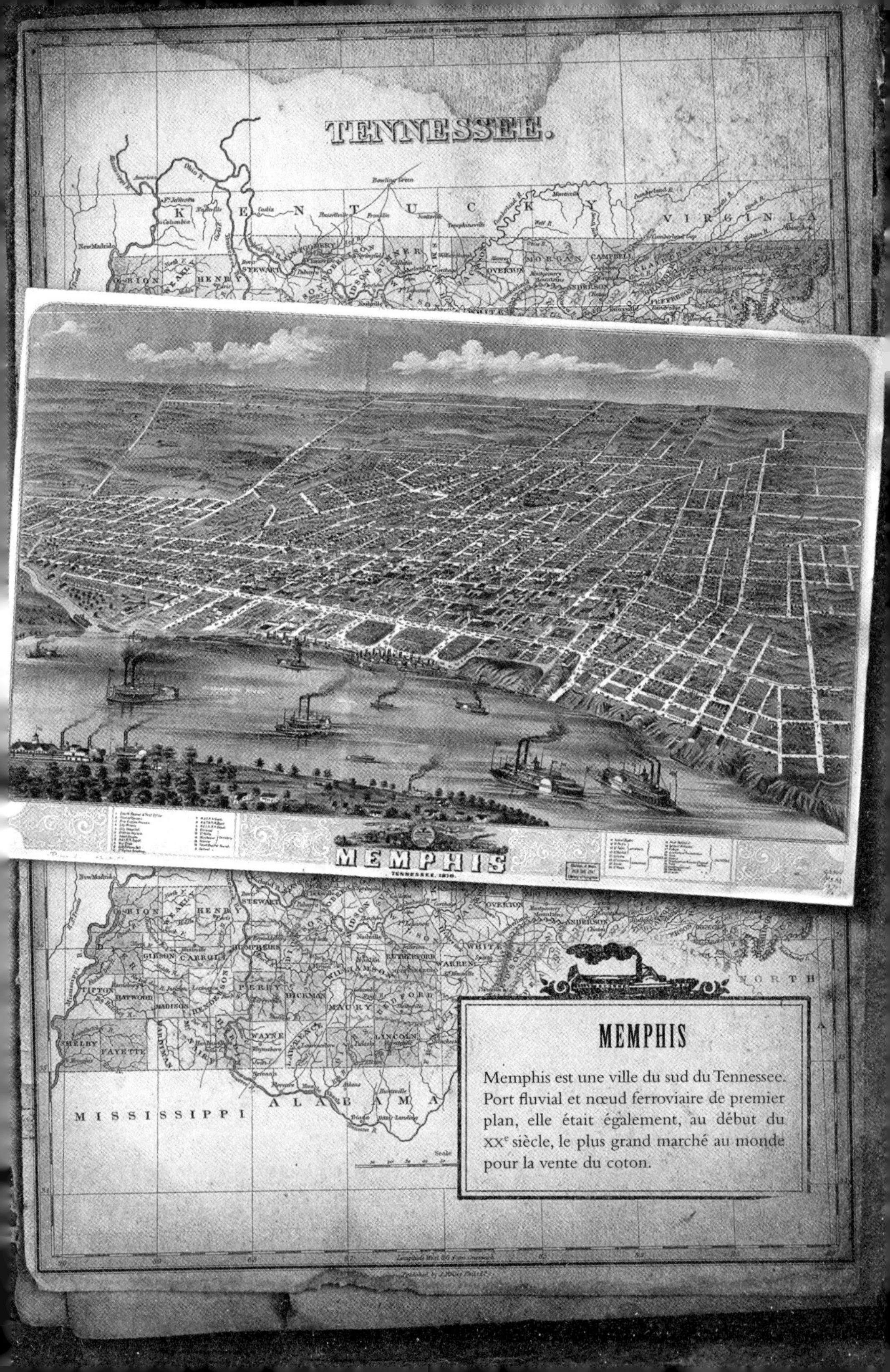

MEMPHIS

Memphis est une ville du sud du Tennessee. Port fluvial et nœud ferroviaire de premier plan, elle était également, au début du XXe siècle, le plus grand marché au monde pour la vente du coton.

14

MEMPHIS

Après avoir longé la rive droite d'une grande île apparemment sauvage, on a enfin vu se dessiner Memphis. Les marins ont jeté des fagots de bois vert dans la fournaise, les cheminées ont peu à peu laissé s'échapper une belle fumée noire, bien visible, et, tout là-haut, la sirène du *Louisiana Story* a fendu l'air d'un sifflement strident.

À terre, quelques personnes ont aperçu le navire et se sont levées d'un bond, une cloche a répondu à la sirène et, en l'espace d'un instant, tout le Mississippi est devenu le théâtre d'une agitation frénétique.

Les voyageurs qui devaient débarquer ont préparé leurs valises, les employés du port couraient sur le quai, les vendeurs amenaient leurs carrioles pleines à craquer dans l'espoir de faire quelques bénéfices, les filles scrutaient la foule des voyageurs à la recherche d'un bon parti ou, simplement, d'un *beau gosse** dont elles auraient pu s'enticher et, comme de bien entendu, les garçons faisaient exactement la même chose. Bref, il régnait partout une joyeuse pagaille.

Memphis était une ville importante, encore plus grande que La Nouvelle-Orléans. Le port pouvait accueillir des dizaines de bateaux d'un seul coup. Le *Louisiana Story* comptait mouiller ici une demi-journée pour permettre aux passagers de débarquer et, éventuellement, de dîner en ville.

Nous avions naturellement l'intention de descendre à quai, nous aussi. Ou, plus exactement, c'est ce qu'avaient l'intention de faire Julie et P'tit Trois.

Pour ma part, je n'étais pas très rassuré. Je me demandais même si « louper le départ du navire et rester bloqué à Memphis » ne méritait pas de rejoindre la liste de mes Angoisses. À mon avis, c'était le cas, sans l'ombre d'un doute.

– Ce serait peut-être plus prudent de rester à bord...

– Notre bateau ne repart qu'à sept heures ce soir ! a protesté Julie. On a tout le temps qu'on veut. On n'a qu'à faire un petit tour en vitesse...

– Laisse tomber, a soupiré P'tit Trois. Eddie fait son trouillard, comme d'habitude. Ce n'est pas demain la veille qu'on repassera par Memphis !

Bien. Il ne me restait plus qu'à les suivre ou à rester seul, une fois de plus. Et il faisait vraiment trop chaud pour passer une demi-journée sur ce navire désert, à regarder les marins charger des caisses de bois.

Memphis nous a pris dans ses bras brûlants. La chaleur était si écrasante qu'on avait du mal à respirer. Il y avait des gens partout, des carrioles et des diligences, des personnes élégantes et des mendiants, tous entassés sur les quais comme des rats en cage.

Le temps de nous éclipser, P'tit Trois et Julie devant tout le monde, moi derrière avec Min qui me tenait la main, nous nous sommes éloignés en suivant la rive du Mississippi à la recherche d'un peu d'air frais.

– Oh !

P'tit Trois a crié si fort que j'ai failli tomber par terre.

– Qu'est-ce que c'est que ça ?

Il a levé le doigt et j'ai bien cru que ma mâchoire allait se décrocher, foi d'Eddie Brown.

Non loin de l'endroit où nous nous trouvions, le ciel était coupé en deux par une gigantesque structure en acier étincelant qui traversait le Mississippi d'un bout à l'autre. Un train lancé à toute allure traversait ce pont magnifique dans un grand bruit de ferraille, c'était comme si la locomotive volait parmi les nuages.

J'ai dit :

– Wouah ! Depuis quand est-ce que les trains vont dans les airs ?

– Hé, c'est juste un train, a répondu Julie.

– Mais je ne savais pas qu'il existait des ponts aussi longs, a fait remarquer P'tit Trois. Toi, si ?

En poursuivant notre route, nous nous sommes retrouvés face aux rails, ces grandes lignes qui brillaient dans la lumière de l'après-midi.

C'était vraiment un pont immense, long d'environ un

mile, qui défiait le grand Mississippi avec ses poutrelles en métal.

P'tit Trois voulait le traverser en entier et voir ce qu'il y avait de l'autre côté (ben, l'autre rive, quelle question !), mais cette fois, j'ai réussi à le convaincre de laisser tomber. Il ne manquait plus qu'un train passe pendant qu'on était dessus… On n'aurait pas eu d'autre choix que de plonger dans le fleuve pour ne pas se faire écraser.

Après avoir rebroussé chemin vers la ville, nous avons un peu flâné dans les rues en observant les magasins. Tout était tellement incroyable !

– Et si on buvait quelque chose, qu'est-ce que vous en dites ? a proposé Julie. J'ai une de ces soifs…

En deux enjambées, elle est entrée dans la boutique d'un droguiste.

– Excusez-moi, monsieur, cette carafe sur le comptoir, c'est de la limonade ? Combien pour un verre ?

Le propriétaire a levé la tête avec un rictus.

– Un verre ? Un penny.

– Alors limonade pour tout le monde, a conclu P'tit Trois.

Le commerçant a attrapé trois verres dans un seau rempli d'eau, les a posés sur le comptoir et y a versé le liquide jaune en veillant bien à ne pas renverser une goutte.

– D'abord l'argent, ensuite la limonade, a-t-il grogné.

J'ai secoué la tête :

– Monsieur, il manque un verre.

– Je ne crois pas.

– Monsieur, nous sommes quatre, ai-je doucement insisté. Et il n'y a que trois verres.

Le droguiste a reniflé puis lâché :

– La limonade, c'est juste pour vous trois. Le magasin ne sert pas les nègres.

Les *nègres* ? Ce mot m'a retourné l'estomac. Un vrai coup de poignard.

– Mais… Min est avec nous ! s'est insurgée Julie dans un souffle.

Du coin de l'œil, j'ai vu qu'elle montrait les dents comme un chat sauvage.

– Pas de nègres ici, c'est comme ça. Donnez-moi trois pennies pour la limonade et allez au diable.

– On n'a même pas bu, a grondé P'tit Trois. Pourquoi est-ce qu'on devrait payer ?

À ces mots, le propriétaire s'est levé. Il avait des bras costauds et poilus.

P'tit Trois a voulu réagir mais je l'ai attrapé par l'épaule :

– Allons-nous-en, autant éviter les ennuis.

– Mes trois pennies ! a braillé le bonhomme.

– Voilà ce que je paie, moi, pour votre fichue limonade !

Et il a craché par terre.

Il a fait un geste, nous avons tous tourné les talons et nous nous sommes enfuis.

Nous avions les poumons en feu et le cœur qui battait à toute allure. Min pleurait et Julie était en colère, la mine aussi sombre qu'un ciel d'orage.

Moi, j'avais honte, c'est tout.

– Allez, ça n'a pas d'importance, ai-je murmuré.

– Si, a rétorqué Julie.

– On ne peut rien faire contre ça.

Julie s'est alors tournée vers P'tit Trois pour lui dire :

– Toi, tu as fait quelque chose. Merci.

C'était vrai, P'tit Trois s'était révolté. Pour ma part, j'avais l'impression d'être un lâche, comme si on m'avait marqué au fer rouge.

Pour l'heure, nous en avions assez de Memphis, moi et les autres. En plus, il se faisait tard, pas question de louper notre bateau. Nous avons donc décidé de prendre le chemin du port en empruntant des rues moins passantes, histoire d'arriver plus tôt.

Les ruelles étaient étroites, remplies d'ordures, et puaient l'urine. J'ai été saisi par une angoisse soudaine et par l'envie de rentrer chez moi dans le bayou. Il a fallu que les reflets boueux du Mississippi apparaissent derrière les docks pour que je respire enfin normalement.

Je tenais encore Min par la main.

– Ah, vous voilà. Où vous étiez passés ? Je vous cherchais partout.

J'ai poussé un cri strident, comme un idiot, mais cette voix m'avait vraiment pris par surprise.

Le rire espiègle de Cheat a résonné derrière le coin d'un hangar. Un brin d'herbe pendait à sa lèvre comme une pipe et il avait un air sournois, digne d'un chat devant un feu de cheminée. Allez savoir ce qu'il fabriquait ici, et pourquoi il avait décidé de ne pas rester sur le navire.

– Oh, c'est toi. Tu ne devineras jamais tout ce qui nous est arrivé, il faut que je te raconte ça…

– Ouais, ouais. Effectivement, ça fait un moment que je voulais te demander de me raconter deux ou trois petites choses. Comme par exemple : vous êtes qui en vrai ?

– Tu sais déjà qui on est, a répondu Julie.

Tout à coup, Cheat ne ressemblait plus à un chat mais à un renard.

– Non, je sais que vous nous avez dit tout un tas de bobards, à moi et aux autres. Mais maintenant, sans vouloir vous vexer, j'aimerais la vérité.

Il avait parlé de sa voix traînante, avec son accent de l'Ouest. La *véhitééé*, c'est ça qu'il voulait.

– J'ai réfléchi, et je suis persuadé que vous avez quelque chose à cacher. Vous prétendez être en mission, vous passez votre temps à palabrer, et dès que quelqu'un approche, vous changez de sujet ou vous trouvez une excuse pour prendre la tangente.

– Ce n'est pas vrai ! a dit P'tit Trois.

– Et moi, je te dis que si, a poursuivi Cheat. Je voyage dans la soute à bagages, vous vous rappelez ? Ça m'a laissé le temps de jeter un œil dans vos valises…

Cheat a fait glisser son sac devant lui et en a sorti le revolver de Jack. Il le tenait par le canon, avec deux doigts, comme une patte d'araignée.

Il l'a agité devant lui deux fois, puis il a ricané et l'a rattrapé comme il faut.

– Sale voleur ! a sifflé P'tit Trois.

– Il y avait pas mal de papelards dans cette valise, mais je ne sais pas lire, malheureusement. Mais bon, on n'a pas besoin de savoir lire pour se servir d'un revolver, pas vrai ? Ha ha ha ! Et comme il y avait aussi un manteau d'homme dans vos bagages... vous comprendrez que j'ai commencé à me poser des questions.

Sans même m'en apercevoir, j'ai attrapé Min que j'ai placé derrière moi, comme pour le protéger.

Le temps semblait s'être arrêté.

Cheat a alors fait un signe de tête dans ma direction et continué :

– Ouais, et puis il y a le Noir muet, aussi. Je parie qu'il joue un rôle dans cette histoire. Et avec un peu de chance, c'est aussi le cas de cette montre qu'il ne lâche jamais...

Je ne m'étais jamais senti aussi mal.

Jack avait pourtant menacé de nous tirer dessus, dans le bayou... Seulement, j'avais couru et je n'avais rien *vu*. Cette fois, le pistolet était sous mon nez. Tout en parlant, Cheat le pointait vers nous à tour de rôle, P'tit Trois, Julie et moi.

Il voulait nous tirer dessus, certes, mais allait-il vraiment le faire ? Peut-être. Au fond, nous étions dans une ruelle, au cœur d'une ville malfamée, personne ne savait qu'on était là et personne ne pouvait nous venir en aide.

La voilà, ton Angoisse Numéro Un, Eddie. La seule, l'unique.

– Ne faites pas cette tête, s'est exclamé Cheat. C'est très simple : vous allez vous dépêcher de me donner tous vos sous, ce beau portefeuille en cuir que je zyeute depuis un petit moment, et aussi la montre. Ensuite, vous nous direz qui vous êtes.

– *Nous* ? s'est étranglée Julie.

– Oui, oui. Moi et mes amis.

En tournant la tête, j'ai vu les deux mousses, René et Tom, approcher d'un pas lent, à l'autre bout de la ruelle.

René souriait comme s'il trouvait cette petite scène très amusante. Tom, lui, avait la mine fermée, le poing serré autour d'un de ces couteaux qui servent à vider les poissons. Fin, très fin, et aiguisé, très aiguisé.

– Salut les amis ! Comment va ?

René parlait lentement, sans cacher sa joie, l'air de dire : « Alors, les petits milords, vous ne vous attendiez pas à ça, hein ? »

– Le portefeuille, a ordonné Cheat. Et que ça saute.

Comme j'étais le guide, c'est moi qui avais le portefeuille de Jack, il gonflait la poche arrière de mon pantalon.

J'ignore comment Cheat l'a deviné mais le revolver s'est aussitôt retrouvé pointé droit sur moi.

– Allez, Ed, donne-moi ça.

Je ne savais pas quoi faire, alors j'ai obéi. Cheat, René et Tom se sont encore rapprochés, ils étaient tellement près que je pouvais sentir l'odeur de leurs vêtements trempés de sueur.

J'ai attrapé le portefeuille, mais je tremblais tellement qu'il m'a échappé des mains. Il est tombé avec un bruit sourd, dans un nuage de poussière.

Là, une voix a résonné :

– Eddie ! Attention !

C'était P'tit Trois.

Mon ami s'est aussitôt penché pour le ramasser. De sa main libre, il en a profité pour ramasser une poignée de sable et de terre qu'il a serrée de toutes ses forces avant de la lancer dans les yeux de Cheat, d'un geste fluide et élégant. Comment a-t-il fait pour avoir une idée pareille ? À vrai dire, je sèche.

Là-dessus, il a plongé tête baissée pour charger comme un taureau et lui a décoché un coup d'épaule en plein dans l'estomac.

Le revolver s'est envolé de la main de Cheat pour décrire un arc de cercle argenté dans les airs avant d'atterrir on ne sait où.

– Aaaaah ! a rugi Cheat.

– Tom, chope-les ! a rugi René.

Comme je n'avais aucune envie de me laisser prendre, j'ai attrapé Min par la main et je me suis mis à courir.

Décampe, Eddie-Ed, décampe. Voilà ce que je me suis dit.

Je suis un vrai trouillard, la preuve : j'ai pris mes jambes à mon cou sans me poser de questions !

J'ai entendu des cris et des bruits de pas, ceux de P'tit Trois et ceux de Julie, qui me suivaient.

– Dépêchez-vous, les amis ! a crié mon ami.

Hélas, les trois autres étaient rapides, eux aussi. Je n'avais jamais vu quelqu'un courir aussi vite que René, mais Tom et Cheat ne se laissaient pas distancer.

Avaient-ils récupéré l'arme de Jack ? Allaient-ils me tirer dans le dos ?

Au même moment, un sifflement strident a fait trembler l'air. Le bateau ! Il allait partir et nous laisser ici !

J'ai encore accéléré et vu P'tit Trois me dépasser à la vitesse de l'éclair. Il a ensuite filé au milieu des docks et atteint le dernier tronçon de route à découvert, sur les quais.

De mon côté, j'ai glissé, trébuché et heurté un baril posé contre le mur d'un entrepôt, avec tout un tas d'autres débris. D'instinct, j'ai renversé le tonneau derrière moi et je suis reparti aussi sec.

Le baril a roulé tout droit sur René, qui s'est effondré sur Tom et Cheat. C'était un méli-mélo de bras, de jambes et d'insultes.

– Bravo, Ed ! s'est exclamé P'tit Trois. Allons-y !

Il y a des courses qu'on ne peut pas raconter.

Nous avons traversé les docks en avalant de la poussière, nos cris couverts par le bruit de notre cœur qui bourdonnait dans nos oreilles. Nous avons esquivé des carrioles, sauté par-dessus des mendiants et des rouleaux de cordages, jusqu'à ce que nos chaussures encore neuves foulent les planches du ponton.

Le *Louisiana Story* s'apprêtait à appareiller, les chaudières étaient sous pression et les cheminées crachaient de la fumée. J'entendais déjà le grondement familier de la roue à aubes qui mordait l'eau.

Deux marins se sont approchés de la passerelle pour la retirer et larguer les amarres.

– Attendez ! Nous sommes des passagers ! s'est égosillé P'tit Trois.

J'ignore comment, mais nous nous sommes retrouvés à bord juste à temps. Au lieu de monter sur le pont, nous avons littéralement atterri dessus avant de faire une pirouette sur les planches vernies, sous le regard perplexe des autres voyageurs.

Le dernier coup de sirène a été lancé, le dernier cordage, libéré et remonté à bord, et le *Louisiana Story* a enfin pris le large.

Hors d'haleine, je me suis penché au-dessus du bastingage pour repérer René, Cheat et Tom, sur la berge ou sur les quais, mais je ne les ai vus nulle part.

Nous les avions laissés derrière nous. Nous étions sauvés. Et surtout, nous étions en vie.

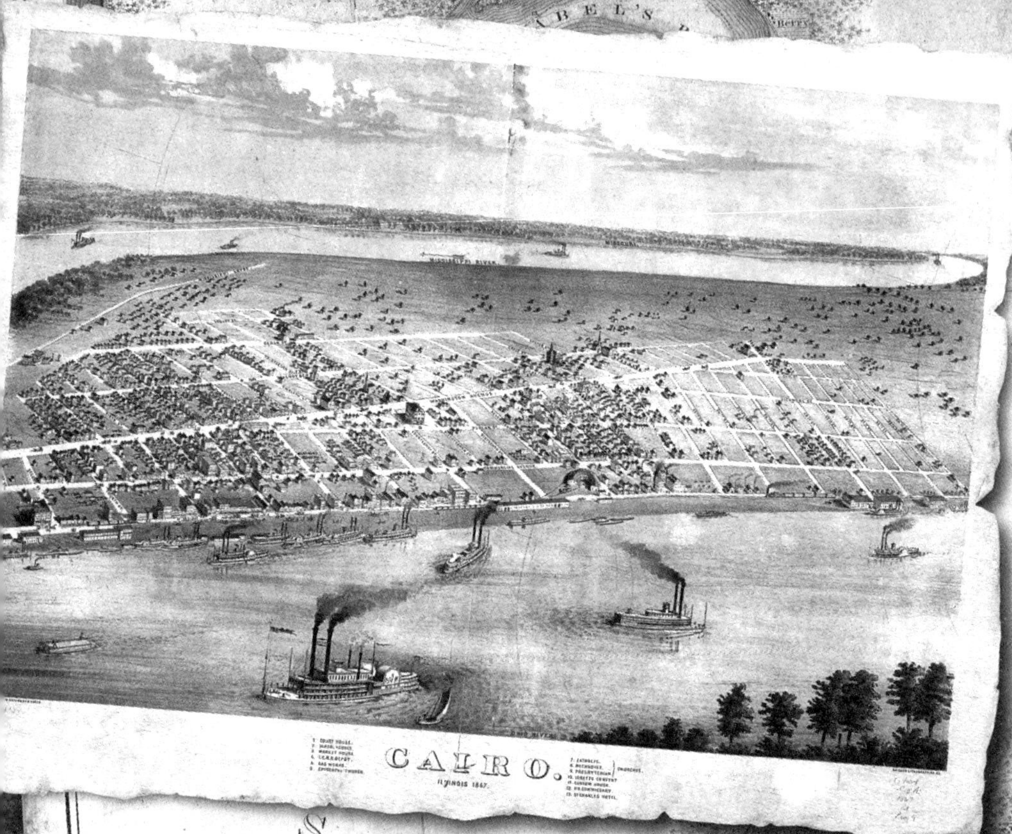

À LA CROISÉE DES DEUX FLEUVES

La ville de Cairo se trouve dans l'Illinois et se dresse à l'endroit où le Mississippi rencontre le fleuve Ohio. Ville riche et influente, elle fut le théâtre de nombreux affrontements raciaux entre la population blanche et la population de couleur.

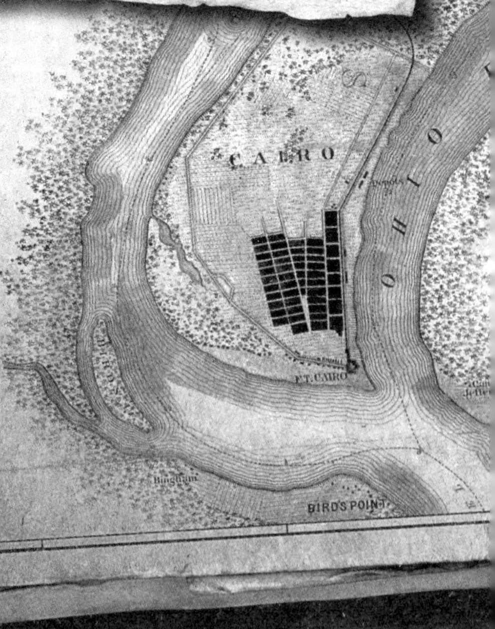

15

À LA CROISÉE DES DEUX FLEUVES

P'tit Trois et Julie se sont dirigés vers le dépôt à bagages pour contrôler notre valise, en entraînant Min qui ne cessait toujours pas de sangloter. Je suis donc resté seul, le temps de reprendre mon souffle et de remettre de l'ordre dans ma tête au milieu du tohu-bohu du pont des chaudières.

La chaleur insupportable de l'après-midi avait été balayée par un vent frais chargé de parfums qui m'étaient inconnus.

La nature alentour avait changé, elle aussi. Les berges du fleuve étaient ponctuées de petites lanternes de signalisation, pareilles à des lucioles. En plissant les yeux, j'avais l'impression d'apercevoir les yeux et les museaux humides d'un groupe de cerfs au milieu de la végétation, avec leurs bois qui ressemblaient à un enchevêtrement de branches.

À cet endroit, le fleuve marquait la frontière entre l'Arkansas et le Tennessee. Le bayou n'était plus qu'un lointain souvenir, il y avait des forêts et de grandes étendues de terre partout. C'était un environnement que je ne connaissais pas, et il me mettait mal à l'aise. Pouvais-je encore compter sur les leçons de Joe, si loin de la maison ? Comment pouvais-je être un chaman du bayou s'il n'y avait plus de bayou ?

Mais si je levais la tête vers le ciel, je devais admettre que les étoiles n'avaient pas changé. Maintenant que le voile d'humidité était tombé, elles étaient encore plus brillantes et scintillantes. Même les constellations étaient encore à leur place.

Tout n'était pas perdu.

« À chaque voyage, ton sac s'alourdit », disait toujours Joe.

Le mien s'était alourdi de secrets, de revolvers, de peurs, de jours écoulés. Était-ce ce que je voulais vraiment ? Je n'en savais rien, mais je n'avais pas le choix, de toute façon. Personne n'a le choix.

Au lieu de rejoindre les autres dans notre refuge habituel, au milieu des sacs de charbon, je suis resté à l'écart, près des chaudières.

C'était l'endroit le plus tranquille du navire : il faisait chaud et les autres passagers évitaient de s'en approcher.

Moi, je m'en fichais, de la chaleur, et j'avais besoin de rester un peu seul avec mes pensées. Lorsque je me suis senti fatigué, je me suis allongé par terre. Et j'ai tâché de dormir.

– Hé, toi !

J'ai rouvert les yeux d'un coup et je me suis raidi en voyant qui m'avait réveillé : c'était Mike. Des trois jeunes mousses du *Louisiana Story*, c'était celui qui parlait le moins et que j'avais le moins connu.

J'ai tenté de me relever sans perdre une seconde, de peur qu'il soit de mèche avec les autres et qu'il ait un couteau, ou je ne sais quoi.

– Du calme, je ne vais rien te faire, a-t-il dit en s'asseyant près de moi. Je voulais simplement te demander ce qui est arrivé à René et à Tom. Ils sont restés à Memphis ?

– On dirait bien, ai-je marmonné.

– Mouais. M. Weaver s'est mis en rogne en voyant qu'ils n'étaient pas à leur poste. Ils vous ont cherché des noises ?

Je n'ai pas répondu.

– Je sais qu'ils complotaient quelque chose contre vous. À vrai dire, je m'en fiche… Mais ça me fait plaisir qu'ils ne soient plus sur le bateau. Parfois, René me fichait une peur bleue.

Ce n'était pas mon cas. Je m'étais aperçu que quelque chose ne tournait pas rond, mais il était déjà trop tard.

J'ai tout de même remercié Mike et nous avons bavardé quelques instants. Lorsque le devoir a fini par l'appeler, j'ai posé la tête, fermé les yeux et sombré d'un coup. J'ai dormi toute la nuit, d'un sommeil aussi profond, aussi sombre que le lit du fleuve.

Le lendemain, dans l'après-midi, la sirène du bateau a annoncé notre arrivée à Cairo, ce qui a donné lieu à un nouveau ballet échevelé de passerelles, de badauds sur le port, de passagers prêts à descendre et d'autres, à monter.

Avec P'tit Trois, Julie et Min, nous avons observé la scène à distance : cette fois, personne n'avait envie de descendre à quai. Oh non. En ce qui nous concernait, nous ne comptions quitter le bateau que le lendemain, à Saint-Louis, et surtout pas avant.

– Hé, les amis, a dit Julie, regardez la tenue de ce bonhomme…

J'ai tout de suite deviné de qui elle parlait. Au milieu de la foule, il était aussi voyant qu'une chauve-souris à midi. Il devait avoir une quarantaine d'années, la peau bronzée et des cheveux gris qui avaient besoin d'un bon coup de ciseaux. Il portait un invraisemblable complet rouge à rayures, des chaussures rouges, un haut-de-forme et une cravate à pois.

L'homme tenait une valisette en cuir manifestement coûteuse et regardait autour de lui en souriant, comme s'il était le seul à avoir vraiment compris une blague.

Nous nous sommes penchés au-dessus du bastingage pour le regarder, P'tit Trois et moi. Il nous a aussitôt aperçus et nous a fait un clin d'œil avant de s'engouffrer dans le petit escalier qui menait au pont supérieur. Nous l'avons vu disparaître dans l'une des cabines du fond, les plus éloignées des chaudières, et donc les plus luxueuses.

Nous sommes partis nous promener quelques instants et je suis resté observer le fleuve couler.

Plus tard, j'ai retrouvé P'tit Trois dans le saloon du

navire où des hommes, entourés de verres sales et de tables en bois sombre, buvaient du whisky, fumaient des cigares et jouaient au poker.

Mon ami était assis par terre, dans un coin. En me voyant, il m'a adressé un sourire en coin.

– Tu fais quoi ? lui ai-je demandé en me laissant glisser près de lui.

– Je m'ennuyais, je suis venu regarder. Tu sais, on n'a pas le droit d'être là, comme on est trop jeunes. Mais sur ce bateau, personne ne se rend compte de rien.

Il a dit cette dernière phrase d'un air important avant de ricaner. C'est là que j'ai remarqué une chose : parmi les hommes qui jouaient, il y avait aussi cet étrange monsieur vêtu de rouge.

– Il s'appelle Edward Berry, m'a expliqué P'tit Trois en l'indiquant d'un signe du menton. Je le sais parce que je l'ai entendu se présenter.

– Edward, comme moi ?

– Oui, sacrée coïncidence.

– Et il joue comment, il est fort ?

P'tit Trois a haussé les épaules.

– Il perd toujours. S'il ne fait pas attention, ils vont même lui prendre ses bretelles.

Je suis resté un moment pour regarder la partie. Je connaissais les règles du poker car j'avais vu Joe l'Indien jouer, au village. Ce jeu m'avait toujours paru un peu idiot : chacun recevait cinq cartes et pariait que son jeu pouvait battre celui des autres. Commençait alors un ballet d'enchères, de relances et d'argent entassé sur la table. Finalement, quand quelqu'un lançait « Je vois », on dévoilait les cartes et le vainqueur raflait la mise – enfin, le pot, comme disaient les joueurs.

Mais, de toute évidence, ce Berry faisait tout le contraire de ce qu'il fallait faire : il jetait les mains qui auraient pu être gagnantes, il misait tout sur celles qui le feraient perdre à tous les coups et il s'est même trompé deux fois dans l'ordre des combinaisons de cartes en essayant de battre une couleur avec un brelan, ce qui était complètement absurde. Moi-même je m'en rendais compte, c'est dire !

Il n'empêche que personne ne savait perdre avec autant de style. Il n'arrêtait pas de rire et de faire de l'esprit. Même face à une main malchanceuse, il prenait les choses si simplement que tout le monde autour de la table l'a vite adoré et n'a voulu parler qu'avec lui, Berry par-ci, Berry par-là.

Vers l'heure du dîner, avec P'tit Trois, nous avons décidé de rejoindre Julie et Min pour manger quelque chose. Dès que nous avons quitté notre place, Berry s'est tourné et nous a lancé joyeusement :

– Au revoir, les petits !

Et on aurait dit que c'était lui le vrai vainqueur de cette drôle de partie.

Après dîner, les lumières du saloon se sont allumées et les hommes se sont de nouveau réunis pour jouer aux cartes. C'était la dernière soirée avant l'arrivée à Saint-Louis, et il flottait dans l'air le parfum des occasions manquées et des dernières chances.

Avec P'tit Trois, Julie et Min, nous nous sommes installés dans un coin où nous ne risquions pas de déranger.

Les visages autour de la table de jeu étaient déjà luisants de sueur, et les moustaches tremblaient sous les fins nuages de fumée des cigares.

Berry est arrivé et nous a salués les premiers, comme si nous étions les personnes les plus importantes de la salle. Pour ne rien vous cacher, cela m'a procuré un certain plaisir.

Les autres joueurs lui ont fait une place, en silence.

Il y avait une tension à couper au couteau au fur et à mesure que les sous s'accumulaient sur la table. Des dollars et encore des dollars, c'était la première fois que j'en voyais autant, il y avait des portefeuilles qui s'ouvraient en permanence et des piles de billets de banque, des gens qui se plaignaient d'une mauvaise main, qui riaient ou qui imploraient de gagner à cor et à cri.

Berry a aussitôt perdu de grosses sommes. Cette fois, il n'était plus aussi joyeux, sa main tremblait au moment d'ouvrir sa bourse. Pourquoi ne regagnait-il pas sa cabine pour se trouver un passe-temps moins coûteux ? Un bon livre, par exemple ?

– Je suis ta mise, a dit un type nommé Stud, et je relance de dix dollars.

– Je vois, a ajouté un autre qui s'appelait Fred.

Tous les joueurs de la table, les uns après les autres, ont jeté leur main. Fred et Stud étaient les plus forts de tout le navire, et ils l'avaient prouvé. Dix dollars, c'était une somme hors de portée pour la plupart des gens. Encore une semaine plus tôt, un chiffre pareil m'aurait fait rêver.

– Je… relance de dix dollars supplémentaires, s'est alors écrié Berry.

Un silence absolu est tombé, on aurait même dit que le Mississippi avait cessé de couler.

Stud et Fred ont échangé un regard entendu qui ne laissait aucune place au doute. Berry était tombé dans un piège, ces deux-là voulaient lui faire une bien mauvaise blague !

– Moi aussi, je relance, mais de cinquante, a dit Fred.

– Et moi, encore de cinquante ! a lancé Stud en écho avant de se tourner vers Berry. Voyons si tu es un homme, l'ami.

Celui-ci a regardé ses cartes, a semblé longuement réfléchir, puis s'est exclamé :

– Je vois vos cent dollars. Et je relance, de cinquante aussi.

Les gens se sont mis à murmurer, un type s'est penché vers Berry et lui a chuchoté de se coucher – c'est-à-dire d'abandonner, dans le jargon du poker. Mais l'homme en rouge a sorti de sa poche un autre portefeuille dont il ne s'était pas servi jusque-là. Il était plein à craquer de billets de banque : on aurait dit une bible reliée en papier monnaie.

Fred et Stud ont échangé un signe d'entente et ont commencé à relancer, encore et encore, bien décidés à lui prendre jusqu'à son dernier penny. Chaque fois, cet inconscient de Berry réfléchissait et semblait à deux doigts de s'incliner, mais il finissait par murmurer quelque chose comme « Mais non, je ne peux plus abandonner un pot pareil, et puis je suis sûr de gagner », aussi sec il relançait à son tour.

Au bout du compte, il y avait sur cette table assez d'argent pour acheter une ferme. Même les tables alentour avaient cessé de jouer pour suivre cette incroyable main de poker, chacun retenant son souffle.

– Dernier tour d'enchères, a annoncé Fred. Je rajoute cent dollars de mieux. Qu'est-ce que tu en dis, mon pote ?

– J'en dis que je me couche, a dit Stud avant de faire un clin d'œil.

Ces deux-là s'étaient mis d'accord, c'était certain. En cas de victoire, ils feraient moitié-moitié.

J'aurais voulu prévenir Berry, mais je n'avais pas la force de parler.

Pour la énième fois, il a ouvert son portefeuille.

– Hum, a-t-il marmonné. Dernier tour d'enchères, hein ? Alors voyons si j'ai assez d'argent pour suivre ta mise…

Berry a sorti ses derniers billets et les a comptés sur la table. Dix, vingt, trente, quarante… À quatre-vingt-dix dollars, il n'y avait plus rien dans son portefeuille.

Sans se décomposer, il a fouillé dans les poches de sa veste à la recherche de pièces de monnaie. Il est arrivé à quatre-vingt-douze, puis à quatre-vingt-seize dollars, quatre-vingt-dix-sept. Et il s'est arrêté.

– J'ai l'impression qu'il ne me reste plus rien du tout, a-t-il alors annoncé.

– Ha ha ! a exulté Fred en se penchant sur la pile de billets. Si tu ne suis pas ma mise, le pot est à moi.

– Un instant, un instant ! Peut-être que quelqu'un voudra me prêter ces trois dollars qui me manquent.

Là, Berry s'est tourné vers nous. Oui, vers P'tit Trois, Julie, Min et moi :

– Qu'est-ce que vous en dites, les petits ? Il ne vous resterait pas trois dollars, par hasard ?

LES BATEAUX DU MISSISSIPPI

Au début du XXe siècle, de plus en plus de villes américaines décidèrent d'interdire les jeux de hasard afin de faire baisser la criminalité. C'est ainsi que les joueurs commencèrent à se réunir sur des bateaux à vapeur, à l'abri des lois et de la police. Ceux qui tentaient de tricher étaient néanmoins assurés de prendre un bain dans le fleuve, sans autre forme de procès.

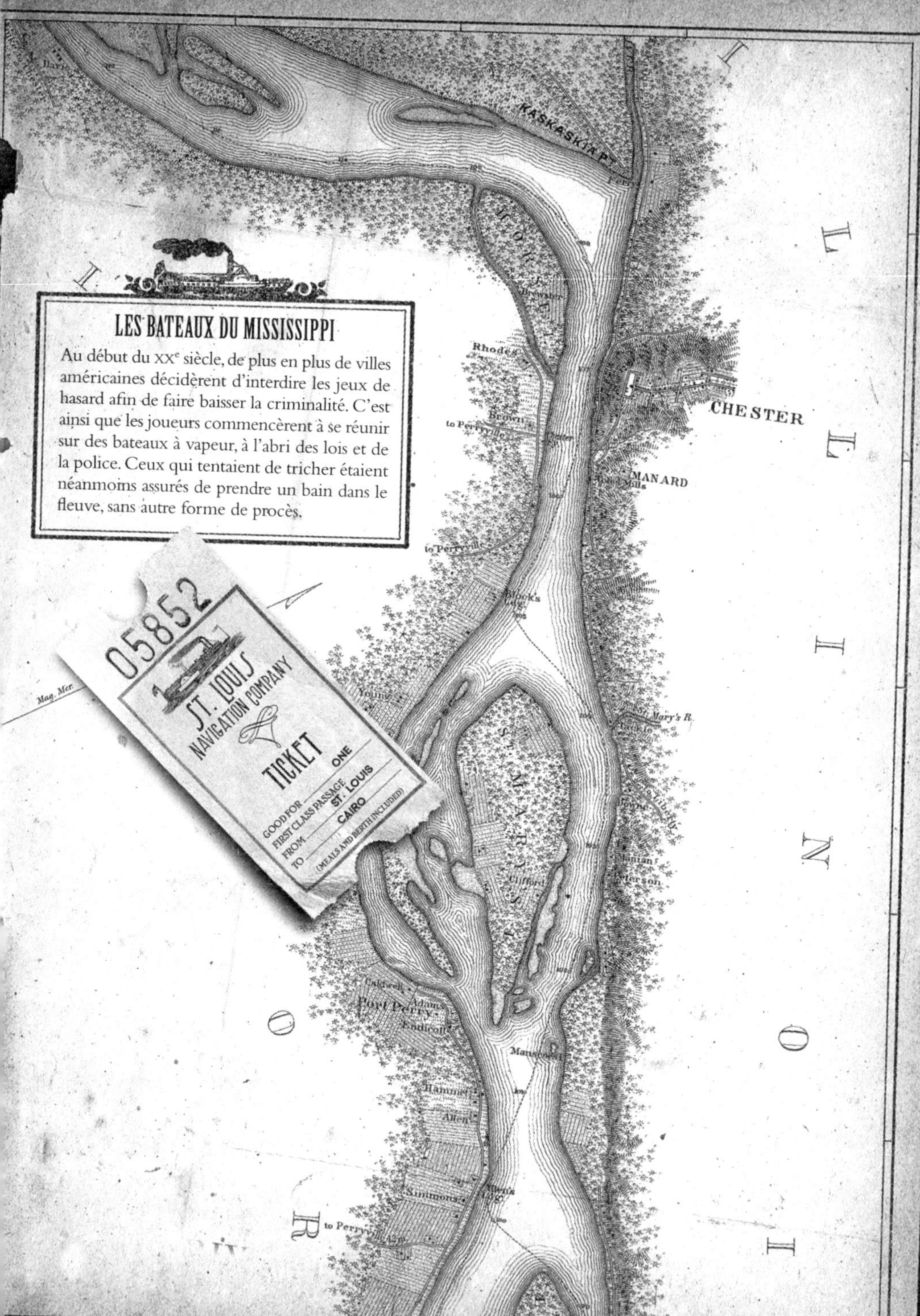

16

LES BATEAUX DU MISSISSIPPI

Je ne savais pas quoi dire. Et je ne savais pas comment Berry avait deviné que ma poche contenait exactement trois dollars. Les dernières pièces qui nous restaient.

– Trois dollars, vous pourriez me donner ça, non ?

– Qu'est-ce qu'on gagnerait à vous les prêter ? a dit P'tit Trois.

Berry a éclaté de rire :

– Vous entendez ça ? Si jeune, et il a déjà tout compris à la vie. Si vous m'aidez, vous gagnerez mon amitié, et peut-être une part des gains.

– Hé ! est intervenu un type. Moi, je te les prête, tes trois dollars.

– Laisse tomber, l'a arrêté un autre. Il a demandé aux gamins. Voyons ce qu'ils vont faire.

– Donne-lui, m'a soufflé Julie sans me regarder.

– Quoi ?

– Donne-lui l'argent.

Elle était bonne, celle-là ! Cela faisait moins de vingt-quatre heures qu'on avait tous risqué notre peau pour empêcher Cheat de s'emparer de ces dernières pièces auxquelles on tenait tant (sans parler de la montre, bien entendu). Et maintenant, il fallait que j'y renonce pour une main de poker ?

Le lendemain, nous étions censés arriver à Saint-Louis. Certes, ces trois dollars ne nous auraient pas permis d'acheter un billet de train, mais au moins nous aurions eu à manger pendant quelques jours.

Il n'empêche : Julie était la plus posée de nous tous, la plus prudente, elle ne m'aurait jamais dit de céder nos économies si elle n'avait pas été absolument sûre de son fait. Mais sûre de quoi, d'ailleurs ? Mystère.

Lentement, j'ai retiré une chaussure dont j'ai sorti nos trois dernières pièces d'un dollar. Je les ai essuyées sur mon pantalon et je les ai passées à Berry.

– Merci, petit ! s'est-il exclamé.

Il a fait rebondir les pièces dans la paume de sa main avant de les poser sur la table avec le reste de l'argent misé. Puis, dans un rugissement, il a dit à Fred le mot magique :

– Je vois.

« Je vois », ça veut dire que les enchères sont finies, on découvre les cartes et c'est celui qui a la combinaison la plus forte qui l'emporte.

Fred ricanait comme les fois où M. Dubois capturait un gros alligator dans le bayou.

– Désolé, l'ami, a-t-il lancé à Berry. Et désolé aussi, les gosses. Mais c'est moi qui ai gagné.

Il a découvert ses cartes une par une. As de pique. As de cœur. As de carreau. Et pour finir, d'un geste lent de prestidigitateur, l'as de trèfle.

Carré d'as.

– C'est grave ? m'a demandé Julie, toujours sans me regarder.

J'ai gémi :

– Et comment, c'est une main imbattable !

Fred s'est penché sur la table pour ramasser l'argent, mais Berry l'a retenu :

– Attends, je dois dévoiler mes cartes. C'est comme ça qu'on fait, non ?

Et il a posé sur le plateau un deux de pique.

J'avais les larmes aux yeux : il n'y avait plus aucune raison d'espérer, maintenant. P'tit Trois a planté ses ongles dans mon bras tandis que Berry abattait un trois, de pique, là encore. Puis un quatre, toujours de pique. Fred était devenu pâle comme un linge, quelques personnes ont commencé à murmurer, et puis il y a eu ce cinq de pique. Et la dernière carte, qui était un six. De pique, évidemment.

– Ça veut dire quoi ? a encore demandé Julie.

J'étais presque incapable d'articuler un mot.

– Ça veut dire que c'est une…

– Quinte flush ! a complété Berry dans un souffle. Si je ne m'abuse, la quinte flush bat le carré d'as.

Fred a bondi de sa chaise et j'ai bien cru qu'il allait renverser la table, mais Berry a été plus rapide que lui. En un éclair, un couteau à cran d'arrêt avait surgi dans sa main. La lame pointue a jailli de son manche de nacre en sifflant.

– Pas de blague. Désolé, Fred, et désolé aussi, Stud, mais je n'ai pas triché et il y a des témoins pour le prouver. On est bien d'accord ?

– On est bien d'accord, ont répondu des gens.

– Par conséquent, si vous le voulez bien, je vais encaisser mes gains et regagner ma cabine. Je suis rincé.

Le couteau toujours pointé vers ses deux adversaires, Berry m'a fait signe de sa main libre :

– Gamin, trouve quelque chose pour y mettre l'argent. Une partie vous revient, après tout.

Je me suis empressé d'obéir et j'ai quitté la salle de jeu en tenant ma valise bien haut au-dessus de ma tête, comme un trophée.

Mais au lieu de se glisser dans sa cabine, Berry ne s'est pas arrêté et a demandé :

– Où est-ce que vous dormez, les petits ? J'espère que cela ne vous dérange pas de m'offrir l'hospitalité pour la nuit. Je parie que Fred et Stud me rendront visite d'ici quelques heures, et il vaut mieux que je me fasse discret.

– Ce sont deux escrocs, pas vrai ? a demandé P'tit Trois.

– Ce sont deux tricheurs, a répliqué Berry. Et ils étaient sûrs de gagner… Seulement, ils ignoraient que je suis un tricheur, moi aussi.

– L'ennui, c'est qu'on n'a pas de cabine, a répondu Julie. On est des « paquets vivants », on voyage sur le pont.

– Mais il y a la soute à bagages, ai-je aussitôt proposé. C'est fermé, et on sait où les clés sont gardées.

C'était une bonne idée. Aussitôt dit, aussitôt fait, nous avons pris cette direction. Une fois à l'intérieur, Berry a attrapé une chaise qu'il a coincée sous la poignée de la porte. Il n'avait pas lâché son couteau.

L'oreille collée contre la porte close, il a retenu sa respiration, puis il a poussé un soupir en murmurant :

– On est à l'abri, on dirait. Même s'il ne faut jamais parler trop vite.

Dans sa valise, il a pris deux billets de banque de dix dollars qu'il nous a lancés. P'tit Trois les a attrapés au vol.

– Et voilà ! Pour vous remercier de votre aide.

– Les trois dollars ! me suis-je alors exclamé. Comment tu as su que j'avais trois dollars sur moi ?

– C'était cet après-midi, sur le pont principal. Je t'ai vu sortir ces pièces du portefeuille et les mettre dans ta chaussure. Ça m'a paru judicieux. Il y a de sales trognes dans le secteur.

Voilà qui était on ne peut plus vrai.

Edward Berry nous a longuement étudiés, en nous regardant dans les yeux un par un. Et je me suis rendu compte que cet homme qui s'appelait comme moi pouvait être dangereux, lui aussi. Il ne l'était peut-être pas maintenant. Mais il pouvait le devenir.

– Bien. Vu que nous avons un peu de temps à perdre, si vous m'expliquiez ce qui vous amène à Saint-Louis ? Il n'y a pas d'adulte avec vous et on voit que vos vêtements ont été achetés récemment. Bref, pardon de vous le dire, mais vous avez tout l'air de cacher quelque chose.

J'ai fait de mon mieux pour ne pas me tourner vers Min et sa bourse qui contenait la montre. Pourvu que les autres en fassent autant. Après ce qui s'était passé avec René et les autres à Memphis, il n'était pas question de prendre des risques. Une fois, ça suffisait.

– Vous ne voulez pas ? À vous de voir, ça ne m'intéresse pas tant que ça, de toute façon. Mais si vous avez l'intention de faire une longue halte à Saint-Louis, dites-le, j'ai quelques amis là-bas.

– Chicago, a alors murmuré Julie. On va à Chicago. Aux entrepôts de Walker & Dawn.

Elle avait parlé d'une voix étranglée. Pourquoi avait-elle révélé ce détail ? P'tit Trois lui a posé une main sur l'épaule.

Le sourire de Berry s'est illuminé d'un éclat doré.

– Si vous voulez commander quelque chose dans le Catalogue, les petits, il y a plus rapide.

– Oui, on sait, a répondu Julie.

– En tout cas, merci de me l'avoir dit.

– Tu es un tricheur, a-t-elle souri. Il n'y a qu'avec

ceux qui ont l'habitude de mentir qu'on peut être sincère, de temps en temps.

Ces mots ont fait éclater de rire Berry.

– Tu as entièrement raison. Quoi qu'il en soit, c'est une sacrée coïncidence. C'est la deuxième fois que j'entends parler de la société Walker & Dawn cette semaine. Il y avait quelque chose dans le journal, si je ne m'abuse…

– C'est ça, suis-je intervenu en repensant à l'article que m'avait montré Julie deux jours plus tôt. L'assassin de Miss Dawn a été tué à Chicago.

– Exact, il était question de ce Mister Darsley, a-t-il acquiescé. C'est lui qui s'est évadé de prison et qu'on a retrouvé mort à peine quelques heures après, n'est-ce pas ? Quant au meurtre de cette pauvre femme, ça remonte à 1899. Je me souviens assez bien des dates et des nombres… Déformation professionnelle, vous comprenez. Sale histoire. Sale, très sale histoire.

– Vous pourriez nous la raconter ? a demandé P'tit Trois.

– Pourquoi, ça vous intéresse ?

Mon ami a haussé les épaules d'un air qui se voulait détaché :

– Non, ça ne nous intéresse pas. C'est juste… pour passer le temps.

– Ha ha !

D'un geste sec, Berry a rentré la lame de son couteau et tapoté le manche en nacre contre sa cuisse, l'air pensif.

Dans la pénombre, son visage ressemblait à celui du joker d'un jeu de cartes.

– Il se trouve que le meurtre de cette femme a été l'une des affaires les plus fascinantes de ces dernières années. À l'époque, tout le monde n'a parlé que de ça pendant un bon moment. Il faut dire que tous les ingrédients d'une grande histoire étaient réunis : la nuit du 31 décembre de la *fin de siècle**, une femme riche et géniale, un soupirant… Et un rival.

– Quel soupirant ? ai-je demandé. Quel rival ?

– Mister Walker, évidemment, a répondu Berry. Mais commençons par le commencement, ça vaudra mieux. Dans sa jeunesse, Mister Walker travaillait pour les services postaux, il était toujours en vadrouille à travers l'Amérique. Un jour, il a rencontré Miss Dawn, c'était la fille d'un commerçant en difficulté. Ils se sont plu tout de suite et Walker a décidé de vendre la marchandise du père de Miss Dawn dans les petites villes où l'amenait son travail. Le succès a été au rendez-vous, et en peu de temps, Walker a quitté les Postes pour fonder Walker & Dawn.

« Dans l'intervalle, Miss Dawn s'interrogeait : pourquoi le porte-à-porte de Walker avait si bien marché ? Et puis elle avait compris : pour ceux qui ne vivaient pas en ville mais dans une ferme isolée de l'Ouest, par exemple, il était très difficile de faire des achats… Et les gens adoraient recevoir leurs courses à domicile. C'est ainsi que Miss Dawn a eu l'idée du Célèbre Catalogue. Elle a même rédigé de sa main la première version du livre, toute seule !

« Il se trouve que Mister Walker ne voyait pas Miss Dawn comme une simple associée. On dit que c'était une femme magnifique, et l'une des personnes les plus intelligentes d'Amérique. Walker est tombé éperdument amoureux d'elle. Il l'a demandée en mariage plus d'une fois, mais elle a toujours refusé...

Julie a profité de cette phrase laissée en suspens pour demander :

– Pourquoi ?

– Aucune idée. On raconte qu'elle ne voulait pas renoncer à son indépendance. En outre, elle et Walker avaient visiblement des caractères très différents : si Miss Dawn aimait rester seule, pour lire et réfléchir, Walker appréciait les plaisirs de la vie et les événements mondains. Le fait est que ces deux-là étaient comme d'éternels fiancés. C'est là qu'est entré en scène le fameux Mister Darsley.

– L'assassin ! s'est écrié P'tit Trois.

Berry a hoché la tête.

– Lui-même. Mais à l'époque, je vous parle de l'année 1897 ou 1898, Darsley n'était qu'un détective privé. À ce qu'il paraît, il était beau comme un acteur. Il se retrouvait dans les journaux à peu près tous les jours. S'il y avait un mystère à résoudre ou une affaire à régler, Darsley trouvait toujours la solution avant la police, et tout Chicago était à ses pieds.

« Bref, Darsley est lui aussi tombé amoureux de Miss Dawn et a commencé à lui faire une cour assidue. Mais elle a refusé, comme avec Mister Walker… Darsley est devenu fou et, la nuit du 31 décembre 1899, il l'a tuée. D'un coup de pistolet en plein milieu du front. *PAN !*

Ce dernier mot a résonné dans la pièce comme un vrai coup de feu, j'ai imaginé la pauvre Miss Dawn glisser par terre, dans le noir, et son dernier souffle s'échapper de sa bouche entrouverte.

– Naturellement, Mister Walker s'est juré d'envoyer Darsley à l'échafaud et il a chargé ses meilleurs avocats de suivre le dossier. Seulement, Darsley pouvait également compter sur de sacrés ténors du barreau : il se murmure que notre enquêteur était un bon ami d'Emerald Jim, le roi de la pègre de Chicago, et qu'Emerald Jim aurait fait des pieds et des mains pour lui sauver la vie. Les avocats de Darsley ont prouvé que l'arme du crime avait été volée au détective moins d'une semaine plus tôt et qu'à l'heure du meurtre leur client était dans un night-club de Chicago pour le réveillon du Nouvel An. Il y avait au moins dix danseuses prêtes à témoigner pour lui. Bref, au lieu d'être pendu, Darsley a finalement été condamné à perpétuité. Mais cela ne l'a pas empêché de répéter qu'il était innocent et qu'on l'avait piégé. Au moment de se retrouver derrière les barreaux, il a juré de s'évader pour avoir sa vengeance, tôt ou tard…

Les mots de Berry sont restés en suspens comme un nuage de fumée.

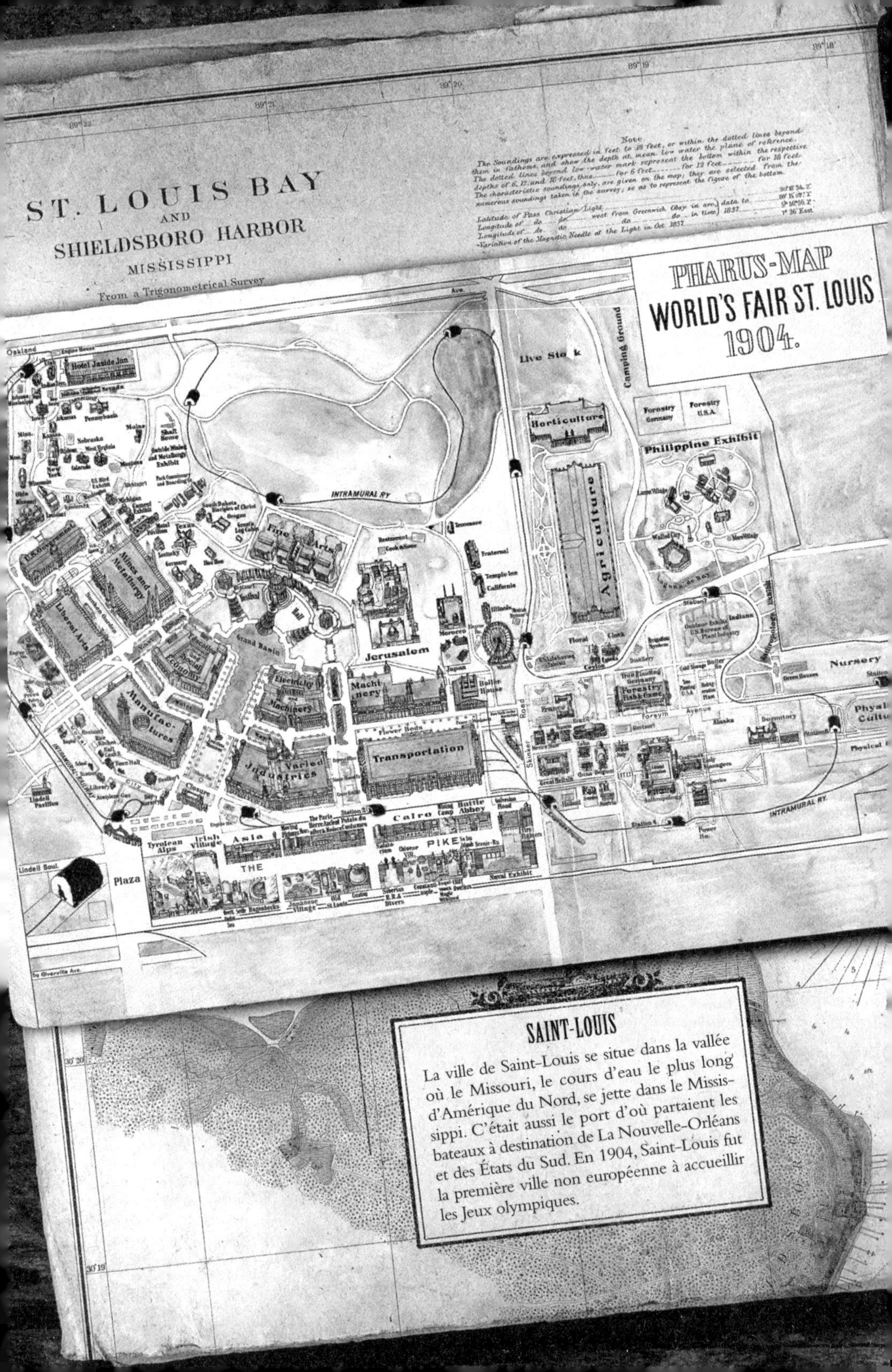

SAINT-LOUIS

La ville de Saint-Louis se situe dans la vallée où le Missouri, le cours d'eau le plus long d'Amérique du Nord, se jette dans le Mississippi. C'était aussi le port d'où partaient les bateaux à destination de La Nouvelle-Orléans et des États du Sud. En 1904, Saint-Louis fut la première ville non européenne à accueillir les Jeux olympiques.

17

SAINT-LOUIS

Le *Louisiana Story* est arrivé à destination plus ou moins vers l'heure du déjeuner. Depuis le fleuve, on devinait déjà que cette ville n'était pas comme les autres : elle était si grande que l'œil était incapable de l'embrasser d'un seul coup.

– Saint-Louis est la quatrième ville des États-Unis, nous avait expliqué Berry la veille. Mais… vous verrez que Chicago est encore plus grand.

Difficile d'imaginer quelque chose de plus majestueux que le spectacle qui se déployait sous mes yeux. Saint-Louis était un bayou artificiel fait de maisons, de routes, de pontons, de personnes. Comment faisaient les animaux pour vivre dans un endroit pareil, sans un seul arbre ? Quels genres d'oiseaux pouvaient voler dans ce ciel opaque ?

Avant même que le bateau s'amarre, j'ai poussé un grand cri en voyant un fiacre surgir derrière les quais à toute vitesse. Sauf que ce n'était pas des chevaux qui le tiraient. C'était… une automobile.

Je savais qu'il existait des engins pareils quelque part. Ces fiacres à vapeur se conduisaient comme des bateaux mais je n'aurais jamais imaginé que j'en verrais un dans ma vie.

– Tu penses qu'on pourrait faire un tour là-dedans ? m'a demandé P'tit Trois avec des yeux brillants d'émerveillement.

– Essayons de dépenser plus intelligemment notre argent, a répliqué Julie dans un murmure.

Le bateau a coupé les moteurs et les marins ont abaissé la passerelle. Nous avons attendu que tout le monde descende à terre (à commencer par Fred et Stud qui regardaient à droite, à gauche, à la recherche de Berry), puis nous avons observé notre ami tricheur s'approcher du capitaine et lui serrer la main. Il lui a promis de s'occuper de nous jusqu'à l'arrivée de notre oncle.

Nous avons ensuite mis pied à terre, et c'est ainsi que nous avons débarqué à Saint-Louis.

– Vous savez déjà où aller ? nous a demandé Berry.

– Pas vraiment, a avoué P'tit Trois.

– Alors laissez-moi vous donner un dernier conseil. Vous n'avez pas assez d'argent pour faire le voyage en train jusqu'à Chicago... Mais si vous êtes malins, comme je le pense, vous comprendrez qu'on n'a pas toujours besoin d'un billet pour voyager.

Et sur ces mots, il est parti sans même nous saluer.

Devais-je être triste ou soulagé qu'il n'ait pas essayé de nous voler la montre, toutes nos affaires ou je ne sais quoi ? Difficile à dire.

Nous l'avons observé s'éloigner à grandes enjambées, avec son complet de toutes les couleurs, son haut-de-forme cylindrique et cet air satisfait, celui d'un vrai maître du monde, certain qu'il ne lui arriverait jamais rien de grave.

Nous nous sommes enfoncés à l'intérieur du port, au milieu des entrepôts, en nous faufilant dans un labyrinthe de sacs et de tonneaux. Min a fini dans les pieds d'un marin, grand et gros, qui transportait un baril large comme ça.

– Hé là ! Attention, petit !

Le couvercle du baril a légèrement glissé et un demi-gallon de saumure s'est échappé du baril.

Min et Julie se sont retrouvés trempés de la tête aux pieds.

C'était tellement drôle qu'on s'est mis à rire, P'tit Trois et moi.

– Beurk ! a grogné Julie. Je vais puer le hareng pendant des mois.

À ces mots, nous nous sommes esclaffés encore plus fort. Julie a alors levé les mains devant elle et a grogné d'une voix caverneuse :

– Méfiez-vous, je suis le monstre du marais…

Nous avons fait semblant de nous enfuir, mais Julie a attrapé P'tit Trois, l'a serré fort dans ses bras et lui a déposé un bisou sur la joue. Mon ami est devenu rouge comme si une pastèque avait explosé devant sa tête et j'ai senti quelque chose éclater au fond de moi, de la même façon. Je ne sais pas ce que c'était, mais ça faisait mal.

D'un coup, j'ai perdu toute envie de jouer et j'ai simplement éprouvé le désir de m'en aller loin d'ici.

Min a poussé un cri qui ne voulait rien dire, puis il m'a pris dans ses bras et m'a fait un bisou au-dessus de mon ventre. Mais j'ai bougonné :

– Enlève-toi de là, tu vas salir mon costume.

– Salir ton costume ? a demandé Julie. Et moi, qu'est-ce que je devrais dire ? Regarde dans quel état je suis.

Elle me fixait d'un air de défi, mais j'ai tourné les talons et je me suis éloigné sans un mot.

Nous avons pris un chemin au hasard et j'ai aussitôt décrété que Saint-Louis me déplaisait. Je n'aimais pas cette odeur de charbon et de poussière. Je n'aimais pas ces maisons en pierre si hautes qu'elles cachaient le ciel, je n'aimais pas ce ciel gris et ces gens surexcités comme s'ils étaient tous en retard.

– Eddie-Ed ! a crié P'tit Trois. Tu as vu ça ? C'était une automobile, une vraie de vraie, et elle a failli me rouler dessus !

Il était tout content, comme s'il n'y avait rien de plus amusant que de se faire écraser.

– Oui. Bof, il y avait déjà des autos au port, je crois, ai-je commenté en haussant les épaules.

P'tit Trois m'a attrapé par un bras :

– Tu as de la fièvre ou quoi ? Tu n'as pas entendu ce que je t'ai dit ? *Une automobile a failli me rouler dessus !* C'est quand même incroyable, non ? D'après Joju, cette auto roulait à au moins quinze miles à l'heure.

Parmi tout ce qui m'a déplu, ce jour-là, je me suis rendu compte que je détestais par-dessus tout ce diminutif idiot, Joju.

Enfin, peu importe. J'ai décidé de faire mine de rien et nous avons marché au hasard jusqu'à l'heure du déjeuner, sous une chaleur étouffante qui rendait nos vêtements collants. Je n'entendais aucun chant d'oiseau, et les seuls animaux qu'on voyait dans le coin étaient des chiens errants ou des rats.

Partout, des panneaux parlaient des Jeux olympiques, LES PREMIÈRES GRANDES OLYMPIADES AMÉRICAINES. Elles auraient lieu dans un peu moins d'un mois. Sur l'une des affiches, on voyait un Indien tirer à l'arc. Ça m'a rappelé Joe et j'ai éprouvé une pointe de nostalgie en pensant à la maison. C'était si loin.

Cela dit, si j'avais l'estomac noué, c'était d'abord parce que j'avais faim, rien à voir avec la nostalgie. Par bonheur, nous avons trouvé une baraque qui vendait des saucisses en pleine rue. L'écriteau disait : 1 SAUCISSE = 2 CENTS ; 3 SAUCISSES = 5 CENTS.

La baraque était tenue par un monsieur et son épouse. À force de marchander, nous avons obtenu un bon prix : quatre saucisses pour six cents !

– Mais Anton ! a grogné la femme. Tu veux nous ruiner ?

Son mari lui a souri sans répondre, puis il a sorti quatre gants blancs de la poche de son tablier et nous les a tendus :

– Enfilez ça, vous ne vous brûlerez pas les doigts.

Il a ouvert un couvercle d'où s'est élevé un panache de fumée et a attrapé une première saucisse dans le récipient. Elle était énorme et bouillante.

– N'oubliez pas que ces gants s'appellent reviens, a protesté la commerçante.

Nous avons donc reçu quatre gants, quatre saucisses, et payé nos six cents avant de nous installer à l'ombre pour manger au calme. Je n'avais jamais goûté quelque chose d'aussi délicieux. Ça m'a rendu ma bonne humeur.

Après déjeuner, nous avons repris notre route, le cœur bien plus léger qu'un peu plus tôt. Nous venions de tourner au bout de la rue quand nous avons entendu la dame de la baraque crier :

– Ils ne nous ont pas rendu les gants ! Tu vois, Anton ? C'est toujours la même histoire : tout ce qu'on gagne avec ces saucisses, on le perd pour acheter des gants. On va bientôt devoir fermer boutique.

– Tu sais quoi ? a alors répondu son mari. À partir de demain, on glissera les saucisses dans un beau morceau de pain. Comme ça, ce sera encore meilleur.

Pain et saucisse chaude, ai-je pensé en m'éloignant. Avec une lichette de moutarde par-dessus, tiens. À mon avis, cette idée avait de l'avenir.

La St. Louis Union Station était un bâtiment énorme (LA PLUS GRANDE GARE DE CHEMIN DE FER AU MONDE, proclamait une banderole accrochée au-dessus de l'entrée), elle ressemblait à un château ou à l'une de ces églises d'Europe qu'on voyait dans les livres de mon père.

À gauche, il y avait un grand clocher, comme dans une église, alors que la façade était en pierre grise, ornée d'arches et de tourelles circulaires.

Dans l'air résonnait le vacarme des trains et l'esplanade extérieure était un méli-mélo d'hommes, de chevaux, de fiacres et d'automobiles.

J'ai murmuré :

– Seigneur ! Qu'est-ce qu'on fait, maintenant ?

P'tit Trois m'a adressé un sourire qui coupait en deux son visage :

– On entre jeter un œil, quelle question !

Il nous a fallu un moment pour atteindre l'entrée puis nous faufiler dans une salle au plafond immense. Il y avait des gens partout et des écriteaux de toutes les couleurs indiquaient BILLETTERIE, TOILETTES, PORTEURS, QUAIS.

Un jeune garçon agitait un journal en criant à pleins poumons :

– Dernières nouvelles !

Il y avait un Noir, grand et gros, qui tenait un chevreau sous un bras et un enfant sous l'autre.

Il y avait des hommes d'affaires à moustaches et chapeaux melon.

Il y avait des commerçants, des dames, des paysans, des enfants, des professeurs.

P'tit Trois a repéré une dame qui vendait des caramels mous. Avant que je ne puisse l'en empêcher, il en avait acheté un grand cornet qu'il nous a tendu en mâchonnant sa friandise d'un air ravi.

Nous nous sommes assis sur un banc pour réfléchir à la suite.

D'après notre carte, il nous restait encore trois cents miles à parcourir avant d'atteindre Chicago. Mais cette fois, il n'y avait aucun fleuve pour nous conduire tranquillement jusqu'à destination.

J'avais l'impression que ce voyage durait depuis une éternité, je me sentais beaucoup plus vieux que la semaine précédente, quand j'étais encore chez moi avec mon père et ma mère.

– Qu'est-ce qu'on peut faire ? a demandé P'tit Trois.

Et voilà, c'était encore à Ed le Guide de trouver une réponse.

– Pas grand-chose. Il faut traverser un petit bout du Missouri et tout l'Illinois. Par la diligence, ça nous prendrait des jours et des jours, et puis on n'a pas beaucoup de sous. Sinon, il y a le train.

– C'est vrai, a acquiescé P'tit Trois. Qu'est-ce que disait Berry, déjà ? On n'a pas toujours besoin d'un billet.

– Il voulait dire qu'on peut voyager clandestinement. Comme Cheat.

Le nom de Cheat nous a brusquement rendus muets et nous avons échangé un regard inquiet. À l'écart, comme toujours, Min était le seul à ne pas sembler troublé parce qu'il jouait avec sa montre. Comment ferions-nous pour lui arracher cette machine une fois à Chicago ?

– Écoutez, a dit Julie. Si on veut grimper dans un train en cachette, ça ne coûte rien d'essayer, vous ne croyez pas ? Cherchons le premier train pour Chicago et glissons-nous à bord. On n'aura qu'à s'enfermer dans les toilettes. Comme ça, le contrôleur pensera qu'un voyageur ne se sent pas bien et il renoncera à regarder son billet.

C'était un bon plan.

Manifestement, le premier train susceptible de nous intéresser partait à huit heures du soir. Nous avons mangé un morceau, et Julie est restée un moment aux toilettes de la gare avec Min. En ressortant, elle ne puait plus la sardine et avait retrouvé son parfum de fille.

Vers sept heures, les auvents se sont teintés d'une couleur orangée aussi brillante que du métal en fusion. Au même moment, dans un nuage de vapeur et de fumée, notre train a rejoint le quai.

Notre valise à la main, nous nous sommes mêlés aux passagers qui attendaient, d'un air détaché, et, dès l'ouverture des portes, nous nous sommes avancés pour monter.

– Arrêtez ! ai-je brusquement lancé.

P'tit Trois, qui était à deux doigts d'atteindre le marchepied, s'est immobilisé.

– Qu'est-ce qu'il y a, Ed ?

Julie, qui avait compris, a répondu :

– On est coincés, il y a le contrôleur.

C'était un grand type en uniforme avec une casquette d'employé des chemins de fer. Il se tenait à l'entrée du compartiment et contrôlait les billets au fur et à mesure que les passagers montaient à bord.

– Qu'est-ce qu'on fait, alors ? a demandé P'tit Trois.

J'ai proposé :

– On essaie un autre wagon.

Nous avons traversé le quai d'un bout à l'autre. Chaque fois, voir les employés postés à chaque entrée nous décourageait un peu plus.

C'était des messieurs gentils qui indiquaient aux passagers où s'installer.

Pour nous, c'était des obstacles insurmontables.

Au bout d'un moment, les portes du train se sont fermées, et le convoi s'est élancé vers Chicago en crachant de la vapeur, sans nous.

J'ai demandé :

– Et maintenant, on fait quoi ?

La fatigue et un sentiment d'échec m'écrasaient.

– Par ici, a dit P'tit Trois. J'ai une idée.

Mon ami s'est mis à courir. Pas vers la gare, mais le long du quai, jusqu'à la fin de l'auvent. D'un bond, il a sauté sur le ballast, cette couche de cailloux où sont posés les rails, et il a repris sa course au milieu des voies. Après un instant d'hésitation, nous lui avons emboîté le pas pour atterrir dans ce labyrinthe de pierres, d'acier et de trains en mouvement.

Depuis le début de cette aventure, je ne faisais que courir. Ou du moins, c'était l'impression que j'avais.

Pour l'heure, nous nous trouvions sur une vaste plate-forme d'aiguillage où les voies se réunissaient et se croisaient à l'infini, en se nouant comme les fils d'une pelote de laine avant de se défaire vers l'horizon. À gauche se dressaient de grands hangars, des machines pour charger les trains et ravitailler les locomotives en charbon.

– Qu'est-ce que vous en dites ? s'est triomphalement exclamé P'tit Trois. C'est l'endroit parfait pour sauter dans un train sans nous faire repérer.

– Mais oui, bien sûr, en voilà une riche idée ! a répondu Julie. Il y a des centaines de voies et les trains qui passent peuvent aller n'importe où. On risque de se retrouver dans l'Ouest ou même à New York avant de comprendre ce qui nous arrive !

Entre-temps, la nuit était tombée. Les trains et les entrepôts devenaient des taches sombres sur un ciel de plus en plus noir.

Une fois à la hauteur d'un de ces hangars, nous avons fait le tour à la recherche d'on ne sait trop quoi jusqu'à ce qu'un train s'arrête sous notre nez en crachant de la vapeur.

C'était un petit train qui ne comptait que cinq wagons, la locomotive et le compartiment réservé au charbon. La locomotive avait un pare-chocs en cuivre élaboré qui remontait sur les côtés comme une moustache tandis que les wagons étaient ornés d'une élégante inscription en caractères dorés. C'était peut-être le nom du train, mais dans le noir j'avais du mal à la déchiffrer.

Tout à coup, les visages de deux enfants qui avaient plus ou moins notre âge ont surgi derrière une vitre. L'une était une gamine aux cheveux roux vêtue d'une drôle de combinaison de machiniste toute tachée d'huile. L'autre était un garçon grand et mince, avec des yeux aussi sombres que des grains de café.

P'tit Trois a levé une main pour les saluer mais j'ai vu le chef des contrôleurs apparaître derrière eux. Ah non, on avait vu assez d'employés des chemins de fer pour la journée !

J'ai aussitôt attrapé mon ami pour le tirer en arrière. Derrière le carreau, la gamine rousse nous a souri.

Cela n'a duré qu'un instant, et puis cet étrange petit train s'est mis en route et a disparu dans le noir, vers Dieu sait où.

LES PRAIRIES

Typiques des États centraux d'Amérique du Nord, les prairies sont formées de vastes étendues d'herbe et de prés. Les prairies constituent l'habitat de nombreux animaux, mais sont tout particulièrement connues pour être le royaume du grand bison.

18

LES PRAIRIES

Comme nous étions à court d'idées, nous nous sommes assis par terre, adossés à un poteau, les chaussures plongées dans la pierraille.

Personne n'avait envie de parler, nous étions éreintés et, pour ma part, j'étais à deux doigts de tomber malade. J'aurais tellement voulu prendre un de ces gâteaux pour soigner la toux que Joe l'Indien préparait avec du miel sauvage et certaines herbes du marais.

J'allais fermer les yeux, avec l'espoir de m'endormir et de ne plus penser à rien quand Julie a brusquement bondi et attrapé la valise.

– C'est maintenant.

Une locomotive avançait doucement dans notre direction, enveloppée par un nuage de fumée comme un amateur de tabac.

Derrière la motrice, il y avait une ribambelle de wagons en bois qui semblaient avoir connu des jours meilleurs. Un train de marchandises.

– C'est ça qui va nous emmener jusqu'à destination ! s'est exclamée Julie en détalant à toute vitesse. Allez, s'il continue d'aller aussi lentement, on pourra grimper dedans au passage !

Je me suis écrié :

– Tu es devenue folle ?

P'tit Trois, lui, s'est relevé sans perdre une seconde. Il a attrapé Min par la taille avant de partir en trombe, lui aussi.

Tout cela m'a laissé sans voix.

– Mais... vous êtes tous devenus fous !

– Lis ce qu'il y a d'écrit... sur le... premier wagon ! m'a crié Julie qui était désormais lancée.

J'ai levé la tête. Avec mes lunettes sales, je ne voyais presque rien dans cette pénombre, mais j'ai finalement pu distinguer l'inscription : UNION STOCKYARD & TRANSIT CO. Et, en plus petits caractères : CHICAGO, ILLINOIS.

Tant bien que mal, je me suis relevé :

– Hé ! Hé, attendez-moi, vous n'allez quand même pas partir sans moi !

Hélas, courir dans le noir n'avait rien d'évident : mes chaussures s'enfonçaient dans les cailloux pointus, et le sol était un dangereux dédale de rails et de traverses.

Le train roulait doucement, avait dit Julie, mais moi, j'avais quand même l'impression qu'il allait à toute vitesse. J'ai vu mon amie bondir et s'agripper à la poignée d'un wagon, ouvrir la portière en grand et plonger tête baissée à l'intérieur.

Derrière, P'tit Trois était à la peine. Une fois que Julie a attrapé Min qu'il tenait dans ses bras, il a saisi à son tour la poignée avant d'exécuter une pirouette pour se retourner vers moi.

– Allez, Eddie ! a-t-il soufflé. Tu y es presque !

À ces mots, j'ai glissé et je me suis retrouvé le nez dans les graviers. Mes lunettes sont tombées de mon nez, ce qui m'a obligé à les chercher à tâtons.

Le train, lui, prenait de la vitesse, P'tit Trois me semblait déjà très loin tandis que les wagons défilaient à côté de moi, si près que j'aurais pu les toucher.

– Eddie !

C'était la voix de Julie.

– Eddie, debout, allez !

– Cours, Ed !

Oh, j'ai bien essayé : je me suis relevé et j'ai foncé à toutes jambes. Ma poitrine était comme sur le point d'exploser et mille tambours résonnaient dans mes oreilles. Même si j'étais étonné d'aller aussi vite, même si l'écart se réduisait, cela ne suffisait toujours pas, malheureusement.

P'tit Trois s'est penché en arrière, agrippé à la grande barre en fer verticale comme un acrobate, et m'a tendu la main. L'espace d'un instant, j'ai cru que je pourrais y arriver.

Après avoir rassemblé toute mon énergie pour un dernier effort, j'ai tendu la main si loin que mon épaule a craqué douloureusement… Mais je n'ai pas pu l'attraper.

Mes doigts n'ont même pas frôlé ceux de P'tit Trois et le train a encore accéléré. Mes jambes, elles, ont faibli. Tout était perdu.

Les wagons m'ont à nouveau dépassé. J'ai bien essayé de poursuivre ma course, mais le cœur n'y était plus.

– Eddie ! s'est écriée Julie, loin, très loin de là.

– Les amis !

Qu'est-ce que je pouvais faire, maintenant ?

J'ai tâché de reprendre mon souffle. Mes yeux se sont embués de larmes, sans que je ne m'en aperçoive.

J'ai crié :

– P'tit Trois !

Le son est resté coincé en travers de ma gorge. Car au même moment, une main m'a attrapé par le col de ma veste. Et m'a balancé dans le train.

J'ai roulé dans la paille qui recouvrait le fond du wagon, le souffle court, et je me suis retrouvé entouré de pattes poilues, de museaux humides et de cornes. Des veaux. Le wagon était rempli de bestiaux qui mugissaient doucement. Un bœuf s'est retourné et le bout de sa queue a balayé mon visage comme un coup de fouet.

– Qu'est-ce que…

J'ai essayé de me relever :

– P'tit Trois ? Julie ? Min ? Où êtes-vous ? Qu'est-ce que…

– On se calme. Je t'ai fait monter, mais je peux toujours te faire redescendre.

Seigneur, à qui était cette grosse voix ?

– Quoi ? Mais…

– Si tu fais du bruit, les vaches vont avoir peur. Et si elles ont peur, elles donnent des coups de sabots.

Je n'y comprenais rien.

Une petite flamme s'est allumée. Une petite flamme qui a éclairé le fourneau d'une pipe dont quelqu'un a tiré une longue bouffée. C'est à peine si j'ai eu le temps d'entrevoir une barbe frisée avant que l'obscurité ne revienne.

– Mes amis…

– Tes amis sont au moins six wagons plus loin, et pour les rejoindre, tu devras attendre que le train ralentisse. Navré. Mais que ça ne t'empêche pas de me remercier : sans moi, tu serais encore au milieu des voies comme un idiot.

– Je ne suis pas un idiot ! ai-je immédiatement protesté.

Et puis j'ai réfléchi. Effectivement, sans l'aide de ce drôle de monsieur barbu, je me serais retrouvé dans de beaux draps. Alors j'ai dit doucement :

– Merci…

– Y a pas de quoi. Tu n'aurais pas un peu de mitraille, par hasard ? Quand je vous ai vus, tout élégants avec vos habits neufs, je me suis dit qu'il y aurait peut-être une ou deux petites pièces pour le vieil Alex.

– Alex, c'est vous ? ai-je demandé d'un ton hésitant.

– Alex, c'est moi. Alex the Cat.

Il parlait un anglais amusant, traînant, comme s'il avait des patates coincées dans la bouche.

– Ravi de vous connaître. Je m'appelle Eddie, Eddie Brown.

– Alors, ces pièces ?

Il a de nouveau tiré sur sa pipe, plus longtemps, cette fois. La braise a éclairé sa barbe broussailleuse : elle était si longue qu'elle descendait jusqu'à son ventre.

Maintenant que mes yeux s'étaient habitués à l'obscurité, je pouvais mieux le voir : c'était un homme d'âge moyen et bien charpenté, enveloppé dans un épais manteau. Il était assis les jambes croisées, le dos contre la paroi du wagon.

Près de lui, il y avait un sac postal accroché au bout d'un bâton qu'il devait poser sur son épaule pour le transporter plus facilement.

L'homme s'est raclé la gorge comme pour me rappeler qu'il attendait toujours. Malgré ma gêne, j'ai fouillé mes poches et fini par trouver les pièces que nous avait rendues le marchand de saucisses.

J'ai fait mine de les lancer vers lui mais Alex the Cat m'a jeté un œil torve et je me suis levé pour les lui remettre.

Il a hoché la tête d'un air grave et sa barbe s'est ouverte en deux, comme une tente. Au milieu des poils frisés, un chat a pointé sa tête. Il venait de naître, ou presque. C'était un petit minou tout noir, avec une drôle de tache blanche en forme de lune.

Je n'avais jamais rencontré un personnage aussi bizarre.

Il avait une grosse voix caverneuse et ne parlait que brièvement, comme s'il devait réfléchir attentivement avant de parler.

Pendant ce temps, le train roulait à toute allure et le vent entrait par la porte entrebâillée avec un rugissement d'animal sauvage.

Je me suis placé dans l'embrasure en veillant bien à ne pas perdre l'équilibre. Ce que j'ai vu m'a coupé le souffle : Saint-Louis était loin, désormais, et les prés défilaient autour de nous comme des coups de pinceau jetés sur une toile, à la hâte.

– Enlève-toi de là et ferme la porte, a dit mon étrange compagnon de route. Les vaches vont avoir peur de l'air. Et si elles ont peur, elles donnent des coups de sabots.

Je me suis hâté d'obéir avant de demander :

– Vous... Tu... tu n'es pas un contrôleur, hein ?

– Un contrôleur ne t'aurait pas fait grimper dans ce train en douce, tu ne crois pas ?

– Mais tu te rends à Chicago, lui ai-je fait remarquer. C'est bien là-bas que va ce train, pas vrai ?

Alex a continué de fumer sa pipe, en silence, puis a dit :

– Le train va là-bas, les vaches aussi. Moi, je n'ai pas encore décidé.

– Et... on arrivera quand ?

– Après-demain, probablement. Ça prend son temps car on ne roule pas pendant la journée. Il faut laisser les vaches se reposer et libérer les voies pour les trains de voyageurs. Bref, on s'arrête à l'aube et on repart avec la tombée de la nuit.

Parfait ! Comme ça, je pourrais retrouver mes amis. Le simple fait d'y penser m'a aidé à me sentir mieux.

Alex the Cat m'a longuement étudié, sans un mot. J'avais l'impression qu'il m'examinait. Peut-être se demandait-il si j'avais d'autres pièces cachées quelque part. À vrai dire, mes poches étaient vides, complètement vides. Après Memphis, nous avions décidé d'un commun accord qu'il valait mieux confier l'argent à P'tit Trois.

Je me suis ensuite aperçu que le vagabond avait fermé les yeux. De fait, j'étais épuisé moi aussi, et le train rebondissait sur les rails avec un bruit monotone qui ressemblait aux battements d'un cœur. Ça me rappelait maman. Les fois où je tombais malade, quand j'étais petit, elle posait ma tête contre sa poitrine en m'appelant « Eddie Porcelaine », parce que j'étais très fragile.

Mais je n'étais plus Eddie Porcelaine, désormais, plus du tout. J'étais devenu un voyageur, le passager clandestin d'un train qui filait vers le nord.

Les veaux autour de moi dormaient. Un instant plus tard, je dormais avec eux.

Quand mes yeux se sont rouverts, l'éclatant ciel bleu du petit matin avait envahi le wagon. Les fentes des parois en bois laissaient entrer la lumière limpide qui annonçait l'aube.

Je me suis mis à quatre pattes pour me traîner hors de

mon lit improvisé et j'ai collé mon visage contre un de ces interstices pour regarder dehors.

Des champs d'un vert éclatant se déployaient à perte de vue, sans qu'un arbre ou qu'une ferme ne vienne interrompre l'immensité de la plaine.

Cet espace sans limite était si différent des plantations qu'il y avait chez moi ! Il m'a fallu un moment pour comprendre pourquoi tout cela me mettait aussi mal à l'aise : il n'y avait pas d'eau ! Il n'y avait ni canal, ni îlot, ni lac, ni même la présence rassurante du Mississippi qui nous avait accompagnés jusque-là.

Autour de nous, il n'y avait que de l'herbe, ce qui voulait dire que j'étais arrivé là où aucun chaman du bayou n'était jamais arrivé.

Alex the Cat s'est levé, il a commencé à rassembler ses affaires et à les ranger dans son baluchon accroché à un bâton.

Je lui ai demandé :

– Est-ce qu'il n'est pas un peu tôt ? On ne voit pas encore la gare...

– Le train a déjà commencé à ralentir et je ne veux pas qu'ils me pincent, a-t-il bougonné. Alors il vaut mieux que je me prépare.

– Qu'ils te pincent ? Te préparer ? Mais... à quoi ?

– À sauter du train, cette bonne blague.

Le courage qui me nourrissait un instant plus tôt m'a dit au revoir et s'est éloigné à grands pas.

– Comment ça ?

– Le train s'arrête pendant la journée, je te l'ai déjà expliqué.

– Et c'est pour ça qu'on doit… sauter… sur les voies ?

– Oh, je te laisse faire ce que tu veux. Moi, je saute, c'est sûr. Dès que le train s'arrêtera, l'équipe des employés des chemins de fer sera là. Ils vont ouvrir les wagons, changer la paille des animaux et leur donner à boire. Mais s'ils aperçoivent un passager clandestin, je te laisse imaginer ce qui risque de se produire.

– Et donc ?

– Et donc, quand le train ralentira suffisamment, il faudra que tu sautes. Ensuite, tu te trouveras un endroit tranquille où passer la journée. Lorsque le train repartira, tu n'auras qu'à grimper dedans à nouveau, si ça te chante.

Je me suis assis et j'ai pris une grande inspiration. L'idée de sauter d'un train en marche me terrorisait… mais la perspective d'être découvert était encore pire.

– Attends, attends ! me suis-je écrié. P'tit Trois et Julie ne savent pas qu'il faut descendre avant l'arrivée. Ils vont sûrement se faire pincer.

Tout en bourrant une autre pipe, Alex a scruté la prairie d'un air pensif.

– Oui. Ça me semble bien parti pour.

J'ignorais que le vent pouvait être solide. Et pourtant, il était là, aussi réel que le wagon auquel j'étais agrippé avec cette force que vous donne la peur panique, le visage contracté dans une grimace et les cheveux qui claquaient contre mes oreilles.

– Tu es fou, gamin ! a crié Alex. Tu n'y arriveras jamais !

– Je dois y arriver. Je dois prévenir mes amis.

Le visage barbu d'Alex the Cat se détachait de la porte grande ouverte, il ressemblait à un tourbillon de barbe et de cheveux sous la force du vent.

– Fais attention, au moins ! a crié le vagabond. Garde les pieds sur le cadre du châssis, tends les bras et tiens bon !

Mes pieds étaient déjà sur le châssis, c'est-à-dire sur cette fine ossature qui faisait tout le tour du wagon : c'était si étroit que j'arrivais à peine à poser la pointe des pieds dessus. J'ai commencé à glisser sur le côté, doucement mais sûrement, les bras largement écartés et le visage collé contre la paroi en bois.

Le vent me poussait si fort que je me suis imaginé en train de tomber et de rouler dans la plaine, sur des miles et des miles. Tout en haut de ma liste d'Angoisses, à la première place, j'ai ajouté « tomber d'un train en marche, tomber sur les cailloux et me faire très, très mal ».

Pourtant, malgré ma peur panique, je n'avais pas le choix. Je devais rejoindre les autres.

J'ai tâché de ne pas regarder en bas, là où les cailloux du ballast défilaient à toute allure, à moins d'une paume de mes pieds nus. Et j'ai avancé, pas à pas, en rampant contre les panneaux de bois.

Atteindre le bout du wagon m'a pris une éternité. Après m'être reposé un instant dans l'interstice entre deux voitures, à l'abri du vent, je me suis collé au wagon suivant et j'ai repris ma progression.

Une fois arrivé à la porte coulissante, j'ai attrapé la poignée et braillé :

– P'tit Trois !

À l'intérieur, des beuglements m'ont répondu. Mince, encore des veaux.

J'ai donc laissé derrière moi ce wagon, et puis un autre, et puis encore un autre, jusqu'à ce que j'aie des fourmis dans les pieds et les mains en sang. Alex continuait de m'observer, de loin, d'infiniment loin, me semblait-il, avec ce regard de chat si difficile à percer.

Ça y est, j'étais à bout de forces. D'ici quelques instants, mes bras lâcheraient prise et je me laisserais tomber à la renverse, les yeux fermés, dans l'herbe haute de la prairie. En paix.

Mais soudain, je me suis dit : « Non. Tu n'es plus Eddie Porcelaine, tu es Eddie le Guide, Eddie le Chaman. »

Et Eddie le Chaman pouvait même traverser un train entier !

La tête de P'tit Trois a subitement surgi du wagon face à moi, ses cheveux pareils à un champ agité par le vent.

– Ed ! Eddie, mon Dieu, mais qu'est-ce que tu fais là ?

J'ai répondu par un sourire – enfin, une grimace douloureuse, plutôt :

– Je viens vous sauver, tous.

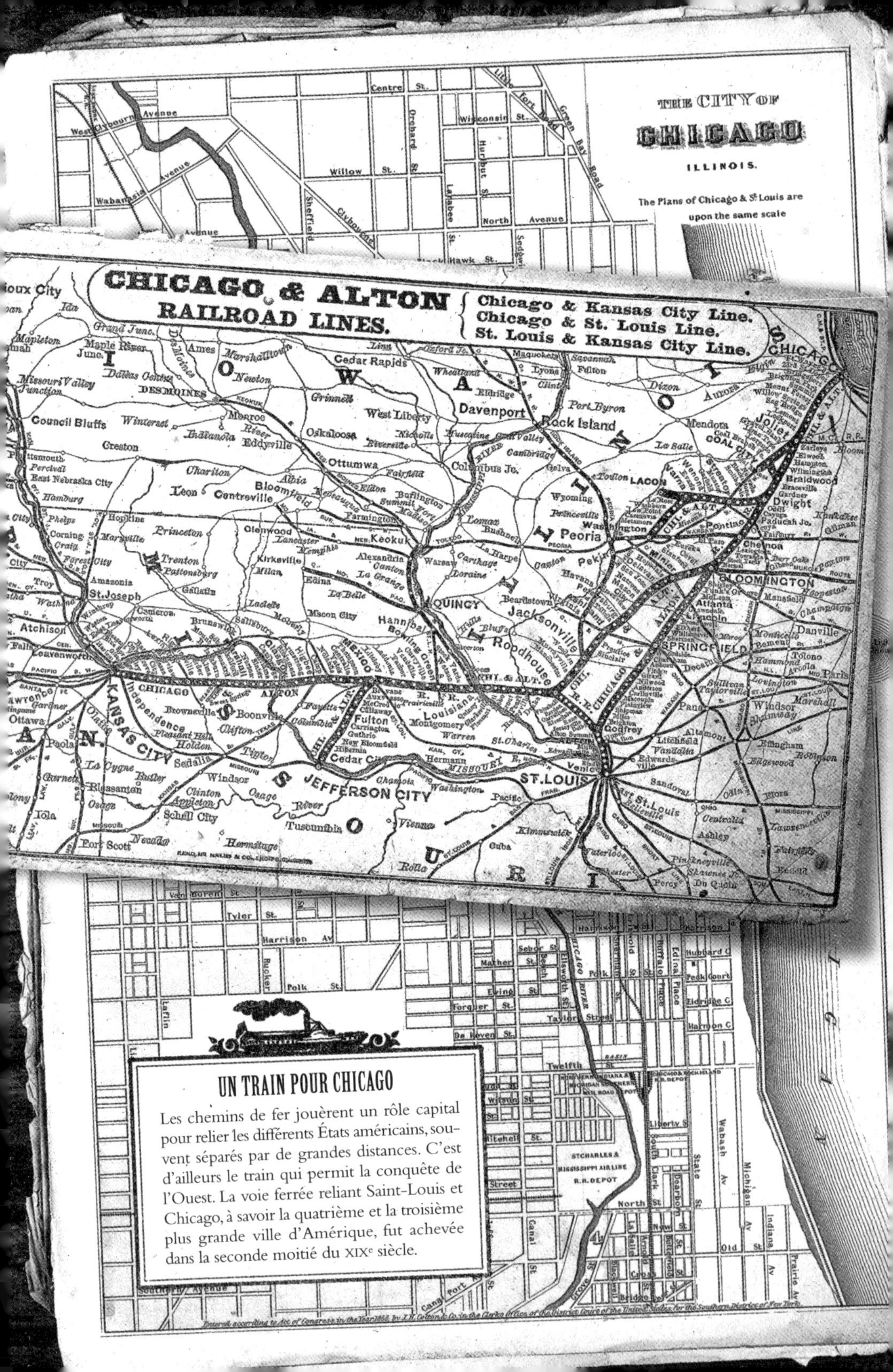

UN TRAIN POUR CHICAGO

Les chemins de fer jouèrent un rôle capital pour relier les différents États américains, souvent séparés par de grandes distances. C'est d'ailleurs le train qui permit la conquête de l'Ouest. La voie ferrée reliant Saint-Louis et Chicago, à savoir la quatrième et la troisième plus grande ville d'Amérique, fut achevée dans la seconde moitié du XIXe siècle.

19

UN TRAIN POUR CHICAGO

P'tit Trois m'a collé un coup de poing dans l'épaule mais qui ne m'a pas tellement fait mal: on voyait qu'il était content. Julie, elle, m'a serré dans ses bras et j'ai senti contre mon torse ses seins durs comme des pommes. Pour la toute première fois.

J'ai protesté :

– Hé ! Hé ! Laissez-moi un peu respirer !

– On pensait t'avoir perdu…

– On ne savait pas quoi faire…

– Cette nuit, je n'arrivais pas à dormir…

Ils parlaient tous en même temps, impossible de comprendre un traître mot. En plus, ils faisaient tellement de bruit que les veaux du wagon ont commencé à se réveiller et à s'énerver un peu.

J'ai murmuré :

– Calmez-vous ou vous allez faire peur à ces vaches. Et si elles ont peur, elles donnent des coups de sabots.

J'ai eu envie de rire en repensant à la phrase d'Alex the Cat.

Je me suis alors penché par la porte ouverte du wagon et j'ai plissé les yeux dans le vent : le vagabond était encore là. Sa tête dépassait de l'embrasure du panneau de bois coulissant. En me voyant, il a levé une main. J'ai répondu à son salut avant de retourner à l'intérieur.

– On peut savoir ce qui t'est arrivé ? a demandé Julie.

– Et puis qu'est-ce qui t'a pris de traverser la moitié du train en passant par l'extérieur ? a renchéri P'tit Trois.

Il avait les yeux qui brillaient : il cherchait une excuse pour faire cette acrobatie, lui aussi, j'en étais certain. Ce fou était capable de trouver ça amusant.

Min, pour sa part, était pelotonné dans un coin et regardait les grands veaux qui se pressaient dans le wagon. C'était des bêtes imposantes, tout en muscles, mais qui avaient les yeux éteints des condamnés.

J'ai appris les dernières informations à mes amis : dans peu de temps, le train allait s'arrêter, il faudrait que nous soyons prêts à sauter avant d'arriver en gare.

– Grandiose ! s'est exclamé P'tit Trois. C'est encore mieux que de s'accrocher à l'extérieur du wagon, youhouuuu !

Julie l'a foudroyé du regard.

– Tu ne veux pas sauter d'un train en marche, quand même ?

– Allons, ça ne doit pas être bien sorcier ! a-t-il répondu. Il suffit qu'on ralentisse un peu, qu'on se roule en boule comme un opossum et qu'on se laisse tomber dans l'herbe…

– Pour se tuer, on ne peut pas rêver mieux, a conclu Julie.

J'en ai profité pour intervenir :

– Hé, les amis, d'après moi, ce n'est pas comme ça qu'on saute d'un train.

– Ah non ?

P'tit Trois semblait déçu de ne pas pouvoir tenter un saut périlleux du haut du wagon.

– Et on fait comment, à ton avis ?

À vrai dire, je n'en avais aucune idée.

Le train allait nettement moins vite. On était en pleine campagne. Autour de nous, il n'y avait que des prés, la bande de pierre et d'acier des rails, et rien d'autre.

P'tit Trois étudiait la situation, la tête à l'extérieur du wagon et les cheveux ébouriffés par le vent. Tout à coup, il m'a appelé d'un geste :

– Ça y est, ton ami va descendre !

Avec Julie, nous nous sommes précipités vers la porte, et l'air a giflé nos visages.

P'tit Trois avait raison : quelques wagons plus loin, on apercevait la barbe frisée d'Alex penché à la porte.

Le vagabond a regardé autour de lui, puis a saisi son bagage et l'a laissé tomber du train.

Le baluchon et le bâton se sont écrasés au milieu des cailloux. Et dire que j'aurais pu finir comme ça… Cette idée m'a fait frémir.

Alex s'est ensuite agrippé des deux mains à la poignée, son corps immense penché à l'extérieur du wagon, comme suspendu dans les airs, à l'exception d'une jambe encore posée sur le marchepied. Et à ce moment-là… Alex a sauté. Toujours agrippé à la barre en fer, les jambes dans le vide, il les a agitées d'avant en arrière avec la grâce d'une danseuse et *hop !* il a posé le pied droit, *hop !* le pied gauche aussi, *hop !* encore le pied droit, et au bout de quelques secondes, le voilà qui courait à toute allure à côté du wagon.

À cet instant seulement, il a lâché la poignée. Là, il a perdu l'équilibre et roulé dans les hautes herbes près du ballast.

– Oh mon Dieu ! a dit Julie. Il est mort ?

– Non, non, a dit P'tit Trois. Il va se relevcr, il n'a rien.

J'ignorais s'il s'était fait mal mais il était vivant, c'était une certitude, car je l'ai vu se relever et s'arrêter pour reprendre son souffle, plié en deux, les mains sur les genoux. Très vite, il s'est retourné pour chercher ses affaires qui devaient se trouver un demi-mile plus haut.

– C'est donc comme ça qu'on fait, a murmuré Julie.

– On dirait bien, a répondu P'tit Trois. Il suffit de faire *hop-hop*. On va y arriver, c'est aussi facile que de boire un verre de whisky !

En ce qui me concerne, ma seule expérience en la matière remontait à La Nouvelle-Orléans.

Et ça s'était très mal fini.

On a décidé que je passerais en premier : P'tit Trois devait porter Min sur son dos et Julie était une fille, après tout.

D'un coup, je me suis retrouvé trempé de sueur et les bras tout tremblotants.

– N'aie pas peur, m'a rassuré Julie. Si ton ami barbu y est arrivé, tu peux le faire toi aussi.

Elle a alors retiré mes lunettes du bout de mon nez et les a soigneusement rangées dans la valise, parmi nos vêtements, pour qu'elles ne se cassent pas.

Sans lunettes, j'étais maintenant myope comme une taupe, mais vu ce qui m'attendait, ce n'était peut-être pas plus mal. J'ai commencé à respirer profondément, je sentais l'odeur des animaux et la nervosité de mes amis. P'tit Trois et Julie m'ont guidé jusqu'à la porte par laquelle s'engouffrait un ouragan d'air brûlant.

Je ne voyais que des couleurs floues, le soleil, la pierre, le vert de l'herbe.

Je me suis accroché à la poignée comme si ma vie tout entière en dépendait (c'était le cas, d'ailleurs) et j'ai essayé de faire comme Alex.

Ne pouvant plus compter que sur mes bras, j'ai agité les jambes dans le vide comme une araignée avant de baisser prudemment un pied, jusqu'à ce qu'il touche le sol.

La vitesse a failli m'arracher la jambe et je l'ai aussitôt remontée en criant. Pas si vite, pas si vite. Doucement, je me suis laissé glisser le long de la poignée, au risque de lâcher prise et de m'écraser par terre : je n'avais pas calculé que mes bras étaient plus courts que ceux d'Alex et…

– Allez, Eddie, cours ! a crié P'tit Trois. *Hop ! Hop ! Hop !*

J'ai posé un pied. À nouveau, le sol qui défilait à toute vitesse l'a violemment poussé en arrière mais cela ne m'a pas découragé et j'ai posé l'autre. Cette fois, j'ai perdu l'équilibre, mes mains ont lâché la barre et je suis tombé.

Avant même de comprendre ce qui s'était passé, je m'écrasais au sol tandis que des cailloux pointus me piquaient partout. Une douleur terrible m'a saisi au niveau de l'épaule et mes yeux se sont remplis de larmes. Pendant ce temps, le train défilait à côté de moi en grondant.

Je suis resté immobile, sous le soleil, recouvert de poussière et d'éraflures, c'était la première fois de ma vie que j'étais en aussi piteux état.

J'ai poussé une espèce de cri de bête blessée. En essayant de me relever, je me suis aperçu que mes vêtements étaient tachés de sang.

Mais bon, j'étais encore en un seul morceau, manifestement. Et soyons honnête : ça aurait pu se passer beaucoup plus mal.

J'ai avancé à l'aveuglette le long de la voie ferrée en gardant les prés verts à ma gauche et le gris du ballast à ma droite. J'ai fini par tomber sur Julie qui avait sauté du train avec la valise, et elle m'a aussitôt passé mes lunettes. Dès que j'ai pu voir clair à nouveau, j'ai constaté qu'elle s'était coupée au niveau du mollet et qu'elle avait de la poussière partout : on aurait dit qu'elle sortait d'une mine.

Encore plus loin, nous avons retrouvé P'tit Trois et Min qui nous attendaient assis dans l'herbe haute, à discuter comme si de rien n'était.

– Quelle histoire ! Vivement qu'on recommence, pas vrai, Min ?

Ce dernier lui a répondu par un large sourire.

Je me suis retourné pour voir si Alex et ce drôle de chaton qui avait cette tache en forme de lune sur la tête n'étaient pas dans les parages. Mais non, rien. Si ça se trouve, il s'était arrêté sous un arbre pour piquer un petit roupillon.

Nous nous sommes donc remis en chemin le long des voies, les autres légèrement devant moi car je m'étais fait mal au genou en sautant (enfin, en tombant, plutôt).

Mes yeux étaient tournés vers le ciel où un groupe d'oiseaux migrateurs formait une nuée compacte qui dessinait de grands cercles au-dessus de la prairie.

En les voyant brusquement changer de direction, j'ai tendu la main et dit :

– La gare de chemin de fer doit être un peu plus loin.

P'tit Trois et Julie m'ont lancé ce regard ahuri qui voulait dire « Mais comment fait-il pour savoir ces choses-là ? » et j'ai été heureux que mes pouvoirs de chaman soient utiles à nouveau.

La gare se dressait au milieu des hautes herbes, on avait l'impression qu'il n'y avait rien de rien autour, pas un village, pas une maison, rien. Juste un bâtiment au toit pentu construit face à la voie ferrée et une longue rangée de hangars. Des étables pour les veaux, peut-être ?

Notre train avait été dévié sur une voie secondaire. De loin, on pouvait voir un groupe d'hommes ouvrir les wagons et faire descendre les bêtes.

– Restons à l'écart, a murmuré P'tit Trois.

C'était la seule solution : qu'auraient pensé ces employés en voyant quatre gamins débarquer de nulle part ? Ils auraient forcément deviné qu'on était des passagers clandestins qui venaient de sauter du train. Nos éraflures et nos égratignures suffisaient à le prouver.

Nous avons donc fait le tour de la gare, au beau milieu de la végétation, avec l'espoir d'atteindre une petite forêt d'érables qui rompait la monotonie infinie du paysage.

C'est là que nous avons décidé d'établir notre camp de base en attendant le coucher du soleil. Nous avons sorti de la valise la redingote de Jack pour l'étaler par terre comme une couverture. P'tit Trois s'est étiré et a dit :

– Bien, je vais tâcher d'attraper quelques-uns de ces oiseaux qu'on a vus tout à l'heure. Le déjeuner sera assuré, comme ça.

– Tu oublies que ton fusil est resté dans le bayou… et que le revolver de Jack est à Memphis, a dit Julie.

Il en fallait évidemment plus pour arrêter quelqu'un de la trempe de P'tit Trois. Le temps d'enlever la ceinture de son pantalon, il l'a taillée avec son couteau pour en faire un lance-pierre avant de disparaître au milieu des arbres en sifflotant, d'un air plein d'aplomb, comme les vrais chasseurs.

Julie et moi sommes restés seuls avec Min qui jouait avec la montre en chantonnant tout bas, suivant avec le doigt les nombres sur le cadran.

J'ai glissé à Julie :

– Tu sais qu'il m'a parlé, une fois ? La nuit, sur le bateau. Il m'a récité tous les nombres de la montre.

Cela n'a pas semblé la surprendre.

– Min parle. Rarement, c'est tout. Et même jamais, pour être exacte. Pourquoi est-ce que ce machin l'amuse autant, d'après toi ?

– Aucune idée. Peut-être parce que les aiguilles suivent toujours le même chemin, parce qu'elles marquent toujours les mêmes heures. Min aime les choses qui se répètent.

Elle a hoché la tête et dit :

– Toi aussi, tu as remarqué que les aiguilles bougent toujours de la même façon ? Celle des heures s'actionne deux fois et celle des minutes, trois fois. Je me demande ce qu'une montre cassée peut avoir de si intéressant. Je ne parle pas pour Min, mais pour ceux de Walker & Dawn.

– Julie…

– Et puis je me demande si on a bien fait de venir jusqu'ici, si loin. Nous voilà au beau milieu d'une prairie qui n'en finit pas et…

– Julie…

– Si ça se trouve, on a fait tout ça pour rien. Et si c'est le cas, qu'est-ce qu'on va devenir une fois à Chicago ? On a encore l'argent que nous a donné Berry, mais…

Il fallait que j'arrête ce déluge de questions mais je ne savais pas comment m'y prendre. J'étais si gêné que j'avais l'impression d'être en ébullition. Finalement, je n'ai rien trouvé de mieux que poser une main sur son bras et le serrer très fort.

Elle a évidemment crié :

– Aïe ! Ed, tu me fais mal ! Qu'est-ce qu'il y a ?

– Écoute, je…

J'avais la gorge sèche et les mots refusaient de sortir de ma bouche.

– Écoute, j'ai bien peur que… enfin… que tu saignes. Vraiment… vraiment beaucoup.

Julie s'est arrêtée et a baissé les yeux.

La redingote sur laquelle nous étions assis avait une tache sombre et la petite robe que j'avais achetée pour elle à La Nouvelle-Orléans était sale aussi.

– Avec un peu de chance, ce n'est pas grave, ai-je essayé de bafouiller. Peut-être que… enfin… je dis peut-être, hein… que tu t'es blessée… là ?

Je ne sais pas pourquoi j'ai dit une chose pareille, mais c'était tout sauf une bonne idée.

Julie s'est levée d'un bond, a arraché la redingote de sous mes fesses et l'a serrée contre elle.

– Edward Brown, tu n'es qu'un crétin.

Sur ces mots, elle a couru vers les arbres.

Deux heures plus tard, P'tit Trois était de retour. Il m'a fièrement montré les oiseaux qu'il avait tués avec sa fronde puis les a plumés avant d'allumer un feu pour les rôtir.

J'aurais bien voulu l'aider mais la vue du sang m'a fait repenser à ce qui était arrivé à Julie. Cela m'a retourné l'estomac.

– Très bien, s'est exclamé P'tit Trois d'un ton légèrement blessé. On mangera ces petites merveilles tout seuls, Min et moi.

Le premier volatile avait déjà été dévoré quand Julie est revenue au campement. Elle portait la redingote de Jack dans laquelle elle s'était drapée, comme dans une tunique. Le manteau était humide, il venait d'être lavé dans l'eau d'un ruisseau.

Au creux de sa main, Julie serrait sa petite robe roulée en boule comme du papier journal. Sans un mot, elle l'a jetée au milieu des flammes.

– Mais qu'est-ce que tu fais ? a demandé P'tit Trois. Qu'est-ce qui vous prend, tous, aujourd'hui ?

– Ma robe était bonne à jeter, a répliqué Julie. Et puis j'avais froid, je serai mieux avec le manteau.

À ces mots, elle m'a jeté un regard qui signifiait : « Ne dis pas un mot, Eddie Brown, et ne parle plus jamais de ce qui s'est passé. »

J'ai haussé les épaules et fait timidement oui de la tête.

Dans l'après-midi, de gros nuages noirs se sont massés au-dessus du petit bois d'érables et il s'est mis à pleuvoir.

Nous avons tenté de nous abriter sous les branches mais cela ne nous a pas empêchés de finir trempés jusqu'aux os.

Vers le coucher du soleil, sous un vent froid et une pluie battante, nous sommes revenus du côté de la voie ferrée. Nous sommes restés là, tout tremblotants, à attendre le train pendant deux bonnes heures. Finalement, la locomotive a surgi au beau milieu de la plaine et s'est rapprochée de nous en prenant tout doucement de la vitesse.

Nous nous sommes agrippés tous les quatre à l'un des derniers wagons et nous avons grimpé à l'intérieur. Cette fois, il n'était pas rempli de veaux mais de meules de foin et de fourrage.

Tant mieux, on serait au sec et au chaud.

Une fois débarrassés de nos vêtements, nous nous sommes glissés dans les ballots. Un instant plus tard, nous étions endormis.

Et c'est ainsi, plongés dans le sommeil, avec la tempête qui faisait rage, que nous sommes arrivés au terme de notre voyage.

La grande ville. Chicago.

TROISIÈME PARTIE

LA VILLE

CHICAGO DAILY TRIBUNE

NO.130 CHICAGO, MONDAY, MAY 9, 1904 5 ¢

TENTATIVE DE CAMBRIOLAGE CHEZ WALKER & DAWN !

CHICAGO – Dans la nuit de samedi à dimanche, un inconnu s'est introduit dans les entrepôts de Canal Street, non loin de la gare de chemin de fer. Grâce à l'intervention providentielle d'un gardien de nuit, le cambriolage n'a pas eu lieu. Le voleur a pris la fuite et n'a pu être identifié…

20

TENTATIVE DE CAMBRIOLAGE CHEZ WALKER & DAWN !

Maman m'appelle « L'autre ». D'habitude, elle rajoute un mot derrière, au hasard. « L'autre imbécile. » « L'autre idiote. » « L'autre bonne à rien. » Quand elle est de bonne humeur, elle m'appelle simplement : « L'autre, là. »

Eddie, lui, m'appelle « Julie ». Il le dit tout bas, comme si c'était un nom précieux qui se casse si on s'en sert trop. C'est aussi pour ça que je l'aime bien, Eddie.

P'tit Trois m'appelle « Joju » ou « Jolie Julie ».

Mon frère ne m'appelle jamais, mais ce n'est pas grave puisque je sais toujours quand il a besoin de moi.

Et pour finir, moi, je sais que je suis « la fille qui ne peut pas pleurer » car ça ne m'est jamais arrivé.

Mais attention : j'ai beau ne pas pleurer, ça ne veut pas dire que je suis heureuse. Au contraire, je ne me sens presque jamais heureuse, sauf quand je suis avec Min et mes amis. Dans ces cas-là, j'ai subitement l'impression que le soleil revient, j'ai envie de fermer les yeux, de sourire et de me mettre à danser.

La vérité, c'est que je sais très bien me replier sur moi-même, voilà pourquoi je ne pleure pas : dans ces moments-là, je deviens aussi calme et forte qu'une tortue des marais, avec cette carapace dure, très dure, qui résiste même aux coups de fusil. Ma carapace est peut-être invisible, mais je sais qu'elle est là. Elle me protège, et rien ne peut plus m'atteindre.

Si maman crie après moi parce que j'entre dans la cabane quand elle est avec quelqu'un, je ne m'en aperçois même pas. Si je pense à une chose qui me fait peur, je la glisse dans un coin secret de ma tête, je ferme la porte à clé et je sais qu'elle restera là.

C'est une technique qui marche presque à tous les coups. Mais ça n'a pas été le cas la nuit de notre arrivée à Chicago : on était fatigués, trempés, et je me sentais ridicule, enveloppée comme ça dans la redingote de Jack. Et je n'arrivais toujours pas à regarder Eddie dans les yeux.

J'avais eu tellement honte que j'avais passé une heure au bord de ce ruisseau à essayer de nettoyer la robe (celle qu'il m'avait offerte, c'était la plus belle chose que j'aie jamais eue). J'avais eu envie de m'enfuir et de ne plus revenir. Comme les taches de sang ne partaient pas, j'avais dû tout jeter dans les flammes, c'était la seule solution.

À ce moment-là, Ed m'avait fixée et j'avais fait semblant de rien. Histoire de jouer les dures, comme d'habitude, j'avais refusé de lui parler pendant tout l'après-midi.

Qu'est-ce que je pouvais dire ? Il avait sûrement dû penser que j'étais dégoûtante et bête.

À peine entrés dans le wagon, P'tit Trois, Ed et Min avaient retiré tous leurs vêtements avec cette nonchalance naturelle qu'ont tous les garçons et s'étaient glissés dans le foin sec en ricanant et en piaillant. P'tit Trois m'avait proposé de tourner la tête le temps que je me déshabille mais je n'aurais jamais eu l'intention de faire une chose pareille devant eux. Du coup, j'ai dit que la redingote était sèche et que ça irait très bien, merci.

Mais ce n'était pas vrai : le manteau de Jack était trempé, il était froid et il grattait. Je me suis pelotonnée pour me réchauffer dans le foin et, un bref instant, j'ai imaginé qu'Eddie viendrait près de moi pour me serrer fort dans ses bras.

Je l'aimais bien, Eddie. Pour être honnête, j'aimais aussi P'tit Trois, mais autrement. P'tit Trois était plus beau, plus fort et plus sauvage, comme un esprit des bois. Mais on aurait dit qu'Ed me comprenait, et cela ne m'arrivait pas souvent. C'était comme s'il avait un pouvoir étrange qui lui permettait de percer ma carapace et d'entrer en moi, au plus profond de moi, là où se trouve ce petit bout de charbon ardent et chaud que je m'efforce toujours de protéger.

Après avoir passé un moment à rêvasser, roulée en boule, je me suis endormie, ballottée par le bruit sourd du train. C'est là que le *Cauchemar** est venu me rendre visite.

Le Cauchemar est une espèce de gnome, mais méchant. Il est gros et il a un visage tout ridé, des oreilles pointues et un nez biscornu qui ressemble à une patate. Il s'approche des gens qui dorment, il s'assied sur leur dos ou sur leur ventre et leur apporte des mauvais rêves. Cette nuit-là, il m'a apporté un souvenir. Le souvenir des flammes.

Des hommes à cheval entouraient notre maison, à la plantation. Leurs visages étaient cachés par des foulards et ils avaient des torches. L'un d'eux avait une croix dessinée sur le torse et un drapeau avec trois lettres inscrites dessus : K-K-K.

À l'époque, je lisais depuis peu, c'était Ed qui m'avait appris à l'aide d'un vieux livre, mais j'ignorais pourquoi le révérend Thompson avait un drapeau avec trois K. La croix, oui, ça se comprenait, le révérend reste toujours un révérend.

Ces torches me faisaient peur. Maman a fini par sortir de la cabane et a interpellé tous ces types par leur nom : elle les connaissait et ils venaient parfois la voir, la nuit, pour passer inaperçus. M. Dubois et M. Travert, M. Fabron et M. Flinch, M. Mercier : qu'est-ce qu'ils fichaient là, à effrayer une pauvre veuve ?

Le révérend a crié que maman devait leur remettre Min, car c'était un enfant du péché. Comme maman refusait, les hommes ont menacé de brûler la maison et, pour bien montrer qu'ils ne plaisantaient pas, ils ont incendié les rosiers, la seule chose qui était jolie chez nous.

Là-dessus, ils se sont enfuis mais je suis restée, à regarder les flammes, la peur au ventre.

Je me suis réveillée trempée de sueur. Il m'a fallu un moment pour comprendre que j'étais toujours dans le wagon et que tout allait bien : ce n'était que le Cauchemar, il était venu ouvrir une porte qui aurait dû rester verrouillée.

Quelqu'un s'est approché dans le noir, mais je n'avais pas besoin de voir pour deviner que c'était Min. Mon frère s'est serré contre moi. Il était tout chaud, tout sec. J'ai ébouriffé ses cheveux crépus qui ressemblaient à de la limaille de fer et j'ai repensé à cette boutique de Memphis où ils avaient refusé de lui donner un peu de limonade. P'tit Trois et Eddie avaient été abasourdis. Ils ne connaissaient pas nos souvenirs des flammes.

Min s'est tout de suite endormi, et l'entendre respirer calmement m'a aidée à me sentir mieux, moi aussi. Le Cauchemar était parti. Après tout, ce n'était qu'un mauvais rêve. Dès le lendemain, j'aurais tout oublié.

Ou pas.

– Attention à la rampe, Ted, accroche-la bien !

– Je les emmène où ?

– Ces veaux-là, ils vont à l'enclos 42.

– Mais j'ai déjà amené ceux du deuxième au 42…

– Alors tu t'es gouré ! Le deuxième, c'était pour le 37 et le 41.

– T'es sûr ?

J'ai ouvert les yeux mais il faisait encore sombre dans le wagon. Et quelque chose n'allait pas.

– C'est bon, j'ai compris, je m'en occupe…

– Et moi, je fais quoi ?

– Il y a le foin à décharger dans les deux derniers wagons.

– Mais John !

– Si tu n'avais pas mis tout ce merdier, ça n'aurait pas été pour ta pomme.

D'abord, il y a eu le bruit. Des voix d'homme qui hurlaient à pleins poumons, le mugissement de centaines de veaux, le martèlement des sabots.

– T'es pas mon chef, tu peux pas me donner d'ordres.

– T'as raison, je vais laisser Burt se rendre compte que les veaux du deuxième wagon sont à la place de ceux du troisième, et là…

Il y a alors eu ce drôle de silence autour de nous, comme si le bruissement du vent et les soubresauts des roues sur les rails s'étaient arrêtés d'un coup.

En un clin d'œil, j'étais debout, la redingote serrée contre moi, les cheveux en bataille.

J'ai murmuré :

– P'tit Trois !

– Hein ?

J'ai atteint l'endroit d'où venait le bruit et envoyé un coup de poing au hasard.

– Aïe !

Ça, c'était la voix d'Eddie.

– Réveillez-vous ! Il y a quelque chose qui ne va pas… Le train s'est arrêté et on n'est pas descendus à temps !

Dans l'obscurité presque totale, j'ai entrevu le visage de P'tit Trois qui émergeait de la paille.

– Qu'est-ce que tu as dit ?

J'ai soufflé :

– Chicago. J'ai peur qu'on soit arrivés… Les employés déchargent les wagons.

– On est arrivés ?

– Tu ne comprends pas ? On aurait dû sauter plus tôt, ils vont nous repérer !

Eddie et P'tit Trois se sont extirpés des bottes de foin, nus et glabres comme des bébés de souris, et ils se sont dépêchés de ramasser leurs vêtements qu'ils avaient mis en tas.

J'ai attrapé Min d'une main et la valise de l'autre. J'avais la chair de poule. On était pris au piège. On n'avait aucun endroit par où nous enfuir.

Il y a eu un grand *CLANG*, puis la portière du wagon a coulissé dans un bruit de ferraille assourdissant. Je me suis retrouvée face à un employé. Il avait une casquette chiffonnée et une fourche.

Il a dit :

– Hé… Hé, vous ! Vous avez rien à faire là !

Oh, j'en étais bien consciente. Alors que le bonhomme finissait de parler, mes jambes s'étaient déjà mises en mouvement.

J'ai sauté dehors en serrant Min si fort que j'aurais pu lui briser les os et j'ai couru droit devant moi.

Le train était à l'arrêt sur une voie de garage, entouré par de grands enclos pour le bétail. Des beuglements résonnaient dans l'air, on voyait les baraquements sombres des abattoirs et, encore au-delà des immeubles de Chicago, des bâtiments en pierre hauts comme des tours.

Je me suis rappelé que les côtés des wagons portaient l'inscription UNION STOCKYARD, en d'autres termes le « dépôt à bétail de l'Union ». On avait tout l'air d'être tombés en plein dedans. Mais je n'avais jamais vu un endroit aussi immense, c'était encore plus grand que la plantation des Mc Coy. Comme je ne savais pas où aller, j'ai pris une direction au hasard et j'ai entendu P'tit Trois et Eddie qui contournaient l'employé à la fourche avant de courir derrière moi.

P'tit Trois m'a rattrapée en deux enjambées. Sans même ralentir, il a saisi Min et l'a hissé sur son dos comme un cavalier sur sa monture.

J'ai hurlé :

– Par là !

– Ils nous suivent ! a crié Ed.

Je me suis retournée : trois employés s'étaient péniblement lancés à nos trousses. Leurs bottes creusaient des empreintes sombres dans la gadoue. J'ai pris un virage brusque entre deux enclos, l'espace était si étroit que les museaux tristes des veaux frôlaient mes cheveux. J'ai encore tourné à droite, puis à gauche. Face à moi, un baraquement. La sortie était peut-être par là !

Hélas, je me suis retrouvée prise au piège entre deux hangars, avec un caisson métallique en travers de la route. Mince, un cul-de-sac !

P'tit Trois avait le visage écarlate, Eddie semblait désemparé. Les employés ont tendu les bras pour nous empêcher de fuir.

– Arrêtez ! a ordonné l'un d'eux.

– N'aggravez pas votre cas, a prévenu un autre.

– On n'aime pas les passagers clandestins, a renchéri un troisième. Mais on connaît des gens qui s'occupent des petits saligauds comme vous.

Ils nous ont attrapés sans ménagement et nous ont conduits dans un des abattoirs. C'était une grande pièce au plafond bas, oppressante ; l'odeur du sang rendait l'air irrespirable.

Le sol visqueux a détrempé en un clin d'œil mes petites chaussures rouges et je me suis sentie mal. Partout, il y avait des types costauds avec de longues moustaches et des tabliers noirs. Ils lavaient des bassines en métal, découpaient des morceaux de viande, pendaient des quartiers de bœuf à de gros crochets fixés au plafond.

Je n'avais jamais vu une chose pareille. À la plantation, les jours où on tuait un cochon ou un veau étaient l'occasion de faire une grande fête : les voisins venaient de plusieurs miles à la ronde, tout le monde mettait la main à la pâte. Le soir, on s'amusait et on dansait autour du feu. Maman n'était presque jamais invitée, mais j'arrivais généralement à quitter la cabane pour me cacher dans les fourrés. De là, j'observais le spectacle avec des yeux émerveillés.

Je n'avais jamais eu de peine pour le cochon qu'on tuait. C'était dans l'ordre des choses, non ? J'aimais manger des steaks, tout comme un alligator serait heureux de me manger si je m'approchais de sa bouche pleine de dents. Et puis la mort d'un cochon permettait à tant de gens de surmonter l'hiver.

Mais cette fois, dans cet abattoir de Chicago, tout était différent. On avait l'impression de se retrouver au milieu d'un carnage, parmi des créatures démoniaques ou des soldats sur le champ de bataille. Je regardais les yeux éteints des bêtes, sans pouvoir penser à autre chose.

On nous a fait monter jusqu'à l'étage supérieur où courait un long couloir. Ils ont ouvert la porte d'une pièce pour nous balancer à l'intérieur.

C'était un débarras rempli de balais, de seaux et de morceaux de savon. Je les ai observés avec envie car je n'avais jamais eu autant envie de prendre un bain, de me frotter la peau pendant des heures.

– Qu'est-ce qui va nous arriver, maintenant ? a demandé Ed.

J'ai soupiré :

– Ils nous ont pris la valise. On est cuits.

– Pourquoi ? C'est Min qui a la montre, s'est exclamé P'tit Trois avec un petit sourire.

– C'est vrai, ai-je répondu. Sauf qu'on a mis le portefeuille de Jack dans la valise. Sans compter les documents et la lettre de Walker & Dawn.

4 CHICAGO DAILY TRIBUNE — MONDAY, MAY 9, 1904

LE CATALOGUE PRIS POUR CIBLE !

(suite de la page 1)

« Avec l'obscurité, j'avais du mal à le voir » : voici ce qu'a déclaré Mister Robinson, le gardien qui a mis le malfaiteur en fuite. « Il fouillait dans la marchandise en cours d'expédition. J'ai tiré trois coups de revolver en l'air, en guise de sommation, et le voleur s'est mis à courir. Il a disparu avant que je puisse l'arrêter… »

21

LE CATALOGUE PRIS POUR CIBLE !

La porte s'est ouverte et on a vu surgir l'employé qui nous avait poursuivis avec sa fourche. Avec lui, il y avait aussi un policier et un petit bonhomme bossu avec une face de citron.

Moins d'une heure s'était écoulée depuis qu'on avait été enfermés dans le débarras. Entre-temps, j'avais convaincu Min de me laisser sa montre adorée et je l'avais cachée sous mon manteau. Autant cacher aux uns et aux autres qu'on avait ça sur nous. Pour le moment, du moins. On a été conduits dans une petite pièce qui puait la sciure mouillée, sans aucun meuble en dehors de trois chaises bancales. J'ai cru qu'elles étaient pour les adultes, mais Face-de-citron nous a ordonné de prendre place. Je me suis assise avec Min sur mes genoux.

J'étais nerveuse. Les adultes me rendaient toujours nerveuse, et puis ceux-là venaient de la ville, ils avaient des airs pincés comme certains voyageurs qui s'arrêtaient dans notre cabane, là-bas, dans le bayou. Ils se mettaient sous l'auvent pour boire du rhum en me lançant des regards appuyés, très appuyés.

J'ai décidé d'être aux aguets, de me concentrer sur ma carapace invisible. Ces hommes verraient la Julie dure comme un roc, celle que rien ni personne ne peut briser.

Pendant ce temps, Face-de-citron avait attrapé un bloc-notes.

– Bien, a-t-il commencé. Je suis l'inspecteur Byrne, de la police de Chicago. Et vous, vous êtes dans un sacré pétrin.

Il avait une voix aiguë, presque une voix de femme, et des yeux toujours en mouvement.

– Maintenant, de deux choses l'une. Vous pouvez me dire la vérité, et plus vite que ça, ou me créer des problèmes. Ce qui serait une erreur encore plus grave que celle qui vous a fait atterrir ici. C'est clair ?

Ce n'était même pas la peine de répondre. J'ai essayé de garder mon calme, car Min pouvait sentir mon inquiétude et je n'avais pas envie qu'il se mette à pleurer ou quelque chose dans ce goût-là.

– D'abord, dites-moi vos noms et prénoms, a ordonné l'inspecteur Byrne.

Eddie a répondu le premier :

– Je suis Eddie Brown… On vient de la Louisiane… et…

Le policier lui a jeté un regard glaçant. Puis il a fixé P'tit Trois.

– Peter Chevalier, a déclaré mon ami en butant sur les mots comme s'il ne se rappelait plus qui il était.

À mon tour, j'ai dit :

– Je suis Julie Dart. Et lui, c'est mon frère Francis.

J'étais contente car j'avais parlé d'une voix plus assurée que les autres. Je ne me suis pas tout de suite rendu compte que l'employé avait rougi. Byrne, lui, s'est contenté de faire remarquer :

– Mais il est noir.

J'ai soutenu son regard avec tout l'aplomb dont j'étais capable :

– Francis est noir parce que *son* père l'était. Mais *notre* mère est blanche.

Byrne a simplement griffonné quelque chose sur son calepin.

– Bien, a-t-il continué. Vous prétendez venir de Louisiane. Et vous seriez arrivés à Chicago en voyageant clandestinement à bord d'un train de marchandises de l'Union Stockyard. Au cas où vous l'ignoreriez, cela constitue un délit.

Aucun de nous n'a réagi.

– En outre, vous avez été retrouvés en possession d'une valise en cuir qui contenait les effets personnels d'un certain Mister Richard Norton Bolton, parmi lesquels son portefeuille. Tout cela est-il exact ?

– Oui, a répondu Ed.

On avait convenu qu'il se chargerait des réponses. En règle générale, P'tit Trois était très embrouillé, et moi…

eh bien, j'étais une fille. Les adultes avaient tendance à ne jamais me prendre au sérieux, et il y avait des fois où cela me faisait littéralement bouillir.

Byrne a fixé Edward :

– J'ai déjà envoyé un télégramme à la police de La Nouvelle-Orléans pour demander si ce Mister Bolton avait porté plainte pour le vol de sa valise. En attendant leur réponse, je vous offre l'opportunité de tout me raconter avant que je ne finisse par le découvrir.

Eddie s'est gratté les genoux de ses longs doigts, comme pour se donner du courage. Il a alors expliqué qu'on vivait au sud de La Nouvelle-Orléans, qu'on était amis et qu'on n'avait rencontré aucun Richard Norton Bolton. Ce qui n'était pas à proprement parler un mensonge, vu qu'il s'était présenté sous le nom de Jack.

Eddie a ensuite expliqué qu'on avait trouvé la valise au milieu du bayou et qu'on avait décidé de la rapporter à Chicago, au siège de Walker & Dawn, avec l'espoir de la rendre à son légitime propriétaire.

Ce n'était pas la vérité vraie, mais ça y ressemblait un peu.

– Ho ho ! a commenté l'inspecteur Byrne en griffonnant autre chose dans son carnet. Vous êtes donc partis tous les quatre avec armes et bagages, sans rien dire à vos parents, et vous avez traversé les États-Unis pour rendre une valise égarée.

– Oui ! a acquiescé Eddie avec un sourire.

– Et vous n'avez pas songé un instant à avertir un

adulte, la police de La Nouvelle-Orléans ou celle du village dont vous venez, ni même à demander de l'aide à quelqu'un ?

– Euh… non, a admis Eddie – qui souriait déjà moins que tout à l'heure.

– Vous n'avez même pas eu l'idée d'envoyer un télégramme ici, à Chicago, pour demander à la société Walker si cette valise appartenait effectivement à un membre de leur personnel ou s'ils souhaitaient la récupérer ? Bref, sans vous poser trop de questions, vous vous êtes mis en route.

– Plus ou moins, a confirmé Eddie – qui ne souriait plus, c'était une évidence.

Byrne a reposé son calepin. Sa face de citron avait pris une teinte jaunâtre qui ne me plaisait pas du tout.

– Vous vous rendez compte, j'espère, que c'est l'histoire la plus absurde que j'aie jamais entendue. Vous me faites perdre mon temps, et mentir à un officier de police constitue un autre délit. Par conséquent, je vous le demande une bonne fois pour toutes : qu'êtes-vous venus faire ici ?

Eddie m'a lancé un coup d'œil désespéré. Comme je n'en pouvais plus de cet interrogatoire, j'ai dit :

– Monsieur l'inspecteur, chaque mot de ce que vous a raconté Eddie est vrai. Nous n'avons plus rien à ajouter.

Byrne ne m'a même pas regardée, comme s'il n'avait pas remarqué que quelqu'un avait parlé. Et il a poursuivi, toujours à l'intention d'Eddie :

– La valise contenait une lettre adressée à Mister Bolton que vous avez certainement lue. Elle fait allusion à une montre manifestement d'une grande valeur. J'imagine que vous ne l'avez jamais vue et qu'au moment où vous avez *trouvé* la valise de Bolton cette montre ne s'y trouvait pas.

– Aucune montre, non, a confirmé Eddie.

– Alors vous ne verrez aucun inconvénient à ce que l'agent Smithers vous fouille.

Smithers, c'est-à-dire le policier, nous a demandé de nous lever pour fouiller P'tit Trois, puis Eddie, puis mon frère.

Quand mon tour est venu, je lui ai fait signe de ne pas essayer de me toucher, ni même de me frôler, et j'ai retourné les poches du manteau pour lui montrer qu'elles étaient vides.

– Je n'ai rien en dessous, me suis-je exclamée d'un air de défi. Je dois me déshabiller devant tout le monde ?

L'agent Smithers s'est raclé la gorge, et mes amis avaient eux-mêmes l'air assez gênés. Quant à Byrne, on aurait dit qu'il avait été forcé d'avaler une cuillère d'huile de foie de morue.

– Je ne crois pas que ce sera nécessaire, a-t-il fini par répondre. D'ici deux jours, on m'écrira de La Nouvelle-Orléans et je saurai vraiment de quoi il retourne. Si cela ne donne rien, je n'aurai qu'à vous inculper de vol et de resquillage. Je me débarrasserai de vous quoi qu'il arrive.

L'inspecteur a souri, comme si cette perspective le réjouissait.

Après quoi, le policier a attrapé P'tit Trois d'une main, Eddie de l'autre, et les a arrachés à leur chaise.

– Vous venez avec moi.

Il a ensuite réfléchi un instant et ajouté :

– Toi aussi, tu viens.

J'ai marché vers la porte sans lâcher Min, mais Smithers a grogné :

– Repose-le, gamine. C'est le Noir qui vient avec moi. Pas toi.

Je suis restée là, debout, avec Min dans mes bras, comme un poupon. Soudain, un froid glacial m'a envahie.

Byrne a ricané avec un couinement de souris :

– Tant que nous n'aurons pas le fin mot de cette histoire, la police de Chicago vous confiera à une structure éducative qui s'occupera de vous. Il va sans dire que tes amis finiront dans une institution pour garçons. Et toi, dans une institution pour filles.

– Quoi ? me suis-je écriée. Mais… nous avons toujours été ensemble…

– Pas cette fois.

D'un geste décidé, l'inspecteur a attrapé Min pour l'arracher à moi.

Ma carapace en cristal a volé en morceaux dans une cascade d'éclats scintillants. J'ai crié et je me suis débattue, j'ai donné un coup de pied à Byrne, mais il l'a esquivé et m'a giflée violemment. Mon visage s'est embrasé, j'ai perdu l'équilibre et je suis tombée avec Min sur moi.

Mon frère s'est mis à pleurer en hurlant à la mort, comme chaque fois qu'il est vraiment terrorisé. J'ai tenté de me relever mais j'ai vu les lèvres de Byrne se tendre alors qu'il me disait :

– N'essaie même pas.

J'ai poussé un cri de terreur, et l'employé s'est saisi de Min pour le charger sur son épaule comme un sac de farine. P'tit Trois et Eddie semblaient paralysés. Moi aussi : je criais, je criais, c'est tout.

– Partons d'ici avant qu'un drame éclate, a dit l'agent Smithers.

Il a ouvert la porte, j'ai entendu le mugissement lointain des veaux, et Byrne a attrapé mes poignets d'une main aussi dure que des menottes.

– On s'en va, nous aussi.

Il m'a traînée dehors. Au même moment, en plein dans la lumière de l'embrasure de la porte, j'ai vu Min qui pleurait. Quelque chose au fond de moi s'est déchiré, quelque chose de beau et d'immaculé que personne n'avait osé toucher jusque-là.

Je hurlais encore quand Byrne m'a poussée à l'étage inférieur, d'abord dans la grande salle de l'abattoir, puis dans la rue, au milieu des immeubles, des voitures, des gens.

– Ferme ta grande trappe ou tu vas le regretter, a-t-il grogné méchamment.

J'ai craché par terre et il m'a encore giflée. Ce qui m'a calmée, en un sens.

Crier ne servait à rien. Je devais trouver le moyen de réagir et de me battre. Mais comment ? Je ne savais pas où étaient passés Min et les autres, et si j'essayais de m'échapper, on me rattraperait en un clin d'œil, c'était sûr et certain.

L'inspecteur m'a fait monter dans une petite calèche noire dont il a pris les rênes. J'ai regardé la ville autour de moi. Chicago. Arriver jusqu'ici nous avait coûté tant d'efforts. P'tit Trois avait quitté le bayou pour devenir riche, lui qui avait toujours rêvé d'être quelqu'un d'important et de donner libre cours à son incroyable énergie. Eddie, lui, était parti par curiosité, pour combler ce regard insatiable et cette envie de comprendre, de toujours savoir ce qui se cachait derrière le virage tout au bout de la route.

Et moi ? Moi, j'étais partie à l'aventure pour être libre. Et on venait justement de me priver de ce qui comptait le plus pour moi.

Tant pis. Je me battrais pour le récupérer.

THE ST. LOUIS REPUBL
WORLD'S FAIR
CHICAGO DAILY TRIBUNE
4 ¢
CHICAGO, TUESDAY, JULY 10, 1900
NO.191
PERPÉTUITÉ POUR L'ASSASSIN DE MISS DAWN !
CHICAGO – Hier, à midi, la Cour suprême a mis un terme au procès du terrible meurtre du Nouvel An qui a coûté la vie à Miss Dawn. Après six heures de délibération à huis clos, le jury a condamné Mister Robert F. Darsley à la prison à vie. Une sentence clémente dans la mesure où de nombreuses personnes pariaient sur la peine capitale…
PINE STREET
ENCOUNTER
"THE GREATEST BLOW EVER SUFFERED.
—CHIEF DESMOND.
Gangway in rear of No. 1224 Pine where Detective Shea died.

22

PERPÉTUITÉ POUR L'ASSASSIN DE MISS DAWN !

L'institution se trouvait dans la banlieue de Chicago. On a mis un petit bout de temps pour y arriver : si Saint-Louis était une grande ville, Chicago était tout bonnement gigantesque, une véritable profusion de maisons, d'immeubles, de tramways et de rues surélevées.

Pendant tout le voyage, je n'ai pas échangé un mot avec l'inspecteur Byrne. Je suis restée là à écouter les bruits de la ville, le claquement des sabots du cheval et le grand bruit de ferraille des roues.

La calèche s'est arrêtée devant un haut portail qui scellait un mur tout hérissé de piques. Près de la cloche, une plaque disait : MAISON DE CORRECTION ST. MARY.

– Tu me caches quelque chose, gamine, a sifflé Byrne. Mais je connais une bonne façon de t'adoucir un peu.

Je lui ai répondu par un petit sourire insolent. Je lui ferais payer ça, d'une manière ou d'une autre.

Min n'avait jamais été éloigné de moi. Jamais. Pas un seul jour depuis sa naissance.

Je n'étais qu'une gamine, Byrne et la police étaient trop puissants pour que je puisse les affronter. Mais ce n'était pas une raison pour courber l'échine : le bayou m'avait appris qu'une simple pluie, goutte après goutte, peut acquérir assez de force pour faire céder les digues d'un fleuve.

Entre-temps, deux femmes étaient venues ouvrir le portail. Elles étaient grosses comme des collines, avec des cheveux sales et un épais duvet sur la lèvre supérieure.

Byrne m'a poussée dans leur direction.

– J'ai téléphoné à la directrice ce matin. Elle est déjà au courant de tout, a-t-il dit avant de me sourire. Tu vas voir, petite peste, passer deux jours ici te déliera la langue.

De l'autre côté du mur, il y avait un jardin aux arbres pelés, quelques espaces clôturés qui devaient être des potagers et, au fond, un bâtiment en briques rouges. Il était carré, lugubre, et toutes les fenêtres avaient des barreaux, sans exception. C'est là que j'ai eu une illumination : St. Mary n'était pas une école. C'était une prison.

Plusieurs filles travaillaient dans le parc, elles taillaient les haies et poussaient des brouettes. Elles avaient des yeux couleur poussière, des vêtements assortis, et elles marchaient bizarrement. Il m'a fallu quelques secondes avant de comprendre pourquoi : chacune d'elles portait un épais anneau en fer auquel était fixé un énorme boulet en fonte qu'elles devaient traîner derrière elles à chaque pas.

J'ai demandé à mes gardiennes :

– On va me donner un uniforme et… ces chaînes… à moi aussi ?

Pas de réponse. Cela voulait sûrement dire oui. J'ai repensé à la bourse, avec la montre à l'intérieur, elle brinquebalait encore dans la manche de mon manteau. La lanière était passée autour de mon épaule, comme un sac pour dame. J'avais réussi à ne pas être fouillée par Byrne, mais cette fois on me demanderait de me déshabiller et ce serait fichu.

Alors j'ai bondi. D'instinct. Sans réfléchir. Et je me suis mise à courir, tête baissée, vers un groupe de pins, malgré la gadoue qui collait à mes chaussures rouges.

Tout en courant, j'ai ouvert le manteau que j'ai fait glisser sur mes épaules. La redingote est tombée par terre et je me suis retrouvée toute nue. En attendant, j'étais parvenue à récupérer la bourse que j'ai serrée contre ma poitrine. Une fois au pied des arbres, j'ai laissé tomber le petit sac dans la boue avant de l'enfoncer du bout du pied.

Je me suis écartée, le souffle court, et les gardiennes se sont jetées sur moi. Elles m'ont giflée de toute la force de leurs bras de lutteuses. Par comparaison, les coups de l'inspecteur Byrne n'étaient que des petites tapes affectueuses. Le goût métallique du sang a envahi ma bouche et j'ai reculé, en rampant dans la boue. Je n'ai pas pleuré. J'étais la fille qui ne peut pas pleurer.

Les deux femmes se sont installées sur moi et m'ont encore frappée. Cette fois, j'ai craché une dent entière mais je n'ai même pas laissé échapper un gémissement. Elles m'ont ensuite arrachée du sol comme si j'étais une poupée de chiffon et m'ont chargée sur leur dos.

Sans dire un mot, elles m'ont ramenée à l'école nue comme un ver. La redingote était restée par terre, derrière moi, telle une peau de serpent après la mue.

Il m'a suffi d'un après-midi pour comprendre le fonctionnement de cette maison de correction. C'était simple. C'était horrible, aussi.

Si vous suiviez les règles, vous n'aviez pas de problèmes. Si vous ne les suiviez pas, vous étiez punie. L'ennui, c'était que les règles étaient trop nombreuses, et trop absurdes. On était donc toujours punies. La seule chose à faire, c'était tenir bon et tâcher de ne pas se faire pincer la fois suivante.

Pour sortir de cet endroit, j'allais devoir être forte, encore plus qu'en temps normal, sans quoi je risquais d'être taillée en pièces. C'est ainsi que marchent les choses, dans la forêt.

À peine entrée, j'ai reçu un uniforme. Enfin, un sac en toile grossier, serré au niveau de la taille par une corde. On m'a également fixé un anneau à la cheville, si lourd et si serré que mon sang ne circulait plus et faisait gonfler mon pied.

Cet anneau (une manille, m'a-t-on ensuite précisé)

servait à fixer le boulet en fonte quand il fallait sortir dans le jardin. À l'intérieur du bâtiment, on nous passait une chaîne attachée aux pieds des autres filles pour former des petits groupes de dix. Chaque petit groupe était appelé une « classe », comme à l'école. Mais les mines sombres qui m'entouraient étaient bel et bien celles de jeunes prisonnières, dont les chaînes cliquetaient avec un bruit sourd.

Comme de nombreuses classes étaient réunies dans les parties communes, on voyait se créer un enchevêtrement de chaînes qui couraient à ras de terre, au risque de nous faire trébucher. Puisque celles qui tombaient étaient naturellement punies, tout le monde avait peur et veillait bien à ne pas mettre les pieds au mauvais endroit.

Moi aussi, j'avais peur. Eddie et P'tit Trois essayaient certainement de prendre soin de mon frère, mais j'étais la seule à connaître vraiment Min, et il avait besoin de moi. Je devais survivre à St. Mary. Tôt ou tard, je serais de retour auprès de lui.

Il y avait environ trois cents filles avec moi au sein de l'établissement. La plupart étaient noires, mais il y avait aussi beaucoup d'Italiennes et d'Irlandaises qui attendaient presque toutes d'être jugées pour un délit quelconque, d'être libérées ou de finir dans une autre maison de correction, plus importante, à l'autre bout de l'État.

Cet endroit n'était qu'un lieu de passage.

J'avais passé l'après-midi à faire la queue, en attendant qu'on me remette mon linge et qu'on m'assigne un lit (qui n'était d'ailleurs qu'une couverture étendue par terre dans l'un des dortoirs du dernier étage).

Finalement, on m'a enchaînée à un autre groupe de filles et on nous a conduites au réfectoire.

J'ai demandé à celle qui était devant moi :

– On mange quoi ?

– Du pain et de la soupe, m'a-t-elle répondu.

Puis, tout bas, elle a ajouté :

– C'est ce qu'on nous donne pour toute la journée, ça ne suffit jamais. Alors veille à ne pas te faire voler ta ration.

J'ai hoché doucement la tête en suivant la file qui menait aux marmites. J'étais la dernière de la chaîne. Une autre classe menée par une fille au visage grêlé s'est placée derrière moi.

Elle m'a demandé :

– D'où tu viens ?

J'ai répondu :

– Louisiane.

– C'est où, ça ?

– Dans le Sud.

Elle s'est mise à rire :

– Une petite campagnarde du Sud !

Nous étions arrivées devant la cantinière avec, à la main, une écuelle et un bout de pain déjà posé dedans. La fille derrière moi a continué de rire en faisant mine de rien. Soudain, elle a tendu la main et attrapé mon morceau de pain, l'air détaché, comme si elle était sûre de me voler ma pitance sans réaction de ma part.

Elle ne me connaissait pas.

De la main droite, j'ai attrapé *son* morceau de pain et j'ai donné un grand coup de pied pour la pousser. Le souffle coupé, elle a crié et s'est écrasée sur la marmite de soupe, en entraînant ses camarades qui ont toutes été éclaboussées par un brouet jaunâtre à l'odeur atroce. Le brouet n'était pas bouillant, certes, mais il était quand même très chaud. Tout cela a donné lieu à un beau remue-ménage. Les autres classes se sont écartées en créant un vide autour des malchanceuses. Dans le même temps, deux gardiennes sont arrivées et ont demandé ce qui s'était passé.

– Katy a trébuché ! a lancé une fille aux cheveux bruns qui m'a regardée droit dans les yeux. Elle a trébuché toute seule.

Plus tard, au dortoir, après l'extinction des feux, j'ai pensé à Min et aux autres, les yeux levés vers le plafond.

J'aurais aimé dire que j'étais sereine et courageuse, mais ce n'était pas vrai. Ce dortoir était un endroit horrible, plusieurs filles sanglotaient dans le noir en poussant des gémissements à fendre l'âme. Je n'arrivais pas à m'enlever de la tête que j'étais prisonnière et que je ne reverrais plus jamais mes amis.

J'étais paniquée, transie de froid et seule. Dans cette espèce de brouillard qui nous enveloppe avant le sommeil, les ombres de la pièce se confondaient avec d'autres ombres. Celles du buffet rempli de bouteilles, à la maison. Celles des yeux qui m'espionnaient en cachette, les fois où j'allais au village faire les commissions.

Je savais comment les gens m'appelaient et ce qu'ils pensaient de moi. Même si je faisais semblant de ne pas y accorder d'importance, je me sentais comme une moins-que-rien. J'aurais tellement voulu changer. Si seulement j'avais su comment faire !

Ils auraient tous été contents de me savoir enfermée ici, à St. Mary. J'avais eu ce que je méritais.

– Hé, toi !

Une voix m'avait appelée.

En me tournant sur le côté, dans l'obscurité, j'ai vu une fille ramper vers mon lit. Elle profitait du fait qu'on nous avait retiré nos chaînes pour la nuit.

Une fois qu'elle s'est approchée, je l'ai aussitôt reconnue : c'était celle qui avait accusé Katy d'avoir trébuché toute seule, à la cantine.

– Tu as eu du cran, m'a-t-elle soufflé. Je voulais que tu le saches, parce que c'est ta première nuit, et la première nuit, c'est difficile, d'habitude.

– Pas pour moi. Tout va bien.

Ce n'était pas vrai, mais je ne pouvais pas m'empêcher de porter mon masque de Julie-la-dure-à-cuire.

– Je t'ai apporté quelque chose ! a alors dit l'autre fille en me tendant un bout de tissu humide et sale que j'ai longuement manipulé sans parvenir à le reconnaître.

Et puis j'ai compris : c'était la bourse, avec la montre !

– Les filles t'ont vue la cacher au milieu des arbres, elles l'ont récupérée pour se la revendre entre elles.

– Et tu voudrais me la rendre ? En échange de quoi ?

Dans un endroit pareil, tout avait toujours un prix, c'était compréhensible.

La fille a souri :

– Tes chaussures. Je n'ai jamais vu de chaussures rouges, elles sont tellement belles. Et je pense qu'on porte à peu près la même taille.

Elle m'a indiqué ses pieds : elle avait de gros souliers en cuir abîmés qui semblaient durs comme du bois.

J'ai répondu :

– C'est d'accord.

Ces chaussures étaient un cadeau d'Eddie, et j'y tenais beaucoup, mais la montre était plus importante. Elle l'était pour Min, ce qui la rendait aussi inestimable à mes yeux, et cela l'emportait sur le reste.

J'ai attrapé la bourse que j'ai passée autour de mon cou, sous ma tunique. J'ai ensuite retiré mes chaussures et essayé celles de la fille : elles étaient trop petites et elles me faisaient mal. Mais ce serait supportable.

– Merci ! s'est-elle exclamée avant de repartir d'où elle était venue, toujours en rampant.

Mais je l'ai retenue :

– Attends !

C'était adorable à elle d'être venue jusqu'ici, dans le noir. Certes, elle voulait ces chaussures. Mais en un sens, elle avait également tenté de me consoler, et cela ne m'arrivait pas souvent. Non : ça ne m'arrivait même jamais.

J'ai murmuré :

– Comment tu t'appelles ?

– Rebecca, a-t-elle répondu. Et toi ?

– Julie.

– Ravie de te connaître.

Spontanément, elle a attrapé ma main avant d'ajouter :

– Si tu veux, on peut même être amies.

Avec un sourire, elle s'est éloignée, sans dire un mot ni me donner le temps de répondre.

Je suis encore restée éveillée un moment, à regarder le plafond.

Rebecca. C'était la première fois que j'avais une amie.

The Davenport Standard
7 CHICAGO DAILY TRIBUNE
FRIDAY, OCTOBER 13, 1899
DÎNER AUX CHANDELLES AU TERRACE GARDEN
Mercredi soir, Miss Dawn, la célèbre femme d'affaires, a été aperçue au Terrace Garden en compagnie d'un gentleman, un certain Mister Darsley, détective privé de son état. Ensemble, ils ont dîné aux chandelles. L'histoire ne dit pas si Mister Walker, le futur époux et néanmoins associé de Miss Dawn, était au courant de ce rendez-vous romantique…
By Chester Singleton
R. VAN WIE.

23

DÎNER AUX CHANDELLES AU TERRACE GARDEN

Je n'aurais jamais cru qu'un endroit aussi horrible que St. Mary, avec ses chaînes et ses punitions absurdes, pourrait m'aider à découvrir le secret de la montre et de la longue suite d'événements qui m'avait conduite du bayou jusqu'à Chicago. Mais parfois, les choses les plus surprenantes arrivent.

Les coïncidences aussi, même si c'est difficile à croire.

Le lendemain, je me suis réveillée toute frissonnante et avec la sensation d'avoir de la fièvre. Durant la nuit, la manille avait fait gonfler ma jambe. Mon pied était injecté de sang et battait comme un second cœur.

Je me sentais seule et loin de tout, mais cela ne m'a pas dispensée de me mettre en rang avec les autres, contre le mur, tandis que les gardiens nous répartissaient en classes (car il y avait aussi des hommes pour nous surveiller).

– Tu sais lire ? m'a demandé l'un d'entre eux.

C'était un type avec des favoris gris et un front aussi ridé qu'un papier chiffonné.

J'ai répondu :

– Oui.

– Alors de ce côté.

Je me suis dirigée à l'autre bout du dortoir, au milieu d'un groupe de filles plus âgées. Parmi elles, il y avait Rebecca qui m'a fait un clin d'œil, ça m'a aidée à me sentir mieux.

Après nous avoir enchaînées, le gardien nous a fait descendre jusqu'à une pièce en sous-sol. D'autres filles étaient déjà là, autour de grandes tables en bois brut. À leurs pieds, quantité de paquets fermement ficelés.

– On se revoit au coucher du soleil, a-t-il bougonné avant de refermer la lourde porte en fer derrière lui.

Mes camarades m'ont traînée jusqu'à la première table libre puis ont ramassé les paquets qu'elles ont ouverts avec précaution. J'ai regardé ce qu'ils contenaient : des journaux. Soigneusement empilés les uns sur les autres.

J'ai demandé :

– Des vieux journaux ? Qu'est-ce qu'on doit faire avec ?

– Les coudre, m'a expliqué Rebecca, comme si c'était la chose la plus naturelle du monde.

Joignant le geste à la parole, elle a attrapé un lot de quotidiens jaunis qu'elle a placés devant elle, puis elle a pris une aiguille, longue et fine, où elle a fait passer un fil blanc, et s'est mise au travail.

Il fallait ouvrir le journal par le milieu et poser une

couture le long de la pliure centrale, de manière à attacher les feuilles ensemble.

Une fois que deux quotidiens étaient préparés de cette façon, on devait les coudre ensemble pour former de gros volumes compacts.

– Ensuite, les journaux vont dans un autre endroit où ils rajoutent une couverture en cuir ou quelque chose dans ce goût-là, a expliqué Rebecca. Après, ils finissent dans les bibliothèques de tous les États-Unis. Mais l'important, c'est que St. Mary gagne de l'argent à chaque paquet : c'est pour ça qu'on s'en charge.

– Et c'est la même chose tous les jours ?

Rebecca a hoché la tête :

– Oui, il faut se dépêcher car chaque chargement doit être terminé avant le coucher du soleil.

– Exactement ! nous a interrompues une Noire émaciée. Alors arrêtez de discuter et mettez-vous au travail ou on sera toutes punies !

– Je lui expliquais comment ça se passe, c'est tout, s'est justifiée Rebecca. Sinon, elle risque de se tromper ou d'arracher des pages.

Arracher une page était l'erreur la plus grave qu'on pouvait commettre car le journal devenait bon à jeter. Mais il fallait faire attention à un tas d'autres choses, comme le moment où on cousait plusieurs journaux, ou l'ordre des pages.

C'était pour cette raison qu'ils avaient besoin de filles qui savaient lire.

J'ai demandé à Rebecca :

– Tu as appris comment, toi ?

– Grâce à mon mari, a-t-elle répondu dans un murmure.

Rebecca avait trois ans de plus que moi. C'était une jolie fille, malgré son nez de boxeuse, et elle était très fière de ses cheveux noirs et frisés.

Elle m'a raconté qu'elle était italienne, ce qui expliquait pourquoi elle avait un drôle d'accent. Ses parents venaient d'un endroit lointain, de l'autre côté de l'océan, mais elle était née à Chicago. À l'âge de quatorze ans, elle s'était mariée avec un autre Italien. Giulio.

– C'était quelqu'un de bien, m'a-t-elle raconté. Sérieux, travailleur, et qui savait lire.

– Pourquoi *était* ?

– Parce qu'il est mort. Ils me l'ont tué. Je ne savais plus comment nourrir notre enfant, alors j'ai volé dans un magasin. Et j'ai atterri ici.

Rebecca avait un mari et aussi un enfant. Pour la première fois de ma vie, j'ai eu l'impression d'être une enfant gâtée.

– Il s'appelle comment ? Ton enfant, je veux dire.

– Sandro. Il a un an et demi.

Elle a eu l'air hésitant. Je voulais lui demander où il était, mais j'ai compris qu'il valait mieux laisser tomber.

Becca a demandé :

– Tu as des enfants ?

– Non, mais j'ai un frère. Il s'appelle Min, comme

Minuscule. Ça veut dire « très petit » en français. Tout le monde parle cette langue, en Louisiane.

– C'est drôle, a dit Rebecca. La France, c'est en Europe, comme l'Italie. C'est même juste à côté.

Je l'ignorais, mais j'ai poursuivi :

– Ils m'ont pris Min, il faut que je cherche un moyen de le retrouver.

– Oh, moi aussi j'aimerais retrouver Sandro, mais tu peux faire une croix dessus. On ne peut pas sortir d'ici.

À ces mots, j'ai pensé à l'inspecteur Byrne et, pour la première fois, j'ai espéré qu'il revienne me chercher.

Mais Byrne ne s'est pas montré.

Comme il avait dit que deux jours là-bas me délieraient la langue, dès le matin suivant, je me suis mise à l'attendre, avec impatience, comme un chiot qui s'installe devant la porte en guettant le retour de son maître. Le soir, quand j'ai compris qu'il ne viendrait pas, j'étais si abattue que j'en ai eu l'appétit coupé.

Byrne n'a pas donné signe de vie, ni le lendemain, ni le surlendemain. Était-il arrivé quelque chose ?

Je n'étais pas sûre qu'on signalerait la disparition de Jack, là-bas, à La Nouvelle-Orléans : il était trop tôt pour que quelqu'un s'inquiète vraiment de ne plus le voir donner signe de vie. Dans le bayou, les traces disparaissaient vite (et les cadavres aussi). Le corps n'avait pas été retrouvé, c'était une certitude.

Alors qu'était-il arrivé ? Peut-être que Byrne ne s'intéressait pas à Jack. Si ça se trouve, c'était la montre qu'il voulait, lui aussi, et il attendait que je passe aux aveux. Ou alors, il m'avait juste oubliée : au fond, on était de simples passagers clandestins, il y avait sûrement des tas de gens comme nous à Chicago.

Bref, je ne pouvais rien faire pour connaître la vérité, pour revoir Min ou pour me rebeller. Il ne me restait qu'à ne pas faiblir, baisser la tête et laisser le temps passer, exactement ce que faisaient Becca et toutes les autres.

En attendant, j'ai découvert que j'adorais les journaux. Je ne savais pas très bien lire, sans doute parce que je n'avais jamais vraiment eu l'occasion de m'exercer. Mais désormais, je profitais de mes travaux de couture pour me concentrer sur les pages qui se trouvaient sous mes yeux. Même si toutes ces histoires étaient vieilles de plusieurs années, c'était toujours un moyen de m'évader de ce souterrain, d'oublier ma cheville blessée et mes mains meurtries par les aiguilles.

Je me suis particulièrement passionnée pour la rubrique des faits divers de Chicago. Elle proposait deux types d'articles : ceux sur les crimes sulfureux, comme les homicides et les cambriolages, et ceux sur les fêtes les plus somptueuses de la ville, les bals donnés par le maire et les cancans de la « bonne société » que je n'avais jamais vue, même de loin.

Presque tous les articles de chronique mondaine étaient signés par un certain E. Cochrane, qui est rapidement devenu mon journaliste préféré. Il décrivait les vêtements des dames de façon si parfaite que j'avais l'impression de les porter. Lire ces textes me permettait d'entrer dans un monde étincelant de parfums, de coupes de champagne, de colliers et d'éventails, de gentlemen en habits noirs.

C'était un monde si lointain qu'il me faisait penser à un véritable conte de fées. Je ne m'étais jamais rendue à une fête, à part l'année précédente, au moment du mariage d'Anne, une fille de la plantation, alors les mots de Cochrane et les photographies m'en mettaient plein la vue. Mes rêves étaient peuplés de bals et de restaurants. Le matin, j'avais hâte de me remettre à coudre pour lire encore et encore.

Et puis un jour, on m'a chargée de relier les quotidiens de l'année 1899.

Je suis tombée sur un article du 1er novembre. Il parlait d'une fête de Halloween extraordinaire. L'article s'attardait un instant sur les déguisements des dames : une aristocrate vénitienne et une sorcière avec un *décolleté** très osé (j'avais remarqué que Cochrane glissait dans ses articles quelques mots en français pour montrer qu'il était vraiment raffiné).

C'est là qu'un passage a retenu mon attention. Il disait :

« L'invité le plus fascinant était sans nul doute un vampire en frac d'une élégance rare. Derrière ce masque de seigneur des ténèbres se cachait Mister Walker, le célèbre industriel, qui a passé la soirée en compagnie de deux ravissantes jeunes femmes. Une façon de se consoler de l'absence de Miss Dawn ? Il semble en effet que son associée en affaires (et, peut-être, sa future femme) ait déclaré *forfait** au dernier moment. Parmi les grands absents de la soirée, on comptait également Mister Darsley, le détective privé. Une confirmation tacite du tendre sentiment qui serait, dit-on, en train de naître entre lui et Miss Dawn ? »

Je ne savais pas ce que signifiait cette histoire de *forfait*, mais qu'importe. Mister Walker, Miss Dawn, Mister Darsley. C'était à cause d'eux que j'avais atterri à St. Mary ! J'ai soudain compris que mes travaux d'aiguille pouvaient être autre chose qu'une simple corvée. Et s'ils devenaient un moyen de me sauver ?

J'ai fini de coudre le quotidien pour passer au suivant que j'ai rapidement feuilleté. Rien d'intéressant, hélas. J'ai tâché d'augmenter la cadence, autant que possible, jusqu'à ce qu'un journal de la mi-novembre me propose un nouvel article de Cochrane. Mister Walker avait officiellement demandé la main de Miss Dawn en lui offrant une fabuleuse bague en diamants.

L'article disait que leur mariage serait le plus important de l'année, car Miss Dawn détenait la moitié des actions du Célèbre Catalogue.

Dans les faits, au moment de fonder leur société, Mister Walker et Miss Dawn l'avaient découpée en plusieurs parts, des « actions » qu'ils s'étaient équitablement partagées. Mais en se mariant, Miss Dawn donnerait ses actions en dot à son futur mari. Grâce à cette union, Walker deviendrait le maître absolu de la société, et l'un des hommes les plus riches d'Amérique.

Dans les journaux de décembre, j'ai trouvé un entrefilet où Mister Walker confirmait ses fiançailles. La date de son mariage avec Miss Dawn serait fixée dans les plus brefs délais. De toute évidence, Mister Darsley avait disparu de la circulation et s'était terré Dieu sait où, ravagé par la douleur.

Le 30 décembre 1899, un autre article évoquait la grande fête organisée par Mister Walker dans un palace du centre-ville, à l'occasion du réveillon du lendemain. Je savais que Miss Dawn n'irait jamais à cette fête.

Car Mister Darsley la tuerait pendant la nuit.

– Becca, c'est toi qui relies l'année 1900 ?

– Je n'ai pas fait attention mais oui, c'est ça.

– Tu veux bien qu'on échange ?

La demande avait de quoi surprendre. Les journaux de cette année-là étaient très abîmés, ce qui ne rendait pas la tâche facile. Mais Rebecca a accepté ma proposition.

J'ai feuilleté les quotidiens déjà cousus par mon amie. Le 2 janvier, en première page, j'ai trouvé la nouvelle qui m'intéressait : Miss Dawn avait été retrouvée morte chez elle ; Mister Darsley était soupçonné du meurtre et avait été arrêté.

Un article du 20 février proposait une longue interview de Darsley, qui déclarait :

« J'aimais profondément Miss Dawn, je ne lui aurais jamais fait du mal. »

Juste après, l'article se poursuivait ainsi :

« Mister Darsley a les yeux injectés de sang et le regard fuyant des coupables. En tapant plusieurs fois du poing sur la table au cours de l'entretien, il a, une fois encore, renvoyé l'image d'un homme incapable de maîtriser ses nerfs. »

J'ai mentalement pris note de ce détail et poursuivi ma lecture, de plus en plus vite.

3 mars. Jour de l'ouverture du procès. Les avocats de Darsley avaient présenté leur ligne de défense : l'arme du crime, un revolver, appartenait au détective, mais elle lui avait été volée quelques jours plus tôt. D'après la police, il s'agissait d'une ruse pour brouiller les pistes. Darsley, disait-on, était en contact avec la pègre de Chicago, qui lui aurait prêté main-forte.

Le 10 mars, au procès, Darsley avait exposé son alibi : la nuit du réveillon, il avait été vu à l'autre bout de la ville en compagnie de plusieurs amis, mais leurs témoignages étaient mis en doute.

4 avril. Mister Walker avait révélé que Miss Dawn avait transformé ses actions en titres au porteur peu de temps avant sa mort : techniquement, ces parts n'appartenaient plus à la jeune femme mais à toute personne possédant les documents correspondant à chacune des actions. La moitié de Walker & Dawn était désormais représentée par de simples bouts de papier d'une valeur inestimable. De toute évidence, il s'agissait d'une manœuvre pour

permettre à quelqu'un de devenir propriétaire (ou plus exactement, propriétaire à moitié) du Catalogue. Mais qui avait conduit Miss Dawn à faire ce choix inconsidéré ?

J'aurais tellement voulu avoir P'tit Trois et Eddie près de moi, en parler avec eux, prendre des notes. Mais j'étais seule, j'étais enchaînée, je ne pouvais compter que sur moi-même.

J'ai continué ma lecture, aussi vite que possible.

21 avril. Une autre interview de Mister Walker. À l'entendre, les titres au porteur de Miss Dawn avaient été dérobés car personne ne les avait retrouvés depuis la nuit du meurtre. Et s'il s'agissait d'un vol, finalement ? Darsley aurait-il tenté de s'emparer des actions puis tué la jeune femme, une fois démasqué ? Encore une question sans réponse.

L'été avait marqué la fin du procès. Mister Darsley avait participé au meurtre, mais nul n'avait été en mesure d'établir s'il était l'assassin ou un simple complice. Dans le doute, le jury avait décidé de lui éviter la peine capitale. Verdict : condamnation à perpétuité avec incarcération à Bridewell, la prison de Chicago.

Celle-là même dont le détective s'évaderait quelques années plus tard, avant d'être tué à son tour.

Le dernier article que j'ai lu était daté du 16 juin. Il rapportait les déclarations outrées de Mister Walker. L'homme d'affaires se disait déçu par la justice américaine et souhaitait que, du fond de sa cellule, Darsley vive un véritable enfer.

« Êtes-vous préoccupé par la disparition de ces titres au porteur ? » avait demandé le journaliste. À cette question, Mister Walker avait répondu : « Pas le moins du monde. Miss Dawn était une femme exceptionnelle, je suis sûr qu'elle a soigneusement caché ces documents. Et aucun criminel ne les retrouvera jamais. »

L'article s'achevait sur une dernière phrase de Mister Walker : « Désormais, il ne me reste plus que la douleur. Et cette montre. »

Une montre d'employé des chemins de fer, qui avait appartenu au père de Miss Dawn et que la jeune femme gardait toujours près d'elle. Une montre de marque American Company, fabriquée en 1881.

5 CHICAGO DAILY TRIBUNE MONDAY, MAY 9, 1904

UN MONSTRE SOUS LES VERROUS

Mais quel homme était Mister Darsley, le détenu qui s'est évadé de la prison de Bridewell pour trouver la mort à peine quelques heures plus tard ? Voilà la question que nous avons posée à Mister Corckson, le directeur de l'établissement : « Darsley était un monstre, les autres prisonniers avaient peur de lui. C'était une brute. Au fil des années qu'il a passées dans notre établissement, il a blessé deux gardiens et tenté de s'échapper pas moins de quinze fois. »

24

UN MONSTRE SOUS LES VERROUS

Sauve-toi, sauve-toi, sauve-toi. Je me réveillais avec ces mots dans la tête, je les entendais quand je contrôlais ma blessure à la cheville, ils résonnaient au fond de moi chaque fois que je descendais dans le souterrain. C'était parfois un cri perçant, parfois un murmure assourdi, comme le ressac de la marée, ou un tremblement qui s'emparait de mes mains. Parfois, je n'entendais rien, et cela m'effrayait encore plus. Parce que je commençais à m'habituer à St. Mary. Après six jours là-bas, j'avais appris à faire la queue à la cantine, à régler mon pas sur celui de mes camarades pour ne pas emmêler la chaîne. J'avais surtout appris à ne pas me résigner. Car ça, c'était hors de question.

– Tu veux te sauver ? m'a glissé Rebecca pendant nos heures de couture. Tu es folle ! Toutes les filles rêvent de s'en aller. J'en aurais envie, moi aussi, qu'est-ce que tu crois ? Mais ce n'est pas possible.

– Et pourquoi ?

Becca a poussé un soupir. Vu qu'on était au travail, elle a jeté un œil autour d'elle pour s'assurer que personne ne nous écoutait.

– Tu ne t'es jamais demandé pourquoi on nous met des chaînes ? Ça ne se fait même pas dans les vraies prisons, celles pour les hommes adultes. Tu sais pourquoi nous, on y a droit, et pas eux ?

Non, je n'en savais rien.

– Parce que, si on est enchaînées, ça rend le travail des gardiens plus facile. Dehors, personne ne s'intéresse à nous. On est des femmes, des jeunettes, des délinquantes. On peut mourir, personne n'en saura jamais rien. À cause de ça, les gardiens peuvent faire tout ce qui leur chante. Tout. Tu saisis ?

J'ai fait signe que oui. C'est ce que j'avais toujours vécu, même quand j'étais à la plantation ou à la maison. J'étais peut-être à ma place, à St. Mary, avec des personnes qui me ressemblaient, et j'avais été bête de me croire capable de changer.

Seulement, il y avait Min. Et Min m'obligeait à me battre. Il m'empêchait de laisser tomber.

J'ai donc commencé à être aux aguets. La nuit était le seul moment où mon pied n'était pas attaché à une chaîne, mais la porte du dortoir était fermée à clé, et les fenêtres avaient des barreaux solides. Le restant de la journée, j'étais toujours prisonnière de cette chaîne. Tout le problème était là.

Avec une fourchette que j'avais chapardée, j'ai essayé

de forcer la serrure de l'anneau autour de ma cheville. Rien. Il n'y avait qu'une solution : voler les clés d'un gardien. À condition de saisir la bonne occasion.

Alors j'ai échafaudé un plan. Après dîner, les gardiens choisissaient une classe qui devait ranger la cuisine. Le soir de mon sixième jour à St. Mary, au moment de quitter la table, j'ai fait semblant de trébucher pour pousser Rebecca et les autres. Les chaînes se sont emmêlées.

Tout en murmurant des excuses, j'ai tâché de semer une belle pagaille. Les gardiens ont vu rouge, ils m'ont frappée, mais je n'y ai presque pas fait attention. L'important, c'était que ma classe soit envoyée aux cuisines.

J'ai ignoré le regard réprobateur de Rebecca et les menaces de mes camarades. L'une d'elles a promis de me planter un couteau pendant mon sommeil, mais cela ne m'a fait ni chaud ni froid. Si tout se passait bien, je ne dormirais pas là-bas.

Les surveillants nous ont obligées à récurer les gamelles, nettoyer les fours et laver le carrelage jusqu'à ce qu'on puisse se voir dedans. J'ai tâché de terminer le plus tard possible et de déclencher de nouvelles catastrophes, histoire de ralentir le travail du groupe.

– Maintenant, il y a la salle des gardiens à ranger ! a tonné l'un d'entre eux. Des volontaires ?

– Elle, ont répondu toutes mes camarades en me pointant du doigt.

Même Rebecca semblait furieuse, mais j'ai fait mine de ne pas m'en rendre compte. Car c'était ce que j'espérais.

Le gardien m'a détachée de la chaîne commune puis a accroché la manille à un boulet et m'a donné l'ordre de le suivre jusqu'à l'étage supérieur.

Je me suis péniblement traînée dans l'escalier, mon boulet coincé sous un bras, un seau rempli d'eau et de savon suspendu au bout de l'autre.

La salle des surveillants était un grand salon éclairé par des ampoules électriques. Le sol était recouvert d'un carrelage blanc et noir ; il y avait aussi un canapé à moitié défoncé et quelques chaises. Des trousseaux de clés étaient accrochés à un râtelier, par dizaines.

C'était ma cible.

J'ai commencé à faire le ménage, en donnant l'impression d'être encore plus lente et plus empotée. Pendant ce temps, je réfléchissais à une façon de m'approcher du râtelier. Le gardien fumait une cigarette, sans détacher les yeux de mes fesses. J'avais besoin d'une diversion ou d'un coup de chance.

Les yeux fermés, j'ai prié Dieu, ou le destin, ou l'un de ces esprits du bayou en qui croyait mon ami Eddie. J'ai murmuré :

– S'il te plaît, laisse-moi une chance.

Et Dieu, ou le destin, ou l'esprit du marais m'a écoutée. Quelque part, une clochette s'est mise à sonner avec un son aigu assourdissant.

– J'en étais sûr ! a bougonné le surveillant. S'ils comptent sur moi pour aller voir qui c'est, à cette heure…

La cloche a encore retenti. Au bout d'un moment,

l'homme a fini par baisser les bras. Le temps de traverser le salon en laissant des traces de boue sur le carrelage à peine lavé, il a ouvert un petit meuble. À l'intérieur, on voyait une série de clochettes avec, pour chacune, une étiquette différente : CUISINES, RÉSERVE, DORTOIRS. C'était celle de l'ENTRÉE qui sonnait.

– Ces engins modernes, a-t-il grommelé. C'est la troisième fois que ces saletés se déclenchent toutes seules, ce mois-ci…

Il m'a regardée une seconde, l'air indécis, avant de lâcher :

– Je reviens tout de suite.

J'étais tellement agitée que j'en ai oublié de répondre. Puis j'ai attendu que la porte du salon se referme pour bondir vers le râtelier à clés.

Il y en avait des centaines, toutes en cuivre, toutes différentes, grandes et petites, lisses et dentelées. Laquelle ouvrait l'anneau autour de ma cheville ? Aucune idée. Et si je prenais un trousseau de clés au hasard ? Je n'aurais qu'à les cacher sous ma tunique et les essayer calmement, une fois de retour au dortoir.

Pas sûr. C'était trop risqué. Et si c'était le mauvais trousseau ?

Non, je devais au moins faire une tentative. Alors que je tendais la main, une voix a subitement résonné derrière moi :

– C'est toi, Julie Dart ?

Je suis restée clouée sur place, la main tendue, comme

si un serpent mocassin avait surgi de nulle part pour me mordre au mollet.

– Hé, je te parle. Ton nom, c'est Julie Dart ?

Je me suis retournée. C'était une surveillante. On aurait dit que le mocassin l'avait mordue, elle aussi, car elle était livide, comme si on avait tartiné de la cire sur son visage. Elle avait dû me voir approcher des clés, c'était sûr et certain. J'étais démasquée.

D'une voix étranglée, j'ai murmuré :

– Oui. C'est… c'est moi, Julie.

– Suis-moi.

Je me suis hâtée d'attraper le seau et l'éponge qui étaient restés par terre mais elle m'en a empêché :

– Laisse-les là où ils sont.

Je lui ai emboîté le pas en serrant contre moi ce boulet qui me semblait plus lourd que jamais. J'avais joué, j'avais perdu. Je ne m'évaderais pas de St. Mary.

La gardienne m'a fait monter au deuxième étage et m'a donné l'ordre d'entrer dans une pièce obscure. Elle a actionné un levier, on a entendu un bourdonnement et une ribambelle de petits soleils se sont allumés au plafond.

Cet endroit était recouvert de carrelage gris. Par terre, il y avait des trous qui ressemblaient à des bouches d'égout tandis qu'en haut, le long du mur, on voyait de drôles de bras en fer. Comme des crochets. Mais à quoi pouvaient-ils servir ?

– Tu n'as jamais vu de douches ? m'a demandé la femme.

Sa voix était glaciale. J'ai secoué la tête, désemparée.

– C'est pour se laver, a-t-elle brusquement expliqué. Les manivelles, là, en bas, ce sont des robinets. Tu les tournes, l'eau arrive, tu te laves.

Elle a pointé du doigt des rayonnages métalliques qui couraient sur le mur d'en face.

– Il y a du savon et des serviettes, par là-bas. Dépêche-toi.

C'était comme si elle parlait une langue qui m'était inconnue. Vu que j'étais incapable de bouger, la gardienne s'est penchée pour ouvrir la serrure de la manille avec un trousseau de clés qu'elle a décroché de sa ceinture.

L'anneau est tombé par terre avec un tintement sourd.

– Qu'est-ce que tu attends ? On ne va pas y passer la soirée.

Elle voulait que je me déshabille devant elle. J'ai hésité : je me sentais gagnée par la panique, comme un petit animal au fond du piège d'un braconnier. J'ai tenté de respirer à fond, je me suis répété d'être forte. Il fallait que je me lave, rien de plus.

D'un pas mal assuré, je suis allée prendre une serviette sur l'étagère et un morceau de savon. J'ai ôté ma robe en tournant le dos à la surveillante. Il fallait bien que je cache la bourse que je portais autour de mon cou, avec la montre à l'intérieur. Furtivement, je l'ai retirée, elle aussi, pour la glisser dans les plis de la serviette propre.

J'ai tourné le robinet de la douche et une véritable averse s'est abattue sur moi. L'eau était glacée et de lourdes gouttes ont détrempé mes cheveux. L'espace d'un instant, j'ai tout oublié pour savourer le bruit assourdissant de cette pluie artificielle qui ruisselait sur ma poitrine et mon dos, jusqu'au bout de mes pieds.

En entendant la gardienne se racler la gorge, je me suis rapidement frictionnée avec du savon avant de me rincer et de m'envelopper dans une serviette.

– Les vêtements, maintenant.

La gardienne m'a indiqué des habits pliés sur l'étagère, à côté des serviettes. Il y avait un chemisier couleur crème et une jupe noire, des collants et des chaussures en cuir quasiment neuves.

Tout était un peu trop grand pour moi, mais c'était toujours mieux que ma tenue de prisonnière.

– Allez, viens ! m'a ensuite ordonné la surveillante.

À cet instant, j'ai compris. Byrne était revenu me chercher, il n'y avait pas d'autre explication !

J'étais si heureuse de m'être débarrassée de cette chaîne que j'ai failli sortir des douches en sautillant.

Au rez-de-chaussée, la gardienne m'a conduite jusqu'à une porte en bois surmontée de l'écriteau : DIRECTION.

– Julie est ici, a-t-elle dit en passant la tête dans le bureau.

– Fais-la entrer, a-t-on répondu à l'intérieur.

Deux personnes m'attendaient. La première devait être la directrice de l'établissement, elle était assise derrière un bureau et avait un visage pointu comme celui d'un corbeau. Devant elle, debout, se trouvait un monsieur âgé, élégamment habillé, qui tenait un chapeau melon entre ses mains.

– Ma chère Julie ! a dit la dame. Excuse-moi de t'avoir appelée à cette heure tardive. Étais-tu en train d'étudier à la bibliothèque ?

– À vrai dire, je finissais de faire…

– Du tricot ? m'a-t-elle coupée. Bien sûr, bien sûr. À ces mots, elle a adressé un sourire factice au visiteur :

– À St. Mary, nous veillons à ce que le temps libre soit mis à profit le plus intelligemment possible. Nous encourageons d'ailleurs la pratique du point de croix et de la broderie. N'est-ce pas, ma chère Julie ?

Que pouvais-je répondre ? Ce que racontait cette femme n'avait ni queue ni tête.

– De la broderie… a alors répété le monsieur au chapeau. C'est pour cette raison que cette jeune fille a les mains en si mauvais état, j'imagine.

– Oh, il n'est pas rare de se piquer avec une aiguille, s'est justifiée la directrice.

– Et ce drôle de cercle rouge autour de la cheville droite ? On dirait la marque d'une chaîne.

– D'une chaîne ? Oh non, qu'allez-vous imaginer ! Nous n'utilisons rien de ce genre dans notre école, cette jeune fille a dû tomber en sautant à la corde. N'est-ce pas, Julie ?

La directrice m'a adressé un regard torve. Elle cherchait à faire bonne figure devant le monsieur au chapeau, c'était on ne peut plus clair. Alors j'ai esquissé un sourire et murmuré :

– Oui. Je me suis fait mal avec… une corde. Elle s'est… enroulée autour de ma jambe. Et j'ai un peu saigné.

La directrice est devenue écarlate. Sans faire le moindre commentaire, l'inconnu a remis son chapeau et a brandi un bâton de marche.

– Cette enfant vient avec moi, lui a-t-il déclaré. Quant à vous, nous nous reverrons très prochainement. Il me semble que cet établissement nécessite une inspection approfondie et je veillerai à ce qu'elle ait lieu au plus vite.

– Une inspection ? Mais…

– Et le moment venu, j'ose espérer que ces jeunes femmes s'adonneront à des occupations conformes à leur âge. Dans le cas contraire, la situation serait très grave.

À ces mots, il s'est brusquement retourné. Puis, pour la première fois, ses yeux se sont posés sur moi et il a souri.

– Miss Julie, venez avec moi, je vous prie.

J'ai hoché la tête. Personne, non, personne, ne m'avait jamais appelée « Miss Julie ».

SUNDAY, JANUARY 12, 1902
8 CHICAGO DAILY TRIBUNE
LE CATALOGUE TOURNE LA PAGE
Walker & Dawn
Deux ans après la disparition de Miss Dawn (et de son lot de titres au porteur), Mister Walker donne incontestablement le sentiment d'être le seul propriétaire du Célèbre Catalogue des Bonnes Affaires. « Gérer l'entreprise est un poids, mais le souvenir de Miss Dawn l'aide à aller de l'avant tous les jours…

25

LE CATALOGUE TOURNE LA PAGE

Mais qui était ce monsieur au chapeau ? J'ai bien essayé de lui poser la question tandis que je le suivais presque en courant à travers le jardin de St. Mary, mais il s'est contenté de me fixer, sans me donner de réponse.

Il marchait d'un pas raide et régulier, comme une marionnette remontée par un ressort.

Juste derrière les grilles de l'établissement nous attendait une automobile, l'un de ces fameux engins modernes qui plaisaient tant à Eddie et P'tit Trois. Elle était blanche, sans toit, avec de grosses roues, des sièges en cuir rouge et des phares chromés. Le volant était tenu par un chauffeur avec une casquette à visière et d'énormes lunettes.

En nous voyant arriver, le chauffeur est descendu ouvrir la portière côté passager puis il m'a tendu la main pour m'aider à grimper.

Le moteur a démarré dans un boucan infernal et l'automobile est partie comme une flèche. Le souffle de l'air a englouti tous les autres bruits, mais le chapeau du monsieur au chapeau semblait collé à sa tête.

J'ai observé cette mine sévère sans comprendre. Ce n'était pas un policier, ça, j'en étais sûre. Il avait l'air d'être quelqu'un d'important.

L'automobile s'est garée devant un immeuble énorme dont les fenêtres faisaient miroiter la façade. Il était si luxueux qu'on l'aurait dit sorti d'une des chroniques mondaines d'E. Cochrane. Au-dessus de l'entrée monumentale trônait une gigantesque inscription : TREMONT HOUSE.

La demeure de Tremont.

J'ai aussitôt soufflé au monsieur au chapeau :

– Oh, vous êtes Mister Tremont, alors ?

Le chauffeur a éclaté de rire, ce qui m'a fait rougir comme une pivoine : j'avais dû dire une bêtise, à tous les coups. Mais l'autre m'a regardée très sérieusement et a répondu :

– Non, Miss Julie. Tremont House, c'est le nom de cet hôtel. Vous passerez la nuit ici.

Pas possible, il se moquait de moi. Moi, dormir dans un hôtel qui était certainement le plus fabuleux du monde ? C'était forcément une blague !

Et pourtant, le monsieur au chapeau m'a accompagnée à l'intérieur, dans un hall rempli de tapis et de rambardes en cuivre où le sol était si brillant qu'il ressemblait à une fine couche de glace.

Le temps de récupérer une clé à un comptoir, il m'a guidée à l'étage supérieur. L'espace d'un instant, j'ai eu peur :

au fond, je me trouvais dans un endroit inconnu avec un inconnu. Enfin, cet hôtel serait certainement mieux que la maison de correction !

La chambre se trouvait au bout d'un interminable couloir tapissé de moquette. Elle était si belle que je n'en croyais pas mes yeux. Les murs étaient couverts de tableaux et on aurait pu y accueillir vingt personnes. Il y avait aussi un secrétaire, une chaise, une garde-robe, une porte-fenêtre qui donnait sur une immense terrasse. Et au milieu de tout cela, un lit si large que j'aurais eu du mal à atteindre les deux bords en tendant les bras, avec de grands draps d'un blanc immaculé.

– De ce côté, il y a la salle de bains.

Dans la direction que m'indiquait le monsieur au chapeau, j'ai entrevu des murs en marbre sombre, des miroirs, une baignoire aussi grande qu'une piscine et des serviettes divinement moelleuses.

– Sans doute avez-vous envie de prendre un bain, Miss Julie.

– Plus tard, peut-être.

En réalité, je mourais d'envie de plonger dans cette baignoire incroyable.

– À votre aise, a dit le monsieur au chapeau. Je suis navré de ce qui s'est produit à St. Mary. Mon patron n'était pas au courant. Sans quoi il serait intervenu bien plus tôt.

– Votre patron ?

Comment un monsieur aussi respectable pouvait-il avoir un patron ? C'était difficile à croire !

– Puis-je vous demander…

– Demain, m'a-t-il coupée. Demain est un autre jour. Pour le moment, reposez-vous, c'est la meilleure chose à faire. Si vous le désirez, il y a des vêtements neufs dans l'armoire. J'ai demandé à ce qu'on laisse quelques livres dans le secrétaire, si vous souhaitez lire. Le petit déjeuner sera servi dans votre chambre à huit heures précises et je viendrai vous prendre vers neuf heures et demie.

– Pardonnez-moi, mais je ne comprends rien… Enfin, demain est un autre jour, comme vous l'avez dit, seulement… Voilà, je ne voudrais pas vous sembler ingrate, mais mes amis ont de gros ennuis. Il y a mon frère, Min, ça fait des jours que je ne l'ai pas vu, et puis il y a P'tit Trois, Eddie et…

– Mais oui ! s'est exclamé le monsieur au chapeau. J'ai failli oublier. Si vous souhaitez revoir vos amis, ils sont dans la chambre numéro 123.

J'avais la tête qui tournait, comme les fois où je grimpais dans un arbre avant de regarder en bas : la terre me semblait loin, très loin, on avait l'impression qu'elle se rapprochait avant de s'enfuir comme une vague.

J'ai bondi dans le couloir et parcouru les numéros indiqués sur les portes. 118, 119, 121… Une fois à la hauteur de la chambre 123, je me suis précipitée à l'intérieur.

Et je me suis arrêtée net.

La chambre était encore plus grande que la mienne, sans terrasse mais avec un canapé et deux lits immenses.

Eddie lisait allongé, bien peigné et habillé comme un petit gentleman.

Min et P'tit Trois, eux, étaient par terre et jouaient avec des soldats de plomb. Ils étaient également habillés en milords : Min portait une chemise et un gilet, il riait de bon cœur tandis que P'tit Trois imitait tous les sons de la guerre avec sa bouche, *BOUM-BOUM, PAN* et *CHARGEZ !*

Ils avaient l'air tellement heureux... Juste au moment où je me demandais s'ils ne m'avaient pas oubliée, Eddie a lâché son livre et s'est écrié :

– Julie !

En un éclair, ils se sont jetés sur moi tous les trois. Min a plongé son visage dans ma jupe et je l'ai entendu sangloter. Quant à P'tit Trois et Eddie, ils m'ont presque broyée entre leurs bras, de toutes leurs forces. En fermant les yeux, j'ai senti des lèvres qui se posaient sur les miennes. Un baiser. Quelqu'un m'embrassait.

J'ai vite ouvert les yeux mais c'était déjà terminé : Eddie et P'tit Trois se regardaient d'un air gêné, ils étaient aussi rouges que des braises ardentes.

J'ai bafouillé :

– Eh bien, euh...

C'était tout à fait stupide, mais je ne savais pas quoi dire d'autre.

À son tour, Min m'a serrée très fort avant de me faire un bisou sonore. Et c'était comme si le charme s'était rompu. P'tit Trois et Eddie m'ont à nouveau serrée dans leurs bras et nous nous sommes lancés dans une espèce de ronde sautillante en riant comme des fous. Nous allions tellement vite que nous nous sommes retrouvés par terre. Ce qui nous a fait rire de plus belle.

P'tit Trois et Eddie ont commencé à me bombarder de questions, comme s'il ne s'était rien passé, ni ce baiser, ni la maison de correction, ni l'enfer que j'avais vécu la semaine précédente.

– Comment tu vas ?

– Qu'est-ce qui t'est arrivé ?

– Tu étais passée où ?

Je ne comprenais rien, je ne pensais qu'à ce baiser volé qui me donnait l'impression de brûler comme une bougie.

D'une voix légèrement étranglée, j'ai essayé de dire :

– Du calme, du calme. Je suis là, maintenant, je suis de retour.

La conversation a repris dans une certaine confusion tant ils avaient hâte de me raconter ce qu'ils avaient traversé. Finalement, c'est P'tit Trois qui a pris la parole, comme toujours.

Après avoir été traînés hors de l'Union Stockyard, ils avaient dû embarquer à bord d'un fiacre de la police qui les avait conduits à l'orphelinat.

– Un endroit horrible, Julie, on ne pouvait rien faire de toute la journée, il y avait toujours quelqu'un pour nous tenir à l'œil, et je n'ai jamais mangé des trucs aussi dégoûtants que là-bas…

L'inspecteur Byrne était passé les voir dans l'après-midi.

Il était revenu le lendemain et le surlendemain pour les interroger.

– Une fois, il m'a même donné une gifle, a précisé Eddie.

Byrne voulait découvrir ce qu'ils savaient au sujet de Mister Bolton et de sa drôle de lettre. Le policier avait menacé de les séparer, de laisser Min à l'orphelinat et d'envoyer Eddie et P'tit Trois dans une vraie prison.

– Alors tu comprends, Julie, on a dû lui dire la vérité.

Et c'est ainsi qu'ils lui avaient raconté qu'ils avaient trouvé un objet précieux qu'il voulait rendre aux gens du Célèbre Catalogue. À ce moment-là, Byrne était devenu différent, troublé, et il avait demandé à voir l'objet.

– Sauf qu'on ne l'avait pas, a ricané P'tit Trois. Et on lui a dit qu'on voulait d'abord te voir.

Ils n'avaient fait cet aveu à l'inspecteur que le matin même. Dans l'après-midi, le monsieur au chapeau était passé les voir. Il avait dit s'appeler Mister Raphael, ils étaient partis pour l'hôtel.

– Et maintenant, tu es là toi aussi ! a résumé P'tit Trois sans cacher sa satisfaction.

Pour ma part, je me sentais perdue et étourdie par ces soudaines révélations.

J'ai demandé :

– Vous avez tout balancé, alors ?

– Ben, pas vraiment tout, a rougi Eddie. On a juste expliqué qu'on avait trouvé un objet important et qu'on voulait le rendre, mais on n'a pas parlé de la montre…

– Qui était tout de même mentionnée dans la lettre, ai-je fait remarquer.

– Euh, oui, mais ça, on ne l'a pas raconté à Byrne. Et Mister Raphael a été content d'apprendre qu'on avait la montre et qu'on en avait pris soin pendant tout ce temps...

J'avais du mal à en croire mes oreilles :

– Alors comme ça, vous avez aussi raconté notre histoire à Mister Raphael ?

P'tit Trois a baissé la tête :

– Il est très gentil, tu as vu ? C'était une bonne idée de tout lui dire, je pense. Cet orphelinat était vraiment comme une prison, et puis on risquait d'être séparés, tu comprends ? On a eu de la chance, Mister Raphael est tout de suite venu nous chercher et il nous a sortis de cet endroit.

– Et toi, comment ça s'est passé, qu'est-ce qui t'est arrivé ? a demandé Ed.

– Je parie qu'ils t'ont collée dans une école pour demoiselles où tu as passé tes journées à te détendre et à dire des prières, a rigolé P'tit Trois.

Je l'ai regardé. C'était P'tit Trois tout craché, toujours content et débordant d'énergie. Ils allaient tous très bien, personne n'avait été maltraité et on ne voyait pas de traces de chaînes à leur cheville, ou quelque chose dans ce goût-là.

Désormais, nous étions ensemble. Pourquoi aurais-je dû leur dire à quel point cela avait été dur pour moi ? À quoi cela aurait-il servi ? Il valait mieux que je redevienne Julie-la-dure-à-cuire. Et que j'oublie St. Mary pour profiter de l'amitié si chaleureuse de mes amis.

Alors j'ai menti :

– C'était plus ou moins comme tu dis, P'tit Trois. On m'a fait coudre et réciter des prières.

– Je le savais ! Tout se passe toujours bien pour vous, les filles.

J'ai souri.

Oui, au fond, il avait raison, ça s'était bien passé. En partie parce que j'étais bien plus forte qu'un homme, je le savais. Quant à mes souvenirs douloureux, je n'aurais qu'à les garder cachés au fond de moi, là où personne ne pouvait regarder.

Ce soir-là, je ne suis pas retournée dans ma chambre. À vrai dire, je suis restée parler avec les garçons, des heures durant, jusqu'à ce que je m'endorme sur l'un des grands lits aussi moelleux qu'un nuage. Lorsque je me suis réveillée, c'était déjà le matin.

Le soleil entrait par les rideaux laissés ouverts et Min dormait agrippé à mon bras comme un singe à une liane, il sentait bon le propre et, pendant un instant, j'ai cru rêver. C'était forcément un rêve, je ne pouvais quand même pas être dans un endroit aussi féerique que celui-ci. Je ne pouvais pas être aussi heureuse.

À cet instant, je me suis souvenue de Rebecca : j'avais disparu de St. Mary sans même lui dire au revoir ou lui expliquer où j'allais. Et, en toute honnêteté, je n'avais pas pensé à elle depuis la veille, pas une seconde. Vous parlez d'une amie !

L'ennui, c'est que je n'avais pas eu le choix…

Non, ce n'est pas vrai, j'aurais pu faire quelque chose. Parler d'elle à Mister Rapahel, le monsieur au chapeau, par exemple. Mais il n'était peut-être pas trop tard.

– Bonjour Julie, m'a saluée Eddie depuis la salle de bains. Bien dormi ?

Tout sourire, il passait un peigne dans ses cheveux humides. Est-ce que c'était lui qui m'avait embrassée, la veille au soir ?

La pendule marquait sept heures et demie. Bientôt l'heure du petit déjeuner.

Je suis retournée dans ma chambre prendre un bain. Après avoir versé dans l'eau des cristaux colorés qui ressemblaient à une poudre magique, je suis restée dans l'eau, telle une nymphe.

Une fois séchée, j'ai décidé de ne pas remettre les vêtements de la maison de correction. Plus question de penser à cet endroit. L'heure était venue de jeter un œil à cette garde-robe.

Les tenues étaient somptueuses et toutes à ma taille, un véritable paradis !

J'ai repensé aux articles d'E. Cochrane que j'avais lus en prison, à la façon dont il décrivait les vêtements les plus à la mode : c'était le moment idéal pour s'en inspirer. J'ai regardé autour de moi et humé profondément cette bonne odeur de propre, en caressant les étoffes précieuses.

Au fond de la petite pièce se trouvait un immense miroir. Après avoir essayé les plus beaux vêtements, j'ai opté pour une robe couleur pêche qui m'arrivait juste en dessous du genou et découvrait mes épaules. Je l'ai serrée à ma taille avec une splendide ceinture en satin noir et j'ai enfilé des petits escarpins rouges car ils me rappelaient ceux que m'avaient offerts Eddie. Pour finir, j'ai pris un petit sac en cuir où j'ai glissé la montre cassée et j'ai posé sur ma tête un petit chapeau élégant, avec une voilette.

On a soudain frappé à la porte. Un garçon d'étage est entré avec un grand plateau. Il m'a lancé un regard, celui d'un jeune homme tenté d'engager la conversation en apercevant une jolie fille, puis il m'a souri et dit :

– Bonjour Miss, où dois-je déposer votre petit déjeuner ?

J'ai indiqué le secrétaire avant de le remercier et de lui sourire à mon tour. Il m'avait appelée « Miss », comme Mister Raphael, et, curieusement, cela ne m'a pas semblé bizarre.

J'ai mangé seule, calmement. Lorsque je suis revenue auprès de mes amis, P'tit Trois est venu m'ouvrir et a eu un petit mouvement de surprise.

– Joju ! Mais... qu'est-ce que tu as fait ?

– Je crois qu'elle s'est préparée comme il sied à une demoiselle, tout simplement.

La réponse venait de Mister Raphael, assis sur une chaise, l'air altier.

Il s'est alors levé et s'est coiffé de son fameux chapeau.

– Maintenant que nous sommes tous au complet, nous pouvons y aller. Mon patron vous attend...

REPUBLIC.
—CLOSES DEC. 1.
MAY 9, 1904.
VE DARSLEY !
ROBERT FRANCIS
MONDAY, MAY 9, 1904
6 CHICAGO DAILY TRIBUNE
L'ASSASSIN ASSASSINÉ !
Toute la police de Chicago était sur ses traces depuis des heures, mais elle ne s'attendait pas à le retrouver aussi vite. Le célèbre détective assassin a en effet été découvert sans vie dans une ruelle aux abords de la gare de chemin de fer, non loin de la maison de s victime, la regrettée Miss Dawn fondatrice du Célèbre Catalogu des Bonnes Affaires. Les enqu teurs ont constaté que Mis Darsley avait été abattu de trois

26

L'ASSASSIN ASSASSINÉ !

Devant Tremont House nous attendait l'auto blanche qui m'avait amenée ici la veille. En me voyant, le chauffeur a effleuré le bord de son chapeau. Il m'a ensuite reconnue et s'est raclé la gorge d'un air gêné. Cela m'a rappelé la façon dont il s'était esclaffé quand j'avais cru que Mister Raphael s'appelait Tremont. J'ai pris la parole avec les manières d'une vraie demoiselle comme il faut.

– Mister Raphael, ai-je lancé en prenant place sur la banquette arrière, vous ne nous avez pas encore dit qui vous êtes ni où nous allons. Nous vous sommes tous très reconnaissants de nous avoir fait sortir de prison… enfin, de la maison de correction… mais ne croyez-vous pas que le moment est venu de nous expliquer ce qui se passe ?

Mister Raphael a semblé réfléchir un instant avant de répondre :

– Encore un peu de patience, il ne serait guère élégant de parler au beau milieu de la rue. Vous ne croyez pas, Miss Julie ?

La voiture est partie à vive allure tandis qu'Eddie et P'tit Trois, penchés par les portières, se montraient les trams électriques, les fiacres et toutes les splendeurs de la ville en poussant de grands cris. Pour ma part, je suis restée à ma place, sagement, en essayant d'y voir plus clair. Mister Raphael me regardait comme s'il m'étudiait et je me demandais bien pourquoi.

En longeant un fleuve, nous sommes passés devant un bâtiment bas et long, au toit arrondi. C'était le Chicago Union Depot, la grande gare. Un peu plus loin se dressait un haut mur à l'air sévère. Au milieu, celui-ci laissait place à une arche soutenue par des colonnes. On aurait dit l'entrée d'un temple.

Suspendu juste au-dessus de l'entrée, l'emblème gigantesque représentait une mappemonde parcourue par une voie ferrée. Un peu plus loin, une enseigne en bois indiquait : LE CÉLÈBRE CATALOGUE DES BONNES AFFAIRES DE MISTER WALKER & MISS DAWN.

Encore plus loin, sur une pancarte accrochée au mur, on pouvait lire le fameux slogan : LES PRIX LES PLUS BAS ! – DÉPENSEZ BIEN VOTRE ARGENT ! – REMBOURSEMENT GARANTI !

Quand l'automobile s'est arrêtée devant la barrière à l'entrée, P'tit Trois et Eddie se sont lancés dans un chœur de :

– Ooooh !

– Wouah !

– C'est pas possible !

De mon côté, je me suis trouvée vraiment bête. Mister Raphael travaillait pour le Catalogue, j'aurais dû m'en douter. Sinon, pourquoi se serait-il tant intéressé à nous ? Et pourquoi nous aurait-il fait dormir dans un hôtel aussi luxueux, nous aurait-il donné ces beaux vêtements, et tout le reste ?

Le chauffeur a fait signe au gardien de lever la barrière quand une voix stridente l'a arrêté :

– Mister Raphael, Mister Raphael, un instant !

C'était une femme grassouillette aux joues tombantes, comme celles d'un épagneul.

Elle portait une robe noire plissée et bouffante ainsi qu'un chapeau qui a bien failli s'envoler de sa tête quand elle a couru vers nous.

– Mister Raphael, juste une question !

– Navré, Miss, a répondu l'autre, je vous ai déjà expliqué que je ne peux en aucun cas vous répondre.

– Mais c'est important ! Ça ne prendra qu'une seconde, après tout.

La femme s'est arrêtée près de la voiture, une main posée sur la portière pour reprendre son souffle. Elle a tiré de son décolleté un petit calepin et un crayon à papier.

La voir si rouge, si essoufflée, m'a fait sourire.

C'est à ce moment-là qu'elle a semblé s'apercevoir de notre présence dans l'automobile aux côtés de Mister Raphael.

– Mais qui sont ces enfants ? Je veux dire, puis-je vous demander pourquoi vous les laissez entrer dans vos entrepôts ? Vous organisez une visite guidée ? Je pourrais peut-être y participer, moi aussi.

– Désolé, Miss, mais les *journalistes* ne sont pas invités.

– Et pourtant…

Mister Raphael a fait un signe de la main pour dire au chauffeur de démarrer.

– Prenez au moins ma carte de visite ! a lancé la femme en sortant un petit bout de carton couleur crème. Vous pouvez m'écrire à la rédaction, me téléphoner, ou même… m'envoyer… un télégramme !

L'automobile est partie en trombe, ce qui a manqué de la faire tomber, et la carte de visite s'est envolée comme une libellule.

– Je ne savais pas qu'il y avait des femmes journalistes, a murmuré Eddie en me regardant du coin de l'œil.

– À Chicago, si, a répondu Mister Raphael. Malheureusement, ce sont aussi des fouineuses invétérées. Navré pour cet incident.

La voiture a franchi le portail. Eddie, P'tit Trois et Min regardaient tout autour d'eux d'un air émerveillé.

Quant à moi, je me suis retournée pour observer la journaliste qui tentait désespérément de nous suivre malgré la résistance farouche du gardien à l'entrée.

C'est là que j'ai compris qu'on avait réussi. On était là. Dans les entrepôts de Walker & Dawn. Cet endroit qu'on n'avait vu que dans nos rêves.

La voiture a remonté un chemin en briques flanqué de

deux rangées d'entrepôts aux toits arrondis, sans se presser. Au fond, on distinguait une clôture en bois et les eaux grises du fleuve. Partout, des hommes en bleu de travail traînaient des carrioles et des charrettes remplies de caisses.

Sur des rails de chemin de fer qui zigzaguaient au milieu des hangars en dessinant des courbes sinueuses, à la façon d'un serpent, de petites locomotives rouges ou bleues roulaient au petit trot en sifflant joyeusement. Derrière elles, des wagonnets remplis de colis jusqu'à ras bord.

– Si j'étais riche, a murmuré P'tit Trois, je vivrais dans un endroit comme celui-là…

– C'est le rêve de beaucoup de gens, Mister Peter, a ricané Mister Raphael. Les entrepôts de Walker & Dawn occupent une zone d'environ trente acres, on y reçoit et on y expédie des milliers de colis chaque jour de l'année, même Noël.

– Et ces locomotives colorées, c'est quoi ? a demandé Eddie.

– Vous n'êtes pas sans savoir, j'imagine, que Mister Walker a été postier au début de sa carrière. Aller à droite, à gauche faisait partie de son travail. Personne n'a compris mieux que lui le besoin de moyens de transport rapides et efficaces. C'est pour cette raison qu'il a décidé de construire les entrepôts de la société tout près de la gare et des voies existantes : cela permettait de charger les marchandises plus facilement dans les trains, vous comprenez ?

Les locomotives miniatures tout comme les voies qui se trouvent ici même ont été conçues par Miss Dawn. C'est elle qui a dessiné le modèle et étrenné le circuit qui passe à l'extérieur et à l'intérieur des hangars, il y a dix ans de cela.

Mister Raphael avait répondu en fixant un point devant lui, comme s'il n'arrivait pas à regarder ces drôles de petits trains. Il a poussé un bref soupir puis s'est penché vers le chauffeur pour lui dire :

– Vous pouvez vous arrêter ici, merci. Nous continuerons à pied, je crois.

Nous sommes descendus de voiture.

Min s'est agrippé à moi, les ongles plantés dans la paume de ma main, et j'ai mesuré combien il était ému. Je l'étais moi aussi, même si je faisais tout pour ne pas le montrer, comme d'habitude. Je me suis efforcée de sourire et j'ai brièvement serré sa main pour lui répondre, pour lui rappeler que tout irait bien. Enfin, j'espérais.

– Par ici, a dit Mister Raphael.

Il nous a conduits dans un hangar immense, si vaste que les rails du petit train s'enfonçaient profondément à l'intérieur.

– Wouah ! a crié Eddie.

– C'est fou ! a fait P'tit Trois en écho.

C'était le mot juste. Avec son plafond en métal et en verre qui laissait entrer la lumière grise du jour, l'entrepôt était plus grand qu'une cathédrale.

Tout l'espace était occupé par des rayonnages qui montaient jusqu'au ciel, séparés par des couloirs étroits qui laissaient à peine le passage aux voies.

À l'entrée, des hommes en bleus de travail grimpaient en haut de longues, très longues échelles pendant que d'autres trimballaient des colis. Un homme en costume-cravate était assis devant un énorme meuble en bois qui ressemblait à un secrétaire pour géants, entièrement recouvert de cadrans et d'aiguilles. De temps en temps, il attrapait une espèce d'entonnoir et y criait des instructions qui résonnaient alors sous cette voûte immense.

Mister Raphael s'est posté devant nous et s'est mis à réciter d'une voix de stentor :

– Le Célèbre Catalogue des Bonnes Affaires offre une sélection de plus de soixante-quinze mille articles en tout genre, des vêtements aux moyens de transport en passant par les outils agricoles. Pour accueillir ce large choix, nous achetons les meilleurs produits auprès de plus de neuf mille fournisseurs venus de tous les États-Unis et nous les rassemblons dans l'un de nos grands dépôts. Comme celui-ci.

Il a tendu la main pour indiquer le vaste entrepôt et nous a regardés avec une certaine satisfaction, comme si tout ça était à lui.

– Et vous faites comment pour trouver ce que vous cherchez dans un endroit aussi grand ? a demandé Eddie.

– Excellente question, Mister Edward.

Mister Raphael s'est approché de l'homme assis devant l'étrange bureau avec les aiguilles :

– Mister Reginald, pouvez-vous m'aider à montrer le système à nos invités ?

– Bien sûr, monsieur, a répondu Mister Reginald avant de se tourner vers P'tit Trois. Qu'est-ce qui te ferait plaisir ? Dis le nom d'un objet dont tu aurais envie, n'importe lequel.

P'tit Trois a fermé les yeux et plissé la bouche, avec l'air de celui qui savoure déjà le rêve qu'il va réaliser.

Et puis il s'est exclamé :

– J'aimerais... une bicyclette ! Toute noire, si possible, avec des roues et un guidon blancs.

– Tout de suite, a dit Mister Reginald.

L'homme a attrapé un exemplaire du Célèbre Catalogue des Bonnes Affaires, sans couverture et avec des pages toutes chiffonnées, qu'il a ouvert à la bonne page, presque du premier coup.

– Et voilà ! Bicyclette en nickel chromé modèle Sultan à trois vitesses. Prix : 16 dollars. Qu'est-ce que tu en dis, mon garçon, elle te plaît ?

– Et comment ! a répondu P'tit Trois d'une voix émue.

Reginald a hoché la tête et s'est assis à son bureau, puis il a posé les mains sur un étrange appareil qui ressemblait à un télégraphe. Il a alors actionné un levier qui a gravé des petits trous sur un ruban de papier qu'il a ensuite détaché.

– C'est fait. Je viens d'écrire la référence de l'article sur ce bout de papier.

Là-dessus, il a glissé la bande perforée dans un tiroir, appuyé sur un bouton et tourné une manivelle.

Le meuble a grincé et cliqueté comme une immense horloge. Aussitôt après, les cadrans se sont tous mis en mouvement et un autre papier perforé est sorti d'une fente.

Reginald l'a récupéré d'un air concentré avant de saisir le drôle d'entonnoir métallique pour crier :

– Mister Buck !

Un homme en bleu de travail s'est précipité vers nous et Reginald lui a remis la fiche.

– Objet à récupérer : couloir 21, étagère 18, secteur 3, étage 4, emplacement 16.

– Oui, monsieur, a lancé Mister Buck en repartant à vive allure vers les allées du hangar.

Nous avions tous observé ce manège avec des yeux émerveillés.

– La machine extraordinaire que vous venez de voir à l'œuvre est une tabulatrice électrique. Elle a été inventée il y a quelques années par un scientifique de génie nommé Herman Hollerith. Miss Dawn l'a transformée et adaptée à notre mode de fonctionnement.

– Une tabulatrice ? a demandé Eddie. Mais... ça marche comment ?

– À l'électricité, naturellement, s'est exclamé Mister Reginald sans cacher sa fierté. La machine lit les fiches perforées que je prépare avec le poinçon puis les compare à son système d'archives et finit par me répondre en imprimant une autre fiche perforée qui m'indique où se trouve l'objet cherché. C'est très pratique car l'emplacement de la marchandise change en permanence. La machine se met à jour toute seule et me donne toujours les bonnes informations… Et voilà, en deux temps, trois mouvements, ce que vous avez demandé.

Mister Buck était déjà de retour, perché sur la plus belle bicyclette que j'avais jamais vue. Il l'a remise à P'tit Trois qui a aussitôt bondi sur la selle avec cet aplomb qui n'appartient qu'à lui et s'est lancé dans une course effrénée à travers le hangar.

– C'est incroyable, a soufflé Eddie.

– Tu peux le dire, mon petit, a répondu Mister Reginald. Un vrai prodige de technologie qui permet à un seul homme de faire le travail de cent archivistes !

Eddie regardait ce vieux meuble vermoulu comme s'il voulait saisir son fonctionnement d'un seul coup d'œil. Il faisait de drôles de bruits avec son nez, des espèces de petits clappements, signe qu'il réfléchissait intensément.

Pour ma part, c'était le rôle des uns et des autres qui m'intriguait, plus que l'aspect technique.

– Mister Raphael, vous avez dit que c'est Miss Dawn qui a inventé ce système. C'était une femme hors du commun, manifestement.

– Le mot est faible, a-t-il reconnu. Je n'ai jamais rencontré quelqu'un d'aussi intelligent. Grâce à elle, notre usine a été la première de Chicago à se servir de l'énergie électrique pour éclairer les bâtiments *et* pour alimenter les machines. Miss Dawn a conçu les locomotives de transport et les grues qui chargent les wagons de marchandises, elle avait tellement de projets pour l'avenir…

À ces mots, il s'est arrêté, comme s'il en avait trop dit, avant de secouer la tête.

– Venez. Il est temps de continuer la visite.

P'tit Trois a refusé catégoriquement d'abandonner sa bicyclette mais il a au moins accepté de descendre de la selle et de nous accompagner à pied.

De retour dehors, nous nous sommes promenés au milieu des deux enfilades de hangars.

Eddie, qui continuait à ruminer on ne sait quoi, a fait remarquer :

– Si c'est dans cet entrepôt que vous stockez la marchandise, j'imagine que vous traitez les expéditions depuis un autre endroit ?

– Oui, a répondu Mister Raphael. C'est le rôle de ces hangars, là, près des voies destinées aux trains de marchandises normaux. Les objets sont récupérés et acheminés jusqu'au secteur des Envois où ils sont catalogués, empaquetés et chargés dans des wagons en vue de leur expédition. Les États-Unis sont divisés en six zones et chaque zone dispose d'un centre d'expédition. Chaque jour, des wagons entiers quittent cette usine remplis de colis en direction des quatre coins du pays.

– Et, si cela ne vous ennuie pas, pourrions-nous voir… le hangar d'où partent les objets expédiés en Louisiane ?

Ça y est, je comprenais pourquoi Eddie était si curieux. Il voulait savoir à quoi ressemblait l'endroit d'où quelqu'un nous avait envoyé la fameuse montre cassée par erreur.

– J'ai bien peur que non, malheureusement, a répondu Raphael. À l'heure actuelle, ce hangar est fermé pour, euh… pour travaux de rénovation, disons. En attendant, nous y voilà. Nous sommes arrivés.

J'ai levé la tête. Au milieu des entrepôts, comme une fleur dans l'herbe, se dressait une maisonnette en bois vernis construite sur la berge du fleuve. Malgré ses trois étages, elle était étroite et élégante, avec ses fenêtres égayées de rideaux à fleurs. J'aurais aimé vivre dans un endroit pareil. Seulement, pourquoi quelqu'un avait-il décidé de la construire ici, à l'intérieur d'une usine ?

– Voici la maison où habitait Miss Dawn, a expliqué Raphael. C'est maintenant la demeure de Mister Walker. Venez, il nous attend.

The colored citizens have the same rates to go and see
their NICODEMUS.
TICKETS ON SALE AT THE K. P. DEPOT.
W. R. HILL,
Excursion Agent.
GOOD HOUSEKE
Pat's
TUESDAY, JANUARY 16, 1902
CHICAGO DAILY TRIBUNE 5
MISS DAWN CHICAGO STATION
Deux ans après la disparition de la regrettée Miss Dawn, Mister Walker s'avoue incapable d'oublier la femme qu'il aimait : « Elle adorait Chicago. Ses inventions avaient fait entrer la ville dans une nouvelle ère. J'aimerais maintenant donner son nom à la gare, pour que le Chicago Union Depot devienne la Miss Dawn Chicago Station. » Hélas, les plus hautes instances de la société des chemins de fer n'y semblent guère favorables…
25c at all druggists.
Pat's Extract Department, Chicago, Illinois
When you write advertisers please mention Good Housekeeping

27

MISS DAWN CHICAGO STATION

Eh oui. Nous nous apprêtions tous les quatre à faire la connaissance de Mister Walker, l'homme qui avait créé le Célèbre Catalogue des Bonnes Affaires aux côtés de Miss Dawn.

C'était donc lui qui nous avait sauvés de la maison de correction et qui nous avait fait venir ici, dans cette demeure incroyable, pour qu'on lui rende ce qui lui appartenait. Cette montre que j'avais laissée dans sa petite bourse.

J'ai frissonné, comme les fois où je me jetais dans le lac, en automne : l'eau était si froide qu'elle m'empêchait de respirer.

Qu'allait-il se passer ? Je n'en avais aucune idée. Je n'avais jamais voyagé jusque-là : je ne savais pas ce qui se passe au terme d'un voyage. Peut-être rien. Peut-être qu'on se repose et c'est tout. Ou peut-être qu'on prend son élan pour entamer un nouveau périple.

P'tit Trois s'est approché et m'a prise par la main. C'était la toute première fois. J'ai observé la courbe parfaite de sa mâchoire, ses yeux décidés, la ligne délicate de ses lèvres. C'était lui qui m'avait embrassée, la veille au soir. J'en étais sûre et certaine désormais. Tandis qu'il serrait ma main, j'ai senti le même frisson, à peine perceptible.

– Julie, m'a-t-il soufflé, on l'a fait. On est riches.

– Tu es sûr ? lui ai-je demandé.

En réalité, je continuais de penser à ce baiser.

– Je suis sûr, a-t-il répondu. Notre montre est vraiment d'une valeur inestimable, elle doit coûter cher pour que Walker nous reçoive en personne. Dans la lettre, il était écrit qu'on serait payés quatre mille dollars, mais… je crois qu'on peut en tirer encore plus.

L'espoir illuminait son visage :

– Tu imagines ? Avec tout cet argent, on fera ce qu'on veut. On pourra faire le tour du monde, nous acheter une maison, ici, à Chicago, rentrer dans le bayou et vivre comme de vrais milords !

– Je ne veux pas rentrer, ai-je répliqué. Tout ce que tu veux, mais pas ça.

– Peu importe, on fera autre chose. Mais ce sera grandiose, c'est moi qui te le dis !

C'est un fait, je m'étais trompé au sujet de P'tit Trois. Moi qui croyais qu'il nous avait embarqués dans ce voyage insensé pour l'argent. La réalité était bien différente : il avait une âme d'aventurier. Il était comme un pirate qui serre dans ses mains un coffre au trésor. Et pour l'heure, il me racontait ses rêves, à moi, à moi seule.

– Qu'est-ce que tu en dis, Joju ?

On devinait tant de choses derrière cette simple question ! Avec un sourire, j'ai cherché la bonne chose à dire parmi toutes celles qui s'agitaient dans ma tête. Alors que je ne l'avais pas encore trouvée, Eddie nous a coupés :

– Hé, vous vous dépêchez un peu ? On ne va quand même pas faire attendre Mister Walker !

Mister Raphael a sorti de son gilet une petite clé qu'il a tournée trois fois. La serrure a grincé comme le mécanisme d'une horloge à ressort et la porte s'est ouverte toute seule, lentement, tandis que la musique légère d'un carillon se faisait entendre un peu plus loin.

– Par ici, a dit Mister Raphael.

Nous nous sommes retrouvés dans un petit hall carré, dominé par un escalier qui grimpait jusqu'à l'étage supérieur. Contre un mur, il y avait une grosse pendule et une rangée de coucous. J'ai sursauté en voyant un mannequin en métal au moins aussi grand que Mister Raphael, surmonté d'un long haut-de-forme où était insérée une autre horloge.

Mister Raphael a retiré sa veste et l'a placée entre les mains du pantin qui s'est animé et a exécuté une petite courbette avant de revenir dans sa position initiale.

– Wouah ! s'est exclamé Eddie.

– J'imagine que cet engin appartenait également à Miss Dawn… ai-je avancé avec un sourire.

– Tout à fait, a répondu Mister Raphael. Le père de Miss Dawn était horloger, elle avait hérité de sa passion.

Cette maison renferme sa collection qui compte plus de cinq mille horloges venues du monde entier. Elle les remontait et les réparait elle-même.

Mister Raphael nous a fait prendre place dans un petit salon aux murs couleur jaune d'œuf. Cette pièce croulait sous des dizaines, si ce n'est des centaines de cadrans : il y avait là de grosses pendules et des chronomètres si petits qu'ils étaient placés sous une loupe, des clepsydres et des méridiennes, des montres à gousset et des réveils.

J'ai admiré des jouets mécaniques qui étaient en fait des pendules, exactement comme le portemanteau de l'entrée, et des pendules qui étaient en fait des horloges astronomiques représentant toutes les étoiles du ciel. J'ai vu une horloge ovale avec des aiguilles mécaniques qui s'allongeaient et se rétractaient pour ne pas buter contre les bords du cadran. Et de vieilles horloges à bougie qui permettaient de mesurer le temps en fonction de la cire qui s'était écoulée.

Partout, il y avait quelque chose d'étrange, d'incroyable et de merveilleux. Mais en même temps, tout me semblait un peu triste : ces mécanismes au fonctionnement incroyablement précis rythmaient le passage du temps en souvenir d'une femme morte assassinée pour qui le temps n'avait plus grand sens, désormais.

Je me suis installée sur un petit canapé, la bourse serrée contre moi, pour m'offrir un instant de répit tandis que les autres passaient d'une horloge à l'autre en criant. Min semblait aux anges. Mon frère regardait autour de lui avec des yeux comme des soucoupes et articulait des mots, sans bruit, sous le coup de l'étonnement.

Il pointait le doigt vers tel ou tel mécanisme avant de se tourner vers moi avec un grand sourire. Il voulait être sûr qu'il n'était pas en train de rêver, que ces objets incroyables existaient vraiment. Miss Dawn et lui avaient beaucoup de choses en commun, finalement : ils vivaient dans un monde à part, dans une dimension que les autres avaient du mal à comprendre.

Je me suis levée du canapé pour m'étirer comme un chat. Et j'ai lancé :

– Hé, vous pouvez me dire pourquoi on attend ? Où est passé Mister Raphael ? Et...

– Bonjour, a alors dit une voix aussi profonde que le ressac de la marée.

Je me suis retournée. Pour me retrouver nez à nez avec Mister Walker.

Il était comme sur les photos que j'avais vues dans les journaux : c'était un gentleman au visage effilé, avec des sourcils à peine esquissés et une moustache en guidon de bicyclette. Dans ce complet bleu marine qu'il portait, il semblait encore plus grand et sec, comme une tige d'acier drapée de soie.

– Andrew Walker. Bienvenue chez moi.

Il a tendu une main pâle, avec de longs doigts de musicien, et P'tit Trois a aussitôt bondi pour la serrer avec un large sourire.

– Bonjour, Mister Walker, ravi de vous connaître, je suis P'tit Trois, enfin, Peter, Peter Chevalier. Lui, c'est mon ami, Eddie Criquet, enfin Eddie Brown, et elle, c'est Joju, enfin, Julie. Lui, en revanche, c'est Francis, mais tout le monde l'appelle Min. On ne dirait pas, vu comme ça, mais c'est le frère de Julie et…

Il était si agité qu'il s'était mis à parler en français, comme si on était en Louisiane. Mais cela n'a guère troublé Mister Walker, qui a répondu dans la même langue :

– Je sais qui vous êtes, et je vous remercie d'avoir fait un si long voyage dans le seul but de venir me voir.

– C'était un plaisir, a dit P'tit Trois. Une aventure fantastique, pour tout vous dire, enfin, si on laisse de côté l'inspecteur Byrne qui voulait nous envoyer en prison, et qui a bien failli y arriver, d'ailleurs…

Le visage pâle de Walker s'est contracté dans une grimace.

– J'en suis navré. Dès que j'en ai été informé, j'ai envoyé Raphael vous chercher. J'espère que le comportement de ce policier ne vous aura pas causé trop de désagréments.

Il parlait par à-coups, de façon aussi sèche et saccadée que s'il récitait le contenu d'un livre.

– Si vous voulez me suivre, je crois que Raphael finit de préparer la table. Il est bientôt l'heure du déjeuner.

De retour dans le hall, nous avons suivi Mister Walker en haut de l'escalier puis dans un séjour où une grande table était entièrement dressée. La nappe d'un blanc immaculé, si longue qu'elle frôlait le sol, était remplie d'assiettes et de couverts : il y avait trois verres devant chaque siège et une longue ribambelle de fourchettes et de couteaux.

Au centre de la table trônait un gros œuf doré posé sur un élégant coquetier, doré, lui aussi. La sculpture s'ouvrait comme un couvercle à son sommet pour révéler, à l'intérieur, une élégante horloge dont les aiguilles étaient serties de diamants.

Mister Walker s'est attablé et nous a fait signe de nous asseoir, mais nous étions tous un peu gênés. Enfin, tous sauf P'tit Trois, évidemment : il a aussitôt tendu la main vers la corbeille à pain pour y attraper une petit boule sombre et parfumée. Eddie a tenté de la reprendre en lui ordonnant de se comporter correctement mais P'tit Trois lui a envoyé un coup de pied qui a failli le faire éclater en sanglots. Ces deux-là ne faisaient aucun effort pour se tenir tranquilles, même dans un moment pareil !

– Prenez ce que vous voulez, s'est empressé de dire Mister Walker en distribuant des petits pains à tout le monde. Vous avez faim, j'imagine.

Tout doucement, j'ai dit :

– Vous avez une maison vraiment fabuleuse, monsieur.

Pour être honnête, j'étais encore un peu impressionnée. Je tenais à faire bonne figure et être à la hauteur de ce monsieur si raffiné, comme tous ces gens sophistiqués dont parlaient les articles d'E. Cochrane. Mais à cet instant, je n'avais jamais eu autant l'impression d'être une fille du bayou, avec des cheveux comme des lianes et les pieds durcis par les cailloux.

– Merci, a répondu Mister Walker, qui semblait trop absorbé pour prêter réellement attention à moi. Comme vous l'aura peut-être expliqué ce cher Raphael, je me suis installé ici depuis quelques années seulement. Cette demeure était celle de mon amie Miss Dawn.

– Oui, monsieur. Nous sommes au courant. Et, euh… nous voulions vous dire que… nous avons beaucoup de peine pour vous.

– Quatre ans ont passé depuis sa disparition, mais pour moi, c'est comme si c'était hier. C'est d'autant plus aimable à vous d'être venus jusqu'ici pour me rendre une chose à laquelle je tiens tout particulièrement.

– La montre, n'est-ce pas ? s'est exclamé Eddie.

D'instinct, j'ai serré la bourse. Mister Walker m'a lancé un regard perçant.

– Tout à fait, a-t-il confirmé. Comme vous pouvez le voir, ce ne sont pas les horloges qui manquent dans cette maison. Certaines sont même très précieuses. Cet œuf de Fabergé au centre de la table, par exemple, avait jadis été offert en cadeau à une impératrice. Mais Miss Dawn n'accordait aucune importance à l'argent. Cette vieille montre de chef de gare avait une immense valeur sentimentale. Le soir de sa mort, on l'a retrouvée avec cet objet dans sa main.

– Quand elle a été tuée… par Mister Darsley, vous voulez dire ?

Je connaissais déjà l'histoire, et même très bien. Tous les quotidiens que j'avais lus à St. Mary m'avaient appris les moindres détails de cette affaire.

– Il voulait s'emparer de l'héritage de Miss Dawn, c'est-à-dire de ces titres au porteur... Alors il l'a tuée mais il a été jeté en prison. Et quelques heures à peine après son évasion, il est à mort à son tour.

– Exactement ! a acquiescé Mister Walker.

Il était devenu pâle comme un linge. Mince, et si j'avais fait une gaffe en évoquant Mister Darsley ? Peut-être que les gens comme il faut ne parlent pas de meurtres sanglants à table.

Juste au moment où je me promettais de ne plus ouvrir la bouche, Eddie en a profité pour attaquer :

– Il y a une chose que je ne comprends pas. Si cette montre est importante, comment s'est-elle retrouvée en Louisiane ? En fait, Mister Walker, nous avons lu une lettre où vous demandez de rapporter la montre ici à tout prix et...

– C'est également la faute de Mister Darsley, l'a coupé notre hôte. Le soir où ce monstre s'est évadé de prison, il a osé venir ici, dans cette maison. Il a brisé un carreau au rez-de-chaussée et s'est glissé à l'intérieur. J'étais en ville à Chicago pour raisons professionnelles, et c'est peut-être ça qui m'a sauvé la vie : je crois que Darsley voulait d'abord me tuer. Il est entré dans ma chambre, qui avait été celle de Miss Dawn, et a trouvé la montre sur ma table de nuit. Sans hésiter une seconde, il l'a dérobée. Il savait que je tenais à cet objet plus qu'à ma propre vie, et que j'aurais fait n'importe quoi pour le récupérer.

Un éclair a brièvement traversé son regard et je me suis aperçu d'une chose : cet homme en apparence si inoffensif devait être un adversaire redoutable, il valait mieux ne pas se mettre en travers de son chemin.

– Darsley s'est donc emparé de la montre, a poursuivi Mister Walker. Seulement il ignorait que l'usine était surveillée jour et nuit. Les gardiens ont donné l'alerte. Il y a eu une course-poursuite et il s'est réfugié dans l'un des hangars des envois. Les gardiens l'ont encerclé, il a ouvert le feu, mes hommes n'ont pu que répliquer. Et Darsley a été tué.

Cette histoire m'a rappelé les journaux de St. Mary. J'avais lu quelque chose au sujet d'une tentative de cambriolage chez Walker & Dawn. Mais ce n'était pas tout. Si mes souvenirs étaient bons, Darsley avait été retrouvé mort le même jour, « aux abords de la gare de chemin de fer ». C'est ce que racontait cet article qui avait attiré mon attention, sur le *Louisiana Story* !

Pendant ce temps, Walker avait repris son histoire :

– Comme je vous l'ai dit, je n'étais pas en ville cette nuit-là. Sitôt rentré, j'ai été informé de ce qui s'était passé. J'ai prié la police et les journaux de traiter cette affaire avec la plus grande discrétion. Le Catalogue a une réputation à tenir, vous comprenez. Nous avons donc fait croire qu'un mystérieux voleur avait tenté de s'introduire ici avant de prendre la fuite. Quant au corps de Darsley, il a été évacué non loin des voies ferrées.

Ah, voilà la clé du mystère ! En réalité, ces deux nouvelles n'en faisaient qu'une. Et dans l'une comme dans l'autre, Mister Darsley avait joué les premiers rôles.

– Restait la montre, a poursuivi Walker. En constatant qu'elle avait disparu, j'ai demandé à tous mes employés de se lancer à sa recherche. Vu qu'elle était introuvable et que Darsley ne l'avait pas sur lui, nous en avons conclu qu'elle avait très certainement été cachée dans un paquet prêt à être expédié… Hélas, dans l'intervalle, tous les colis traités cette nuit-là étaient déjà partis par train.

– Mais bien sûr ! s'est écrié Ed. Parmi ces colis, il y avait certainement celui de notre commande. Darsley a dû voir le revolver qui se trouvait à l'intérieur, s'en servir pour se défendre et cacher la montre dans la boîte qui est finalement parvenue jusqu'à nous.

– Je crois moi aussi que les choses se sont passées de cette manière, a reconnu notre hôte. Malheureusement, je n'étais pas en mesure de savoir à qui avait été envoyée cette montre. J'ai par conséquent écrit une lettre à tous mes agents aux quatre coins des États-Unis et j'ai alerté la police de Chicago pour savoir si quelqu'un s'était rendu en ville dans le but de me parler.

– Parlons-en, de vos agents ! a brusquement lâché P'tit Trois. Votre Jack nous a menacés pour récupérer la montre et Byrne nous a traités de voleurs avant de nous enfermer dans un orphelinat !

Mister Walker était si pâle que sa peau semblait transparente.

– Veuillez me pardonner si certains de mes hommes ne se sont pas comportés en gentlemen… Ce que vous avez fait est d'autant plus louable. Et maintenant, laissons de côté ces sujets pénibles, je crois que le déjeuner est prêt.

Mister Raphael était en effet de retour dans la pièce. Il avait changé de tenue et portait désormais une livrée de majordome, un plateau d'argent recouvert d'une cloche étincelante au bout des bras.

Il nous a servi des huîtres sur un lit de glace, avec de petites tranches de citron en forme de fleur, puis une soupe de poisson et une excellente viande avec de drôles de légumes que je n'avais jamais vus. Tout avait un goût nouveau, délicieux et aussi harmonieux que la musique d'un orchestre.

P'tit Trois, Eddie et Min se sont jetés sur leurs assiettes comme des ours affamés. Pour ma part, j'ignorais par où commencer, avec toutes ces fourchettes ! Mais Mister Walker était si gentil que j'ai très vite cessé de me sentir mal à l'aise : il m'a même servi un vin rempli de petites bulles qui avait la couleur de l'or. En un instant, j'ai senti ma tête devenir légère, si légère !

En fin de repas, le chariot des desserts est arrivé, accompagné d'un vin plus fort et très sucré. Mister Walker s'est allumé un cigare et en a proposé un à Eddie et P'tit Trois.

Voilà qui aurait dû éveiller mes soupçons. Hélas, l'alcool m'avait trop grisée pour que je sois sur mes gardes.

Le temps de nous conduire dans un autre salon, Mister Walker nous a versé une dernière gorgée de vin et a proposé un toast auquel nous avons tous participé volontiers. Et puis, il s'est penché vers moi pour me dire :

– Miss Julie, si je ne m'abuse, c'est vous qui avez ma montre. Est-ce que je pourrais la voir ? Cela fait si longtemps.

J'ai regardé P'tit Trois et Eddie qui avaient l'air aux anges. Même Min ne semblait pas troublé de devoir dire adieu à cette montre qu'il aimait tant. J'ai donc ouvert la petite bourse et sorti l'oignon cassé de Miss Dawn.

Mister Walker l'a pris entre ses mains, l'a scruté dans la lumière de la fenêtre, et sa bouche s'est ouverte dans un large sourire.

– Elle est de nouveau à moi, enfin ! Les recherches peuvent reprendre !

CHICAGO DAILY TRIBUNE

NO.167 CHICAGO, SATURDAY, JUNE 16, 1900 4 ¢

UN ASSASSIN À LA BARRE

« Cet homme [Mister Darsley, N.d.l.R.] m'a détruit. Il m'a volé ce que j'avais de plus cher au monde, il a menacé et intimidé la femme que j'aimais pour qu'elle renonce à tous ses biens et les cache Dieu sait où. La justice des hommes a désormais épargné Mister Darsley en le sauvant de l'échafaud, mais je suis sûr qu'il existe aussi une justice divine, et elle sera bien plus dure. »

28

UN ASSASSIN À LA BARRE

Quelque chose n'allait pas, et c'est plus ou moins à cet instant que je m'en suis aperçue. Je ne me sentais pas très bien, le vin m'avait tourné la tête, et le salon dansait autour de moi dans une espèce de valse boiteuse. Eddie et P'tit Trois étaient loin, comme des poissons-chats qui s'agitaient au fond d'un lac. Min, lui, regardait le bout de ses doigts comme si la lune était cachée derrière.

J'avais la sensation d'avoir oublié quelque chose d'important.

– La montre… a marmonné P'tit Trois. La récompense…

Mais oui, ça y est, je m'en souvenais !

– Exact, Mister Walker. La récompense…

Ma langue était collée à mon palais comme à du papier tue-mouches, c'était une sensation si amusante que je me suis mise à rire. J'étais complètement ivre, désormais.

– Nos… Nos sous…

Le patron du Célèbre Catalogue des Bonnes Affaires s'est levé d'un mouvement raide.

– Bien sûr, a-t-il lâché. Je n'ai qu'une parole, foi de Walker. Mais avant cela, il vaut peut-être mieux que vous retourniez à l'hôtel vous reposer un peu…

– Monsieur, les enfants…

C'était la voix de Mister Raphael.

– Ne vous mettez pas en peine, Raphael. J'ai déjà donné les instructions nécessaires.

Tout à coup, je me suis aperçue que quelqu'un m'attrapait délicatement sous les aisselles pour me relever. C'était le chauffeur qui nous avait accompagnés jusque-là.

Eddie protestait, ou du moins réagissait mais je ne tenais pas debout et je me fichais bien de tout ce qui pouvait se passer. Une chose m'inquiétait terriblement : l'hôtel était trèèèèèès loin. Le trajet pour y arriver était inteeeeeerminable. Et j'étais si fatiguée que je n'arriverais jamais à marcher seule.

J'ai vu Eddie qui essayait de parler avec Mister Walker, mais celui-ci lui tournait le dos. Bizarre, bizarre. P'tit Trois a ensuite pris la main de Min et ils sont tombés par terre après avoir trébuché tous les deux. Le chauffeur m'a prise dans ses bras et m'a portée dans l'escalier. Des images incohérentes ont défilé devant moi comme des photographies floues. Je me suis retrouvée sur la banquette, écrasée entre Eddie et P'tit Trois, avec Min pelotonné à nos pieds comme un jeune chiot.

J'ai demandé :

– Vous vous sentez mal, vous aussi ?

– Oh oui, a dit P'tit Trois. Ça tourne à toute vitesse.

En entendant Min sangloter, j'ai murmuré :

– Je suis désolée, Min. Mister Walker te laissera peut-être tenir la montre une autre fois…

La voiture a franchi le portail, et le vent violent m'a quelque peu réveillée. J'avais envie de vomir, mais le monde semblait un peu plus stable. J'avais sommeil, vraiment sommeil. En contrepartie, je commençais à prendre conscience de l'énorme bêtise que j'avais faite. L'espace d'un instant, j'avais sorti la tête hors de ma carapace de tortue et voilà le résultat : nous nous retrouvions sans la montre et sans la récompense. Certes, Mister Walker avait promis de ne pas nous oublier, mais…

– Il y a quelque chose qui cloche, a murmuré Eddie. Ce n'est pas la route de l'hôtel.

– Comment tu le sais ?

Les yeux d'Eddie étaient comme deux pointes d'aiguille derrière ses lunettes.

– Je suis un chaman et le guide du groupe, m'a-t-il répondu.

Je n'avais aucune idée de ce que ça voulait dire, mais qu'importe.

– L'hôtel se trouve au nord de la gare alors que là, on se dirige vers le sud-ouest.

La voiture roulait le long d'une allée que j'avais l'impression d'avoir déjà vue. Si seulement le vin me laissait réfléchir !

J'ai marmonné :

– Et toi, Eddie, ça va ?

– Parle moins fort, a-t-il chuchoté.

Sa bouche était presque collée à mon oreille.

– Je n'ai pas touché à mon verre. Je m'étais senti trop mal à La Nouvelle-Orléans, tu te souviens ?

Quel génie, cet Eddie ! Et dire que j'avais bu comme une idiote. J'avais envie de pleurer, l'alcool me rendait ridicule.

J'ai pleurniché :

– Excuse-moi, je n'y comprends rien… J'ai rendu la montre.

– Oui, j'ai essayé de t'en empêcher mais ça n'a pas marché. P'tit Trois a trop bu, lui aussi, il est même en plus piteux état que toi.

Et c'était vrai, notre ami était affalé sur le plancher de la voiture, avec un teint jaunâtre qui ne me plaisait pas du tout. Devant nous, sur la banquette avant, le chauffeur roulait à toute allure en donnant de furieux coups de klaxon.

– Il y a quelque chose qui cloche, Julie. On ne prend pas le chemin de l'hôtel, et au déjeuner Walker n'a pas arrêté de nous servir à boire, comme s'il voulait nous enivrer exprès.

– Quoi ?

J'avais sommeil, tellement sommeil.

– J'ai besoin de ton aide, Julie. Il faut que tu te tiennes prête.

– Prête à faire quoi ?

Eddie m'a jeté un regard désemparé.

– Je ne sais pas.

Je me suis redressée en m'agrippant au dossier. Le moindre mouvement était difficile, mais j'ai réussi à me mettre debout et le vent violent a giflé mon visage, ce qui m'a encore un peu plus réveillée. Les objets étaient de plus en plus nets.

La rue où nous nous trouvions ne m'était pas inconnue. Pas plus que ce bâtiment rouge, tout là-bas, entouré d'un grand mur hérissé de piques.

La maison de correction. Le chauffeur me ramenait à St. Mary.

J'avais vraiment été bête. Un instant durant, j'avais oublié qui j'étais. Pas Julie la dame de la haute société, ni Julie qui se sert de toutes ces fourchettes, dans sa robe couleur pêche. Mais Julie du bayou et des moustiques, du fleuve, des cabanes remplies de souvenirs à effacer.

Il n'empêche : si je m'étais trompée une fois, je ne me tromperais pas deux fois. Et je savais une chose : je ne retournerais pas à St. Mary. Plus jamais.

C'était le moment de passer à l'action. Les mains tendues, j'ai bondi sur le chauffeur pour l'attraper à la gorge, par-derrière, en lui plantant mes ongles dans la peau.

J'ai crié et entendu le chauffeur répondre par un grognement étouffé. L'automobile a tourné sur elle-même dans un crissement de pneus, fait une embardée par-dessus le trottoir avant d'aller s'écraser contre un poteau télégraphique. Le choc m'a fait basculer en avant : avec le chauffeur, nous avons volé par-dessus le capot et nous avons roulé par terre sur les briques qui pavaient la route.

Quelque chose a heurté mon épaule et ma tête a recommencé à tourner. Mais cette fois, ce n'était pas à cause du vin. Le souffle court, j'ai essayé de me relever. Tout près de moi, le chauffeur saignait du front mais il semblait encore en vie, ses mains raclaient le sol.

Et la voiture, cette splendide voiture hors de prix, était en partie réduite en bouillie.

J'ai murmuré :

– Eddie, Eddiiiie…

Je l'ai vu enjamber la portière encore fermée, se laisser retomber de l'autre côté et se tourner pour attraper Min.

– Julie, qu'est-ce que tu as fait ?

– Il faut qu'on se sauve.

– Petite saleté ! a grogné le chauffeur en se mettant à genoux.

Le sang dessinait sur son visage une horrible peinture de guerre indienne.

P'tit Trois saignait lui aussi, il avait une entaille profonde qui partait du front et courait le long de sa joue. Il se tenait l'épaule droite avec l'autre main. Il semblait tout de même en mesure de marcher.

J'ai crié :

– Sauvons-nous !

J'ai pris Min par la main et je suis partie en trombe, Eddie et P'tit Trois caracolant derrière moi. Le chauffeur, lui, criait des choses qui n'étaient vraiment pas dignes d'un gentleman.

– Qu'est-ce qui s'est passé ? a demandé P'tit Trois.

Le coup avait eu le mérite de le dessaouler.

– Il s'est passé que Julie est devenue folle, a répondu Ed.

Sans prêter attention à eux, je me suis précipitée dans une ruelle, j'ai pris un virage, et encore un autre : le chauffeur ne nous avait pas rattrapés mais il pouvait arriver d'un moment à l'autre. Vite, pas de temps à perdre !

– Là ! a dit P'tit Trois.

Son visage couvert de sang donnait la chair de poule.

– La porte… la cave.

Il a indiqué une trappe sur le côté d'un immeuble. Avec Ed, nous avons soulevé le battant. Une volée de marches branlantes descendait au milieu des ombres de rayonnages vides et de toiles d'araignée.

J'ai poussé Min dans l'escalier, puis P'tit Trois et Eddie. J'ai ensuite refermé la porte au-dessus de ma tête et je suis resté immobile. Il n'y avait plus qu'à attendre.

J'avais aussi peur qu'un lapin pris au piège. Derrière moi, Eddie prenait soin de P'tit Trois : il avait trouvé une bouteille de liqueur forte et essayait de nettoyer ses blessures.

– Pouah, je pue l'alcool, a bougonné P'tit Trois. Quelle horreur, je ne boirai plus jamais.

Eddie, lui, l'avait compris bien avant nous. Et c'est ce qui m'avait fait échapper à St. Mary.

Alors j'ai murmuré :

– Merci. Tu avais raison, on ne rentrait pas à l'hôtel. Ce qu'on a aperçu, c'était la maison de correction où ils m'avaient enfermée. Ils me ramenaient là-bas.

P'tit Trois a secoué la tête :

– Mais pourquoi ? C'est Mister Walker lui-même qui nous a fait sortir de l'orphelinat...

– Rappelez-vous, vous avez dit que Byrne était venu vous voir à plusieurs reprises et qu'il était devenu différent à l'instant où vous lui avez parlé de la montre. Comme troublé. Je parie que Mister Walker a été mis au courant et qu'il a alors décidé de nous traiter comme des princes... Au fond, comme Byrne vous avait fouillés sans rien trouver, Mister Walker a dû penser que quelques habits neufs et un bon repas suffiraient pour qu'on baisse la garde et qu'on lui dise où était la montre. Mais j'ai fait pire : je la lui ai rendue. Il ne lui restait plus qu'à faire disparaître les traces. Et nous envoyer dans un endroit dont on ne sortirait plus.

– Mais pourquoi ? Pourquoi « faire disparaître les traces » ? a demandé Ed.

Cette fois, c'est P'tit Trois qui a répondu.

– Parce que cette montre vaut très cher. Vraiment très cher. Miss Dawn l'avait sur elle au moment de sa mort et Mister Darsley s'est évadé de prison dans le seul but de la voler. Il voulait cette montre, j'en suis sûr. Et c'est pour ça que Walker l'a tué.

– Mais d'après ce qu'il nous a dit, c'est Darsley qui a tiré le premier... a soupiré Eddie.

J'ai répliqué :

– Et tu le crois, toi ? P'tit Trois a raison, c'est Mister Walker qui a fait assassiner Darsley, j'en mettrais ma main à couper.

– Vous êtes fous. On ne tue pas quelqu'un pour une montre cassée…

Je me suis arrêtée net. Ed venait de dire quelque chose de très important.

– Attendez ! Cette montre… Elle ne fonctionne plus. Or nous savons que Miss Dawn réparait ce genre de mécanismes. Ça ne vous semble pas… bizarre ?

Cette femme hors du commun savait fabriquer des locomotives, des machines qui créaient des cartes perforées, et sa maison était remplie d'horloges en tout genre.

Pourquoi n'avait-elle pas réparé une vieille montre à gousset de chef de gare ?

– Peut-être que Miss Dawn l'a gardée cassée en souvenir, a suggéré Ed. Son père était horloger. Si ça se trouve, c'était la dernière chose qu'il lui a laissée avant de mourir.

– Mais non ! ai-je soufflé. Si c'était le cas, pourquoi Mister Darsley aurait-il voulu un vieil oignon, lui aussi ? Et Mister Walker ? Cet homme a un morceau de verre à la place du cœur.

Non, il devait y avoir une autre raison, un motif qui rendait cette banale montre à gousset si particulière. Mais quoi ? Et puis, surtout, quel intérêt avions-nous à le savoir puisque nous l'avions perdue pour toujours ?

Nous avons discuté encore un moment, jusqu'à ce que la conversation s'épuise et s'arrête comme le moteur d'une automobile. Mon frère Min dormait par terre ; dans la pénombre de cette cave, ses cheveux crépus étaient devenus un énorme mouton de poussière. Nous avons laissé les heures s'écouler. Jusqu'au soir.

Mister Walker n'avait sans doute pas envoyé quelqu'un nous retrouver. Après tout, nous n'étions que des gamins de la campagne avec une histoire que personne n'oserait jamais croire. Toujours est-il qu'on n'avait aucun endroit où dormir et que cette cave semblait être un abri sûr, pour le moment.

Pour la première fois depuis le début du voyage, nous nous sommes vraiment sentis perdus.

– Où est l'argent de Berry ? Il nous restait une jolie somme !

– Ceux de l'orphelinat nous l'ont pris dès qu'on a mis les pieds là-bas, a murmuré P'tit Trois. Et quand ce Mister Raphael est venu nous chercher, on était tellement contents qu'on a oublié de les réclamer.

– Il nous reste forcément une petite pièce !

Sans perdre une seconde, j'ai ouvert mon sac et renversé le peu qu'il contenait. Hélas, il n'y avait qu'un mouchoir et la bourse sale où j'avais caché la montre pendant si longtemps.

P'tit Trois avait une bille de couleur et mon frère Min, une boîte d'allumettes avec l'emblème de Tremont House.

– Moi non plus, je n'ai rien d'intéressant, a dit Eddie en retournant les poches de son pantalon.

Un petit morceau de papier a alors glissé par terre.

Je l'ai ramassé pour l'observer dans la faible lumière qui venait de la porte de la cave. C'était la carte de visite de la journaliste qui nous avait interpellés au moment où nous allions entrer dans l'usine.

Le petit rectangle cartonné disait simplement : ELLIE CLEMENS, JOURNALISTE, *CHICAGO TRIBUNE*. Rien d'autre, comme s'il n'était pas nécessaire de préciser l'adresse du quotidien.

– C'est parce que tout le monde le connaît, a fait remarquer Eddie. Le *Chicago Tribune* se trouve dans le Tribune Building, entre Madison et Dearborn.

– Hein ? a dit P'tit Trois. Comment tu fais pour savoir ça, Eddie-Ed ?

Il a eu un sourire avec, une fois encore, son air mystérieux de « je suis un magicien et vous ne saurez jamais mes secrets ». Et puis il a avoué :

– C'est tout près de notre hôtel. Enfin, de notre *ancien* hôtel. Comme c'est un bâtiment énorme, il m'avait frappé et j'avais demandé au chauffeur de quoi il s'agissait.

– Parfait, ai-je répondu. Alors on y va.

Tout ce qui nous restait, c'était notre histoire. Notre dernière chance. Quelqu'un aurait peut-être envie de l'écouter et de croire qu'au cœur du bayou de La Nouvelle-Orléans un employé du Célèbre Catalogue des Bonnes Affaires avait failli nous tuer et que le propriétaire riche à millions de ce même Catalogue avait fait assassiner quelqu'un, en l'occurrence un détective tout juste évadé de prison.

Il n'y avait guère de raison d'espérer, mais c'était déjà un point de départ. Et il y a des fois où un point de départ suffit amplement.

Même s'il y avait plus de sept miles à parcourir pour arriver au Tribune Building, nous avons réussi à nous faufiler dans un tram sans payer nos billets, en nous fondant dans la masse. Oh, il nous est arrivé une ou deux fois de prendre la mauvaise direction, mais cela ne nous a pas empêchés d'arriver à bon port.

Il était tard, vingt et une heures passées, et nous n'avions rien dans le ventre, rien du tout.

Le Tribune Building était un bâtiment majestueux, comme l'avait dit Ed, carré et solide comme un roc. Grâce à la lumière électrique, toutes les fenêtres brillaient comme les étincelles d'un feu de joie.

– Au moins, il y a encore du monde, a fait remarquer Eddie. J'avais peur que tout soit déjà fermé…

– Les journaux ne dorment jamais, ai-je dit solennellement.

– Parce que tu t'y connais en journaux ?

– Pas mal, oui.

La porte principale du Tribune Building était fermée, mais nous avons quand même frappé. Au bout d'un moment, un jeune homme est venu nous ouvrir.

– Qu'est-ce que vous voulez ? Fichez le camp. Ce n'est pas un endroit pour les morveux.

Je lui ai montré la carte de visite :

– Nous sommes venus voir Ellie Clemens, la journaliste. Nous sommes ses *informateurs*. C'est très important.

– Hum, je ne sais pas si elle est là, vu l'heure…

– Alors dis-nous où la trouver. Ça ne peut pas attendre demain, c'est un vrai *scoop* !

Je venais à peine d'apprendre ce mot en lisant les journaux à St. Mary, mais on aurait dit qu'il avait fait tinter une petite clochette dans la tête du jeune homme. Il nous a priés d'attendre un instant avant de disparaître en nous laissant au beau milieu de la rue.

Moins de cinq minutes plus tard, la porte s'est ouverte à nouveau et nous avons vu surgir le nez aquilin et les bajoues tombantes d'Ellie. Elle portait encore la même robe noire que dans la matinée mais elle était nettement plus ébouriffée.

D'un seul coup d'œil, elle nous a reconnus.

– Vous !

CHASSE AU TRÉSOR À CHICAGO

Situation délicate pour Mister Walker. Si quelqu'un vient à retrouver les titres au porteur laissés par Miss Dawn, cette personne deviendra de plein droit copropriétaire du Célèbre Catalogue. La ville est désormais le théâtre d'une chasse au trésor effrénée pour récupérer le lot d'actions perdu et nous prenons le pari que, parmi ces « chasseurs », Walker lui-même est aux avant-postes.

29

CHASSE AU TRÉSOR À CHICAGO

Je ne savais pas à quoi ressemblait la rédaction d'un journal puisque je n'en avais jamais vu. Et à vrai dire, je n'y avais même pas songé. Cela étant, quelque part dans un coin de ma tête, j'avais l'image d'une école, avec un directeur derrière son bureau et de nombreux journalistes assis à leurs pupitres comme des écoliers, en train d'écrire ou de corriger leurs textes.

Mais non. L'endroit où je venais d'entrer avait plutôt l'air d'un grand marché. Les allées fourmillaient d'hommes en bras de chemise qui criaient comme des forcenés, d'autres tapaient sur les touches d'étranges boîtes en fer (des machines à écrire, c'est comme ça qu'Eddie les appelait), et d'autres encore prenaient des notes ou se massaient autour d'un relais télégraphique.

Certains messieurs parlaient dans des petites boîtes en bois accrochées au mur. À en juger par leurs mines concentrées et leurs silences intermittents, on avait l'impression que ces engins leur répondaient.

– Excusez le vacarme, a dit Ellie, on s'apprête à boucler l'édition de demain.

– C'est-à-dire ? a demandé P'tit Trois.

– Chaque matin, à l'aube, le journal est en vente dans toutes les rues de la ville. Pour que ce soit possible, les imprimeurs doivent travailler toute la nuit. Les journalistes, eux, ont jusqu'à une heure du matin pour écrire leurs articles. Vous êtes en train d'assister au moment le plus intense de la journée.

La femme nous a adressé un sourire amusé :

– En ce qui me concerne, j'en ai déjà terminé pour aujourd'hui mais vous avez l'air d'avoir quelque chose d'important à me dire.

– De très important, ai-je confirmé.

Ellie nous a fait entrer dans une petite pièce sans fenêtre.

– On est un peu à l'étroit, a-t-elle fait remarquer en retirant une pile de papelards haute comme ça du seul siège à disposition pour le donner à Min.

Elle a réfléchi un instant devant son bureau encombré de documents avant de poser les papiers sur la machine à écrire en équilibre sur les touches.

Les murs étaient couverts de nombreux articles encadrés.

Je me suis approchée pour mieux voir quand mon cœur a bondi : ils étaient tous signés de mon journaliste préféré, E. Cochrane. J'en avais même lu certains, comme le fameux article sur le vampire en frac.

J'ai lancé :

– Hé, les amis, ça m'était complètement sorti de la tête mais un grand journaliste travaille ici, au *Tribune*, il s'appelle…

Et je me suis arrêtée net.

E. Cochrane.

E. C.

Comme Ellie Clemens.

– C'est toi, pas vrai ? ai-je dit d'une voix légèrement tremblante. Cochrane. J'ai lu tous tes articles… pardon… tous *vos* articles en prison. Enfin, pas tous, mais…

– En prison ? J'ai hâte de connaître votre histoire.

Ellie s'est assise sur le bureau. Les papiers qu'elle venait d'y poser ont atterri par terre mais elle n'y a même pas fait attention.

– Mais d'abord, oui, Cochrane, c'est moi…

– Et pourquoi…

– Bah, disons que les femmes journalistes sont admises à Chicago… mais elles ont bien du mal à faire carrière. Mon rédacteur en chef a donc eu l'idée d'inventer ce pseudonyme – un faux nom, si vous préférez. Et c'est ainsi qu'est né Cochrane.

Je n'en revenais pas. J'étais face à la personne qui avait écrit tous les merveilleux articles qui m'avaient aidée à résister pendant mon sombre séjour à St. Mary.

Eh bien, nous avions vraiment frappé à la bonne porte : nous allions raconter notre histoire à la journaliste qui avait suivi l'histoire de Mister Walker, Mister Darsley et Miss Dawn depuis le début.

– C'est incroyable que ce soit toi qui… Enfin, on a besoin de ton aide, Mister Walker a essayé de nous faire enfermer, une fois de plus, il a aussi tué quelqu'un, on dirait bien que des tas de personnes sont éliminées, partout, et puis il y a la montre…

Ellie s'est raclé la gorge et a sorti un bloc de papier pour prendre des notes.

– Du calme, du calme, a-t-elle soufflé. Quelle montre ? Si je puis me permettre, vous m'avez l'air d'en avoir vu des vertes et des pas mûres. Et si vous me racontiez tout ça en commençant par le commencement ?

J'ai voulu me lancer dans une grande explication mais P'tit Trois m'a dit avec un sourire :

– Sans vouloir te vexer, Joju, il vaut peut-être mieux que je parle en premier.

Et il lui a tout raconté, méthodiquement, en partant de l'après-midi où nous étions allés pêcher et des trois dollars qu'on avait trouvés cachés dans une boîte de conserve au fond du bayou. Il a parlé de la montre et de l'arrivée de Jack, de la course-poursuite dans le marais, de l'alligator qui l'avait tué et de notre décision de partir.

Au moment où il s'est arrêté pour reprendre son souffle, Eddie a raconté la deuxième partie de nos aventures, avec le voyage jusqu'à Chicago et tout le reste.

De mon côté, je me suis chargée de la fin : l'histoire de la prison, les articles de journal et notre visite des entrepôts du Catalogue, avant de conclure par mon idée stupide de remettre directement la montre à Mister Walker.

– Ça par exemple ! s'est exclamée Ellie au terme de mon récit.

Elle est restée là, pensive, à se mordiller les ongles comme une petite fille.

– Quoi ? a aussitôt demandé P'tit Trois. « Ça par exemple », quoi ?

– En vous voyant ce matin, devant les entrepôts, j'ai été intriguée : Mister Walker autorise rarement les gens à franchir l'enceinte sacrée du Célèbre Catalogue. Mais je n'aurais jamais cru que vous…

– Que vous… ? l'a pressée Ed.

– Que vous deviendriez les héros d'un des plus grands mystères de ces dernières années : l'affaire Dawn.

Elle a marqué une pause pour réfléchir à Dieu sait quoi. Puis a poussé un soupir.

– Il y a quelques années, le triangle amoureux entre Walker, Darsley et Miss Dawn a été la rampe de lancement de ma carrière, on ne parlait que de ça en ville. Forcément, cette histoire mettait en scène un homme très riche qui aimait la belle vie, un détective casse-cou et une femme géniale qui avait pratiquement bâti seule une entreprise dont elle possédait d'ailleurs…

– La moitié des actions, ai-je complété.

Si P'tit Trois et Eddie m'ont regardée avec des yeux ronds, Ellie s'est contentée de sourire :

– Exact. La plupart des gens croient que le Catalogue a été fondé par Mister Walker, mais en réalité tout le mérite revient à Miss Dawn. C'est elle qui a eu l'idée, c'est elle qui a convaincu Walker d'ouvrir l'entreprise et qui a inventé les machines qui la font marcher aujourd'hui. J'ai suivi l'histoire de près, mes articles ont eu un certain succès. Puis est arrivé le 31 décembre 1899 et Miss Dawn a été tuée…

– Par Mister Darsley, a ajouté P'tit Trois.

Ellie a secoué la tête.

– Je ne crois pas que les choses se soient passées de cette façon. Mister Darsley aimait Miss Dawn, ces deux-là semblaient vraiment faits l'un pour l'autre. Mister Walker, lui, n'aimait que son argent… Ce que vous avez désormais compris, vous aussi. Même si je n'ai jamais pu le prouver, je crois que Mister Walker a commandité l'assassinat de Miss Dawn pour ensuite faire accuser le détective. Ce qui colle parfaitement avec l'histoire que vous m'avez racontée, d'ailleurs. Walker aurait également tué Darsley…

– Mais comment est-ce possible ? me suis-je exclamée. Comment pourrait-il avoir assassiné Miss Dawn et Darsley sans avoir été inquiété une seule seconde ?

– Allons, vous êtes des enfants intelligents. Qui aurait pu soupçonner un industriel respecté du meurtre de Miss Dawn ? Par-dessus le marché il venait de demander sa victime en mariage ! Darsley, lui, avait une réputation pour le moins sulfureuse et son travail de détective l'avait amené à rencontrer des gens assez peu recommandables.

– Comme le criminel Emerald Jim.

– Tout juste. Mister Walker a tenté d'épouser Miss

Dawn pour mettre la main sur ses actions et devenir le seul propriétaire du Catalogue, mais elle a toujours refusé. Saviez-vous que Miss Dawn n'a jamais publiquement confirmé les rumeurs de ses fiançailles avec Walker ? Il a dû se décider à se débarrasser de son associée. Sauf que Miss Dawn avait assuré ses arrières.

Ellie a remarqué les regards perplexes de mes amis et s'est empressée d'expliquer :

– Quelques jours avant sa mort, Miss Dawn a transformé son portefeuille d'actions en titres au porteur. Le mécanisme est un peu compliqué à expliquer, mais tâchons de prendre un exemple… Imaginons que je veuille acheter une maison : tôt ou tard, l'ancien propriétaire devra signer un contrat où il déclare que « la maison appartient désormais à Ellie Clemens ». Dans le cas des entreprises, ce contrat s'appelle une action nominative. Mais au lieu d'indiquer un nom et un prénom, le contrat peut dire autre chose, comme par exemple : « La maison appartient à celui ou celle qui possède ce document. » En d'autres termes, si je décide de vous offrir ce papier, je vous offre la maison en même temps. Et si vous me rendez la feuille, la maison est de nouveau à moi. C'est ce qu'on appelle un titre au porteur.

Pendant qu'Eddie et P'tit Trois hochaient la tête, je me suis sentie toute fière : j'avais déjà plus ou moins saisi le mécanisme à partir des articles d'Ellie.

– Je suis convaincue que Miss Dawn avait converti ses actions pour échapper à Walker, a poursuivi la journaliste.

Sans cela, à la mort de la jeune femme, il aurait pu lancer une série de démarches juridiques un peu compliquées qui auraient rapidement fait de lui le seul propriétaire de l'entreprise. L'ennui, c'est que ce changement de programme lui a coupé l'herbe sous le pied. Je parie qu'à partir de là Walker s'est réveillé chaque nuit avec la peur au ventre : quelqu'un pouvait se présenter devant lui, lui montrer les titres au porteur et réclamer la moitié du Catalogue.

– Wouah ! a lancé Eddie. Et personne n'a jamais retrouvé ces… actions ?

Ellie a secoué la tête.

– Peu de temps après la mort de Miss Dawn, Chicago a été le théâtre d'une véritable chasse au trésor. Mais au bout d'un an ou deux, les gens ont baissé les bras. Tout le monde sauf Mister Walker. Miss Dawn a certainement trouvé une très bonne cachette… même si j'ignore où elle se trouve. La seule personne à savoir la vérité était peut-être Mister Darsley. Mais maintenant il est mort, lui aussi.

La montre.

Pourquoi n'avais-je pas eu le déclic plus tôt, alors que tout était si simple ? Dire qu'on l'avait eue entre nos mains pendant si longtemps, sans nous rendre compte de rien !

La montre était la clé pour retrouver les actions de Miss Dawn. Voilà pourquoi Mister Darsley s'était introduit dans la maison de la jeune femme après son évasion de prison. Voilà pourquoi Mister Walker s'était donné tant de mal pour la récupérer. « Les recherches peuvent reprendre ! » : c'est ce qu'il avait lancé au moment où je la lui avais rendue, comme une idiote.

Seulement, si la montre était la carte qui menait au trésor, pourquoi Walker n'avait-il pas mis la main sur les actions plus tôt ? On peut imaginer que la carte était bien cachée et que Walker n'avait jamais vraiment accordé d'importance à ce vieil engin cassé... jusqu'à ce que Darsley attire son attention sur l'objet en essayant de le dérober.

Si mes hypothèses étaient justes, cela voulait dire qu'on avait peu de temps devant nous. Le trésor de Miss Dawn était peut-être en danger, Walker risquait de s'en emparer d'un moment à l'autre.

J'ai bondi de ma chaise.

– Il faut qu'on y aille. Les actions, Walker, Darsley... Tout est lié. Et il faut qu'on récupère la montre.

J'ai essayé d'obliger Eddie à se lever en le tirant par la manche. Une vraie tornade ! Je voulais une voiture pour me ruer chez Walker à tombereau ouvert, entrer, chercher la montre... Et quoi, finir assassinée comme Mister Darsley ?

– Julie, a dit Eddie, et si tu nous expliquais ce qui te prend ? On aurait peut-être une chance de comprendre, nous aussi.

– Je suis sûre et certaine que la montre peut nous révéler où se trouve le trésor, ai-je répondu. Au début, je suis passée à côté... Tout me semblait normal : comme Walker était amoureux de Miss Dawn, il était venu vivre chez elle. Et quand la montre de chef de gare avait disparu, c'était parce qu'il y était très attaché qu'il avait tout fait pour la récupérer. Sauf que c'était faux et archi-faux ! Walker *détestait* Miss Dawn, c'est même lui qui l'a tuée ! Par conséquent, pourquoi vit-il dans cette maison si bizarre ?

– Parce qu'il a toujours espéré retrouver les actions ! s'est écrié Ed en bondissant.

– Et pourquoi a-t-il remué ciel et terre pour mettre la main sur cette montre ?

– Parce qu'elle renferme forcément l'indice qu'il recherche ! a conclu P'tit Trois. Bravo, Joju, tu as tout compris !

– Oui ! a acquiescé Eddie.

– Oui, a fait Ellie en écho avant de se lever de son bureau et de reposer son calepin et son crayon. Mais il y a un problème à résoudre.

– Lequel ?

Ellie avait l'air si sérieuse, tout d'un coup.

– Le problème, mes petits, c'est que vous n'avez plus la montre.

– Mais on peut la récupérer !

Hélas, la journaliste ne semblait guère y croire :

– En vous introduisant dans la maison de Mister Walker ? En dehors du fait que ce serait trop dangereux, il s'agirait d'un délit. Vous finiriez tout droit dans une maison de correction, et, croyez-moi, St. Mary n'est pas la plus horrible de la région.

– Alors on n'a qu'à dénoncer Walker à la police !

– Pour quel motif? Pour avoir volé une montre qui appartenait jadis à Miss Dawn et que vous auriez trouvée dans un colis postal ? Allons. Pour accuser quelqu'un, surtout quelqu'un d'important comme Mister Walker, il faut des preuves. Et vous n'en avez pas.

Je me suis accroupie par terre pour réfléchir. Ellie avait raison, je le savais, mais je refusais de baisser les bras, la voilà, la vérité.

Me restait-il une autre solution ?

P'tit Trois et Eddie pouvaient toujours revenir sur leurs pas, chez eux. Endurer sans broncher une punition qui resterait dans les annales et reprendre le cours de leur vie.

Pour Min et moi, c'était différent : nous n'avions pas d'échappatoire.

Personne ne nous attendait nulle part.

Ce voyage à Chicago était la seule chance qui nous restait.

– Un moment, a alors dit P'tit Trois. Si nous ne pouvons pas récupérer la montre, ni même dénoncer Mister Walker, il nous reste une solution.

– Laquelle ? a demandé Ed.

– Découvrir où se trouve le trésor, a répondu P'tit Trois avec un sourire.

TODAY FAIR
Tomorrow Fair and Cooler; Moderate South to Southwest Winds.
VOLUME LXXIX. NO. 25,698.
The Boston Journal
1500
THURSDAY, AUGUST 11, 1898
6 CHICAGO DAILY TRIBUNE
LA DAME DE CHICAGO
CHICAGO – On l'appelle désormais « la dame de Chicago ». En plus d'être la copropriétaire d'une entreprise florissante, Miss Dawn consacre une bonne partie de son temps à des œuvres de charité, du nouveau Children's Memorial Hospital à la rénovation de la gare de chemin de fer. La Lady du Célèbre Catalogue est en train de laisser une empreinte indélébile dans toute la ville et dans nos cœurs…
er Island and Other Points Around Hell Gate --- Fire Caused by the Overturning of Pot of Grease in the Galley.
Who Met Their
mer Gen. Slocum,
The big excursion steamboat Gen. Slocum burned and sank to-day off North Brother Island with 1,600 excursionists, 500 of them children from St. Mark's German Lutheran Church, in East Sixth Street, aboard. The loss of life is estimated to be 1,000.

30

LA DAME DE CHICAGO

Ce qui nous attendait n'était pas une partie de plaisir. Si le trésor de Miss Dawn existait vraiment (ce qui n'était pas sûr, loin de là), nous devions réussir là où tout le monde avait échoué, que ce soit les chasseurs de trésor professionnels ou même Mister Walker, malgré tout son argent. Comment pouvions-nous y arriver, nous qui n'étions que des gamins venus de très loin ?

Peu importe, nous étions parvenus jusqu'ici. Cela valait au moins le coup d'essayer.

– Je ne sais pas, a dit Ellie. Si j'en crois ce que vous m'avez raconté, vous vous êtes enfuis de chez vous sans prévenir personne, vos parents doivent être morts d'inquiétude. Nous avons le téléphone, ici, au *Chicago Tribune,* je pourrais appeler quelqu'un à La Nouvelle-Orléans et signaler que vous êtes encore vivants, comme ça…

– Oh non, s'il vous plaît ! l'ai-je suppliée. Ils avertiraient la police, on se retrouverait dans de beaux draps et on perdrait toutes nos chances de partir à la recherche du trésor.

– Je suis tout de même obligée de le faire. Techniquement, si je n'informe pas les autorités, on pourrait même m'accuser d'enlèvement...

– Un jour, ai-je dit d'un ton implorant. Laisse-nous rien qu'un seul jour. Si on ne trouve rien, on fera tout ce que tu veux.

C'était un marché honnête. Il n'y avait plus qu'à se mettre d'accord. P'tit Trois s'est levé et a tendu le bras, comme il l'avait fait avant qu'on quitte le bayou. J'ai posé la main sur son poing fermé, Min aussi, Eddie aussi et, pour finir, Ellie aussi.

– D'accord, les petits. Va pour vingt-quatre heures. C'est d'accord. À condition, bien sûr, que vous me laissiez la primeur sur votre histoire si jamais vous trouvez le trésor.

J'ignorais ce qu'était une primeur, mais pour l'heure, je n'avais qu'une idée en tête : décider par où commencer. Avait-on intérêt à faire le tour de la ville ? Essayer de poser des questions à Mister Raphael ? Si mes souvenirs étaient exacts, il avait tenté de nous protéger avant que le chauffeur nous fasse monter dans la voiture. Ou alors...

– Les journaux. Jusqu'ici, c'est là qu'on a trouvé le plus d'indices. Vous n'auriez pas les anciens numéros du *Chicago Tribune* sous la main, par hasard ?

Ellie m'a souri et nous sommes sortis du bureau. Les horloges accrochées un peu partout, avaient beau indiquer qu'il était près de minuit, la rédaction était encore plus animée qu'auparavant.

J'ai pris Min par la main et nous avons suivi Ellie jusqu'au sous-sol du bâtiment, dans une immense salle souterraine remplie d'archives. C'était comme l'usine Walker, mais en plus petit et avec beaucoup plus de papiers.

Sur les rayonnages étaient empilés d'énormes volumes en cuir sombre avec, à l'intérieur, les quotidiens rangés par années.

– Et c'est toi qui faisais ça ? m'a demandé P'tit Trois avec une note d'admiration dans la voix. C'est toi qui créais ces énormes bouquins à partir des vieux journaux ?

– Oui, ai-je répondu avec un haussement d'épaules. Mais je te jure que ce n'était pas très amusant.

Je lui ai montré mes doigts encore couverts de piqûres d'aiguille. Mon ami a attrapé mes mains et les a observées avec attention.

Un court instant, j'ai pensé qu'il allait les embrasser.

Un court instant, j'ai pensé que *ça me plairait.*

– Alors ? a lancé Eddie, qui piaffait d'impatience. On commence par où ?

– Miss Dawn a acheté le terrain où ont été bâtis les entrepôts en 1887, a expliqué Ellie. Ce que nous cherchons doit donc se trouver entre les années 1887 et 1900, celle de sa mort...

Près de treize ans à parcourir, ce n'était pas rien.

Page par page, nous avons commencé à feuilleter les

volumes en espérant voir apparaître le nom de Miss Dawn au détour d'un article.

Chaque fois que l'un d'entre nous trouvait quelque chose, il nous faisait signe de venir auprès de lui.

– Miss Dawn était une femme très active, a fait remarquer Ellie. Après sa mort, Walker a essayé d'acheter différents bâtiments auxquels elle était liée, de près ou de loin. Le Children's Memorial Hospital, par exemple, ou une boutique de fleurs où Miss Dawn se fournissait régulièrement…

– Autant d'endroits qu'on peut rayer de notre liste, a décrété Eddie.

– D'accord avec toi, a dit P'tit Trois. Si le trésor était là, Walker aurait déjà mis la main dessus, c'est certain.

– L'ennui, c'est qu'on nage en plein brouillard, ai-je murmuré. Une femme avec les moyens et l'intelligence de Miss Dawn a pu cacher le trésor n'importe où : dans un trou à proximité des entrepôts du Catalogue, dans un appartement à l'extérieur de la ville, dans un bureau, dans l'aqueduc… On ne le retrouvera jamais !

Avec un grand sourire, P'tit Trois m'a répondu :

– Je ne veux pas te voir baisser les bras, tu m'entends ? Si le trésor est à Chicago, on le trouvera. Il faut continuer d'essayer, c'est tout.

Alors j'ai continué, même lorsque Eddie a laissé ses lunettes glisser de son nez et qu'il s'est endormi, la tête posée sur l'un de ces gros bouquins. Même lorsque P'tit Trois, l'irrésistible P'tit Trois, s'est mis à dessiner des hameçons et des cannes à pêche sur son calepin parce qu'il n'en pouvait plus.

Comme c'était moi qui avais tout à perdre, c'était moi qui devais redoubler d'efforts. Alors j'ai serré les dents et j'ai repris le travail. Petit à petit, la biographie de Miss Dawn, les détails de sa vie se sont dessinés devant moi.

J'ai étudié l'histoire de son père, cet horloger qui lui avait enseigné les secrets de la mécanique de précision dès sa plus tendre enfance. Au passage, j'ai même appris qu'on parle de « complication » dès qu'une montre possède une fonction qui n'est pas celle d'indiquer l'heure. La montre la plus « compliquée » du monde était une Leroy 01, elle avait pas moins de vingt-quatre fonctions : Miss Dawn avait acheté un prototype de ce modèle l'année avant sa mort.

J'ai découvert que Miss Dawn se passionnait pour les trains, ce qui expliquait pourquoi elle avait voulu intégrer des rails à l'emblème de son Catalogue. À sa mort, l'Union, la société des chemins de fer des États-Unis, avait donné son nom à un nouveau modèle de locomotive.

J'ai découvert aussi qu'elle détestait le poisson, qu'elle adorait les fraises et qu'elle ne portait que des robes violettes. Autant d'informations qui pouvaient être indispensables ou parfaitement inutiles.

– Julie !

C'était la voix d'Ellie.

– Quoi ? ai-je bougonné sans même lever la tête de mes notes.

– Il est très tard. Enfin, il est très tôt, le soleil va bientôt se lever. Il faut qu'on y aille, tu as besoin de te reposer un peu.

Me reposer ? Je n'avais même pas un endroit où aller !

– Je vais vous héberger chez moi, vous pourrez dormir quelques heures. Il sera toujours temps de réfléchir à la suite.

Au fond, je savais ce que me proposait Ellie : laisser tomber, peut-être appeler les parents d'Eddie avec ce mystérieux « téléphone » et mettre un terme à notre aventure.

Non et non. Si je m'étais toujours vue comme Julie-la-dure-à-cuire, c'est parce que ma carapace empêchait le reste du monde de me faire du mal. Mais pour l'heure, je pouvais m'en servir pour résister. Pour me battre.

Malgré tout, j'étais vraiment épuisée. Sans même m'en apercevoir, j'ai laissé Ellie prendre Min dans ses bras, Ed et P'tit Trois se sont levés de leurs chaises en bâillant et nous sommes repartis tous ensemble.

Vers la sortie. Et vers l'échec.

Dehors, le ciel était de ce bleu si sombre qui annonce l'arrivée imminente du soleil.

– Des hirondelles noires ! s'est écrié Eddie en m'indiquant une nuée d'oiseaux qui volaient bas. Je n'aurais jamais cru qu'il y en avait si loin au Nord.

Ellie semblait recrue de fatigue, et moi je l'étais encore plus. J'avais l'impression d'être à un pas de la vérité. Et pourtant, impossible de mettre le doigt sur ce qui m'échappait, la clé du mystère.

Miss Dawn avait caché le trésor et laissé une montre cassée pour indiquer le chemin. Qu'aurais-je fait à sa place ? Où aurais-je caché ces actions ? Peut-être chez un horloger. Mais non, quelle idée. Et pourtant…

Ellie nous a fait grimper dans un tram et a payé tous nos billets. Nous nous sommes serrés contre les ouvriers qui partaient au travail, une foule de vestes bleues et de casquettes chiffonnées qui coiffaient des visages bouffis de sommeil.

Le tram s'est mis en mouvement en grondant, et Eddie a posé la tête sur mon épaule. En me tournant pour le regarder, je me suis aperçue qu'il s'était endormi. Pendant ce temps, de l'autre côté des vitres, Chicago défilait avec son fleuve et ses fiacres, ses omnibus et ses automobiles.

Brusquement, mon cœur a palpité. Nous passions devant les entrepôts du Catalogue. Un peu plus loin, on voyait le toit de la maison de Miss Dawn s'élever au-dessus du mur d'enceinte, ainsi que le bâtiment de la gare de chemin de fer.

Tout cela m'a rappelé une coupure de journal que j'avais lue une heure plus tôt : Miss Dawn avait participé à la restauration de la gare. Après sa mort, Mister Walker avait tenté d'acheter le bâtiment, mais l'Union avait refusé de le lui vendre. « Les chemins de fer appartiennent à la municipalité » : telle avait été leur réponse. Cela aurait certainement fait plaisir à Miss Dawn. Elle qui adorait les trains… Les trains…

– Arrêtez !

– Quoi ? a demandé Eddie tandis que tous les passagers se tournaient pour me regarder.

– Arrêtez le tram, il faut qu'on descende. J'ai trouvé, j'en suis sûre ! Pardon, excusez-moi…

J'ai joué des coudes jusqu'à la porte ouverte. Le tram allait si lentement que les gens grimpaient et descendaient à leur guise.

Sans hésiter une seconde, j'ai sauté de la plateforme arrière en imitant (de façon assez comique) la technique *hop-hop* d'Alex the Cat et j'ai fait signe à Eddie, P'tit Trois et Min de se dépêcher.

Notre amie journaliste est elle aussi descendue du tram en respirant bruyamment.

– On peut savoir ce qui te prend ? Qu'est-ce que tu as trouvé ?

– Le trésor. Je sais où il se trouve. À la gare.

– Le Chicago Union Depot ?

– Miss Dawn avait travaillé là-bas… Et elle aimait les trains. En plus, les voies sont tout près des entrepôts, elle pouvait surveiller le magot. Il est là, j'en suis sûre !

Min a attrapé ma main qu'il a serrée de toutes ses forces tandis que P'tit Trois et Eddie me souriaient.

– Allons jeter un œil.

Le temps de dévaler le trottoir en courant, suivis par Ellie qui soufflait comme une théière, nous nous sommes rués à l'intérieur.

L'Union Depot était une grande gare, même si elle

n'était pas aussi immense que celle de Saint-Louis. À cette heure matinale, elle était littéralement bondée.

Nous avons regardé tout autour de nous, sans trop savoir quoi faire : le trésor était là, je le sentais, mais où ? Sous l'auvent d'un quai, dans les bureaux des contrôleurs, ou peut-être dans un mécanisme tarabiscoté caché dans le tableau d'affichage des horaires ?

Au même moment, Edward s'est immobilisé et a pointé du doigt quelque chose.

– Hé, les amis, ça ne vous rappelle rien ?

Tout en haut, au-dessus d'une porte voûtée, un grand panneau indiquait : CASIERS À CODE – LAISSEZ VOS AFFAIRES ICI ! 1 DOLLAR SEULEMENT ! PAYABLE D'AVANCE !

À côté de l'écriteau figurait le dessin d'une montre à gousset. C'était ce dessin qui avait attiré l'attention d'Edward.

Min a mugi et je l'ai pris dans mes bras.

– Hé oui, ai-je murmuré d'une voix émue. Elle ressemble comme deux gouttes d'eau à la montre de Miss Dawn…

– Attendez une seconde ! a lancé Ellie, qui nous avait enfin rejoints. Maintenant que j'y pense…

– Quoi ? a demandé P'tit Trois.

– C'est Miss Dawn qui a conçu ces casiers à code. La société des chemins de fer lui avait demandé des idées pour améliorer les services de la gare : elle a donc inventé cette consigne à bagages automatique. Grâce à tous ces petits coffres-forts, les voyageurs peuvent laisser leurs valises en toute tranquillité le temps de faire un tour en ville…

J'ai regardé Eddie et P'tit Trois. Quelque chose a traversé nos yeux. Une étincelle.

J'ai reposé Min et nous nous sommes précipités vers l'arche en pierre.

Derrière s'ouvrait un grand salon sans fenêtres, éclairé par des ampoules électriques. Tout l'espace était occupé par des rangées et des rangées de grands meubles en bois sombre, avec des petites échelles coulissantes pour atteindre les casiers les plus en hauteur.

– Mince ! a soufflé Ed. On croirait voir un des hangars de Walker & Dawn.

– Mouais, ai-je répondu. Ça commence à faire trop de coïncidences.

Une main s'est alors posée sur mon épaule. C'était un homme en uniforme de l'Union, à l'air revêche.

– Qu'est-ce que vous faites ici, vous ? Vous voulez déposer quelque chose ? On paie d'avance, ici.

– Oh non. Nous ne sommes pas là pour laisser mais pour *retirer* quelque chose.

Au fond, c'était la stricte vérité. Quelque chose nous attendait ici, dans cette salle.

– Vous pouvez la croire, est intervenue Ellie en nous rejoignant. Laissez-nous seuls, s'il vous plaît.

L'employé des chemins de fer s'est éloigné en soupirant

et notre amie journaliste nous a fixés, les poings sur les hanches :

– Alors, vous pensez que c'est le bon endroit ?

J'ai hoché la tête sans la moindre hésitation :

– La montre dessinée sur l'écriteau est la même que la nôtre. Et elle était sous le nez de tout le monde, tellement en évidence que personne n'y a fait attention. En plus, cette pièce a été conçue par Miss Dawn. Ça ne peut pas être une coïncidence.

– Mais si le trésor se trouve dans un de ces casiers, comment allons-nous trouver le bon ? a demandé P'tit Trois. Il y en a des centaines… On ne peut quand même pas tous les forcer.

Que dire ? Je me sentais aussi anxieuse qu'un chien de chasse qui vient de flairer une piste dans le marais et qui a peur de voir sa proie s'enfuir au dernier moment.

Soudain, Min m'a regardée :

– Sept heures et neuf heures !

– Hé ! s'est écrié P'tit Trois. Mais il parle !

– Sept heures et neuf heures. Un quart, quarante-quatre et vingt-sept.

– Qu'est-ce que tu dis, Min ?

– Sept heures et neuf heures. Un quart, quarante-quatre et vingt-sept.

Eddie a fait un bond de cabri qui a envoyé valser ses lunettes.

– Mais bien sûr ! Sept heures et neuf heures !

Je commençais à perdre patience.

– Vous voulez bien arrêter de répéter ces chiffres ?

– J'allais le dire ! a grogné P'tit Trois en envoyant un coup de poing en plein dans l'épaule d'Eddie. Tu vas t'en prendre un autre si tu ne te décides pas à tout nous expliquer.

Eddie s'est penché pour ramasser ses lunettes en tremblant comme une feuille.

– Un soir, a-t-il bafouillé, quand on était sur le bateau, j'ai regardé Min jouer avec la montre… Elle était cassée, vous vous souvenez ? Seulement, elle n'était pas juste cassée : chaque fois qu'on tournait la molette, elle indiquait toujours la même suite de chiffres.

– C'est-à-dire ? a demandé P'tit Trois.

– La petite aiguille sautait du sept jusqu'au neuf. Et la grande aiguille indiquait…

– Un quart, quarante-quatre, vingt-sept.

L'illumination m'a frappée comme la foudre. Je n'en revenais pas.

La solution était si simple, et elle avait échappé à tout le monde pendant si longtemps.

J'ai dit :

– Voilà pourquoi Miss Dawn n'avait jamais réparé ce vieil oignon ! En réalité, elle *devait* rester cassée. Et si elle était cassée, c'était uniquement pour que la montre puisse donner…

– La combinaison du casier ! a braillé Ellie.

Eddie, P'tit Trois et Min ne l'ont même pas écoutée. Ils étaient déjà partis en courant.

Chaque rangée de casiers était indiquée par un numéro. Après les avoir traversées ventre à terre, nous nous sommes arrêtés devant le couloir 7.

– C'est là ? a demandé Ed.

– Bien sûr que c'est là ! a crié P'tit Trois. Et c'est le casier 9 qu'on cherche.

J'ai parcouru du regard les plaques posées sur chaque porte. Le casier 9 était sur la rangée du haut, presque au ras du plafond. P'tit Trois et Ed ont couru prendre une échelle qu'ils ont posée pile devant. Pendant ce temps, j'ai observé le mécanisme d'ouverture des battants en métal.

La serrure à combinaison était constituée d'un bouton en fer noir sur lequel étaient gravés des traits et des nombres.

J'ai essayé de toucher celui d'un des casiers en bas : il tournait en cliquetant tout doucement.

– Il suffit de tourner le bouton et de composer la bonne combinaison, m'a expliqué Ellie en souriant.

– Ce n'est pas possible ! ai-je protesté. Tu vois ? Les nombres vont jusqu'à neuf. Et ceux que disait Min sont à deux chiffres.

Eddie a alors attrapé Ellie par un bras :

– Excuse-moi, tu as encore ton calepin ?

– Bien sûr, je suis journaliste, a-t-elle répondu.

– Et toi, Min, tu pourrais me répéter les nombres de la montre ?

Min a esquissé un sourire fiérot avant de réciter :

– Sept heures et neuf heures. Un quart, quarante-quatre, vingt-sept.

Eddie a griffonné quelque chose sur la feuille puis l'a montrée à tout le monde. Il était écrit : 154427.

– Et voilà. Vous voyez ? Les six chiffres. C'est la combinaison.

À peine avait-il fini sa phrase que P'tit Trois avait déjà grimpé en haut de l'échelle.

– Vous voulez bien vous taire une minute ? s'est-il agacé. Laissez-moi essayer…

– Attends, P'tit Trois, lui ai-je dit. On doit faire ça ensemble, tous ensemble.

– On est ensemble de toute façon, a-t-il répondu. Et puis comment voulez-vous qu'on monte tous là-haut ? Allez, donnez-moi la combinaison.

– Un, a lentement articulé Eddie. Cinq. Quatre, quatre…

Ed, Ellie, Min et moi étions au bas de l'échelle, la tête levée vers P'tit Trois. Perché sur les derniers barreaux, il actionnait le mécanisme.

– Et sept ! a conclu Ed. C'était le dernier chiffre. Ouvre !

P'tit Trois a essayé de pousser la porte. Puis a lâché sans cacher sa déception :

– Elle ne veut pas bouger. Les amis, ça n'a pas marché !

J'ai crié :

– La poignée ! Tourne la poignée, P'tit Trois !

Il a regardé dans ma direction pour m'adresser l'un de

ses sourires éclatants, chauds comme un feu de joie d'été. Puis il a tendu la main et on a entendu un *CLAC*.

– Alors ? avons-nous crié d'en bas. Il y a quelque chose à l'intérieur ? Qu'est-ce qu'il y a ? Qu'est-ce qu'il y a, P'tit trois ? Tu veux bien nous expliquer…

– Il y a…

P'tit Trois s'est à nouveau tourné vers nous. Il était tout rouge, on aurait dit qu'il allait tomber de l'échelle.

– Il y a qu'on est riches.

Il a alors plongé les deux bras dans le casier. Quand il les a ressortis, il tenait une épaisse liasse.

L'une des feuilles a glissé entre ses doigts et a flotté sous notre nez avant d'atterrir doucement par terre.

Sur la feuille, on pouvait voir l'emblème de Walker & Dawn, la mappemonde traversée par une voie ferrée. Et le fameux slogan. En dessous, quelques mots tout simples :

CÉLÈBRE CATALOGUE DES BONNES AFFAIRES
DE MISTER WALKER & MISS DAWN.
TITRE AU PORTEUR. VAUT POUR 1 ACTION.

– Ils sont tous comme ça, a murmuré P'tit Trois. Il y en a des centaines.

J'ai demandé :

– C'est… c'est la vérité vraie ?

– On dirait que oui, les enfants, a répondu Ellie en me prenant dans ses bras. Vous êtes les nouveaux copropriétaires du Célèbre Catalogue des Bonnes Affaires.

Nous nous sommes regardés, Edward, Min et moi. P'tit Trois a ensuite bondi au centre de notre groupe et s'est lancé dans une danse échevelée. Nous l'avons aussitôt imité en criant comme des fous, jusqu'à en perdre haleine.

Nous étions les maîtres du monde. Des barbares et des guerriers, des pirates qui venaient de trouver le coffre au trésor. Nous étions de ceux qui ont réalisé leurs rêves.

Et qui savent que rien ne sera jamais plus comme avant.

CHICAGO DAILY TRIBUNE

NO.159 CHICAGO, TUESDAY, JUNE 7, 1904 5¢

QUATRE ENFANTS DEVIENNENT MILLIONNAIRES !

CHICAGO – Extraordinaire découverte au Chicago Union Depot. En ouvrant l'un des casiers de la consigne de la gare, quatre enfants ont mis la main sur un butin constitué d'actions au porteur équivalant à 50 % du capital du Célèbre Catalogue : le trésor disparu de Miss Dawn a enfin été retrouvé. « Ce n'était pas un coup de chance, nous a raconté Peter chevalier, l'un des quatre jeunes millionnaires. On a une longue histoire à raconter. » Une histoire qui, de l'avis de l'auteur de ces lignes, ne manquera pas de susciter un certain émoi dans la mesure où elle jette une lumière inquiétante sur certaines personnalités de premier plan de Chicago. Mister Walker n'a pas encore commenté la nouvelle…

31

QUATRE ENFANTS DEVIENNENT MILLIONNAIRES !

Nous étions quatre à être partis.

P'tit Trois le courageux, qui voulait croquer la vie.

Eddie le chaman, qui voulait découvrir ses secrets.

Min, qui était petit, mais grand quand il le fallait.

Et Julie l'invulnérable, qui voulait être heureuse.

J'étais la fille qui ne peut pas pleurer. Mais ce soir-là, pelotonnée sur le canapé défoncé de l'appartement d'Ellie, je me suis allongée dans le noir et j'ai touché la main de mon frère. Je me suis approchée pour lui donner un baiser, mes yeux se sont remplis de larmes. Cette fois, pourtant, je n'ai rien fait pour les arrêter. Je les ai laissées couler.

C'était des larmes aussi chaudes que le bayou, aussi grosses que le cœur du grand fleuve. Ce fleuve, je le savais désormais, qui resterait toujours au fond de moi.

QUATRIÈME PARTIE

LA GRANDE MAISON

E. COCHRANE
LE CÉLÈBRE
CATALOGUE
WALKER & DAWN
ROMAN
Edward
J.
Première édition : mai 1906
Dernière réimpression : décembre 1969

32

LE CÉLÈBRE CATALOGUE WALKER & DAWN

Je suis sorti et il y avait de la neige. De la neige et un vent froid à vous couper le visage. Je suis donc rentré. J'ai pris ma canne, mon chapeau, mon écharpe. Puis je suis ressorti.

Je venais de descendre les deux marches du perron quand Miss Dumpler m'a appelé.

– Monsieur ! Vous oubliez votre manteau !

Je me suis regardé. Je ne portais qu'un pull, il était déjà tout blanc.

Miss Dumpler m'a rattrapé en courant. Elle avait le souffle court, mais était-ce à cause du froid ou d'autre chose ? Je l'ai vue me sourire tandis qu'elle jetait mon manteau sur mes épaules, signe qu'elle était inquiète.

Miss Dumpler est une femme adorable, elle m'aime beaucoup. Je crois. Elle prend soin de moi, même si elle est blanche et moi, noir. Mais il paraît que les temps ont changé, la couleur de peau n'est plus un problème.

Enfin, je ne sais pas si les temps ont changé, mais moi, oui, cela ne fait aucun doute. Autrefois, par exemple, je marchais les pieds nus, avec un maillot pour tout vêtement, et je n'avais jamais froid. Maintenant, j'ai toujours froid, même en été.

J'ai remarqué autre chose : mes gestes sont moins vifs. Je suis aussi lent qu'une de ces grosses tortues que ma sœur capturait pour en faire de la soupe. Et même encore plus lent, car les tortues du bayou pouvaient être aussi véloces que des serpents dès qu'il s'agissait de vous mordre un pied.

Quoi qu'il en soit, j'avais mon chapeau, mon écharpe, mon manteau et ma canne, je pouvais sortir pour de bon.

J'ai traversé le jardin, où les contours des plantes étaient presque effacés par la neige, et je me suis retrouvé dans la rue.

– Souhaitez-vous aller quelque part, Mister Dart ? m'a demandé mon chauffeur.

Lui aussi est blanc. Il était même encore plus blanc ce matin avec toute cette neige sur sa livrée.

Avec un sourire, je lui ai indiqué la porte de la maison pour qu'il entre se réchauffer un instant.

Je n'ai pas levé la tête car j'avais peur de glisser sur le verglas. Miss Dumpler dit toujours qu'à mon âge les os commencent à devenir aussi fragiles que des morceaux de sucre. S'ils se cassent, ils tombent en miettes. J'ignore si c'est la vérité, mais ça m'amuse de me dire que mon corps est en sucre. Ça a si bon goût.

J'ai marché un long moment, jusqu'à ce que je me rende brusquement compte qu'il faisait froid – c'est-à-dire que le froid s'était glissé sous mon manteau, mon chapeau, mon pull et avait atteint ma peau qui s'était racornie comme du papier aluminium.

Je me suis arrêté pour reprendre mon souffle et j'ai constaté que j'étais presque arrivé. Au bout du chemin, légèrement cachée au milieu des arbres, se trouvait une grande maison de quatre étages avec des fenêtres bordées de blanc et une façade en briques rouges. Elles étaient surtout roses, maintenant, avec cette neige qui s'écrasait dessus.

Je passais souvent devant la grande maison. Les volets étaient toujours fermés, les lumières, éteintes. Cette fois, deux voitures noires aux vitres teintées étaient garées devant et les fenêtres du premier étage étaient ouvertes.

Ça voulait dire qu'elle était arrivée.

J'ai tenté de marcher le plus vite possible car je risquais de mourir gelé sur place, et cette perspective ne me plaisait guère.

J'ai traversé la route. Un jeune homme a écrasé son klaxon en m'abreuvant d'insultes derrière la vitre de sa voiture, mais je n'y ai pas prêté attention. Peut-être que les temps changent, mais certaines choses, non.

Au moment où je me suis engagé dans l'allée de la grande maison, un monsieur est venu à ma rencontre. Il était grand, bien plus grand que moi, très costaud et sans un seul cheveu sur le crâne. Il ne portait pas de manteau mais un simple complet sombre. Il avait peut-être oublié son manteau, lui aussi, et aucune Miss Dumpler n'était là pour le lui rappeler.

Ce monsieur avait également des lunettes noires, même si le soleil ne brillait que par son absence.

– Excusez-moi, a-t-il dit. C'est une propriété privée.

Je n'ai pas répondu mais j'ai fait un pas de côté pour le contourner. Et il s'est de nouveau planté devant moi.

Je l'ai entendu bougonner quelque chose, comme quoi une villa digne de ce nom devrait au moins avoir un mur d'enceinte, une grille et des caméras de surveillance. Presque malgré moi, j'ai secoué la tête. Je n'ai jamais aimé les murs et les grilles.

– Monsieur, s'il vous plaît, a-t-il répété. L'entrée est interdite.

Je n'ai pas répondu.

– Monsieur, vous vous sentez bien ?

Je n'ai pas répondu non plus. Alors il m'a regardé (enfin, c'est ce qu'il m'a semblé, car ses lunettes noires m'empêchaient de voir ses yeux) et il m'a attrapé par un bras.

Je n'aime pas quand les gens me touchent, je ne sais jamais comment me comporter. Alors j'ai frappé ma canne sur les pavés de l'allée, *toc toc toc toc toc*, en espérant qu'il me laisse tranquille.

Il a encore dit :

– Je suis désolé mais vous ne pouvez pas rester là.

Puis il s'est tourné pour lancer :

– On a un problème à l'entrée, un vieux monsieur. Je crois qu'il se sent mal.

Effectivement, je me sentais mal, mais c'était uniquement parce qu'il refusait de me lâcher.

Alors j'ai entendu un bruit de pas, et Julie a volé jusqu'à moi.

Plus exactement, elle a volé jusqu'au monsieur aux lunettes noires. Même si elle faisait à peine la moitié de sa taille, elle semblait l'écraser.

Elle a ordonné :

– Lâche-le immédiatement, Frank !

Avant d'ajouter :

– Laisse mon frère tranquille !

Le monsieur aux lunettes noires, Frank, a aussitôt reculé d'un pas.

Là, Julie s'est approchée de moi et m'a pris dans ses bras.

Je n'aime pas quand les gens me serrent contre eux, et encore moins quand les gens m'attrapent par un bras. Mais Julie a le droit de le faire. Elle n'est pas comme les autres.

– Laisse-toi guider, m'a-t-elle dit. Tu es venu à pied ? Tu n'aurais pas dû, avec ta jambe mal en point. Tu n'oublies pas de prendre tes médicaments ?

Je n'oublie jamais rien, même si je fais parfois semblant du contraire, et puis il y a Miss Dumpler pour me donner mes pilules quand c'est nécessaire.

J'ai regardé Julie. Elle a beau être plus grande que moi (je devrais dire plus âgée, désormais), elle paraît largement dix ans de moins. Elle marche sans canne, elle est toute droite, maigre comme une jeune fille, et elle a encore ses cheveux roux avec quelques fils blancs qui apparaissent par-ci, par-là, pas plus. Mais c'est peut-être à cause de la neige.

– C'est bon de te revoir, Francis, m'a-t-elle dit. Ça fait trop longtemps, je devrais rentrer à Chicago plus souvent. Il arrive que cette ville me manque… Mais toi, tu me manques toujours.

Julie m'a manqué, elle aussi. Les fois où elle est là, elle passe me prendre tous les jours et nous faisons une promenade. Même si je marche doucement, ça me fait très plaisir. Plus que de me retrouver serré dans ses bras, même.

– Je suis vraiment navré… a marmonné le monsieur aux lunettes noires. Je… je ne savais pas…

– Ce n'est rien, Frank. Oh, Seigneur, l'heure tourne. S'il te plaît, appelle la voiture. On est en retard.

– Bien, Madame.

La voiture était l'une des voitures noires aux vitres teintées garées dans l'allée devant l'entrée. Le volant était tenu par un autre monsieur avec des lunettes noires et, sur le capot, on pouvait voir un petit drapeau des États-Unis.

Il indique que Julie est sénatrice, mais une fois, elle m'a dit qu'elle détestait se promener avec ce machin à l'avant : on a l'impression qu'elle se vante, alors qu'elle ne se vante jamais.

Ce qui me plaisait, dans cette voiture, c'était qu'une vitre nous séparait du chauffeur, Julie et moi. Comme ça, on était un peu seuls tous les deux.

– Tu m'as l'air en forme, tu sais, Francis ? À part ta jambe. Je sais, je t'avais promis de venir plus tôt, mais…

Elle n'a pas terminé sa phrase, et puis ce n'était pas nécessaire. Je sais que Julie est très occupée. Elle voyage aux quatre coins du pays pour défendre un tas de gens, surtout les petites filles. Maintenant qu'elle était devenue forte, elle devait essayer de protéger ceux qui ne l'étaient pas encore : c'est ce qu'elle m'avait expliqué, un jour. Je n'ai jamais compris ce qu'elle voulait dire, mais une chose est sûre : Julie est forte. En réalité, elle l'a toujours été.

La voiture a dépassé Hyde Park et a longé un moment la rive du lac Michigan. Avec cette eau si sombre qu'elle semblait presque noire, cette herbe et ces arbres au ras des flots, c'était de toute beauté. Le vent devait tout de même souffler fort, et j'étais content d'être là, bien au chaud.

Nous nous sommes ensuite enfoncés au milieu des immeubles, dans une rue remplie de voitures et de taxis qui coupait en deux les gratte-ciel, et nous nous sommes retrouvés dans Canal Street.

– On fait un petit détour.

J'ai senti un drôle de trémolo dans la voix de Julie. Peut-être avait-elle mal à la gorge.

– Il n'y a pas à dire, cette rue a pas mal changé depuis la première fois où on l'a vue, pas vrai ? Les entrepôts étaient juste là, si je ne m'abuse.

En réalité, ils se trouvaient un pâté de maisons plus bas, mais à quoi bon le préciser ? De toute façon, rien n'était plus comme avant. Au fil des ans, ils avaient construit des gratte-ciel et la nouvelle Union Station. Ils avaient même rectifié le cours de la rivière Chicago. Et les voies de chemin de fer miniatures inventées par Miss Dawn avaient fini au fond de ses eaux grises.

Mais je ne les regrettais pas. Ce que je regrettais, c'était la petite maison aux horloges. On avait été heureux là-bas, pendant quelque temps. Julie, P'tit Trois et moi. Comme une vraie famille.

Au même moment, la vitre de la voiture s'est baissée et le chauffeur a demandé :

– Peut-on continuer en direction de l'aéroport, madame, ou voulez-vous qu'on s'arrête ?

– Non, non, a dit Julie. Allons-y.

La voiture est repartie, j'ai arrêté de regarder dehors et Julie n'a plus ouvert la bouche. Elle était peut-être fatiguée. Elle avait dû faire un long voyage, elle aussi.

Une fois devant le hall de l'aéroport de Chicago, le monsieur aux lunettes noires nous a ouvert la portière. Julie a attrapé mon bras pour m'aider à descendre et m'a tendu ma canne.

Si elle l'avait vue, Miss Dumpler aurait été fière d'elle.

Tandis que nous descendions de voiture, une autre

voiture, exactement la même, s'est arrêtée derrière nous. À l'intérieur, il y avait Frank et un autre monsieur avec des lunettes noires. Ils se sont postés dans notre dos pour surveiller chacun de nos pas tandis qu'on entrait dans l'aéroport. Leur présence m'a mis mal à l'aise.

– Par ici, a dit Julie. On évitera la queue.

Je me suis arrêté devant une grande porte qui tournait comme un manège. Je ne savais pas trop comment entrer car je n'avais jamais franchi de porte qui ressemblait à ça. Mais c'était tout de même une jolie porte. Elle tournait toute seule dans le sens inverse des aiguilles d'une montre à une vitesse de deux virgule quatre tours par minute.

Ça voulait dire quatre virgule huit tours en deux minutes et douze tours complets en cinq minutes. J'ai décidé d'entrer au douzième tour, pour des raisons d'exactitude.

– Que se passe-t-il, madame, un problème ? a dit Frank à Julie.

– Aucun problème, a répondu Julie. Attendons que mon frère ait fini de compter.

Très peu de gens comprennent les choses aussi bien qu'elle, je l'ai toujours dit.

Au douzième tour, nous sommes entrés ensemble, Julie et moi, Frank et les autres, aussitôt après.

De l'autre côté, il y avait une grande salle baignée par le soleil.

– Les amis ! a lancé une voix. Ça me fait tellement plaisir de vous revoir !

Je me suis retourné : Eddie venait vers nous en souriant comme un enfant.

Il portait une chemise blanche et un pantalon blanc. Il avait aussi les cheveux blancs, très blancs, et la peau foncée, comme la mienne, enfin, pas tout à fait, et sillonnée de rides profondes. Mais ces lunettes étaient bien celles d'Eddie Criquet, sans aucun doute, et ce sourire aussi.

Il a couru vers Julie pour la prendre dans ses bras et lui faire deux bises. Puis il a dit :

– Tu es encore plus belle que quand tu étais jeune.

Et elle a répondu :

– Ne dis pas de bêtises, va.

Eddie s'est ensuite approché de moi :

– Ça me fait plaisir de te revoir, Francis. Comment se porte ta jambe ?

Comment voulait-il qu'elle se porte ? En s'appuyant sur une canne, pardi.

Julie m'a ensuite dit :

– Tu as vu, Francis ? Pour une surprise, c'est une surprise. Edward est là, lui aussi. Et tu n'imagines à quel point j'ai dû m'employer pour lui faire quitter la Louisiane. Il est venu exprès pour te voir. N'est-ce pas, Ed ?

– Un chaman ne quitte jamais la terre qui lui donne ses pouvoirs, a répondu Edward.

– Toujours le même ! s'est esclaffée Julie.

Je n'ai rien dit mais je savais qu'il n'y avait pas de quoi

rire. Edward était un chaman, pour de vrai, il pouvait parler avec les animaux et tout le reste.

– Pour fêter ça, a alors annoncé Julie, j'ai organisé une journée spéciale. Suivez-moi.

Julie m'a donc emmené au planétarium, qui a toujours été mon endroit préféré à Chicago, puis nous sommes allés au zoo, qui est l'endroit préféré d'Edward. Nous avons mangé dans un restaurant près du lac où j'ai pu commander des frites et une deuxième part de tarte car Miss Dumpler n'était pas là pour surveiller mon cholestérol.

Julie et Edward ont beaucoup parlé, Julie a parlé de ce qui se passe à Washington et Edward a parlé de son hôpital en Louisiane, de ses recherches et de ses assistants.

Moi, je me suis bien amusé. La journée aurait même été parfaite s'il n'y avait pas eu Frank et les autres messieurs qui nous suivaient partout avec leurs lunettes noires. Et si P'tit Trois avait été là, avec nous.

Cela faisait bien longtemps que je n'avais pas vu P'tit Trois – depuis que Julie et lui s'étaient quittés, en fait, il y a des années de ça. Il faut dire qu'il est toujours en vadrouille aux quatre coins du monde, lui aussi.

Finalement, nous sommes tous remontés dans la voiture, et Julie a dit au chauffeur :

– À la maison, s'il te plaît.

Là-bas, au moins, on pourrait rester seuls, sans personne pour nous embêter.

– Je devrais quand même passer à mon hôtel, a fait remarquer Eddie.

– C'est hors de question, tu es mon invité, a répliqué Julie. J'ai plusieurs chambres libres.

Edward a un peu insisté et puis il a dit :

– D'accord.

Il était l'heure du dîner quand nous sommes rentrés à la maison, mais comme personne n'avait faim avec tout ce qu'on avait mangé à midi, nous nous sommes enfermés dans le petit salon au dernier étage.

La domestique nous a apporté quelque chose à boire. Un milk-shake à la fraise pour moi – c'est ma boisson préférée quand Miss Dumpler n'est pas dans les parages. Un whisky avec deux glaçons pour Julie. Et un thé pour Edward. Depuis La Nouvelle-Orléans, la fois où nous avions écouté la musique de Buddy Bolden, personne n'a plus vu Eddie boire une seule goutte d'alcool.

Tout en savourant son thé, il a soupiré :

– Ah ! Que c'est bon d'être ici. Vous m'avez vraiment manqué, les amis.

Lui aussi, il m'avait manqué.

– Et cette maison est fantastique, a-t-il ajouté.

– Oui, elle est belle, a dit Julie. Même si j'ai toujours préféré l'autre.

Elle entendait par là la maison de Miss Dawn.

– Parfois, je regrette qu'on ait tout vendu, a avoué Eddie. La maison, les entrepôts. Le Catalogue.

Moi aussi, je regrettais que le Catalogue n'existe plus.

Je le regrettais même plus qu'eux. Et pourtant, c'est moi qui avais pris la décision. C'était le choix le plus logique. Et la logique a toujours été mon fort.

Subitement, je me suis rappelé ce moment, il y a des années, à la gare, quand j'avais révélé la combinaison du coffre-fort à Eddie. P'tit Trois avait grimpé sur l'échelle, il avait trouvé les actions du Catalogue et il les avait lancées sur nous comme une pluie de confettis. Julie m'avait pris dans ses bras, et plus tard aussi, dans la nuit, quand nous nous étions endormis dans le tout petit salon de Miss Cochrane.

Et après ?

Après, les avocats étaient arrivés. Des messieurs élégants avec pardessus noir et cartables en cuir. Il y avait eu un procès au tribunal, des interrogatoires et des contre-enquêtes. Le testament de Miss Dawn avait été contesté, les actions qu'on avait trouvées avaient été expertisées, les unes après les autres.

Pendant que les juges produisaient des montagnes de paperasse, j'avais dû aller à l'école, et mes amis aussi. Quand les juges ont terminé leur travail, on avait grandi. Et on était devenus riches.

Alors, petit à petit, tout a changé. Eddie avait été le premier à s'en apercevoir, ce bon vieil Eddie Zyeux delynx. Comme il préférait faire des études plutôt que gérer des affaires, il avait voulu rentrer dans le bayou dès qu'il était devenu docteur, pour être homme-médecine.

P'tit Trois, lui, avait essayé malgré tout d'être le patron du Catalogue. Même qu'il était taillé pour ça, avec son air charmeur qui plaisait à tout le monde. Mais lui aussi avait fini par se sentir à l'étroit dans cette existence. Il ne savait pas rester en place, P'tit Trois. Il ne s'habituait pas à ce qu'on l'appelle monsieur et il détestait quand il y avait des problèmes à l'usine, surtout s'il fallait décider d'embaucher ou de licencier quelqu'un.

Il me disait : « Ce sont des gens, tu comprends ? Des gens qui ont des familles à nourrir. Et je ne peux pas faire semblant de rien. Pour moi... c'est trop. »

Et c'est ainsi qu'il avait fini par s'en aller, lui aussi. Du jour au lendemain, il avait grimpé sur un bateau et il était parti.

Ma sœur Julie n'avait pas pleuré, mais je savais qu'être abandonnée par P'tit Trois l'avait rendue très triste. Elle m'avait demandé : « Qu'est-ce qu'on fait, Francis ? »

J'avais fait mes calculs. Et mes calculs disaient de vendre.

Le Catalogue avait un sens tant que le monde traversait les grandes prairies de l'Ouest dans un nuage de vapeur. Mais il y avait maintenant des autoroutes et des voitures, les gens allaient n'importe où en un battement de cils.

Nous avions mis des jours pour aller du bayou à Chicago alors qu'Edward n'avait eu besoin que de quelques heures. Quelles aventures pouvait-on vivre dans un monde pareil ? À quoi servait le Catalogue, dorénavant ?

C'est pour cette raison qu'on a tout vendu. Avec l'argent, on a acheté tout un tas de livres et deux belles maisons. On a même essayé d'acheter notre bonheur.

Mais on a fini par comprendre qu'on devait le conquérir. Et on a essayé.

– Écoute, Francis, a dit brusquement Julie. J'ai… Edward et moi, on a quelque chose à te dire.

– C'est le bon moment, tu penses ? a soupiré Eddie.

– Oui, a répondu Julie. Tu vois, Francis, ce n'est pas un hasard si nous sommes ici… tous ensemble. Et ce n'est pas facile.

Eddie s'est levé sans un mot. Il a quitté le salon avant de revenir un instant plus tard avec une valise.

Cela faisait soixante-cinq ans exactement que je ne l'avais pas vue.

C'était la valise qu'Eddie avait achetée par une chaude matinée à La Nouvelle-Orléans, peu de temps avant qu'on embarque tous à bord du *Louisiana Story*.

Ma sœur s'est levée de son fauteuil pour se mettre à genoux devant moi et elle a pris ma main entre les siennes. Elles étaient douces et fraîches. Les mains des vieux sont toujours douces et fraîches.

Julie a soupiré elle aussi, comme Eddie juste avant.

Et puis elle a dit :

– Francis, Peter est mort.

Peter. C'était comme ça que Julie appelait P'tit Trois depuis qu'on était devenus grands. Ça signifiait que P'tit Trois était mort. J'ai secoué la tête, car je savais que ce n'était pas vrai. Quelqu'un comme P'tit Trois ne peut pas mourir. Certaines créatures naissent immortelles.

– C'est pour ça que j'ai appelé Eddie, parce qu'on voulait être ensemble… On sait à quel point ça avait été dur pour toi, quand Miss Cochrane était morte…

Oui, bien sûr, mais Miss Cochrane était très, très âgée. Alors que P'tit Trois était jeune, il n'avait jamais vieilli.

J'ai encore secoué la tête et, de ma main libre, celle que Julie ne serrait pas entre ses doigts, j'ai attrapé ma canne et je me suis mis à frapper le sol, *toc toc toc toc toc*, pour faire passer ce mauvais moment.

Et comme toujours, il n'a pas voulu s'en aller.

– Arrête ça et écoute… Voilà, Peter est tombé malade. C'était il y a un an, mais on ne t'a rien dit pour que tu ne sois pas inquiet. Il s'en est aperçu lors d'un séjour en Thaïlande. Il a passé des examens, il a consulté dans une multitude de cliniques très chères. Mais il n'y avait rien à faire.

– Parfois, il n'y a rien à faire, a répété Eddie. J'étais là quand c'est arrivé, quand il est parti. Il m'avait demandé de venir et je… je n'aurais jamais pu le laisser tout seul. Mais ça n'a pas été douloureux. Il m'a chargé…

Sa voix s'est brisée.

– Il m'a chargé de vous dire au revoir.

Julie et Edward m'ont regardé comme s'ils attendaient que je réagisse, mais je n'avais rien à dire.

– Il m'a aussi donné cette valise, a poursuivi Ed. Il l'avait gardée pendant toutes ces années. Ça m'a fait un petit choc de la voir. Francis, il m'a demandé de te la donner. Il a murmuré : «Apporte-lui ça.» Alors me voilà…

J'ai eu un sourire, car c'était vraiment du P'tit Trois tout craché. Cette vieille canaille.

Edward s'est installé par terre, les jambes en tailleur, lui aussi, même s'il a mis un peu plus de temps que Julie à cause de ses articulations qui craquent.

Il a ouvert la valise et en a sorti quelque chose. Il m'a montré ce que c'était. Un masque. Un masque en bois entièrement sculpté, un peu effrayant, avec seulement deux trous pour les yeux et un nez crochu.

– Ça vient de Mélanésie, m'a dit Edward. Peter m'a raconté qu'il l'avait trouvé dans la cabane d'un pêcheur qui n'avait jamais vu d'Occidental avant lui. Quand Peter a pris son portefeuille pour le payer, le pêcheur a cru qu'il voulait le tuer et il lui a sauté dessus avec son couteau. Peter m'a dit qu'il s'en était sorti par miracle.

Edward a ricané et j'ai vu une lumière intense éclairer le visage de ma sœur. Une fois, je l'avais appelée « la lumière P'tit Trois ».

– Ça, en revanche, c'est russe, a dit Edward en me montrant une petite icône en argent. C'est le cadeau d'un gamin. Peter lui avait offert son dernier morceau de pain durant le siège de Leningrad, à l'époque de la Seconde Guerre mondiale. Ils ont sacrément souffert, en ce temps-là.

Un cigare.

– Ça vient de Cuba, c'était quand Peter était parti voir comment c'était, de faire la révolution.

Un caillou noir.

– Cette pierre, il l'a trouvée dans l'Himalaya. Il l'a ramassée juste au sommet de l'Everest.

Une espèce de crochet.

– C'est un *mambele*, un couteau de lancer africain.

Une dent.

– C'est celle d'un ours blanc que Peter a trouvé mort, au pôle Nord. Mais il m'a dit que sa fourrure chaude lui avait sauvé la vie.

Julie et moi avons passé un long moment à regarder tous ces objets venus des quatre coins du monde. Mais je me posais des questions. Pourquoi P'tit Trois les avait-il rangés dans notre valise ? Et pourquoi voulait-il me les donner à moi ?

– Vous voyez ? a dit Edward. Peter… On le connaissait tous par cœur. Il ne pouvait pas rester en place une seconde, depuis qu'il était gosse. Mais il a essayé. Pendant un moment, il a même été certain d'y être arrivé.

Comme ma sœur pleurait, je me suis tourné de l'autre côté car je ne supporte pas de la voir pleurer. Elle ne pleurait jamais, autrefois.

– Peter avait besoin de voir le monde. C'était un esprit libre. Ce qui le nourrissait, c'était les gens et la vie.

À mon avis, Edward pleurait lui aussi, mais comme il portait ses lunettes, je ne pouvais pas en être sûr.

– Et c'est dans cette valise qu'il a tout rangé. Les endroits qu'il a vus, les choses qu'il a apprises, les dangers qu'il a affrontés. Mais avant de mourir, il m'a avoué que…

qu'il avait dû se rendre à l'évidence. Il avait eu beau chercher partout, rien n'avait jamais égalé sa première aventure. Celle-ci.

Edward a alors sorti un dernier objet de la valise.

Un livre.

C'était un roman en édition de poche. Un roman que je connaissais bien même si je ne l'avais jamais lu.

Sur la couverture, il y avait le nom de l'auteur, la journaliste E. Cochrane, et en dessous, le titre : *Le Célèbre Catalogue Walker & Dawn*. Un peu plus bas, on lisait : DERNIÈRE RÉIMPRESSION – IMMENSE SUCCÈS.

Edward m'a remis le livre comme un trésor. Il était très abîmé, comme s'il avait été lu des dizaines et des dizaines de fois. Et je me suis demandé pourquoi.

P'tit Trois savait très bien ce qu'il y avait dedans. C'était lui qui avait écrit la première partie, avec Miss Cochrane. Eddie, la deuxième. Et Julie, la troisième.

Il n'y a que moi qui ai toujours refusé. Les mots n'ont jamais été mon fort. Et puis je n'avais rien d'autre à ajouter.

Un grand silence régnait désormais dans le salon et j'ai laissé tomber ma canne pour ouvrir le livre à la première page.

Il y avait le titre. Allez savoir pourquoi on rappelle toujours le titre à l'intérieur des livres. Parce qu'ils ont peur que la couverture finisse par se déchirer, peut-être.

Et puis je me suis aperçu qu'il y avait des choses écrites au stylo.

En grand, il y avait un gribouillis indéchiffrable que j'aurais reconnu entre mille. C'était un *3* tout tarabiscoté, la signature de mon ami P'tit Trois quand il voulait faire son malin. Il était également écrit « Edward », de la main élégante d'Eddie. Enfin, il y avait le *J* dont se servait ma sœur Julie.

– Il nous a demandé de le signer peu de temps avant de tomber malade, a expliqué Julie. C'était pour nous emmener partout avec lui.

J'ai hoché la tête. Recueillir les signatures de ses amis pour ensuite se faire un autographe à lui-même, voilà qui ressemblait bien à P'tit Trois ! Mais ce qui lui ressemblait aussi, c'était qu'il ne m'avait jamais demandé cette faveur, pas une seule fois. Parce qu'il savait que les mots n'étaient pas mon fort.

Mais au fond, pourquoi pas ?

Il y a des fois où on n'a pas besoin d'être fort.

Après un instant d'hésitation, j'ai fouillé dans mon gilet où j'avais, me semblait-il, laissé un stylo. Et c'était le cas. Je l'ai sorti et je l'ai tenu en suspens au-dessus de la feuille.

J'ai observé les signatures de mes amis, de ma sœur. La trace de notre vie.

J'ai retenu mon souffle.

Et puis, au bas de la page, j'ai ajouté mon nom. Pas Francis, non. Le vrai.

Min

REMERCIEMENTS

L'histoire de P'tit Trois, Eddie, Julie et Min ainsi que celle du Célèbre Catalogue des Bonnes Affaires (LES PRIX LES PLUS BAS ! – DÉPENSEZ BIEN VOTRE ARGENT ! – REMBOURSEMENT GARANTI !) a rempli ma vie pendant plus de trois ans. Trois ans qui, pour cette même raison, d'ailleurs, ont été fabuleux, je dois dire.

Le livre que tu tiens entre tes mains n'aurait pourtant pas existé sans une longue liste de personnes qui m'ont entouré, aidé, écouté, lu, corrigé et fait des suggestions (qui, dans certains cas, ont même donné naissance à des personnages du roman).

Mes premiers remerciements vont incontestablement à Pierdomenico Baccalario, un ami et un compagnon d'aventures depuis plus d'une décennie, un grand écrivain depuis toujours.

C'est à lui que j'ai raconté l'histoire du Catalogue pour la première fois. Depuis, il m'a aidé de mille et une façons que je ne peux pas toutes évoquer ici.

Merci à Alessandro Gatti, qui a trouvé le titre définitif du livre et qui, surtout, m'a aidé à découvrir le coupable de l'assassinat de Miss Dawn pendant un long, très long dîner dans les montagnes.

Merci à Alessandro Gelso, qui a compris cette histoire mieux que moi, qui l'a toujours défendue et qui m'a donné des dizaines de conseils précieux. C'est à lui et à sa patience que l'on doit l'épilogue du roman.

Merci à Viola Gambarini, qui a lu ce livre par amitié avant de le relire, encore et encore.

Merci à Maria Bastanzetti pour le travail éditorial final et merci à Stefano Moro pour cette splendide couverture et ce travail enthousiasmant sur les illustrations (qui jouent un rôle si important dans ce livre).

Merci à Marc Lesage, le traducteur, et à l'équipe éditoriale de *l'école des loisirs*, pour avoir porté cette histoire jusqu'en France et permis ainsi à mes personnages de s'exprimer dans leur langue originale, le français, pour la toute première fois.

Merci à Lorenzo Rulfo, même si je n'ai jamais très bien compris pourquoi.

Merci à mes parents et à ma sœur Chiara.

À Riccardo et Antonio, Sarah et Tommaso.

Merci à Laura, d'être là.

Et enfin, merci à toi, cher lecteur ou chère lectrice, d'avoir fait ce long voyage jusqu'au bout. Si tu es en train de lire ces dernières lignes, c'est que tout ce travail en valait la peine.